T0348825

TRAICIÓN
EN EL NORTE

PEDRO URVI

TRAICIÓN EN EL NORTE

EL SENDERO DEL GUARDABOSQUES

HarperCollins

Editado por HarperCollins Ibérica, S. A., 2023
Avenida de Burgos, 8B – Planta 18
28036 Madrid
harpercollinsiberica.com

Adaptación de cubierta: equipo HarperCollins Ibérica
Maquetación: MT Color & Diseño, S. L.

ISBN: 9788410640160
Depósito legal: M-1396-2023

Esta serie está dedicada a mi gran amigo Guiller.
Gracias por toda la ayuda y el apoyo incondicional
desde el principio cuando solo era un sueño.

Capítulo 1

LASGOL OYÓ SONIDOS METÁLICOS SEGUIDOS DE GRITOS DISTANTES que reconoció al instante.

«¡Combate armado!».

Tiró de las riendas de Trotador. El buen poni norghano se detuvo en la linde del bosque nevado sin salir a la explanada. Una fría lluvia mezclada con copos de nieve caía de un cielo nublado y ennegrecido.

—¿Por qué nos detenemos? —preguntó Viggo a su espalda, apenas reconocible bajo la capa con capucha cubierta de cristales de nieve.

Lasgol se llevó el dedo índice a los labios y volvió la cabeza hacia su compañero. Viggo comprendió la mirada de peligro que el otro le lanzó. Detuvo la montura y se quedó en silencio observando a su alrededor. Era mediodía y, aun así, el clima no permitía ver demasiado en medio del frondoso bosque de fresnos.

Lasgol se concentró, se buscó en el pecho el pequeño lago de energía azulada y la usó para invocar la habilidad Comunicación Animal. Captó la mente de la criatura, que los seguía a unos pasos jugueteando entre la nieve del sendero que cruzaba el gran bosque.

«Peligro. Ocúltate y no hagas ruido», le ordenó.

Camu lo miró con ojos saltones y su eterna sonrisa, y comenzó a camuflarse entre unos helechos cubiertos de nieve. Un instante más tarde desaparecía.

Lasgol desmontó de un ligero salto. Se agachó junto a un árbol y, sin abandonar el cobijo del bosque, observó la escena que se desarrollaba junto a un amplio puente de roca y madera a unos cuatrocientos pasos al noroeste.

Dos grupos de hombres armados luchaban por hacerse con el control del puente.

—¿Cuántos son? —le susurró Viggo agachándose a su lado.

Había atado las dos monturas a un árbol algo más atrás.

—Una veintena de un bando y una treintena del otro —le respondió Lasgol en un murmullo apenas audible.

—¿Soldados o milicia?

—Mezcla de ambos.

Viggo se cubrió los ojos con la mano para resguardarse de la aguanieve que caía ahora con más intensidad.

—Distingo los colores de Uthar en el grupo que ataca desde el este y los colores de la Liga del Oeste, en el otro bando.

—Sí, es casi una metáfora de lo que está sucediendo en el reino.

Viggo lo miró con expresión de no entender.

—No te hagas el Egil conmigo —le dijo con una mueca de disgusto.

—Quiero decir que tenemos un conflicto armado frente a nosotros entre el Este de Uthar y el Oeste de la Liga.

—Ahhh, pues haberlo dicho así. Qué ganas de complicarte…

Lasgol sacudió la cabeza.

—Será que he pasado mucho tiempo con Egil.

—Ya lo creo, demasiado.

—No seas así, en el fondo lo adoras, y lo sabes.

—Sí, seguro —dijo Viggo, e hizo una mueca como si se ahorcara.

Lasgol sonrió.

—Eres un dolor.

El otro se encogió de hombros.

Observaron el combate durante un momento.

—¿De parte de quién vamos? —dijo de pronto Viggo preparando el arco.

—De ninguna.

—¿Cómo que de ninguna? Somos guardabosques. Además, yo soy del Este, nací allí.

—Ya, pero el Este está con Uthar.

—Eso es verdad… —Viggo se volvió a encoger de hombros—. Entonces, tiramos contra los del Este.

Lasgol negó con fuerza.

—No tiramos contra nadie.

—Tengo una idea. ¿Qué tal si tú tiras contra los del Este y yo contra los del Oeste? Así cumplimos con nuestra obligación como guardabosques y también hacemos lo correcto, que es ir contra Uthar —sugirió Viggo con tono casual, como si fuera la mejor decisión que se pudiera tomar.

Lasgol puso los ojos en blanco.

—Aquí nadie tira contra nadie.

—Eres un aguafiestas.

La batalla continuó. El sonido del acero contra el acero y los gritos del combate se intensificaron. Varios hombres de cada bando habían caído. Las fuerzas del Este luchaban con escudo y lanza metálicos; las del Oeste, con hachas de guerra y escudos redondos de madera, al estilo tradicional norghano. Los soldados llevaban armadura ligera de malla de escamas, y la milicia, jubones reforzados de cuero curtido o acolchado decorados con el escudo de armas del ducado o condado al que pertenecían. El combate era feroz, al más puro estilo norghano. La sangre manchaba la nieve y la madera del puente. El viento cambió y los gritos de furia y muerte les llegaban ahora como si estuvieran en mitad del combate. Una lanza alcanzó a un hombre, que cayó al río. Otro recibió un hachazo en la cabeza que le atravesó el casco alado y el cráneo.

—Deberíamos participar… —insistió Viggo.

—Estamos de paso, no tenemos que participar.

—No nos verán con la tormenta. Tiramos, los matamos y listo. Fin del combate.

Lasgol miró a su compañero y vio que ya tenía el arco armado y apuntaba.

—Están a más de cuatrocientos pasos, ellos en movimiento, y vas a tirar en medio de una tormenta, tú que no eres precisamente el mejor tirador de todos… ¿De verdad estás seguro de que puedes acertar?

Viggo lo meditó un momento.

—A los oficiales que están quietos ladrando órdenes seguro que sí. He mejorado mucho con el arco.

—Has mejorado algo, mucho no. A esta distancia fallarías. Y no vamos a intervenir.

—Qué poco humor tienes. Con lo divertido que sería ver lo desconcertados que se quedan al ver a sus oficiales caer y no saber qué pasa. Además, no llevan arcos; aunque nos descubran, para cuando nos alcancen, nos habremos cargado a la mitad.

—No vamos a cargarnos a nadie —respondió Lasgol en tono firme y rotundo.

Viggo se dio por vencido.

—Está bien… —aceptó y bajó el arco.

La lucha continuó. Las fuerzas del Este se estaban imponiendo. Los hombres del Oeste luchaban con todo su ser, pero estaban en inferioridad.

—Es horrible ver a norghanos luchando contra norghanos —dijo Lasgol apenado de verdad.

—Las guerras civiles son así.

—No puedo creer que hayamos llegado a este extremo.

—El rey Uthar no va a entregar el reino a la Liga del Oeste y los Pueblos del Hielo.

—Ojalá hubiera una forma de parar esta locura…

—¿Matar a Uthar?

—Ese sería un buen comienzo, sí, pero lo veo bastante difícil. Está parapetado en Norghania y se encuentra reagrupando a sus fuerzas, o eso cuentan los rumores.

—Yo lo veo chupado. Solo tiene a los Invencibles del Hielo, los Magos del Hielo, los Guardabosques y lo mejor del ejército norghano con él. Es pan comido.

—Ya, sencillísimo.

—Yo confío en Darthor y la Liga del Oeste, y, sobre todo, en los pueblos del Continente Helado y sus criaturas y monstruos del hielo.

Al oír mencionar a su madre, Lasgol deseó estar con ella. Pero no podía. Aún no era momento para un reencuentro. Hacía muy poco que se habían despedido.

—Darthor y la Liga se están reagrupando y preparando, al igual que Uthar… Pronto el conflicto escalará… y será horrible… —dijo Lasgol deseando que se encontrara una solución que lo evitase.

—Siempre podemos dejar ganar a Uthar.

—¡Eso nunca!

Viggo sonrió.

—Tranquilo, solo quería pincharte un poco. No vaya a ser que te me ablandes.

—No hace falta. Sé perfectamente lo que nos jugamos, lo que el Oeste se juega, lo que todo Norghana se juega en este conflicto. Uthar debe caer, es un impostor, un cambiante asesino.

—Y el rey.

—Y los guardabosques están con él.

—Me sorprende que Dolbarar nos haya dado unas semanas de descanso estando las cosas como están —comentó Viggo y señaló el combate que estaba finalizando.

Los hombres del Oeste, vencidos, se retiraban mientras los del Este aseguraban la posición.

—Ya… Creo que lo ha hecho por una razón.

—¿Para que nos despejemos y tranquilicemos?

—No. Para que aquellos del Oeste que no quieran continuar puedan irse a casa y no volver.

—Oh… No lo había pensado. Es listo el viejo.

—Y tiene buen corazón.

—Sí, otro no lo habría permitido. Está dejando que se produzcan deserciones, a Uthar no le va a gustar.

—El reino se parte en dos. Los hombres eligen lado, eligen bando. Esperemos que la acción de Dolbarar no le cueste la cabeza.

—Pronto lo sabremos. De momento aprovechemos las cuatro semanas que tenemos, que se pasarán volando. Luego tendremos que regresar.

—Será el cuarto año…, el último para graduarnos como guardabosques.

—Y para elegir especialización de élite.

—Si nos eligen.

—Ya, que no nos elegirán, no somos tan buenos.

—Eso creo yo también…, quizá Ingrid…

—La mandona podría lograrlo, sí —asintió Viggo.

—No te metas tanto con ella. En el fondo te gusta, por mucho que disimules.

—De eso nada.

El combate acabó y los del Este auxiliaron a sus heridos. A los del Oeste que aún quedaban con vida les cortaron el cuello sin piedad.

Lasgol negó con la cabeza. La imagen lo llenó de rabia e impotencia.

—Todavía estamos a tiempo. —Viggo alzó el arco—. Merecen morir solo por lo que acaban de hacer.

—Lo sé. Pero nosotros no somos juez y verdugo.

—Si me dejas, hoy podríamos serlo.

—No, amigo, marchemos; ya hemos visto suficiente. Si hay justicia, ya pagarán por ello.

—Eres demasiado bueno —le advirtió Viggo negando con la cabeza—. Un día te costará caro.

Los dos cruzaron una mirada. La de Viggo, fría, letal. Lasgol supo que él no tenía aquel espíritu y su compañero tenía razón: un día pagaría muy caro por ello. Solo esperaba que ese día llegara lo más tarde posible.

—Esperemos que no —dijo sin convicción.

—Vete pensando cómo solucionamos este embrollo de guerra civil y cómo desenmascaramos a Uthar.

—¿Yo?

—Pues claro, ¡no creerás que se me va a ocurrir a mí!

—¿Y por qué se me va a ocurrir a mí?

—Porque tú nos has metido en todo este lío y tú nos tienes que sacar de él.

Lasgol se quedó pensativo. Algo tenían que hacer para detener aquella locura, por poco que fuera o insignificante que pareciera su esfuerzo. Miles de vidas estaban en juego.

—Lo intentaré.

—Así me gusta.

Los dos compañeros montaron y continuaron camino hacia el oeste bajo la tormenta de nieve.

Capítulo 2

L ASGOL TIRÓ DE LAS RIENDAS DE TROTADOR CON SUAVIDAD para que se detuviera antes de comenzar a cruzar el amplio pasto cubierto de nieve que se abría ante ellos. Tenían el bosque a sus espaldas y su aldea, Skad, a la vista en lontananza.

—¿Por qué paramos? —preguntó Viggo, observaba el paisaje invernal y el rebaño de ovejas a un lado.

—Esa es mi aldea —respondió Lasgol señalando abajo, al final de los campos verdes ahora semicubiertos de blanco.

De pronto se oyó un alboroto entre las ovejas, que comenzaron a moverse muy inquietas. Balaban asustadas sin una razón aparente. No había nadie en los alrededores.

—¡Ya estamos otra vez! —protestó Viggo con tono de desesperación, se llevó la mano a la frente y echó la cabeza hacia atrás.

—No puede evitarlo…, ya sabes cómo es…

Lasgol no podía verlo porque se encontraba en estado de camuflaje y era prácticamente invisible al ojo humano. Observó con atención, discernió las huellas sobre la nieve e intuyó su posición por el espacio abierto que las ovejas estaban dejando en medio.

—Déjalas tranquilas —le pidió.

—Ese bicho está completamente loco —comentó Viggo sacudiendo la cabeza.

—No lo llames bicho, sabes perfectamente que se llama Camu y que no le gusta que lo llames así.

—A mí tampoco me gusta él... o ella... o ello... o lo que sea ese bicho, y aun así lo aguanto.

—Ya, y él a ti —dijo Lasgol con una media sonrisa.

De pronto Camu se hizo visible en mitad de las ovejas y, dando un chillido de alegría, botó sobre las cuatro patas lleno de júbilo. La criatura quería jugar con los animales.

—Oh, no... —se quejó Viggo.

Las ovejas salieron huyendo en estampida, balaban aterradas.

—Camu, no hagas eso —lo reprendió Lasgol, aunque bien sabía que la mitad de las veces no le hacía el menor caso.

La criatura lo miró, movía la cola y flexionaba las cuatro patas, como le gustaba hacer cuando estaba contenta.

—Camu malo —le dijo Lasgol agitando el dedo índice. Sabía que lo entendía, aunque otra cosa era que le importara.

Camu emitió un chillidito de incomprensión, como si no hubiese hecho nada malo. Miraba como si no entendiera por qué lo estaban regañando.

—No te hagas el tonto —le dijo Viggo a Camu—. Sabes perfectamente por qué te está echando esa reprimenda.

Camu torció la cabeza a un lado, puso ojos de inocente y volvió a emitir un chillido como si él no hubiese hecho nada.

—Es un actor de primera, debería dedicarse al circo o al teatro callejero —dijo Viggo arrugando la frente.

—Eso es cierto. —tuvo que reconocer Lasgol asintiendo con una sonrisa.

—Oye, ¿y si lo vendemos a un circo ambulante o a un teatro en la capital? Seguro que nos dan mucho dinero.

Camu soltó un chillido interrogante y su eterna sonrisa se desvaneció.

—No digas esas cosas, ¿no ves que te entiende? —lo amonestó Lasgol.

—No estoy muy convencido de que este bicho nos entienda por mucho que tú insistas en que sí.

—No entiende todo lo que decimos, pero sí comprende ciertas cosas. Egil está haciendo un estudio sobre Camu y es una de las conclusiones a las que ha llegado.

—Yo creo que es simple coincidencia que a veces reaccione a lo que decimos.

Lasgol observó a Camu, que corría y saltaba por toda la campa. Las ovejas habían huido despavoridas. Por suerte, no había ningún pastor cerca. La traviesa criatura había crecido mucho. Parecía que siempre lo hacía al final del invierno, como si aguardara a ese momento. Acababa de hacerlo y ahora ya tenía el tamaño de un gato grande. Continuaba subiéndosele a Lasgol a hombros, ahora ya notaba su peso, que empezaba a ser considerable. Si seguía la progresión a la cual estaba creciendo, al final de ese año que comenzaba ya no podría ir a cuestas como hasta entonces. Egil llevaba tiempo anotando en su libreta de estudio todo cuanto descubrían sobre la criatura, así como mediciones de su tamaño, peso y crecimiento. Su amigo estaba llevando a cabo un auténtico estudio de campo y disfrutaba con cada momento.

—¿Por qué bajamos desde los bosques cruzando las campas sin seguir el sendero que veo ahí mismo? —preguntó Viggo con la ceja alzada.

—Corren tiempos peligrosos y agitados, mejor no seguir los caminos. Además, tú y yo somos guardabosques, y los guardabosques rara vez siguen los caminos; así lo marca el *Sendero*, ¿lo has olvidado?

el *Sendero* —dijo él, y le hizo un gesto

...ontigo —le espetó Lasgol con una

...ros.

...oy, qué le vamos a hacer. Yo estoy bastante con-
... con cómo he salido, dadas las circunstancias —respondió
con una sonrisa de oreja a oreja. Lasgol soltó una carcajada—. Soy
virtuoso en algunas áreas, algo sombrío en otras...

El comentario hizo pensar a Lasgol, que acarició la grupa de
Trotador. Camu seguía poniendo muy nervioso al poni.

—¿Por qué has querido acompañarme en este periodo de descanso de final de curso? —le preguntó Lasgol inclinando la cabeza.

—Por fin me lo preguntas, pensaba que no lo harías nunca.

—Sé que no es asunto mío. Si no quieres contármelo, no hace
falta; eres amigo mío y eres bienvenido.

—No me importa decírtelo. Somos amigos y compañeros, después
de todo. No quería quedarme en el campamento y desperdiciar estas semanas que tenemos de descanso. Me apetecía cambiar de aires; tanto
tiempo rodeado de guardabosques termina por afectar a cualquiera.

Lasgol tuvo que asentir. Era muy cierto.

—Pero ¿por qué acompañarme a mí? ¿Por qué no has ido a tu casa?

El rostro de Viggo se ensombreció y los ojos le brillaron con
aquel destello que Lasgol conocía muy bien: el destello letal.

—Digamos que no puedo volver por mi casa..., bueno, por
mi ciudad..., en una temporada...; en una larga temporada.

—¡Oh, no! ¿Qué has hecho?

—¿Por qué piensas que he hecho algo?

—Porque cuando volviste al principio del curso, mencionaste
algún altercado que habías tenido sobre una cuenta pendiente y
ahora resulta que no puedes regresar a tu ciudad.

—Tienes una memoria francamente buena. Gran c

—No cambies de tema y dime qué pasó.

—Mejor que no lo sepas… Lo que puedo contarte es q momento no puedo volver por mi ciudad.

Lasgol negó con la cabeza.

—Espero que no hayas matado a nadie…

—Si lo hubiera hecho, ten por seguro que sería porque se lc merecía —dijo Viggo, y de la muñeca se sacó su afilada daga personal, que siempre llevaba consigo.

—Quizá sea mejor que no lo sepa.

—Sabia decisión.

—Si cambias de opinión y quieres contármelo, aquí me tienes.

—Gracias, amigo… De momento, mejor dejémoslo estar.

—Muy bien.

Lasgol suspiró.

—Así no tendrás que juzgarme —dijo el otro, que siempre debía tener la última palabra, y sonrió con ironía.

Lasgol puso los ojos en blanco.

—Pero, dime, ¿por qué conmigo? ¿Por qué no has ido con Gerd o Ingrid o Nilsa o incluso Egil? ¿Por qué conmigo? Si ni siquiera te gusta Camu.

—Gerd y las chicas van a ver a sus respectivas familias. No me apetece todo ese tema de relaciones familiares y cariñitos y besos y abrazos. No va conmigo.

Su interlocutor asintió.

—Sí, eso es verdad.

—Y en cuanto a Egil… Lo más probable es que vayamos a verlo de todas formas, ¿no?

—Sí. Si no hay ningún inconveniente, me gustaría verlo, aunque tendremos que esperar a ver si nos da el visto bueno. La situación es muy complicada después de lo sucedido con su padre, sus hermanos y la Liga del Oeste.

—Es probable que necesite nuestra ayuda.

—Sí, es lo que pienso yo también.

—Muy bien. Esperaremos a ver si quiere que vayamos.

—Mi instinto me dice que las cosas se pondrán muy feas bastante pronto, así que...

Lasgol asintió.

—Yo también temo lo mismo.

—No te preocupes, estás conmigo —dijo Viggo, e hizo que su daga diera vueltas en el aire para volver a cogerla con una soltura impresionante.

—Entonces, yo era tu última opción, por lo que veo.

—Siempre lo has sido, héroe —le respondió con una gran sonrisa sarcástica. Azuzó a su poni para descender por la ladera en dirección al pueblo.

Lasgol echó la cabeza atrás y rio. Viggo era Viggo. Se lo quería o se lo odiaba, y él lo quería. Se concentró y usó su don. Utilizó su habilidad para comunicarse con Camu.

«Invisible hasta que yo te ordene lo contrario, y sé formal».

La criatura lo miró un momento. Pestañeó y, sonriendo, desapareció. Se acercó hasta Lasgol, que oyó los pasos de la criatura al acercarse. Trotador se puso nervioso y soltó varios bufidos.

—Tranquilo, amigo —le dijo mientras le acariciaba el cuello—. Vamos, la aldea nos espera; podremos descansar y te daré heno y hierba fresca.

No tardaron mucho en llegar a la aldea por la zona norte, que era la que menos se usaba por la pendiente en la entrada; aun así, según se acercaban a la calle, distinguieron a tres soldados guardando la entrada. Lasgol reconoció el emblema del conde Malason. Se tranquilizó un poco, pues el conde era el señor de aquellas tierras y estaba alineado con la Liga del Oeste. No deberían tener problemas, al menos mientras no se descubriera que pertenecían a los guardabosques, aunque en la situación en la que se hallaba el reino cualquier encuentro con soldados representaba peligro.

—¡Alto! ¿Quién va? —bramó el mayor de los soldados mientras salía a la mitad de la calle y le cortaba el paso.

Los otros dos soldados se situaron tras él. Llevaban lanza y escudo redondo de madera. Vestían con ropaje azul sobre la armadura de escamas ligera típica de los guerreros norghanos.

—Mi nombre es Lasgol, soy el señor de la casa grande de Skad, la casa de Eklund.

Los soldados cruzaron miradas de incertidumbre.

—Lasgol, el hijo de Dakon Eklund, está con los guardabosques —dijo el soldado al mando.

Lasgol miró a Viggo. Sabían quién era. La situación podía ponerse fea muy rápido.

—Así es, y estoy de vuelta, de permiso.

Los soldados volvieron a intercambiar miradas.

—No podemos dejar pasar a guardabosques.

—¿Por qué razón?

—Servís al Este.

—¿Y vosotros?

—Nosotros servimos al Oeste.

Hubo un silencio tenso. Los soldados prepararon las armas. Lasgol y Viggo se tensaron.

—Los perros del Este no son bienvenidos en Skad. Marchad ahora o pagaréis en sangre —amenazó el soldado más robusto e hizo notar que sentía lo que decía.

Lasgol no podía explicarles que a pesar de ser un guardabosques estaba con la Liga del Oeste. No lo creerían.

Viggo ya se hallaba listo para atacar, podía verlo en sus ojos.

—No queremos problemas —anunció Lasgol.

—Pues marchad ya.

El muchacho no quería luchar, y menos contra alguien del Oeste, de su tierra.

—Lasgol tiene permiso para pasar —tronó una voz.

Lasgol miró tras los soldados y vio a la imponente figura que se acercaba. Sonrió.

Era el jefe de la aldea, Gondar Vollan.

—Jefe…, son guardabosques…

—Yo lo avalo.

—En ese caso, pueden entrar.

—Gracias, soldado.

—Tenemos orden de ser muy precavidos con todos los forasteros.

—Y haces bien —le dijo el jefe, tras lo cual le dio una palmada en el hombro al pasar a su lado. Se acercó hasta Lasgol.

—Jefe —le dijo este con un saludo de cabeza.

—Tienes buen aspecto. Por lo que he oído has estado metido en bastantes líos.

—Veo que los rumores siguen llegando antes que yo.

—Así es; en el norte los vientos gélidos traen noticias frescas. —Recitó un viejo proverbio norghano.

Le extendió una amplia mano que el muchacho estrechó.

—¿Y este quién es? —preguntó Gondar con un gesto hacia Viggo.

—Este es Viggo Kron —respondió Viggo con retintín.

—Es mi compañero en los guardabosques.

—¿Es de fiar?

—Lo es —le aseguró el muchacho.

—Muy bien, entonces puede pasar también.

—¿Qué ha sucedido? ¿Cómo están las cosas en la aldea? —preguntó Lasgol.

—Habrá tiempo para hablar de todo ello —dijo el jefe mirando alrededor.

Lasgol entendió la indirecta, el hombre quería hablar en privado. No era buena señal, pero decidió que hasta que supiera qué ocurría, era mejor no preocuparse, al menos no demasiado.

—Muy bien, jefe. Estaremos en mi casa.

—Allí nos veremos. Me alegro mucho de verte.

—Yo también.

Los soldados dejaron pasar a los guardabosques y estos entraron despacio en la aldea. Según avanzaban sobre las monturas, la gente los miraba primero con suspicacia, pero luego, al reconocer a Lasgol, le lanzaban sonrisas que pronto desaparecían. Debían de preguntarse de qué lado estaba el héroe de Skad.

Llegaron hasta la propiedad de Lasgol. La verja de entrada estaba cerrada. Desmontaron. El chico usó la campanilla que había en la puerta. Un momento después la puerta de la gran casa se abrió. Una mujer apareció en la entrada y los observó durante un instante. Pronto reconoció a Lasgol.

—¡Lasgol! ¡Señor! ¡Bienvenido! —Martha bajó corriendo a recibirlo. El muchacho sonrió al ver a su ama de llaves—. ¡Mi señor! ¿Cómo estás? —Le abrió la puerta y lo abrazó como si fuera el hijo pródigo que regresaba al hogar.

—Hola, Martha. Estoy muy bien, gracias.

—Déjame verte —dijo ella, y, apartándose un poco, lo miró de arriba abajo.

—Estoy como siempre —respondió él algo sonrojado.

—Estás más alto, más hombre.

Viggo soltó una carcajada.

—Más hombre… —dijo con sorna.

—¿Amigo tuyo? —preguntó la mujer, miraba a Viggo con suspicacia.

—Sí, este es mi compañero, Viggo. Se quedará con nosotros hasta que nos marchemos.

—Encantada, señor —lo saludó Martha, también le hizo una pequeña reverencia.

—Nada de señor ni reverencias conmigo. Yo soy de la clase baja. Con Viggo es más que suficiente.

El comentario le hizo gracia a Martha, que sonrió.

—Curiosos amigos que se hacen en los guardabosques.

—Oh, si tú supieras —le dijo Viggo con una enorme sonrisa.

Lasgol asintió.

—¿Cómo está la aldea?

—Pasad y os lo cuento. Corren malos tiempos, muy malos.

Capítulo 3

L LEVARON LAS MONTURAS AL ESTABLO Y SE OCUPARON DE ELLAS antes de entrar en la casa. *El sendero del guardabosques* así lo estipulaba: un guardabosques se ocupa siempre de su montura antes que de sí mismo.

—Lo prometido, hierba y heno —le dijo Lasgol a Trotador, que, contento, relinchó y asintió varias veces.

El chico le acarició el lomo y el animal se quedó tranquilo comiendo.

Ya en la casa, encontraron un agradable fuego encendido en el lar. Se acercaron a calentarse. El frío del camino terminaba por meterse hasta los huesos y un fuego era lo único que lo hacía salir. Eso y licor fuerte.

—¿Cómo está Mayra? —le preguntó Martha sin poder esperarse, angustiada.

—Está bien. Te manda recuerdos.

—Cuánto me alegro. Todavía me cuesta creer que ella sea…, ya sabes…

—Darthor —dijo Viggo como si fuera la cosa más casual del mundo.

Lasgol le lanzó una mirada de disconformidad. Viggo puso cara de no entender por qué lo regañaba.

—Estamos solos y me dijiste que el ama de llaves y tu antiguo señor, el soldado cojo y tuerto, saben el secreto.

—Aun así, no debemos decirlo abiertamente. Debemos tener mucho cuidado.

El otro se encogió de hombros.

—Como quieras… —Extendió las manos sobre el fuego para calentarse.

—Circulan rumores horribles sobre Darthor…, Mayra… Dicen que corrompe a los hombres, los domina con su magia oscura, los hace matar por ella. Dicen que por donde pasa todos mueren, mujeres y niños incluidos. Dicen que arrasa poblados y ciudades solo por matar y destruir. Dicen que los pocos que sobreviven es porque han perdido la cordura a sus manos, en sus interrogatorios, y otras cosas horribles…

—Son todo mentiras que Uthar hace creer al pueblo. Tú conoces mejor que nadie a Mayra, ¿de verdad crees que haría algo así?

Martha negó con ímpetu.

—Mayra no haría las barbaridades de las que se la acusa. No puedo creerlo.

—Uthar intenta envenenar la mente de los norghanos con historias de horror para que lo apoyen contra Darthor y sus aliados. Nosotros sabemos que son historias falsas. Quien ha estado cometiendo atrocidades es él, Uthar.

Mayra asintió varias veces con la cabeza.

—Entonces, ¿la viste bien?

—Sigue tan fuerte y decidida como siempre.

—¡Cuánto me alegro! He temido mucho por ella. Apenas pude verla un momento cuando vino a buscarte aquí el año pasado. Me habría gustado tanto pasar más tiempo con ella, disfrutar de su compañía unos días, charlar como solíamos hacerlo antes, durante horas, a veces hasta el amanecer… Éramos tan jóvenes y llenas de ideas e ideales… La vida nos separó y ahora somos quienes somos.

—Y a mí también me habría gustado estar más con ella, pero nos encontramos en medio de una guerra y ella es la líder de uno de los bandos. Por desgracia, no hay tiempo para las amigas.

—¿Y para los hijos?

—Tampoco —contestó Lasgol con voz entristecida.

—Cuando la veas de nuevo, dale un fuerte abrazo de mi parte. Llévale todo mi cariño. Dile que la espero aquí, en su casa, para continuar con nuestras charlas de antaño.

—Lo haré —le aseguró el muchacho.

Martha le sonrió llena de cariño.

—¿Has traído aquella criatura contigo? —preguntó Martha al recordar lo que había sucedido en su último encuentro.

—Sí, ha traído al bicho. Siempre lo lleva a todos lados —respondió Viggo sin dejar de mirar el fuego.

Lasgol negó con la cabeza.

—No lo llames bicho… Y sí, he traído a Camu. Espero que no te importe.

—Esta es tu casa, mi señor —le dijo Martha.

—Aun así…

—No me importa. No tengo tanto miedo de lo mágico como otros.

—Me alegra saber eso.

Se acercó hasta los macutos de viaje que habían dejado junto a la puerta, abrió el suyo y sacó a Camu, que dormía como un cachorro.

—Le he dado algo de comer en los establos. Cuando come…

—… duerme como un lirón —acabó la frase Viggo.

Martha se acercó a observarlo.

—Es una criatura realmente curiosa.

—Sobre todo cuando hace magia —dijo Viggo.

—No te metas con él —le dijo Lasgol.

—¿Necesitas algo especial para la criatura?

—Verdura. Cuanto más fresca, mejor; le encanta.

—Eso no es problema. Mantengo el huerto vivo.

—Gracias.

—Estaréis muy cansados del viaje. Os prepararé las habitaciones.

—Muchas gracias, Martha.

—Encantada, el señor ha vuelto a su casa, me llena de alegría.

—Le dio un abrazo a Lasgol.

Martha les preparó las habitaciones para que pudieran asearse y descansar. Viggo no tardó nada en dirigirse a la suya. Lasgol y Martha lo siguieron hasta la puerta. Dejó el morral de viaje a un lado, la capa en el suelo, las armas sobre un sillón y se tumbó sobre la cama.

—Qué gusto… —dijo buscando una postura cómoda.

—Las botas… —La mujer negó con la cabeza.

—Oh, sí, perdón —reconoció Viggo, y se las quitó.

—Tenéis una palangana con agua del día y jabón para asearos.

—No es necesario… —comenzó a decir el chico, que no tenía ganas de limpiarse, sino de dormir algo y descansar.

—Sí que lo es; apestáis —insistió Martha con un tono contundente.

—El camino ha sido largo y duro…

—Quien quiera cenar tendrá que lavarse primero.

Aquello zanjó la discusión.

—Sí, por supuesto, me limpio ahora mismo —dijo el muchacho ante la mirada de enojo de Martha y el rugido de su estómago.

—Os prepararé una buena comida caliente —informó a Lasgol con una sonrisa amable.

—No es necesario, Martha…

—Claro que lo es, necesitáis reposo y alimento. Descansad del viaje mientras preparo la comida. Os aviso cuando esté lista —les propuso, entonces bajó las escaleras con su habitual energía y garbo.

Lasgol fue hasta su habitación y dejó todo su equipamiento sobre la cama. Cerró la puerta y, siguiendo las instrucciones de Martha, se aseó.

Usó su habilidad para comunicarse con Camu, que había despertado y ya saltaba sobre la cama.

«Juega en silencio».

Camu flexionó las cuatro patas y sacudió la cola contento. Dio un gran brinco sobre la cama. El muchacho sonrió y continuó aseándose.

«Ven, pequeño», le pidió a la criatura cuando terminó. Camu fue hasta él con dos grandes saltos y se le subió al torso. Después, le volvió a lamer la mejilla.

El chico sonrió lleno de alegría. Se notaba muy contento, estaba con Camu y en casa. Una sensación de júbilo y calor lo arropó por un momento. Olvidó todos los problemas y dificultades, se sintió feliz. Si tuviera a su madre allí con él, la felicidad de aquel momento sería completa. Imaginó que era así y se relajó. Disfrutó un largo suspiro.

«Te dejaré jugar en el desván», le dijo a Camu mirando a aquellos ojos saltones.

«Gustar», le transmitió la criatura.

Cada vez entendía un poco mejor lo que trataba de comunicarle. Aún no eran mensajes complejos, más bien sentimientos y sensaciones particulares y unitarios; sin embargo, Lasgol tenía la impresión de que cada vez eran más profundos y le resultaban más fáciles de comprender. Quizá en un futuro no muy lejano la criatura y él descubrirían cómo comunicarse con mensajes más elaborados, una esperanza que según Egil era del todo factible.

«Sí, ya lo sé, porque está lleno de mil trastos y te encanta jugar al escondite y revolverlo todo».

Camu inclinó la cabeza a un lado y sonrió con su expresión de criatura buena que nunca hace nada malo.

«No me engañas, te conozco bien. No hagas ruido y no rompas nada».

El ser soltó un chillidito de queja.

«No te hagas el ofendido. Te llevaré verdura más tarde».

«Deliciosa».

«Sí, verdura deliciosa», le aseguró Lasgol.

Camu saltó de la cama y corrió hacia la trampilla que daba acceso al camarote al final del pasillo.

El chico tuvo que salir corriendo tras él maldiciendo entre dientes. Dejó a la traviesa criatura en el ático y fue a buscar a su compañero a la habitación de invitados. Lo encontró dormido. Decidió dejarlo descansar un rato más. Se giró, al hacerlo el suelo de madera hizo un crac bajo el peso de su cuerpo.

Escuchó un bum.

Giró la cabeza hacia el sonido y descubrió la daga de lanzar de Viggo clavada en el marco de la puerta, a dos dedos de su oreja.

—¡Podías haberme dado!

—Podías evitar hacer ruido y sobresaltarme.

—¡Solo me he girado!

—Ya sabes que no me gustan los sobresaltos, no me gustan nada. Reacciono mal.

—Ni a mí que me lancen dagas. Podrías haberme desgraciado.

—Bah, yo nunca fallo a esta distancia.

—Eres imposible.

—Eso dicen muchos. —Sonrió él.

Lasgol despotricó entre dientes.

—¿Está lista la comida? Me comería un elefante.

Lasgol negó con la cabeza.

—Vamos abajo, por el delicioso aroma que me llega diría que sí.

Eso hicieron.

—Me alegra tanto verte en casa, Lasgol —le dijo Martha con una sonrisa llena de cariño.

—A mí también me alegra estar aquí y verte, Martha.

—Sentaos a la mesa y os llevaré la comida.

Viggo ya husmeaba el asado.

—Nada de tocar la comida hasta que la sirva —le advirtió la mujer, y el chico retiró la mano que ya extendía hacia la salsa.

—Huele delicioso —halagó Viggo, y le bramó el estómago.

—Mejor sabrá. A la mesa.

Los dos se sentaron y lo primero de lo que disfrutaron fue de un caldo caliente de invierno. Intenso, especiado y que levantaba el espíritu.

—Este caldo lleva alcohol —dijo Viggo con cara de sorpresa.

—Lo lleva —afirmó Martha—. Es una vieja receta de esta comarca. Levanta el espíritu y calienta los huesos.

—Ya lo creo —secundó el chico, que pidió repetir.

De segundo les sirvió asado con puré de patatas y zanahorias y salsa de arándanos. Los dos devoraron el plato como si no hubieran comido en días.

—¡Está todo delicioso! —exclamó el invitado sin poder contenerse mientras se relamía.

—Martha es una cocinera excepcional.

—No es para tanto, lo que pasa es que lleváis días de camino sin comer caliente.

—¡Ah de la casa norghana! —se oyó de pronto desde el exterior como un rugido.

Viggo se puso tenso como una cuerda de arco y sacó su daga de lanzar.

Martha miró hacia la puerta de entrada.

El guardabosques se puso en pie listo para entrar en acción. Lasgol sonrió para sus adentros y le hizo un gesto con la mano para que se tranquilizara. Había reconocido la voz al instante.

Martha se dirigió a la puerta y la abrió.

Apareció ante ella un enorme norghano que pasaba ya la mediana edad. Era grande y feo como un oso. Tenía el cabello y la barba rojizos, que llevaba, como siempre, muy descuidados. Estaba tuerto y no ocultaba su ojo malo tras un parche. Tenía cara de muy pocos amigos. Se apoyaba en una muleta, pues le faltaba una pierna de rodilla para abajo. Iba armado con espada y cuchillo largo.

—¡Un soldado norghano pide audiencia con el héroe Lasgol! —rugió.

Era Ulf.

El único e inconfundible Ulf.

—Un soldado retirado, quieres decir —lo increpó Martha.

—Un soldado del glorioso Ejército de las Nieves. Un soldado condecorado en múltiples batallas.

—Ya, el terror de los rogdanos, el horror de los noceanos… —se burló Martha dejándolo pasar.

—Hola, Martha; siempre es un placer estar en tu presencia —le dijo Ulf con una medio reverencia como saludo.

—Pasa, espero que hoy no hayas tomado demasiado calmante noceano en la posada.

—Dos vasos, no más, te lo juro.

—Ya, y yo me lo creo. Anda, pasa.

Lasgol se levantó de la mesa y corrió a abrazar a su amigo. Viggo también se levantó y los observó. El enorme guerrero lo abrazó con tal fuerza que el chico pensó lo estaba estrechando un oso. Seguía tan fuerte y bruto como siempre. Lasgol disfrutó del abrazo de su antiguo señor.

—Estás igual que siempre —le dijo el chico.

Y era verdad. Estaba igual que el año anterior, parecía que el tiempo no avanzaba tan rápido para Ulf como para el resto de los aldeanos de Skad. Quizá se debía a todo el vino noceano que bebía… El rojo de los mofletes y nariz indicaba que ya había tomado algún que otro vaso, cosa que no sorprendió a Lasgol.

El enorme guerrero le dio un segundo abrazo que casi le partió la espalda.

—¡Cuánto me alegro de verte! ¡Pensaba que no regresabas vivo del Continente Helado!

—Pasamos momentos complicados, pero regresamos con vida.

—Me han dicho que fue una campaña infernal.

—Lo fue. El clima adverso, las huestes del Pueblo del Hielo, las criaturas mágicas… Toda una experiencia.

—¡Por los dioses helados que sí! ¡Así se forjan buenos guerreros norghanos!

—La verdad es que sí.

—Ya veo en tus ojos que has crecido y mucho, muchacho.

—Yo me veo igual.

—Esas experiencias te cambian, te hacen más fuerte. Te convierten en un auténtico luchador.

—He aprendido y vivido mucho, eso no puedo negarlo, aunque habría preferido no experimentar el horror de la guerra.

—Tonterías. Siempre ha habido guerras y siempre las habrá. Si no es contra los rogdanos al oeste, será contra el Imperio noceano al sur o contra las tribus masig de las praderas o contra los malditos zangrianos al sudeste —dijo mirándose la pierna tullida—. Siempre hay alguien que querrá nuestra tierra o nosotros la suya. Así ha sido durante miles de años y así será siempre. Haz caso a este viejo soldado.

—Es una perspectiva nada halagüeña, sobre todo después de lo que vivimos en el Continente Helado.

—Habría dado un brazo por haber podido luchar en la batalla final.

—Esperemos que no el de la mule… —comenzó a decir Viggo.

Lasgol le lanzó una mirada para que no terminara la frase.

—¿Amigo tuyo? —preguntó Ulf, y estudió al otro con ojos furiosos.

—Sí, compañero en los guardabosques. Me guarda la espalda.

Ulf se acercó hasta Viggo y se puso sobre él como un oso de las montañas sobre dos patas frente a un joven humano. Lo miró con ojos feroces.

El chico no se achantó. Aguantó el escrutinio.

Pasó un momento y Lasgol pensó que Ulf iba a arrancarle la cabeza a su amigo.

—¡Ja! Me cae bien. Tiene espíritu de guerrero —decidió de pronto Ulf, y le dio a Viggo una fuerte palmada en la espalda.

El muchacho salió despedido varios pasos hacia delante y tuvo que mantener el equilibrio para no irse al suelo.

—A mí también... me cae bien el oso... —dijo Viggo, que estiraba la espalda con cara de dolor.

—Sentémonos a la mesa —ofreció Lasgol.

Ulf asintió y, no sin ciertas dificultades, intentó sentarse. Los muchachos hicieron ademán de ir a ayudarlo; sin embargo, la mirada feroz que les dedicó hizo que volvieran a sus asientos de inmediato. Al fin lo consiguió o, más bien, se dejó caer sobre la silla. Por suerte, esta era robusta. La muleta se fue al suelo.

—¡Por las montañas nevadas que no entiendo esta situación! —ladró Ulf con su habitual estilo directo.

—¿A qué te refieres? —preguntó Lasgol.

—¡A la guerra civil! ¡Al Este contra el Oeste! ¡A qué me voy a referir! Es de lo que habla todo el mundo todo el tiempo. En la posada no hacen más que soltar todo tipo de rumores, mentiras y medias verdades, y yo ya no sé qué truenos pensar —soltó sacudiendo la cabeza de lado a lado.

—Quizá no deberías ir tanto a la posada... —le dijo Martha.

—Ya, y mañana me crecerá una pierna nueva.

Viggo soltó una carcajada.

La mujer emitió varios improperios y fue a por el postre.

—¿De qué lado está un soldado retirado del Ejército de las Nieves? —le preguntó Viggo con una ceja alzada.

Ulf lo miró un momento.

—Ya sé lo que piensas, que porque he sido soldado del ejército del rey mi lealtad está con el Este.

—¿No es así? —dijo Viggo.

—No tengo que explicar a un niñato que no es ni guardabosques todavía con quién están mis lealtades.

—Cierto, pero eso es evadir una pregunta directa. ¿Este u Oeste?

—¿Ves este puño? Pues va a terminar directo en tu nariz.

El muchacho echó la cabeza atrás y levantó las manos al aire.

—Solo era una pregunta.

—Ya… Pues ten cuidado o este viejo soldado te arrancará la cabeza de cuajo.

—Yo puedo aclarártelo y contarte lo que es cierto y lo que no lo es —se ofreció Lasgol.

—Tú eres una de las pocas personas en las que confío en todo Tremia. A ti te escucharé.

Lasgol respiró profundo. Lo que dijera a continuación podía poner a Ulf en su favor o en su contra. Tenía que ser muy persuasivo. Para Ulf el ejército norghano lo era todo, el ejército del Este, de Uthar…

Inspiró de nuevo y se dispuso a contárselo.

Capítulo 4

—INTENTA ENTENDER, NO TE DEJES LLEVAR POR TU CARÁCTER —le dijo Lasgol, aunque sabía que era como pedir a un león no comerse una gacela.

—Lo intentaré, pero no prometo nada.

Lasgol asintió y procedió a relatar a Ulf todo lo sucedido. Quería que el gran oso lo comprendiera, así que le explicó todo lo que le había sucedido comenzando por el principio, desde que se había unido a los guardabosques. Le contó lo sucedido aquel primer año, las amenazas sobre su vida, los descubrimientos que fueron llevando a cabo. Le habló de Camu, de los guardabosques, de cómo había salvado al rey y exonerado a su padre.

—Hasta aquí todo bien, excepto por la pequeña criatura mágica. ¡Odio la magia y todo lo que tenga que ver con ella! ¿La has traído contigo?

Lasgol señaló al techo, sobre su cabeza.

—¿No me dirás que está ahí ahora mismo?

Lasgol asintió.

—Le he dicho que se quede jugando en el desván, pero nos ha oído y ha venido a investigar.

«Puedes dejarte ver, estás entre amigos», le dijo a Camu usando su don.

La criatura se hizo visible sobre la mesa, pegada al techo boca-bajo como una lagartija gigante. Emitió un chillidito de saludo.

—¡Por todas las montañas nevadas del reino! —exclamó Ulf, y casi se cayó de la silla.

—No hay quien pueda con el bicho —resopló Viggo.

—¡Maldita magia! ¡Me ha dado un susto de muerte!

Camu soltó otro chillidito como disculpándose.

—No te hará nada, Ulf, y es un gran aliado. Detecta e impide la magia.

—Mira, eso ya me gusta más.

—Si estás con él, no podrás ser hechizado ni te alcanzará conjuro alguno —explicó Lasgol.

—Ya empieza a caerme mejor la lagartija gigante esa. Continúa —dijo sin quitarle el ojo bueno de encima a Camu.

Lasgol le contó todo lo sucedido el segundo año. Según lo hacía, el rostro del soldado iba ensombreciéndose, y cuando llegó a la parte en la cual descubrió que Darthor era Mayra, su madre, el gesto del hombre se torció, aunque no dijo nada. El chico continuó narrando todo lo sucedido al caer preso de los salvajes del hielo, las atrocidades que había visto cometer contra ellos a los hombres del rey y el final del segundo año en el campamento. También le reveló el descubrimiento final: cuando Camu interfirió con la magia y vieron que Uthar no era en realidad el rey, sino un cambiante.

—¡Eso es imposible! ¡Ni aunque un dios del hielo se me plantara delante y me lo confiara me lo creería!

—Tranquilízate… Sé que es difícil de asimilar…

—¿Difícil de asimilar? ¡Imposible! ¡Por todos los rayos y truenos de la mayor de las tormentas invernales!

Ulf despotricaba fuera de sí. Golpeó la mesa con los puños. Le dio al plato que Martha le había servido con el postre y la compota de manzana salió despedida por los aires.

Viggo se llevó las manos a la boca para tapar una carcajada.

—¡Ulf! ¡Compórtate! —le regañó Martha.

Lasgol dejó que su antiguo señor se calmara y esperó con paciencia.

—¿Tú crees esta historia sobre Uthar? —le preguntó Ulf a Viggo.

—Al principio no. Nos costó algo aceptarlo, al igual que el hecho de que Darthor fuera su madre. Pero ahora sí lo creemos.

—¿Lo creéis todos?

—Todo el equipo, sí.

—¿Y tú, Martha?

—Si Lasgol dice que Uthar es un cambiante, entonces lo es.

—Gracias, Martha.

El hombre sacudió con fuerza la cabeza.

—Esto es demasiado, necesito calmante. Martha, ¿no tendrás algo por la bodega?

Martha echó la cabeza atrás.

—¿Por qué no te comes mi delicioso postre en lugar de pedirme vino?

—Estoy seguro de que está delicioso, lo que ocurre es que lo que me cuenta Lasgol me ha dejado sin hambre.

—Ya, pero no sin sed.

—Mujer, es solo vino, podría ser aguardiente.

—Y yo podría ser una hechicera y lanzar un conjuro de Magia de Maldiciones sobre ti.

Hubo un momento de silencio. Viggo miró a Martha con ojos llenos de suspicacia.

—No… —comenzó a decir Ulf.

—Por suerte para ti, no lo soy.

Ulf resopló.

Viggo sonrió de oreja a oreja.

—Te traeré el vino del sótano, pero solo si me prometes que te comportarás.

—Te lo prometo, mejor que un príncipe rogdano.

—¡Ja! ¡Un príncipe rogdano, dice! ¡Seguro, con los modales ejemplares que tienes! Lo que tengo que oír... —La mujer emprendió el camino a por el vino.

Ulf se encogió de hombros.

—Yo soy un norghano de pura cepa. No se puede esperar otra cosa de mí —se excusó.

Viggo rio.

—¿Qué hace la criatura? —preguntó Ulf.

—Se come la compota que has tirado. Le encantan la verdura y la fruta.

—¡Por el mar del Hielo! ¡Cómo odio la magia! —dijo el hombre levantando los brazos.

Lasgol siguió narrando lo sucedido el tercer año en el campamento, lo que su madre le había revelado: que Uthar era un cambiante, hecho que ellos ya sabían, y cómo su padre había intentado matar a Uthar y había fracasado.

Mientras, Martha le sirvió una copa de vino, pero Ulf cogió la botella de manos del ama de llaves de un zarpazo.

—Necesitaré mucho vino para tragar todo esto.

Ella negó con la cabeza, aunque no dijo nada y dejó que se quedara con la botella.

Lasgol continuó y les contó lo sucedido en la campaña en el Continente Helado. El chantaje de Uthar al duque Olafstone tras secuestrar a sus hijos, la batalla final y la alianza de la Liga del Oeste con los Pueblos del Hielo propiciada por Mayra.

Ulf no dijo nada. Bebió un trago, sacudió la cabeza y bebió de nuevo.

—Ahora entiendo por qué Mayra desapareció. Fingieron su

muerte. Descubrió lo de Uthar y ha intentado detenerlo desde entonces —explicó Martha.

—No es nada sencillo cuando tu enemigo es el propio rey de Norghana y él lo sabe —dijo Lasgol.

—Lasgol, siento lo de Dakon… Fue un acto heroico; él era así, tenía ese espíritu que solo poseen los héroes y grandes hombres.

—Gracias. Por eso tenemos que detener a Uthar y acabar lo que mi padre comenzó y no pudo finalizar.

—Entiendo cómo te sientes, pero es muy peligroso… —le dijo Martha muy preocupada.

—Estamos acostumbrados —dijo Viggo como si *peligro* fuera su segundo nombre.

—No puedo creerlo… —balbuceó Ulf con la barba roja del vino que le caía.

—Yo no te mentiría, Ulf, lo sabes.

El hombre asintió.

—No entendía qué estaba pasando, cómo habíamos llegado a esta situación en Norghana. Estaba muy disgustado. El reino dividido en dos, el Este luchando contra el Oeste. Norghanos matando norghanos. Es una desgracia. Una barbaridad. La disputa por la Corona entre la familia de Uthar y la de los Olafstone es por todos conocida, pero nunca pensé que llegarían a estos extremos, a una guerra civil. Yo soy de esta aldea, de Skad, del Oeste, y mi lealtad está con el Oeste. Pero he sido soldado la mayor parte de mi vida, he servido al rey…, al Este…; estoy dividido… ¡y me pone de un humor de truenos!

—El Este lo dirige un impostor y es una de las razones por las que se ha llegado a esto.

—Si el verdadero Uthar estuviera sentado en el trono, ¿crees que esto se habría evitado? —preguntó Martha.

—Quiero creer que sí. Que no habría ido contra el pueblo del Continente Helado, que no habría forzado una guerra civil.

—Yo no estoy tan seguro —dijo Viggo—; todos los monarcas son iguales, solo buscan poder. Puede que la situación fuera aún peor.

—Pero ¿cómo?

—Podríamos estar en guerra con el reino de Rogdon o el Imperio noceano e ir perdiendo… Podrían estar arrasando nuestro país. Así son los monarcas, así es la política.

—Al chaval no le falta razón —concedió Ulf.

—¿Tú crees?

—¿Cuántos reyes norghanos decentes conoces de nuestra gloriosa historia? —dijo Ulf—. La mayoría han sido unos brutos conquistadores y saqueadores sin ningún tipo de escrúpulos. La guerra contra los zangrianos en la que yo perdí la pierna se inició porque nuestro gran monarca, el padre de Uthar, decidió quitarles unas tierras. Y era un bruto y un arrogante, eso lo sé, lo conocí. Me condecoró en persona.

—Sí, tienes mucha razón. Nuestros monarcas dejan mucho que desear… —le dijo Martha.

—Y los de otros reinos no son mucho mejores —apuntó Viggo.

—Sé que es difícil de aceptar todo lo que te he contado, Ulf, pero te juro que es la verdad.

—Te creo, Lasgol, no es eso, pero me cuesta digerirlo.

—Quizá otra botella te ayude —dijo Martha.

—¿En serio?

La mujer se encogió de hombros.

—Ya eres mayorcito. Pero, si te caes redondo, les diré a estos dos muchachos que te lleven al establo a dormir.

—¡Trato hecho!

Martha puso los ojos en blanco y se marchó.

—Tienes la mejor ama de llaves de todo el condado —le dijo Ulf a Lasgol.

El chico rio.

Martha regresó con otra botella y la puso sobre la mesa; el soldado se abalanzó sobre ella.

De pronto llamaron a la puerta.

—¿Esperamos a alguien? —preguntó Ulf.

—No, yo no —dijo el ama de llaves, que miró a Lasgol.

—No, yo tampoco.

—Soy el jefe Gondar —anunció la voz desde el exterior.

—Voy a abrirle —dijo Martha.

—Un momento —le pidió Lasgol, y miró a ver dónde andaba Camu, pero no lo encontró.

Usó su don para buscarlo, cerró los ojos y se concentró. Para llamarlo necesitaba localizar el aura de su mente; la buscó por la estancia y la cocina, pero no la encontró.

—¿Qué hace? —preguntó Ulf.

—Busca al bicho —respondió Viggo.

—¿Lo busca con los ojos cerrados?

—Está usando sus… habilidades…

—¿Qué habilidades ni qué habilidades?

—Umm… Será mejor que se lo preguntes a él. Será una conversación muy interesante. —Viggo sonrió.

Martha abrió mucho los ojos. Lo había entendido.

Ulf gruñó. No quería entenderlo.

Lasgol por fin localizó el aura mágica de Camu. Le sorprendió; la criatura estaba de vuelta en el dormitorio. La distancia era importante y, aun así, podía localizarlo. Su habilidad iba mejorando, evolucionando y creciendo. Eso siempre le hacía sentirse alegre.

«Camu, quédate ahí. No bajes».

La respuesta no se hizo esperar.

«Jugar. Contento».

«Muy bien. Sigue jugando. Luego subo».

Ya podían comunicarse a mayores distancias. Se preguntó hasta qué distancia y si sería posible con otras criaturas. Tendría que probarlo con Trotador, que no tenía aura mágica. Probablemente solo podría si lo veía. Tenía que experimentar más y desarrollar sus habilidades, pero en el campamento era muy difícil y fuera de él era casi imposible entre misiones y situaciones peligrosas.

Abrió los ojos.

—Ya está; abre, por favor.

—Me vas a explicar ese «Ya está» luego —le dijo Ulf con el gesto torcido.

Martha abrió la puerta y el jefe Gondar entró seguido de su ayudante Limus.

—Buenas tardes a todos —dijo Gondar.

—Buenas —respondieron ellos.

—Es un honor el regreso del héroe de Skad —dijo Limus con una amplia sonrisa.

—Lasgol, nada de héroe.

—Es bueno para el pueblo tener un héroe tan importante —respondió él sonriendo.

—Bueno para la reputación y las finanzas de la aldea —observó Gondar con una sonrisa.

—Muy cierto.

—¿Puedo serviros algo? —ofreció Martha.

—No, nada, gracias, estamos aquí por asuntos oficiales —informó Gondar.

—¿Asuntos oficiales? Eso suena a serio —dijo la mujer con expresión de preocupación.

—El conde Malason estaba esperando la llegada del héroe —explicó Limus.

—¿No será para alistarlo? —preguntó Ulf—. Ya ha captado a todos los hombres de más de quince años que puedan empuñar un arma.

—Y a algunas mujeres también —añadió Martha.

—El alistamiento de las mujeres es voluntario —explicó Limus—. Si desean combatir para defender sus hogares, se les permite.

—Siempre y cuando haya alguien a cargo de la familia —completó la mujer.

—Si el hombre y la mujer marchan ambos a la guerra, ¿quién cuidará de los pequeños, de las granjas? —dijo Limus.

—Algo de razón tiene —admitió Ulf.

—Ya... —reconoció Martha no muy convencida.

Lasgol la miró preguntándose si ella querría luchar. Era todavía joven y fuerte. Las mujeres norghanas eran renombradas en Tremia por acudir a la batalla al lado de sus hombres.

—Martha, si quieres alistarte en la milicia del conde Malason, por mí no hay inconveniente.

—¿Y quién cuidará de la propiedad?

—Me temo que yo no —dijo Gondar—, me uniré a las fuerzas del conde en cuanto nos movilice, y será pronto.

—Mi lugar es junto a mi señor —dijo Martha—. Cuidaré de su hogar hasta su vuelta.

Lasgol asintió con la cabeza.

—Muy bien.

—El conde desea informar al héroe de Skad de que se requiere su presencia en el castillo del duque Olafstone —dijo Limus.

—¿Cuándo os lo ha comunicado?

—Hace unos días —dijo Gondar—. Envió un mensajero. De alguna forma sabía que estabas de camino.

—Entiendo.

—Son tiempos difíciles. Hay espías tras cada sombra y es mejor ser precavidos. Por eso hemos venido en persona —dijo Limus.

—Habéis hecho bien —reconoció Viggo—. Si el conde sabía que veníamos, me apuesto una vaca gorda a que Uthar también lo sabe ya.

—Eso no es bueno… —observó Lasgol pensativo.

—Para nuestra salud no…

—Nada os ocurrirá aquí —los tranquilizó el jefe Gondar—. Mis hombres y yo nos encargaremos. Es por lo que el conde Malason nos avisó.

—Un hombre inteligente —dijo Viggo.

—Partiremos al amanecer —les informó Lasgol.

—¿Tan pronto? —exclamó Martha—. Si acabáis de llegar.

—La situación es muy complicada y, si el duque quiere verme, algo sucede. Debo ir cuanto antes. Además, si me quedo os pongo a todos en peligro.

—Por mí no te preocupes —dijo Gondar, y se llevó la mano al hacha que le colgaba de la cintura.

—Por mí tampoco —secundó Ulf, y agarró la empuñadura de su espada.

—Sé que podéis arreglároslas, más aquí en vuestra aldea, pero no quiero correr riesgos innecesarios. Partiremos al amanecer.

—Muy bien; si necesitas cualquier cosa, no tienes más que hacérmelo saber, después de todo, te debo la vida y esa deuda no la podré pagar nunca —se ofreció Gondar.

—Nadie debe nada a nadie —dijo Lasgol—. Todos somos amigos, eso es lo importante, y debemos cuidar los unos de los otros.

—Bien dicho —afirmó Martha con un gesto.

El jefe se despidió de Lasgol con un abrazo.

—Ten mucho cuidado y, si me necesitas, allí estaré.

—Protege Skad, protege a Martha.

—A mi cuenta, no te preocupes —dijo acariciando su hacha.

—Un honor, señor —se despidió Limus, y cogió la mano de Lasgol entre las dos suyas—. Cuidaremos de su hacienda y del pueblo de Skad en la ausencia de nuestro héroe —dijo con un brillo de admiración en los ojos.

—Gracias, Limus.

Los dos abandonaron la casa.

—Si hay que madrugar, mejor me voy ya a dormir —dijo Viggo—. Martha, una cena deliciosa; siempre que Lasgol me invite, vendré a repetir estos manjares.

La mujer sonrió halagada.

—Avisad la próxima vez y los manjares serán espectaculares —prometió.

—Enviaré mensajeros por tierra y aire.

Martha rio.

—Ulf, ha sido todo un placer —le dijo Viggo, y le ofreció la mano.

El hombre la observó por un largo momento. No parecía que fuera a aceptarla.

Lasgol se quedó mirando sin saber qué decir.

De pronto, Ulf sonrió de oreja a oreja.

—Cuida de Lasgol, necesitará amigos que le cubran la espalda.

—Su espalda es mía. Mataré a quien se acerque a ella.

Ulf estrechó la mano del chico con fuerza.

—Te tomo la palabra.

—La cumpliré —le aseguró Viggo.

El hombre asintió y soltó la mano del muchacho, que se marchó a dormir.

—Si me disculpáis, voy a terminar de limpiar —dijo Martha, le guiñó el ojo a Lasgol y se encaminó a la cocina.

Lasgol y Ulf se quedaron a solas sentados a la mesa. El soldado gruñó. El muchacho no sabía cómo decírselo...

Hubo un silencio tenso.

—Un norghano dice siempre lo que tiene en la cabeza —comentó Ulf.

—Yo…

—Vamos, suéltalo…

Lasgol suspiró.

—Verás…

—No tengo toda la noche.

—Tengo el don, el talento.

Ulf enarcó las cejas.

—Necesito un trago —dijo, y se llevó la botella a los labios. Se bajó media botella de un trago.

—Quería decírtelo…

—¿Desde cuándo lo tienes?

—Desde niño…

—Y todo este tiempo conmigo, ¿se te ha pasado decírmelo?

—No…, es que…

—¡Es que nada! ¡Por todos los dioses!

Lasgol calló temiendo la furia desbocada de Ulf. Pero no llegó.

El hombre se terminó la botella de vino de otro largo trago.

—Estoy listo. Cuéntamelo.

Lasgol resopló. Se armó de valor y le contó lo mejor que pudo su don y las habilidades que había desarrollado con él.

Al terminar, Ulf permaneció callado un largo rato con la cabeza baja.

—Yo… —intentó explicar.

—¡Sucia magia es lo que es!

Lasgol se preparó para la riña.

Pero no llegó.

El hombre se puso en pie con mucha dificultad.

—No te vayas así… —le pidió Lasgol muy triste.

Ulf levantó la mirada.

—¿Quién ha dicho que me vaya?

Lasgol lo miró sin comprender.

Ulf abrió los brazos.

—Ven aquí, dame un abrazo.

El chico se quedó de piedra.

—No me hagas repetirlo...

Se levantó y corrió a abrazarlo. Casi tiró la muleta en la que se apoyaba Ulf. El soldado le dio un auténtico abrazo de oso norghano.

—No me importa si eres un mozo, un héroe, tienes el don o eres el rey. Para mí siempre serás Lasgol y siempre te querré.

Lasgol quedó en *shock* y las lágrimas aparecieron en sus ojos.

—Solo te pido una cosa.

El muchacho lo miró con ojos llenos de lágrimas de emoción.

—No me conviertas en un sapo.

Lasgol comenzó a reír con los ojos húmedos.

Fue un momento que jamás olvidaría.

Capítulo 5

E L VIAJE HASTA EL DUCADO DE VIGONS-OLAFSTONE RESULTÓ agradable, aunque algo tenso. Disfrutaron del camino, de los bosques y ríos, de la belleza de las tierras nevadas del oeste del reino. Sin embargo, los pueblos, pequeñas aldeas y comunidades aisladas por las que pasaron les negaron la hospitalidad del norte y mostraron una frialdad acorde al duro invierno que acababan de pasar. Un comportamiento consecuencia, sin duda, de la tensa situación política y la proximidad del derramamiento de sangre.

A Viggo no le importaba que lo trataran con frialdad. Estaba acostumbrado, en cierto modo, hasta le gustaba, se sentía mejor. No tenía que disimular y ser amable. Podía ser él mismo y mostrar su faceta más fría y cínica, así que disfrutó mucho del viaje.

Lasgol, por su parte, no se divirtió tanto. Le apenaba ver a los suyos, al pueblo norghano, comportarse así, con aquel desapego. Los norghanos eran bravos, brutos, hoscos y amigos de las peleas y del alcohol, pero no eran fríos. Eran directos como una flecha al corazón. La distancia y el recelo que todos mantenían con ellos pasaran por donde pasaran no eran característicos del norte. Eso preocupó a Lasgol. Sus compatriotas se comportaban de una forma que presagiaba cambios y malos tiempos para todos. Vaticinaba conflicto, guerra y muerte.

Remontaron una colina nevada transitando un sendero que corría paralelo al camino principal, pero que era más discreto y ofrecía mejor cobertura. Alcanzaron la cima y divisaron la ciudad-fortaleza de Estocos, capital del ducado de Vigons-Olafstone.

—¡Recórcholis! —exclamó Viggo sorprendido por lo imponente que resultaba la gran ciudad.

—Impresiona, ¿verdad?

—Me esperaba el castillo de un noble medio pudiente, pero esto es algo totalmente distinto.

Lasgol observó la ciudad amurallada con el magnífico castillo de formas rectangulares en el centro, con sus tres torres altas y cuadradas; todo el conjunto era regio, sobrio y estoico. Miles de casas lo rodeaban en todas direcciones hasta alcanzar la muralla de más de veinte varas de altura, imponente y protectora. Las tierras de los alrededores estaban divididas en pasto y labranza y le conferían al ducado un aire de pequeña nación. Y en realidad era así: miles de personas vivían allí y en los alrededores.

—Esa muralla y el castillo sobre la colina en el centro de la ciudad parece que resistirán mil años —dijo Viggo impresionado.

—Por lo que recuerdo de mi visita anterior, tienen más de dos varas de profundidad y me dio la sensación de que eran indestructibles. Aunque yo de murallas y fortalezas entiendo bien poco.

—Esa ciudad aguantará años de asedio, te lo digo yo.

—Sí, eso creo yo también.

—Recuérdame que me meta con Egil por ser un apestoso noble podrido de riquezas —dijo Viggo lleno de sarcasmo.

Lasgol sonrió.

—No creo que necesites que yo te lo recuerde, se lo restregarás por la cara a la primera oportunidad.

Viggo hizo una mueca divertida.

—Tienes toda la razón. Lo voy a disfrutar, y mucho.

Camu se hizo visible entre la nieve y dio un chillidito de interrogación, como preguntando si se dirigían al castillo.

—¿Recuerdas el castillo? —le preguntó Lasgol.

Camu comenzó a flexionar las piernas.

—Creo que el bicho lo recuerda.

—Sí, eso parece, es curioso.

—¿Por?

—Solo ha estado una vez y fue hace ya dos años. Era muy joven.

—Si a mí me llevaran de pequeño a un castillo lleno de lujos, déjame decirte que seguro que también lo recordaría. Te lo aseguro.

Lasgol sonrió.

—Creo que tienes razón, se lo pasó en grande con Egil. Además, ahí descubrió al hechicero Muladin. Seguro que se le quedó grabado.

Camu dio un brinco enorme y quedó hundido en la nieve.

—¿Es que nunca tiene frío? —preguntó Viggo negando con la cabeza.

—Parece que no. Por lo que sabemos…, creemos que procede del Continente Helado.

—Eso lo explica.

La criatura dio otro enorme brinco, chilló en el aire y se dejó caer para quedar enterrada en la nieve.

Viggo negó con la cabeza.

—Está como una cabra.

—Algo locuelo sí que es —reconoció Lasgol.

Continuaron el camino. Descubrieron varias caravanas que también se dirigían a la ciudad. Las formaban labriegos, aunque también había muchos hombres de armas, milicia en su mayoría.

—Tiempos de guerra —dijo Viggo.

—¿Quiénes son?

—Me imagino que refugiados de las tierras fronterizas con el Este. Se dirigen a la ciudad a protegerse. Los acompañan soldados y milicia del Oeste para garantizar su seguridad.

—Por lo que tengo entendido, Estocos es ahora la capital del Oeste…

—Sí, lo fue en tiempos antiguos y parece que ha recuperado ese estatus.

Lasgol usó su don para comunicarse con Camu y que se mantuviera oculto y tranquilo.

—Unámonos a una de esas caravanas —propuso Viggo.

—Buena idea, resultaremos menos sospechosos.

Lasgol azuzó con suavidad a Trotador y bajaron a unirse a la segunda caravana. Se colocaron al final. Un par de hombres armados se les acercaron y los observaron un momento, pero no les dijeron nada. Los dejaron seguir con ellos hasta la ciudad.

Cruzaron el gran portal amurallado que daba acceso al interior. Estaba abierto, se permitía la entrada. Pero había soldados armados a las puertas que los observaban con ojos desconfiados. La muralla también estaba fuertemente custodiada. Lasgol calculó que debía de haber varios cientos de soldados vigilando solo la entrada a la ciudad.

—Muchos soldados, más de un millar en las murallas —susurró.

Lasgol asintió.

Al arribar a la plaza mayor de la ciudad las dos caravanas se detuvieron. Habían llegado a su destino. Lasgol y Viggo continuaron calle arriba, hacia el imponente castillo.

Detuvieron las monturas al final del camino que daba acceso a la fortaleza del ducado. El puente levadizo estaba alzado y en las almenas y torres se apreciaban muchos soldados de guardia, muchos más de los que Lasgol recordaba de su visita anterior.

—¿Quién va? —llamó una voz desde una de las torres.

Los arqueros les apuntaron desde las almenas.

Viggo le hizo un leve gesto con la mirada a su compañero para indicar el peligro. No era el recibimiento que esperaban.

—Soy Lasgol Eklund, del condado de Malason.

—Yo Viggo Kron, del condado de Ericsson —mintió Viggo, que en realidad era del Este.

—Sois del Oeste. Pero ¿sois leales a la Liga? —preguntó la voz.

Esa vez Lasgol pudo verlo: era un oficial. Llevaba el emblema de la casa Olafstone. Probablemente estaba a cargo del puente levadizo y el control de acceso a la fortaleza.

El chico meditó la respuesta. Era complicada. Podían decir que lo eran, pero si se descubría que eran guardabosques, los tomarían por espías y los ahorcarían sin pensarlo dos veces. Los guardabosques estaban con el rey Uthar, no con la Liga del Oeste. Explicar su extraña situación sería todavía más difícil. No, mejor no contar nada.

—Venimos a ver a Egil Olafstone —anunció Lasgol, así evitó contestar la pregunta.

—Es tiempo de guerra. El castillo está cerrado. Nadie puede entrar o salir sin autorización.

—Tu señor Egil nos recibirá —dijo Viggo poniendo al oficial en una situación incómoda, pues Egil era uno de los señores del castillo, junto a sus dos hermanos.

—El duque Austin ha dado la orden. Nadie entra ni sale sin autorización.

El intento de Viggo no funcionó. El duque era ahora Austin, el hermano mayor de Egil, tras la muerte del duque Vikar en la gran batalla en el Continente Helado. Y, por lo tanto, tenía más rango que Egil.

—No nos van a dejar entrar... —le susurró Viggo con disimulo.

Lasgol observó a los soldados y tuvo que darle la razón. Mejor no insistir. Alguno de aquellos arqueros podía accidentalmente soltar y se verían en un buen aprieto. Mejor no discutir con hombres armados.

—Muy bien, nos retiramos —respondió Lasgol al oficial, y le indicó a Trotador que diera la vuelta. Su amigo hizo lo mismo.

Comenzaron a irse despacio, sin movimientos bruscos.

—¡Alto!

Lasgol y Viggo detuvieron las monturas y se quedaron rígidos. Escuchaban el sonido del viento. Si oían un silbido, sería una saeta rasgando el viento.

—¡Regresad!

Obedecieron. Estaban a distancia de tiro. No tenían más remedio.

De pronto y para su enorme sorpresa percibieron el correr metálico de las cadenas del puente levadizo. Con un tremendo crujido y un chirriar que hacía daño a los oídos, el puente bajó y el gran portón se abrió.

—Podéis entrar —les indicó el oficial, y les hizo una seña para que avanzaran.

Los dos muchachos intercambiaron una mirada de sorpresa y arrearon las monturas. Cruzaron el puente y entraron por la gran puerta.

Una figura menuda los esperaba, tras él, una treintena de soldados fuertemente armados.

—¡Bienvenidos, amigos! —los saludó Egil con una gran sonrisa.

Los dos desmontaron de un salto.

—¡Egil! —dijo Lasgol, y se acercó a abrazarlo. Al hacerlo varios soldados se interpusieron.

Lasgol se echó atrás.

—Tranquilos, son amigos —les ordenó Egil a los soldados.

Estos dudaron un momento y luego se retiraron.

—Perdonad. Tienen órdenes de protegerme.

—No sé por qué, ¿quién va a querer atentar contra un pomposo noble de poco valor? —dijo Viggo.

Hubo un silencio tétrico.

Los soldados se prepararon para acabar con aquel insolente. Egil estalló en risas. Lasgol se le unió. Viggo sonrió. Los tres se unieron en un gran abrazo.

—Desde luego, tienes cada ocurrencia... Y siempre en el peor momento. —Lasgol regañó a Viggo.

—Ya, ¿y lo que nos hemos reído?

—Eso es verdad.

Egil se giró hacia los soldados.

—No hay nada que temer. Son muy buenos amigos míos. Confío de pleno en ellos.

—¿Confías también la vida de los tuyos? —dijo una voz.

Se giraron y vieron a Arnold, el hermano de Egil, aproximándose. Era alto, bastante fuerte y atlético, todo lo contrario que su hermano menor. Vestía armadura de guerra y atuendos de calidad. Se acercó con paso seguro y presencia señorial; era el señor del lugar, de eso no había duda.

—Sí, hermano, confío en ellos mi vida y la de los míos.

Arnold se plantó frente a ellos y los miró de arriba abajo con sus ojos pardos; brillaban con desconfianza. Llevaba el pelo corto, castaño, más al estilo del oeste de Tremia que del norte.

—Reconozco a Lasgol. —Lo saludó con un gesto de la cabeza—. Tú debes de ser un compañero, ¿me equivoco? —dijo mirando a Viggo.

—Lo soy.

Arnold hizo un gesto afirmativo.

—Sois bienvenidos. Por mi hermanito y por lo sucedido en el

Continente Helado… No olvido vuestra ayuda, aunque seáis guardabosques al servicio de Uthar…

—Gracias —dijo Lasgol.

—¡Capitán de la Guardia! —llamó Arnold.

Olvan se presentó raudo. Lasgol lo reconoció. Era tan grande y casi tan feo como Ulf. Tenía aquella inconfundible cicatriz en la cara que le bajaba desde la frente por toda la mejilla derecha. A diferencia de Ulf, él había salvado el ojo.

—Mi señor —dijo el capitán con un saludo de respeto.

—Que preparen aposentos para nuestros huéspedes y cuiden de sus monturas.

—De inmediato, señor.

El capitán hizo una seña y varios hombres se acercaron a hacerse cargo de todo.

—He de bajar a la ciudad, asuntos que no pueden esperar —explicó Arnold—, pero estaré de vuelta para la cena. Deberíamos charlar.

—Te esperaremos —le dijo Egil.

—Muy bien. Hasta luego.

Arnold partió y una guardia de dos docenas de hombres fueron con él.

Viggo los observó marchar.

—Tiempos difíciles en el Oeste, toda precaución es poca —confesó Egil.

—Ya lo veo.

—Vamos dentro, aquí fuera solo estorbamos a los soldados, y mejor hablamos en privado de nuestras cosas —ofreció Egil.

Entraron en el castillo. Viggo miraba con ojos bien abiertos el descomunal laberinto de roca negruzca y la multitud de soldados que preparaban armaduras, provisiones o entrenaban en el patio de armas.

—Estos no se preparan precisamente para la paz —comentó Viggo.

Egil suspiró.

—Mis hermanos se preparan para lo peor.

—Ya veo.

—Es una sabia postura.

—Por desgracia lo es.

Lasgol no dijo nada, pero la imagen lo preocupó. Tenía la lejana esperanza de que la guerra se evitara, de que se consiguiera una tregua, pero no parecía que fuese a ser el caso.

—Por aquí, seguidme —les dijo Egil, y subieron a la primera planta por una amplia escalera de piedra.

Recorrieron un largo pasillo pasando por el gran comedor, luego subieron por otra escalera y cruzaron otro largo pasillo con una biblioteca y varias puertas cerradas y vigiladas por soldados de guardia.

—Este lugar es enorme —dijo Viggo.

—No te pierdas —le advirtió Egil con una sonrisa.

—Yo no me he perdido en mi vida.

Lasgol ahogó una carcajada.

Egil entró en una estructura adyacente y Lasgol se dio cuenta de que los llevaba a la gran torre del castillo. Subieron por una interminable escalera de caracol rodeada de una pared de roca. Al fin, salieron a la almena de la gran torre. Desde allí arriba, el lugar más alto del castillo y de la ciudad, se veía todo el paisaje a más de dos mil pasos de distancia. Esa era su utilidad en tiempos de guerra, tiempos que se acercaban.

—Aquí estaremos tranquilos un rato.

—¿No hay vigías? —preguntó Viggo.

—Solo de noche…, de momento. Si la situación empeora, los habrá todo el día.

—Entiendo. Me da que lo hará.

—Por desgracia, yo también creo que la guerra llegará pronto hasta nosotros.

—Déjame que te vea bien —le dijo Viggo a Egil.

El estudioso se giró despacio, con los brazos extendidos, como si un sastre estuviera tomándole medidas para prepararle nueva vestimenta. Viggo lo examinó de arriba abajo y de abajo arriba.

—Estás igual de canijo y delgaducho que siempre —le soltó con desagrado fingido.

—No digas eso —lo amonestó Lasgol—, sabes que no es verdad.

—¿Cómo que no es verdad? Si lo tienes delante de tus ojos, lo único que ha hecho es envejecer, pero sigue igual de escuchimizado y canijo.

—Con amigos como este, quién necesita enemigos… —Egil se encogió de hombros.

—Ya lo creo —convino Lasgol.

—Sabéis perfectamente que soy un hombre sincero y digo lo que siento.

Egil negó con la cabeza.

—Tú de sincero tienes lo que yo de gran luchador.

—Y lo que yo de gran erudito —añadió Lasgol.

Viggo hizo un gesto de menosprecio fingido.

—De mi boca solo salen verdades.

—Y una gran cantidad de tonterías —remató Lasgol.

Egil se echó a reír.

—La verdad que es que os he echado mucho de menos.

—Yo también a ti —dijo Lasgol, y le puso el brazo sobre el hombro.

—Pues yo ni en lo más mínimo. —Viggo intentó mantener una cara seria. No pudo aguantarla mucho y se le escapó una sonrisa.

Los tres comenzaron a reír llenos de camaradería.

Lasgol sintió que Camu le transmitía un sentimiento. Cada vez los sentía más fuertes, más innegables. Quería participar. Lasgol miró alrededor, estaban solos. Usó su don. «Adelante, Camu, aparece».

La criatura apareció sobre la almena de la torre, detrás de ellos.

—Mira quién quiere saludarte —le dijo Lasgol a Egil.

Egil se giró y vio a la criatura.

—¡Camu! —exclamó abriendo los brazos.

Camu saltó a los brazos de Egil, quien lo sujetó lleno de alegría. La criatura le lamió el moflete con su lengua azulada mientras emitía chilliditos de alegría.

Egil rio encantado.

—No sé cómo dejáis que ese bicho os dé chupetones con esa lengua tan rara. Es asqueroso. Os va a pegar alguna enfermedad, ya veréis.

—No seas así —le dijo Egil.

Camu le lamió el otro moflete y Egil rio lleno de alegría. Viggo puso los ojos en blanco.

—Se alegra mucho de verte —le dijo Lasgol.

—Y yo a él, o ella.

—Ello —corrigió Viggo.

—Algún día descubriremos qué es —aventuró Lasgol encogiéndose de hombros.

Mientras Egil jugaba con Camu, los otros dos muchachos observaron las impresionantes vistas desde la torre. A aquella altura tenían una visión despejada de toda la ciudad amurallada, en su bulliciosa belleza.

—Parecen hormigas desde aquí arriba —comentó Viggo señalando a los viandantes.

Lasgol observaba el horizonte; los bosques y las montañas nevadas del reino siempre le transmitían serenidad. Era como si nada les afectara, como si los problemas de los hombres fueran insignificantes. Y para seres milenarios como bosques y montañas, ciertamente lo eran.

—Unas vistas fenomenales —comentó Lasgol.

—Sí… —dijo Viggo, y se quedaron en silencio un momento, disfrutaban de la paz y serenidad que el paisaje les transmitía. Los dos sabían que no duraría.

—Cuidado, alguien viene —dijo de pronto Viggo girando la cabeza para oír mejor.

«Camu, escóndete».

La criatura obedeció.

—Señor… —dijo un hombre bastante mayor, con andar encorvado, que apareció en la torre.

—Albertsen, mi fiel ayuda de cámara. No deberías haber subido hasta aquí… a tu edad… —le dijo Egil.

—Tonterías, el día que no pueda servir a mis señores será mi último día en este castillo. Su hermano, el duque Austin, me envía a buscaros. Es hora de prepararse para la cena. Las habitaciones están listas. Me he permitido preparar baños para nuestros distinguidos invitados.

Viggo abrió los ojos de par en par.

—¿Nos han preparado baños? —le preguntó a Egil totalmente sorprendido y encantado.

—Espero que sean de su agrado —respondió el sirviente.

—Seguro que sí —dijo Viggo, a quien nunca nadie había preparado un baño en su vida.

—Muy bien. Ahora mismo bajamos —dijo Egil.

Albertsen hizo una pequeña reverencia y marchó con paso lento.

—Desde luego, estás podrido de riquezas —le dijo Viggo a Egil.

—¿Porque tengo a Albertsen?

—A él, baños, cenas exquisitas y otras muchas cosas.

—Son cosas que van con el título…

—Ya quisiera yo tener un mayordomo.

—Albertsen ha servido a mi familia toda su vida. No es mío.

—Ya, pero como si lo fuera.

—Es un ayudante fiel a mi familia.

—Tú ordenas y él obedece. Ya quisiera yo. A mí siempre me han dado órdenes.

—Quizá un día llegues a duque —le dijo Lasgol.

—Sí, ya, seguro. Después de rescatar a una princesa prisionera de un dragón.

Lasgol y Egil rieron.

—Yo te veo capaz —le dijo Egil.

—Y yo —secundó Lasgol.

Viggo negó con la cabeza.

—Muy graciosos.

—Pero si lo has dicho tú —replicó Lasgol.

—Aun así. Bajemos. Quiero darme ese baño. ¿Tendrán sales aromáticas?

—Estamos en un castillo norghano… —le dijo Lasgol.

—Tienes razón, aquí solo habrá cerveza y armas.

—Quizá te sorprendas… —le dijo Egil con una sonrisa pícara.

—¿En serio? ¡Vamos!

Capítulo 6

L A CENA SE SERVIRÍA EN LA INTIMIDAD DEL DESPACHO DEL duque. Avisaron a los tres amigos de que los estaban esperando, y se encontraron en el pasillo que daba acceso al despacho del duque. Iban bien aseados y con ropa limpia.

Lasgol captó un olor dulce y fuerte que le encantó. Provenía de Viggo.

—Hueles a rosas —lo acusó pegando la nariz al cabello oscuro de su compañero.

—¡Es que tienen sales perfumadas! —exclamó Viggo como si fuera lo más increíble que le hubiera pasado en mucho tiempo.

—Te han gustado, ¿verdad? —le preguntó Egil, y le dio un golpecito amistoso en las costillas con el codo.

—Pues claro que me han gustado. Huelo como una princesa de una exótica corte del lejano sur. Para alguien como yo, que siempre huele a problemas, es algo milagroso.

Egil soltó una carcajada.

—Nunca mejor expresado. Cada día eres más articulado.

—No sé lo que es *articulado,* pero seguro que no lo soy.

Esta vez fue Lasgol quien rio.

—Yo también he usado las sales, pero con más moderación

—confesó Lasgol cuando dejó de reír—. Camu se ha metido en la bañera y se ha puesto a hacer burbujas. Parece que también le encanta bañarse.

—¿Dónde está? —quiso saber Egil.

—Lo he dejado en la bañera con orden de no salir de la habitación.

—Ah, muy bien. Que disfrute de su baño.

—El problema es que cada vez me obedece menos.

—Debe de ser que está creciendo.

—Ya…, demasiado rápido.

—No habléis del bicho como si fuera un hijo vuestro. Me da escalofríos —se quejó Viggo.

—Tenéis que ayudarme a vigilarlo. Pronto no podré con él.

—Conmigo no cuentes —anunció Viggo.

—Tienes mi completa y absoluta colaboración —se ofreció Egil.

—Gracias, amigo —dijo Lasgol, que sabía que lo ayudarían, Viggo incluido por mucho que ahora protestara.

—Vaya lujos tienes, eres un noble ricachón —le dijo Viggo a Egil frunciendo el entrecejo.

—Son comodidades de la nobleza, tampoco creas que mi familia es muy dada a los lujos y excentricidades, más bien al contrario.

—Ya, ya… Sábanas de seda, cojines bordados, paredes tapizadas, cortinas de Rogdon, alfombras noceanas y muchas más cosas que todavía no he visto.

—¿Cómo sabes tú de dónde son las cortinas y alfombras?

—Yo… Digamos que tengo ciertos estudios de la calle.

—De los barrios bajos, más bien.

—Sí, y a mucha honra. En las profundidades de las cloacas y en la oscuridad de las sombras se aprende mucho, sobre todo el valor de lo que no se tiene.

—O lo que se puede robar y vender…

Viggo puso cara de estar totalmente ofendido. Egil y Lasgol se miraron. Los dos sabían que estaba disimulando.

—No sé qué insinúas, ricachón…

—Nada. Que tienes buen ojo para los gustos caros.

—Eso siempre. —Sonrió Viggo con doble sentido.

Llegaron a la puerta del despacho, dos soldados la guardaban. Al ver a Egil saludaron con la cabeza y abrieron la puerta para que pudieran pasar.

Dentro los aguardaban Austin, duque de Olafstone, y su hermano Arnold.

—Bienvenidos —los recibió el duque.

Egil saludó con un gesto de la cabeza, mostrando respeto a su hermano mayor.

—Gracias, señor —le dijo Lasgol.

Viggo dibujó una pequeña reverencia.

—Estaréis muertos de hambre después del viaje.

—Algo de hambre tenemos —reconoció Viggo, cuyos ojos se fueron directos a la comida que Albertsen estaba sirviendo con su habitual ritmo adormecido.

—Cenemos tranquilos; luego hablaremos —propuso Austin con un gesto para que se sentaran a la mesa que habían preparado frente al fuego bajo, al otro lado del despacho.

—Siempre es mejor hablar con el estómago lleno —apuntó Arnold, que les hizo un gesto para que se sentaran.

Viggo disfrutó de cada bocado. Para él todo lo que Albertsen sirvió eran manjares, aunque en realidad era comida del castillo, de buen cocinero, pero no exótica. Eran platos tradicionales del norte. A Lasgol no le extrañó. Austin, señor del castillo y duque de Olafstone, no tenía aspecto de entretenerse con manjares y cocineros. Lasgol lo observó mientras comían. Era alto y fuerte, y de mentón cuadrado. Llevaba el pelo rubio muy corto, como su hermano Arnold. Tenía seis años más que Egil y sus ojos azules estaban cargados de la enorme responsabilidad del puesto que ahora ocupaba. La vida de todos en aquella sala, y de medio Norghana, dependía de las decisiones que él tomara.

Una vez que terminaron con los postres, que estaban deliciosos, Albertsen se dirigió a Austin:

—¿Desea algo más, mi señor?

—No, eso será todo por esta noche. Gracias.

El sirviente se retiró con los platos vacíos. Los guardias cerraron la puerta para que pudieran estar a solas.

—Me alegra verte de nuevo, Lasgol —dijo el duque Austin.

—El honor es mío, señor.

—No es necesario que me trates de señor.

—Gracias —respondió Lasgol, e hizo un gesto de respeto con la cabeza.

—Tú eres Viggo, ¿verdad?

—Ese soy yo.

—¿Estuviste en la batalla del Continente Helado?

—Sí, junto a Lasgol y Egil; somos compañeros.

Austin sonrió.

—Me alegra saberlo. Gracias por cuidar de mi hermanito.

—No hay de qué. Es un poco sabiondo, pero un buen compañero.

Arnold soltó una carcajada.

—Te conoce bien —le dijo a Egil, y le dio una palmada en el hombro.

Egil asintió sonriendo.

—Hemos pasado tres años juntos, dormimos en literas contiguas en la misma cabaña; me conoce a la perfección.

—Sé que de Lasgol puedo fiarme. Pero… ¿de él? —preguntó Austin con un gesto hacia Viggo.

—Sí, le confiaría mi vida —dijo convencido el menor de los hermanos.

El comentario pilló por sorpresa a Viggo, que hizo un gesto con la cabeza. Le había llegado hondo.

—Entonces, estamos entre amigos —dijo Austin.

—Lo estamos —le aseguró Egil.

—Lo que hablemos esta noche aquí no puede saberse. Nos jugamos la vida —anunció Austin.

—Nosotros y todo el Oeste —apuntó Arnold.

—Por supuesto —confirmó Egil.

Lasgol y Viggo dieron su palabra de que así sería.

—Muy bien. Os explicaré la situación en la que nos encontramos. Uthar y sus fuerzas se han replegado a la capital, Norghania. Está herido, y sus ejércitos, tocados tras la derrota en el Continente Helado.

—Buen momento para atacarlo y acabar con él —comentó Viggo.

—Eso pienso yo también —dijo Arnold—. Ahora que está debilitado y herido, tendríamos que acabar con él para siempre.

Austin negó con la cabeza.

—Todos queremos acabar con esta situación, hacer que Uthar pague por lo que ha hecho, pero, si nos precipitamos, perderemos.

—Para llegar hasta Uthar hay que tomar la capital, y no será nada sencillo, más bien todo lo contrario —dijo Egil.

—Ese es el gran escollo —reconoció Austin asintiendo hacia Egil.

—Podemos tomarla, déjame liderar la ofensiva —le propuso Arnold.

—No, hermano; ahora mismo no podemos. Nosotros solos, sin el apoyo de las huestes del hielo, no podemos sitiar y tomar la capital.

—Pero tenemos todas las fuerzas de la Liga del Oeste de nuestro lado. Los otros condes y duques nos han jurado lealtad. Nos apoyarán si damos la orden de atacar Norghania.

—No estamos preparados, hermano. Acabamos de llegar de la campaña del Continente Helado. Iniciar otra ofensiva para tomar la capital requiere de mucha planificación. No podemos amasar soldados y marchar sin más. Sería un error trágico.

—¡Pero el momento es este! Si esperamos a la primavera o si la campaña se retrasa todavía más y llega el verano, perderemos toda la ventaja que ahora tenemos; Uthar volverá a hacerse fuerte y no podremos con sus ejércitos.

—Te entiendo, hermano. No podemos apresurarnos, pero tampoco esperar al verano…

—Si me permitís, hermanos… —dijo Egil.

—Adelante, te escuchamos —le concedió Austin.

Arnold le indicó con un gesto que expresara su opinión.

—Uthar tiene suficientes fuerzas para defender la capital. Quiero recordaros que las murallas y defensas de la ciudad se reforzaron tras la última guerra, lo cual la hace muy difícil de conquistar. No es inexpugnable, pues una ciudad tan grande es difícil de defender cuando se la ataca desde todas direcciones. Sin embargo, el Oeste no dispone de suficientes fuerzas para atacar desde todos los flancos y poner en aprietos a Uthar. Por otro lado, intentar un asedio sería muy costoso para nosotros. Uthar puede aguantar tras las murallas de la gran ciudad, yo calculo que de cuatro a seis estaciones.

—¿Seis estaciones? —dijo Arnold con tono de desesperación, levantando los brazos al aire.

Egil asintió.

—No podemos tomar la capital sin la ayuda de las huestes del Continente Helado. No tenemos suficientes fuerzas y Uthar, aun con su ejército mermado, puede defender Norghania. —Austin mostró su acuerdo con lo que su hermano pequeño había explicado.

—Pero las fuerzas de Darthor tardarán más de una estación en cruzar desde el Continente Helado y llegar aquí —expuso Arnol su disconformidad.

—Una estación si todo marcha bien, aunque es más probable que sean dos —concretó Egil.

—¡Eso nos lleva al verano! Uthar ya se habrá recuperado y reforzado, habremos perdido toda la ventaja que tenemos ahora.

Austin calló y quedó pensativo.

Lasgol observaba el debate entre los tres hermanos. No podía aportar mucho, él no sabía nada de guerras, ciudades amuralladas, ejércitos y campañas, pero sabía que lo que se decidiera allí afectaría a miles de vidas, tanto norghanas como del pueblo del Continente Helado. Esperaba y deseaba que los tres hermanos no tomaran una mala decisión, por el bien de todos. Viggo también callaba y escuchaba. En sus ojos había una mirada oscura, como si previera toda la muerte y horror que estaban por llegar.

—Tú eres el duque —le dijo Arnold a Austin—, se hará como tú decidas, eres el cabeza de familia. Solo quiero recordarte la promesa que hicimos sobre el cuerpo de nuestro padre.

—Lo recuerdo. Conseguiremos justicia para nuestro padre.

—Justicia, no venganza —apuntó Egil.

Austin asintió.

—No habrá represalias, solo justicia.

Egil le hizo un gesto de agradecimiento a su hermano.

—Yo también deseo marchar con nuestras fuerzas hacia la capital —le dijo Austin a Arnold—, no creas que no es así. Lo deseo tanto como tú. Pero la responsabilidad es mía, no quiero precipitarme y tomar una decisión errónea que acabe con todo por lo que luchamos y traiga muerte y sufrimiento al Oeste, a nuestras tierras.

—No es tiempo para decisiones precipitadas. Toma el tiempo que necesites, mi señor duque de Olafstone, el futuro del Oeste y de Norghana recae sobre tus hombros en este momento de la historia norghana. Que recuerden tus decisiones como sabias —le aconsejó Egil.

—Gracias, hermano; tus palabras me ayudan —le dijo Austin—. Conseguiremos justicia para nuestro padre. Conseguiremos unir Norghana de nuevo en un reino fuerte y próspero. Conseguiremos la Corona para nuestra casa. Todo eso conseguiremos, pero para ello no puedo precipitarme. Esperaré a Darthor y las huestes del Continente Helado.

—¿Es esa tu decisión? —le preguntó Arnold para ver si era definitiva.

—Lo es.

Arnold la sopesó.

—La acepto.

—Decidido queda —dijo el mayor zanjando la cuestión.

—¿Cuándo hablarás con Darthor? —le preguntó Egil.

—Estoy a la espera de nuevas suyas. Necesito hablar con él con urgencia. He enviado mensajeros por tierra y aire. Deberíamos saber de él pronto. O eso espero.

—Muy bien.

—Hasta entonces, prepararemos nuestras fuerzas para la ofensiva final y tomaremos los pasos hacia el este para tenerlos bajo control.

—Déjalo en mis manos —dijo Arnold.

—Encárgate, hermano.

—¿Qué quieres que haga yo? —preguntó Egil.

Austin torció el gesto preocupado.

—Me gustaría que te quedaras conmigo, pero sé que eso no es lo que quieres.

—Creo que puedo ser de más ayuda en el campamento con los guardabosques.

—¿Espiando para el Oeste?

—Eso es.

—Es muy peligroso, te colgarán si te descubren.

—Solo si me descubren, y mis amigos me ayudarán. —Egil señaló a Lasgol y Viggo.

—¿Lo harán? —quiso cerciorarse Arnold.

—Lo haremos —le aseguró Lasgol.

Austin y Arnold miraron a Viggo.

—Lo haremos —les confirmó este tras meditarlo un instante.

—Muy bien, no te lo prohibiré —le concedió Austin—. Prométeme que no te arriesgarás más de lo necesario. No quiero tu muerte sobre mi conciencia.

—No te preocupes, Austin, todo saldrá bien—le aseguró Egil.

Austin asintió, pero la preocupación era evidente en su mirada.

Arnold se puso en pie.

—¡Por el rey del Oeste! —dijo, y clavó la rodilla ante Austin.

—¡Por el rey del Oeste! —vitorearon Egil, Lasgol y Viggo, y se pusieron en pie.

—¡Por el legítimo rey de Norghana! —bramó Arnold desenvainando la espada.

—¡Por el legítimo rey de Norghana! —jalearon todos.

Capítulo 7

LOS TRES COMPAÑEROS CABALGARON TODO EL DÍA ALEJADOS DE senderos y caminos amplios, buscaban siempre el cobijo de los bosques y la protección de las hondonadas. Así los habían adiestrado y ellos se guiaban por las enseñanzas recibidas. De no tener prisa, habrían avanzado solo al amparo de la noche. Durante todo el trayecto divisaron movimiento de personas y tropas. La guerra era palpable en los paisajes, en las gentes e incluso en el viento que les traía olores más agrios que de costumbre: el olor a muerte y destrucción.

Acamparon no muy lejos del río, a una legua de distancia del punto de embarque, al resguardo de un bosque. Se cercioraron de que no había peligro en los alrededores y encendieron un pequeño fuego para calentarse. Comieron en silencio de las provisiones que llevaban. Se resguardaron del frío soplo del viento que acariciaba troncos y ramas cubiertos de nieve. Era el único sonido a su alrededor.

Egil se estremeció, se arrebujó en la capa y puso las manos sobre el fuego.

—No consigo entrar en calor —confesó.

—Pronto llegará la primavera y podremos disfrutar de mejores temperaturas —le dijo Lasgol.

—¿Acaso el señorito no está a gusto lejos de su castillo, sirvientes y riquezas? —le chinchó Viggo.

Egil miró al cielo y negó con la cabeza.

—Ya sabes que mi cuerpo no es excesivamente compatible con la ausencia de calor.

—Frío, se dice frío, no ausencia de calor; pero qué retorcido y sabelotodo eres…

—Déjalo tranquilo —lo amonestó Lasgol.

—Tú no lo defiendas siempre. Ya es mayorcito, puede arreglárselas por sí mismo. Además, su hermano mayor es heredero a la Corona de Norghana, así que es casi de la realeza.

—Contendiente, no heredero.

—Por sangre, ¿quién debería ser rey, Uthar o tu hermano Austin?

—Mi hermano, por linaje y ascendencia.

—Pues eso. Eres mayorcito y de la realeza.

—Casi… —dijo Egil—. Pero no caeré en las vanas provocaciones con las que intentas sacar de sus casillas a otros. Eso de nada te servirá conmigo. Son una pérdida de tiempo.

Viggo sonrió e inclinó la cabeza.

—Veremos.

—Yo creo que lo hace porque, si no, se aburre —dijo Lasgol, y le dio un mordisco a un trozo de carne ahumada.

—Muy divertidos no sois vosotros dos precisamente…

—Hay peores compañías. Tú tienes la fortuna de viajar con un noble de una de las familias más ilustres y poderosas de Norghana y con un héroe de la nación. La mayoría se sentirían honrados más allá de toda expectativa.

Viggo se quedó meditando las palabras de Egil por un instante.

—Tienes razón. Estoy fuera de mí del júbilo que me provoca —dijo con un gesto de disgusto, y mordió un pedazo de queso curado.

Egil y Lasgol rieron.

—Tampoco entiendo por qué tan ilustres personajes no llevan vino entre sus provisiones —dijo mientras registraba el contenido del morral de viaje.

—Porque los guardabosques no beben —respondió Lasgol.

—Eso es cuando están en misión, que no lo estamos, además tampoco somos guardabosques todavía.

—Lo seremos al terminar el año.

—Si terminamos, querrás decir.

—Lo terminaremos. Todos —le aseguró Lasgol.

Viggo miró a Egil. Ellos dos no estaban tan seguros, se les veía en los ojos.

Siguieron comiendo en silencio, atentos a los sonidos del bosque.

Al terminar, Viggo le puso la mano en el brazo a Egil.

—Quizá no deberías ir…, aún estás a tiempo de volver con tus hermanos. Con ellos estarás a salvo.

Egil lo miró sorprendido.

—¿Te preocupa que viva?

Viggo asintió.

—El último año es el más difícil, hay gente que muere, gente más dura que tú.

—No me rendiré.

—Bien dicho —lo animó Lasgol.

—Piénsalo bien. Es un año muy duro y tu situación es extremadamente delicada. Pueden colgarte en cualquier momento, en cuanto Uthar lo ordene. Y sabes que puede hacerlo. Ya lo hizo.

—Le he jurado lealtad.

—Eso no lo convencerá. Te usará contra tus hermanos.

—Puede ser, pero no me echaré atrás. Seré un guardabosques y lucharé contra Uthar —dijo Egil con tal determinación y convencimiento que no daban pie a discusiones.

Viggo negó con la cabeza.

—Ambas cosas te matarán.

—No si lo protegemos —dijo Lasgol.

—Gracias, amigo, pero no quiero que os pongáis en peligro por mí. Sé a qué me arriesgo y voy por mi propia voluntad.

Viggo seguía negando con la cabeza.

—¿Estás seguro? Yo en tu lugar me volvía al castillo. Te lo aseguro.

—Lo estoy, Viggo.

—Está bien —concedió Viggo, e, inclinándose, le dio un breve abrazo a su compañero.

Fue un gesto tan inesperado de él que dejó a Egil y Lasgol sin palabras.

Antes de acostarse atendieron a sus monturas, que descansaban a unos pasos, a cubierto, bajo un gran roble. Luego se dedicaron a cuidar de sus armas y equipamiento, algo que cada guardabosques debía hacer siempre antes de descansar. Lasgol cuidaba de su arco compuesto y flechas que tenía ya preparadas para cualquier eventualidad, algunas de cabeza «especial», que requerían cuidados extra. Viggo afilaba el hacha corta y el cuchillo largo con una piedra dando pasadas metódicas. Aquel movimiento lo había hecho miles de veces y se notaba. Egil, por su lado, repasaba los contenidos de su cinturón de guardabosques. Llevaba infinidad de compuestos y preparados en diferentes contenedores en los numerosos bolsillos del cinto.

—Me encanta este cinturón, es el mejor obsequio que nos han hecho —comentó mientras terminaba de ordenarlo.

—De eso nada, el obsequio de primer año, el hacha y el cuchillo de guardabosques, es el mejor —dijo Viggo mostrándole las armas con las que Dolbarar los había agasajado como regalo de graduación el primer año.

Lasgol negó con la cabeza.

—No estoy de acuerdo, el mejor obsequio es el arco compuesto de guardabosques que nos dieron al terminar el segundo año

—dijo, y lo mostró a sus compañeros—. Menuda ilusión me hizo cuando Dolbarar me lo entregó.

—Parece que a cada uno nos agrada un detalle diferente.

—Pero ¡¿cómo nos va a agradar el maldito cinturón de los mil bolsillos y recovecos?! —se quejó Viggo.

—Porque tiene una gran funcionalidad. Portamos todos nuestros compuestos en él, los necesitaremos para enfrentarnos a los peligros del camino.

—Para enfrentarnos a los peligros se usan las armas —dijo Viggo girando hacha y cuchillo en las manos.

—Los dos tenéis razón. Las armas —mostró el arco— necesitan los componentes. —Y enseñó una flecha con cabeza especial.

—Bueno, pues todos tenemos razón entonces —reconoció Viggo.

—Ya, mientras se te dé la razón… —le respondió Lasgol.

—Por supuesto. —Sonrió él de oreja a oreja.

Egil rio.

Se dispusieron a descansar, ya había anochecido.

—Habrá que hacer guardias —anunció Lasgol.

—Muy bien, me pido la última —expuso Viggo con una falsa sonrisa inocente.

—Por mí no hay problema —dijo Egil—, la primera o la última me dan igual.

—En ese caso, haremos lo siguiente: como Viggo quiere la última y a ti te da igual, coge la primera y yo haré la segunda.

—Perfecto —aceptó Egil.

Lasgol descansó un largo rato mientras Egil realizaba la primera guardia, y se relajó, aunque no durmió bien. Su sueño estuvo lleno de pesadillas de guerra, de batallas repletas de sangre y muerte. Cuando al fin Egil lo despertó para que hiciera su turno, lo agradeció; no quería seguir soñando. Con aquel medio descanso el cuerpo ya estaba recuperado, por lo cual prefería hacer la guardia que seguir durmiendo.

Según se despertó también lo hizo Camu, que captó el movimiento de Lasgol al levantarse. Viggo, por su parte, dormía como un niño bajo un árbol.

Lasgol se estiró y, como imitándolo, la criatura hizo lo mismo. Un momento más tarde ya estaba explorando los alrededores. Para no hacer ruido, Lasgol se concentró, usó su don y se comunicó con ella.

«No vayas muy lejos y ten cuidado».

La criatura se volvió hacia él y le envió un sentimiento: «Descubrir, divertido».

Lasgol asintió; sabía perfectamente que le encantaba explorar y que para él era todo muy divertido. Mientras la criatura se divertía descubriendo los alrededores del pequeño campamento, él estiró las piernas y también investigó alrededor por si había algún peligro. Cuando se cercioró de que todo se hallaba tranquilo, se puso a cuidar de sus armas cortas.

Mientras afilaba el cuchillo con la esmoladera, se perdió en sus pensamientos y el rostro de una bella morena le apareció en la mente. Una chica de ojos fieros, de labios suaves y cálidos: Astrid. Tenía muchísimas ganas de volver a verla, de volver a besarla, y, al pensar en cómo sería abrazarla de nuevo, la duda lo asaltó. ¿Y si ella ya no quería besarlo? ¿Y si había cambiado de opinión sobre él? Habían pasado bastantes semanas separados y los dos habían vivido situaciones tensas… ¿Seguiría ella queriendo verlo? Sacudió la cabeza intentando despejar aquellas dudas e inseguridades. Pasase lo que pasase, cuando llegara al campamento y se encontrara con ella lo descubriría. Lo que sí sabía a ciencia cierta era que él deseaba con todo su ser estar con Astrid. Cada vez que lo pensaba se le formaba un vacío en el estómago, seguido de una extraña sensación de calor que le subía por el cuerpo hasta las orejas.

Suspiró. La verdad era que Astrid producía efectos muy extraños sobre él, algunos de ellos extremadamente agradables y que quería repetir cuanto antes.

De pronto un sentimiento le invadió la cabeza.

Era Camu. El mensaje le llegó como una bofetada.

«¡Peligro!».

Se puso en pie al instante y buscó a la criatura, aunque no la vio. Usó su don y buscó el aura de su mente. La encontró al este, a unos veinte pasos. Con mucho cuidado preparó el arco y comenzó a avanzar hacia el animal. Pensó en dar la alarma y despertar a Egil y Viggo, pero podría ser una falsa alarma o simplemente que la traviesa criatura se hubiera encontrado con un animal que no conocía, así que prefirió asegurarse de que de verdad había un peligro antes de alertar a los demás.

Avanzó con mucho cuidado y el arco listo para tirar. Intentó, como siempre hacía, pisar sin emitir sonido y avanzar entre la penumbra, se ocultaba de la delatadora luz de la luna y las estrellas. Gracias al entrenamiento de los tres años anteriores ya casi podía hacerlo sin pensar, casi por instinto, lo mismo que la facilidad con la que manejaba el arco. Todos sus sentidos estaban alerta, en especial el oído, que en la oscuridad del bosque era su mejor aliado para detectar alguna amenaza oculta.

Dio la vuelta a un roble grueso con mucho cuidado de no tropezar con sus raíces y descubrió a Camu. Estaba quieto y con la cola apuntando hacia otro roble, a unos pasos.

«Peligro. magia», le llegó el aviso a Lasgol.

De inmediato levantó el arco y apuntó hacia el roble. Había alguien o algo escondido tras él, y poseía magia. Los pelos de la nuca se le erizaron.

—Sal de ahí detrás muy despacio —ordenó Lasgol.

Hubo silencio. Nada se movió, pero Lasgol sabía que allí había algo.

—Sal de ahí si quieres vivir —repitió con tono amenazante.

De pronto vio una mano aparecer a un lado del tronco. Luego

una segunda. Le estaba mostrando que se hallaba desarmado, aunque, siendo mago, aquello daba igual; su arma era su poder, no la espada o el arco.

—Vamos, sal —forzó Lasgol, y tensó la cuerda para preparar el tiro.

Vio una pierna a la cual siguió un cuerpo. La figura se dejó ver, salía muy despacio y con las manos extendidas.

Lasgol reconoció de inmediato las vestimentas negras y el horrible yelmo que cubría el rostro del mago.

¡Era Darthor!

—Madre… —balbuceó totalmente sorprendido.

—Hola, Lasgol; veo que tu inquieto acompañante sigue protegiéndote de toda magia.

Al verla salir, Camu se relajó. Dejó de apuntar con la cola y emitió un chillidito de alegría, de reconocimiento.

—Sí, es mi fiero protector —reconoció con una sonrisa.

Darthor se quitó el yelmo y Lasgol pudo ver el bello rostro de su madre.

—No puedo creer que estés aquí —dijo el muchacho, todavía en *shock* por el inesperado encuentro nocturno.

Ella se acercó y lo abrazó con fuerza.

—Madre…, qué alegría.

—Me llena el corazón de gozo ver a mi hijo.

Se abrazaron en un momento de amor y ternura. Lasgol no quería dejar el abrazo de su madre, tenía la sensación de que, de hacerlo, ella desaparecería y no volvería a verla.

—Pero ¿qué haces aquí? ¿Por qué te arriesgas? —preguntó mirando a su alrededor. Estaban en lado enemigo, en el este del reino.

—Necesitaba verte, hablar contigo —le dijo, y le besó la frente.

Estaba tan contento de verla, tan emocionado, que se le humedecieron los ojos.

—Te hacía en el Continente Helado.

—Eso es lo que queremos que Uthar crea. Pero no, ya he cruzado.

—¿Has venido sola?

—No, me acompaña una selecta escolta. Salvajes de los hielos y arcanos de los glaciares. Están acampados en el bosque, más al interior. Solo viajamos de noche, no queremos que nos localicen. De momento, lo hemos logrado. Si alguien nos detecta, puedo en-cargarme... —Movió las manos como si fuera a conjurar.

Lasgol sabía que el poder de su madre era inmenso. Era uno de los hechiceros más poderosos de todo Tremia..., o eso decían todos. Podía hechizar y dominar a quien quisiera, a grupos enteros de per-sonas. Él mismo lo había presenciado en la gran batalla en el Conti-nente Helado. Aun así, sentía que debía protegerla, cuidar de ella..., al menos cuando se presentaba ante él sin el horrible yelmo. Una vez que se lo ponía y se convertía en Darthor, ya no parecía necesitar la ayuda de nadie, parecía poder conquistar cualquier reino en solitario.

—¿Cómo sabías que me encontrarías aquí?

—Los guardabosques han tomado precauciones este año al cambiar la frecuencia de los viajes al campamento y los puntos de embarque, pero sabía que tendrías que pasar por aquí, así que he estado esperándote.

—¿Por qué? ¿Ocurre algo, madre?

—Sí, hijo, necesito hablarte. Pero antes déjame verte —dijo ella, y dando un paso atrás, lo observó de pies a cabeza—. Cada vez que te veo te pareces más a tu padre, no sabes lo mucho que me alegra. Me llena el corazón de alegría.

Camu se acercó hasta ella y, como si fuera un gatito, se puso entre sus pies.

—No parece que te tenga miedo —observó Lasgol.

—Eso es porque presiente que no voy a hacerte ningún daño. Es una criatura muy especial. Me costó mucho encontrarla, su es-pecie está casi extinguida.

—¿Es del Continente Helado?

Ella negó con la cabeza.

—Es de un lugar helado, pero está más allá, en una tierra muy al norte.

—¿Más allá? No sabía que hubiese nada más allá del Continente Helado.

—Sí, lo hay. Una tierra, al nordeste, que no se ha descubierto, donde todavía quedan criaturas mágicas y excepcionales. Es un lugar remoto y con un clima tan extremo que lo hace prácticamente inhabitable. Pocos han conseguido regresar con vida de allí. Muy pocos. Yo soy una de esas excepciones.

—¿Es el clima más extremo que el del Continente Helado?

Ella asintió.

—Hasta los salvajes del hielo tienen dificultades para recorrerlo.

—Entonces, debe de ser un lugar terrible.

—Yo no diría tanto, es un lugar donde rara vez se ha visto a un hombre. O, en mi caso, a una mujer.

—Pero tú fuiste hasta allí y fue donde conseguiste a Camu.

Ella asintió.

—Y me costó mucho, casi pierdo la vida. Será un protector y un amigo magnífico para ti, te salvará de muchos peligros. Por eso fui a buscarlo, para que fuera tu guardián. No deseo que te ocurra lo que a tu padre… En lo posible, quiero poder ayudarte.

Lasgol miró a la criatura y esta se puso a flexionar las patas, contenta.

—Ahora mismo, con todo lo que duerme, para salvarme la vida tendría bastantes dificultades —dijo el chico sonriendo.

—Espera a que crezca y me darás la razón.

—La verdad es que para detectar magia y contrarrestarla ya nos ha venido muy bien.

—Pues sigue utilizándolo y cuida de él. Pensaba que ya no existían. Por fortuna, me equivoqué.

—¿Por qué no te lo quedas tú? Lo necesitas más que yo.

Mayra abrazó a su hijo.

—Me hace muy feliz que antepongas mi seguridad a la tuya.

—Eres mi madre.

—Una madre que ha estado ausente toda tu vida.

—Pero mi madre, después de todo.

—No sabes lo feliz que me hacen tus palabras.

—Lo digo de corazón, como lo siento.

—Lo sé, y por eso me hace tan feliz —dijo Mayra con lágrimas en los ojos.

—No quiero que te ocurra nada…

—Yo tampoco quiero que te pase nada. No me lo perdonaría, no después de lo que le sucedió a tu padre. Por eso Camu debe quedarse contigo, para protegerte. Ese es mi deseo. Prométeme que no te separarás de él y que lo cuidarás.

—Lo haré, madre, te lo prometo.

Mayra volvió a abrazarlo con fuerza.

—Escúchame bien, hijo —le dijo ella con rostro muy serio—. Estamos reuniendo las fuerzas de los Pueblos del Hielo en el Continente Helado. Con el verano llegará el momento de invadir Norghana. Por ello debemos tener muchísimo cuidado, ser muy precavidos y extremar las precauciones. Un movimiento en falso, un error y todo se derrumbará. Una vez que crucemos y pongamos pie en tierra norghana, la ofensiva comenzará. Será un todo o nada. Es fundamental que nadie conozca nuestros planes. Uthar no debe descubrir dónde ni cuándo cruzaremos.

—Vengo del castillo del duque Olafstone, esperan nuevas tuyas. Están preocupados y nerviosos. Se ven solos, dicen que no saben de ti ni de los Pueblos del Hielo. Uthar se está haciendo fuerte en la capital y está reconstruyendo su ejército.

—¿Has estado en el castillo con Austin?

—Sí; viajo con Egil, he ido a recogerlo antes de partir para el campamento. Egil ya ha estimado que no podríais cruzar hasta el verano; así se lo ha dicho a sus hermanos.

—Es muy inteligente tu amigo.

—Lo es —asintió. Miró hacia el campamento, donde dormía.

—Mantenlo cerca, te dará buenos consejos.

—Lo haré, madre.

—Debéis tener mucho cuidado en el campamento de los guardabosques, Uthar intentará alguna jugada contra Egil.

—¿Y contra mí?

—Creo que no sospecha de ti. No sabe de nuestra relación. Nadie lo sabe —dijo mirando alrededor para asegurarse de que nadie los observaba—. Si Uthar descubre que eres mi hijo, no cejará hasta capturarte o darte muerte. Si te captura, lo usará para acabar conmigo. Si te matara, no podría soportarlo…

—No lo hará.

—Tampoco los pueblos del Continente Helado deben saber quién eres ni quién soy yo. Si descubren que soy una mujer norghana cuyo hijo y marido pertenecen a los guardabosques, no lo entenderán. La alianza con la Liga del Norte es muy frágil. El Pueblo del Hielo desconfía. Debemos ser muy prudentes. Si nos descubren, por un bando o por el otro, todo acabará muy mal.

—No te preocupes, madre, no ocurrirá. No lo sabrán por mí.

—Es crucial que no lo sepan. Por eso he venido a avisarte. No me preocupas tanto tú. Me preocupan ellos. —Señaló hacia donde dormían Egil y Viggo—. Saben quién soy, ¿verdad? Se lo has contado.

—Sí…, pero puedes fiarte de ellos.

—¿Quién más lo sabe?

—Solo los componentes de mi equipo, los Panteras de las Nieves: Ingrid, Nilsa, Gerd, Egil y Viggo. Pero son todos de entera confianza. Me han salvado la vida, confío plenamente en ellos.

—No lo dudo, hijo, pero un secreto que conocen seis personas ya no es un secreto…

—Hablaré con ellos, les haré jurar que no lo revelarán a nadie. Me fío de ellos con mi vida.

—Está bien, pero entiende el riesgo que corremos. Mi identidad debe permanecer secreta. Nuestra relación debe permanecer secreta.

—Lo entiendo, madre.

De pronto, Camu se giró, se puso tieso y apuntó con la cola hacia el oeste, al interior del bosque.

—Detecta magia, madre…

Mayra miró en la dirección en la que apuntaba la criatura.

—Deben de ser los arcanos que van conmigo, estarán buscándome. Llevo ausente un buen rato. Estarán preocupados. Será mejor que nos despidamos.

—¿Te vas?

—Debo hacerlo —dijo Mayra, después abrazó a Lasgol con fuerza—. Te quiero mucho, hijo. Estoy muy orgullosa de ti. Serás un gran hombre. Lo sé.

—Madre, te quiero.

Mayra se puso el yelmo y desapareció entre los árboles para convertirse en Darthor.

Se marchó en la dirección hacia la que apuntaba Camu.

Lasgol creyó percibir unos ojos violeta, pero desaparecieron al cabo de un momento.

Se quedó solo con la criatura, deseando haber podido pasar más tiempo con su madre.

Capítulo 8

AQUEL AÑO EL VIAJE RÍO ARRIBA SERÍA ALGO DIFERENTE. LOS guardabosques habían cambiado la forma y periodicidad de los viajes al campamento debido a la confrontación bélica. Como bien establecía *El sendero del guardabosques*, debían ser muy precavidos y nunca repetir pautas que el enemigo pudiera interceptar o adivinar.

—Este es el punto desde el que partimos los años anteriores. Está desierto —dijo Viggo mirando alrededor.

Lasgol se arrodilló y observó un claro rastro que seguía la vera del río.

—Creo que tenemos que ir río arriba —dijo señalando los indicios—. Dolbarar ya nos advirtió de que la vuelta sería más complicada. Nos dijo que no esperáramos a los navíos de asalto, sino que buscáramos nuestro propio camino.

—Pensaba que era una de sus metáforas sobre la vida y *El sendero del guardabosques* —comentó Viggo con los brazos en jarras.

Egil negó con la cabeza.

—Esta vez su discurso era literal. Los guardabosques han tomado precauciones. No habrá navíos ni viaje en grupo. Tendremos que valernos por nosotros mismos.

—¿Estás seguro de que tenemos que seguir el rastro que marcas? —preguntó Viggo.

—Bueno, seguro del todo no, pero aquí no hay nadie, o más bien no se ve a nadie, aunque mi instinto me dice que nos observan desde el bosque —dijo, y echó una rápida mirada al este. Se estremeció.

—¿Tu instinto o tu don?

—Los dos...

—Entonces, será cierto —admitió Viggo escudriñando por si veía algún guardabosques oculto, lo cual era extremadamente difícil, por no decir casi imposible cuando se ocultaban en los bosques.

—Que encontremos un rastro tan claro en el punto preciso de encuentro creo que es una señal más que significativa —expuso Egil—. Lo seguiremos hasta donde nos conduzca y vemos qué nos depara.

Viggo se encogió de hombros.

—Lo que digáis.

—Muy bien, pues en marcha —propuso Lasgol con ánimo.

Avanzaron durante un día y una noche a ritmo tranquilo, siguiendo el rastro que corría paralelo al río. No hallaron sorpresas. Sin embargo, Lasgol no conseguía sacudirse el sentimiento de que estaban observándolo. Hasta Camu parecía notarlo, pues apenas asomaba la cabeza fuera del morral en el que viajaba, y por lo general le encantaba hacerlo.

Llegaron a un recodo cerrado. Lasgol dio el alto.

—Mejor investigamos qué hay en el otro lado antes de tomar ese giro cerrado. No me gusta.

—Hombre precavido vale por dos —dijo Egil.

—Por dos no sé, pero por uno que vive más tiempo, seguro —objetó Viggo con una sonrisa siniestra.

Lasgol sonrió. Fue a avanzar, pero Viggo levantó la mano.

—Yo me encargo. Esto se me da mejor a mí que a vosotros dos. —Y les guiñó el ojo.

Desmontó del poni norghano. En total sigilo, agazapado, comenzó a subir por la colina que formaba el recodo. Desapareció entre los árboles y lo perdieron de vista. Lasgol sabía que su amigo tenía razón; él era mucho mejor que ellos en el arte del sigilo, de ocultar su presencia, de cualquier materia de la maestría de Pericia. Parecía que Viggo tenía una afinidad natural con aquella maestría, y pese a lo sucedido el año anterior cuando a Viggo lo capturó la banda de bandidos, no parecía afectado. Lasgol encontraba el hecho sorprendente: cualquier otra persona no se presentaría voluntaria para volver a ponerse en peligro; sin embargo, él lo hacía como si nada hubiera sucedido. Decía mucho de Viggo, de su carácter, de su fortaleza interior. También decía mucho de cuánto había cambiado. Tres años antes Viggo no se habría arriesgado por ellos ni loco, de eso Lasgol estaba bien seguro. Sonrió al recordar su primer encuentro con él; ahora se presentaba voluntario sin pensarlo dos veces. Sabía que era una situación más idónea a sus características y prefería correr él todo el peligro a ponerlos a ellos en riesgo.

«Es sorprendente lo que puede llegar a cambiar una persona y lo equivocado que puedes estar al hacer juicios de valor sobre ella».

Lasgol se sentía muy afortunado de tenerlo como compañero de equipo y amigo, por muy dolor de muelas que fuera.

Viggo tardó un buen rato en regresar, lo que preocupó a los otros dos compañeros. Por fortuna, al fin apareció por donde se había marchado.

—¿Todo bien? —le preguntó Lasgol cuando llegó hasta ellos.

—Sí, pero he tenido un encuentro bastante divertido.

—¿Encuentro divertido? Eso requiere una explicación —dijo Egil muy interesado.

—Me he encontrado con un guardabosques ahí dentro —respondió Viggo, señalaba con el dedo pulgar hacia el bosque que había dejado atrás.

—Curioso —dijo Egil.

—Lo ha sido, sí; estaba escondido en la copa de un árbol. Me ha llevado un buen rato descubrirlo, pero al final lo he hecho.

—¿Por eso has tardado tanto?

Viggo rio.

—No, no por eso. Lo que ha pasado es que yo no lo veía a él y él no me veía a mí. Ha sido bastante cómico.

Lasgol sonrió.

—Eso significa que eres cada vez mejor moviéndote y pasando inadvertido en el bosque.

—O que ese guardabosques estaba echando una siesta.

Egil soltó una carcajada.

—Lo dudo mucho.

—Me ha dicho que debemos seguir dirección norte dos leguas más. Allí nos recogerá un pequeño bote; parece que este año nos hemos librado de los gritos y broncas del capitán.

—Lo más probable es que estén utilizando su navío rápido de asalto en la guerra —apostó Egil—. Dudo mucho que le permitan usarlo para transporte de alumnos del campamento. La guerra es mucho más importante y necesitan ese navío.

Camu sacó la cabeza y dio un gritito inquisitivo.

—No pasa nada, tranquilo; duerme un poquito más. Te aviso cuando lleguemos —le dijo Lasgol, y le acarició la cabeza.

La criatura le lamió la mano y con un chillidito alegre se volvió al interior del morral.

Continuaron avanzando en dirección norte a lo largo de dos lenguas hasta llegar a un pequeño claro en medio del bosque que daba al río. Allí descubrieron que aguardaba otro guardabosques con varios botes pequeños. El lugar estaba rodeado de bosque y apenas se veía desde el río; buen lugar para embarcar, nadie los vería. El guardabosques apenas intercambió dos palabras con ellos. Les indicó el bote que debían coger y los envió río arriba.

—¿Y nuestras monturas? —preguntó Lasgol preocupado por Trotador.

—Yo me encargo. —Fue la escueta respuesta que recibió.

Iba a preguntar más, pero el gesto de desagrado del guardabosques le indicó que era mejor no hacerlo.

Montaron en el pequeño bote, sacaron los remos y remaron río arriba a una.

—Pero qué rematadamente bien nos lo vamos a pasar… —protestó Viggo.

—Calla y rema, así llegaremos antes —le dijo Lasgol.

—La distancia a recorrer es inalterable, que Viggo hable o no no es influyente para que lleguemos antes o después —dijo Egil.

—Muy bien dicho, sabelotodo.

—Te equivocas —dijo Lasgol.

—¿Ah, sí? ¿Cómo es eso?

—Si no calla, le daré con el remo en la cabeza y nos hará perder tiempo, con lo que tardaremos más.

Egil sonrió.

—Correcto, pero no llegaremos nunca antes, solo menos tarde.

—Nadie me va a dar a mí con el remo —dijo Viggo, que iba el primero en el bote, y miró hacia atrás con mirada hosca.

Lasgol soltó una carcajada.

Navegaron a buen ritmo. Lasgol disfrutó del trayecto, de las apacibles aguas, de la compañía de sus dos amigos. Se sintió en paz y el trayecto se le hizo más corto de lo que habría deseado. Alcanzaron el pie del campamento y dejaron allí el bote. Se presentaron a los guardabosques de guardia y estos les dieron instrucciones. Las siguieron y continuaron hacia el campamento.

Llegaron al amanecer. La enorme barrera natural que rodeaba la entrada sur los recibió impasible; un momento más tarde la puerta oculta se abría y les dejaban paso. Lasgol sintió una extraña mezcla de añoranza y nerviosismo por volver a entrar en aquel mundo de reclusión donde tantas cosas había aprendido.

Egil estaba más serio de lo habitual, sabía lo que se jugaba.

Antes de que pudieran aclimatarse, dos guardabosques se les acercaron con mirada hosca y los arcos cargados.

—Identificaos —pidió el más alto de los dos.

—Lasgol, Egil y Viggo, alumnos de cuarto curso; nos presentamos para comenzar el año, como nos han indicado —dijo Lasgol intentando sonar lo más oficial posible.

Los dos guardabosques los inspeccionaron de pies a cabeza.

—¿Equipos a los que pertenecéis?

—Todos a los Panteras de las Nieves, señor.

Los dos guardabosques se miraron, luego lanzaron una mirada a otro guardabosques que observaba algo más apartado. Tenía un pergamino entre las manos y lo leía para luego observarlos a ellos. Tras un momento de intenso escrutinio, asintió.

—Muy bien, podéis pasar.

Lasgol observó al guardabosques que les había dado paso. No lo conocía, no lo había visto antes en el campamento; lo habría recordado, era inconfundible gracias a un detalle manifiesto: su piel era roja.

—Ese es un masig de las praderas… —le susurró Egil a Lasgol, muy emocionado, mientras se alejaban.

—Eso sí que es algo de lo más extraño —dijo Viggo, que miró atrás como asegurándose de que no veía visiones.

Lasgol también echó una rápida mirada sobre el hombro y pudo constatar que aquel hombre fibroso de nariz aguileña, ojos pequeños y negros, y largo cabello azabache era sin duda un masig.

—¿Por qué es tan extraño? —preguntó Lasgol.

—Los norghanos y los masig se odian a muerte —contestó Egil.

—Más bien los masig nos odian a muerte por las barbaridades que les hemos hecho —aclaró Viggo.

Lasgol intentó recordar todo lo que conocía sobre ellos. Recordó que su padre le había contado que los masig eran el pueblo de las estepas, cazadores nómadas divididos en cientos de pequeñas tribus que dominaban las praderas. Eran luchadores feroces y grandes jinetes. Domaban caballos pintos salvajes y los usaban para la caza y la guerra. Era cierto que los norghanos los consideraban un pueblo semisalvaje, iliterato y bárbaro. Lasgol había visto antes algún masig, los llevaban al castillo del conde Malason e iban encadenados. Eran prisioneros.

—Es una lástima la forma en la que los hemos tratado durante cientos de años —dijo Egil sintiendo vergüenza—. Son nuestros vecinos más cercanos al sudoeste y los tratamos como si fueran animales salvajes y rabiosos.

—Igual que a los pueblos del Continente Helado, quieres decir —instigó Viggo.

Egil bajó la cabeza avergonzado.

—Sí, o peor. Muchos días me avergüenzo de ser norghano.

—¿Qué les hemos hecho? —preguntó Lasgol, y, nada más hacerlo, se arrepintió.

—Pillaje, saqueo, matanzas, tortura, violación y otras lindezas —dijo Viggo.

—No lo puedo creer.

—Recuerda que Norghana es uno de los reinos más poderosos del continente, y eso se consigue a base de derramamiento de sangre.

—Es horrible.

—Es la vida. El fuerte machaca al débil, siempre ha sido así —respondió Viggo.

—Pues no debería —objetó Lasgol lleno de rabia.

—Para eso estamos nosotros aquí, para evitarlo en lo posible —expuso Egil.

—Dudo mucho que podamos romper una tradición de cientos de años. Los norghanos siempre han asaltado a tribus más débiles y han vivido del pillaje. Es parte de nuestra cultura. ¿Por qué creéis que tenemos navíos de asalto rápidos? Precisamente para eso, para incursiones de saqueo en tierras de tribus y reinos más débiles.

—Me parece un horror ese tipo de vida.

—Pues es el tipo de vida norghano. Por eso nos temen los otros reinos y, sobre todo, las tribus semisalvajes, como los Pueblos del Hielo, los masig, los usik y otros.

—Sangre nueva, ideales nuevos. —Egil miró a sus compañeros—. Nosotros comenzaremos el cambio. Los norghanos dejarán ese estilo de vida y se los respetará por sus virtudes.

Viggo soltó una enorme carcajada.

—Eres un ingenuo, bonachón. Los norghanos no tenemos ninguna virtud más allá de ser un pueblo de enormes brutos guerreros que durante cientos de años se han dedicado al pillaje y al saqueo.

—Yo creo que somos más que eso.

—Tendrás que mostrármelo, porque yo no veo nada más.

Lasgol suspiró. Sabía que Viggo tenía razón, aunque no quisiera creerlo. Recordó que en Skad se contaban las hazañas de los capitanes que saqueaban la costa norte y los que bajaban por los grandes ríos hasta las praderas, las tierras masig. Se sintió decaído. Constatar que su pueblo, los norghanos, no era todo lo glorioso que debiera ser no era plato de buen gusto. Pero después de comprobar lo que estaban haciendo con los salvajes del hielo ya no tenía duda. Por ello no le costaba creer que estuvieran haciendo lo mismo con los masig. Era triste y muy deprimente descubrir que en realidad los norghanos eran un pueblo de brutos abusones amigos de la guerra, el saqueo y el pillaje. No era para sentirse orgulloso.

—No nos vengamos abajo —dijo Egil—. Hay reinos mucho peores; los noceanos, el pueblo de los desiertos, por ejemplo. Las brutalidades de las que son capaces son bien conocidas, y tienen la peor de las famas. Debemos mantener la barbilla alta, somos el pueblo de las nieves, de guerreros altos, fuertes, rubios y pálidos como nuestra tierra, que empuñan hachas y a los que nadie puede derrotar en el campo de batalla. La mejor infantería del continente. Tenemos que estar orgullosos. No todos entre los nuestros se comportan como asaltadores.

Las palabras de Egil animaron el espíritu de Lasgol.

—Ya, espera que te toque ir en una misión de pillaje a orden del rey —le dijo Viggo.

—Me negaré.

—Entonces te colgarán.

Llegaron a la parte central del campamento. Lasgol lo barrió con la mirada, intentaba divisar al resto de sus amigos, a uno en especial. Sin embargo, no pudo encontrarlos. Los guardabosques y los alumnos de los cuatro años iban de un lado a otro llevando a cabo las labores que les habían encomendado. Todos parecían muy ocupados y ajetreados.

—Está esto muy revuelto —comentó Viggo, que se situó a su lado observando lo que sucedía con ojos llenos de suspicacia.

—Se debe a la guerra, sin duda —afirmó Egil, y señaló a varios guardabosques que portaban cestas de mimbre con cientos de flechas en el interior.

Y por fin encontró a la persona a la que anhelaba ver.

La capitana de los Búhos.

Astrid.

Capítulo 9

LASGOL DIO UN PASO EN DIRECCIÓN A ASTRID Y EL CORAZÓN comenzó a latirle con fuerza. El estómago le dio un vuelco. No podía apartar los ojos de ella. Quería acercarse y besarla, lo deseaba con ansiedad. Comenzó a andar hacia la muchacha, que no se había percatado de su presencia y hablaba con uno de sus compañeros de equipo. Lasgol olvidó por un momento dónde estaba y con quién. Dejó a Egil y a Viggo detrás y se dirigió hacia Astrid como una polilla en busca de la luz.

—¡Lasgol! —exclamó una voz potente.

Antes de que el chico se hubiera siquiera percatado de quién pronunciaba su nombre, alguien lo levantó del suelo en un fuerte abrazo de oso.

Alguien enorme.

Gerd.

Lasgol se vio por los aires, con dificultades para respirar.

—¡Qué alegría verte! —le dijo Gerd girando sobre sí mismo sin dejar que su amigo pusiera los pies en el suelo.

El grandullón sonreía de oreja a oreja y la alegría era manifiesta en su rostro.

Lasgol rio.

—Déjame en el suelo antes de que me partas en dos.

Gerd también rio y dio otra vuelta más sobre sí mismo sin permitir a Lasgol bajar.

—Al final el muy tontorrón se va a marear y van a ir los dos al suelo —dijo Viggo.

Al escuchar Gerd la voz de Viggo, se detuvo. Lo miró. Dejó a Lasgol caer para abalanzarse sobre el otro.

—¡Compañero! ¡Qué contento estoy de verte!

—A mí ni te me acerques —dijo Viggo poniéndose las manos delante del rostro.

Fue demasiado tarde. El grandullón lo atrapó en otro enorme abrazo de oso y lo levantó del suelo. Comenzó a girar mientras Viggo protestaba y soltaba todo tipo de improperios; parecía un muñeco de trapo parlanchín en brazos de un gigante.

Egil observaba la escena con una enorme sonrisa; intentaba pasar inadvertido, pues ya sabía lo que le esperaba una vez que Gerd se diera cuenta de que estaba allí.

Lasgol llenó los pulmones de aire y se recuperó del cariñoso abrazo de su amigo.

—¡Bájame de inmediato, gigante sin mollera! —demandó Viggo atrapado en el abrazo de oso.

Gerd dio una vuelta más, se mareó y tuvo que dejar caer a Viggo antes de que se fueran los dos al suelo.

—¡Será bruto el gigantón atolondrado este! —se quejó Viggo mientras recuperaba la verticalidad.

Gerd se llevó las manos a la cabeza mientras se recuperaba. Un momento más tarde vio a Egil.

—¡Egil! —exclamó.

Se lanzó a darle un abrazo. El chico, que ya lo esperaba, cerró los ojos y sonrió. Gerd le dio un enorme abrazo y lo levantó del suelo, pero esa vez no comenzó a girar sobre sí mismo.

—¡Os he echado mucho de menos! —exclamó Gerd.

—Y nosotros a ti —le correspondió Egil.

—Pero si solo han sido unas semanas de nada… —dijo Viggo.

—A mí me ha parecido toda una estación —replicó Gerd.

Lasgol estaba muy contento de ver al bueno de Gerd. El grandullón siempre lo llenaba de alegría.

—¿Dónde andan las chicas? —le preguntó Lasgol al no verlas.

—Ingrid y Nilsa están en tareas de intendencia. —La cara de Gerd cambió y se ensombreció—. En cuanto llegamos nos pusieron a todos a trabajar. Parece que se prepara una gran batalla, o eso dicen los rumores que corren por el campamento, y todos los guardabosques y alumnos estamos trabajando para ayudar al esfuerzo de guerra.

—Ya veo que Dolbarar los tiene a todos muy ocupados —dijo Egil mirando alrededor, donde el trasiego de armas y víveres era incesante.

—¿Hace cuánto que llegasteis? —preguntó Lasgol.

—Yo ya hace tres días. Las chicas hace dos. Vosotros, como siempre, llegáis tarde —observó, y una enorme sonrisa apareció en su cara.

—Tendríamos que habernos retrasado unos cuantos días más —dijo Viggo con cara de desagrado—. Nos van a hacer trabajar como a esclavos…

—Pero si a ti te encanta colaborar —le soltó Egil con ironía.

—Ya, no hay nada que me apetezca más, aparte de toda la instrucción que tendremos que sufrir: cargar cajas y sacos para el bien del ejército.

—Y de los guardabosques —apuntó Gerd.

—Bueno, a ver si consigo escurrir el bulto…

De pronto se oyó una voz dando órdenes a la espalda de Viggo.

—¡Más brío! ¡Parecéis todos unos enclenques que no han trabajado un día en su vida!

—¡Yo reconozco esa voz! —reconoció Viggo sin girarse.

—Es el instructor mayor Oden —le dijo Egil.

Viggo frunció el entrecejo.

—Dime que no viene a por nosotros.

Oden soltó varias órdenes a un grupo de segundo año, luego se dirigió a los establos.

—Parece que nos libramos de momento —suspiró Egil.

Viggo resopló aliviado.

—Mejor desaparecer de aquí antes de que nos vea y nos mande a cargar carretas — sugirió Viggo.

—No sé por qué dicen que no tienes buenas ideas —le dijo Egil a Viggo sonriendo.

—Calla, empollón, y vamos.

Marcharon en dirección a las cabañas de cuarto año, que eran las que estaban más alejadas del centro del campamento, en medio de un bosque espeso algo al norte de la Casa de Mando.

Lasgol buscó a Astrid con la mirada, pero no la encontró. Debía de haber ido a hacer alguna tarea que Oden le hubiera encomendado.

Llegaron a las cabañas. Había unos pocos compañeros fuera y los saludaron. Después buscaron su cabaña. La insignia de la pantera de las nieves colgaba en la puerta de una de ellas. Entraron y se encontraron con que eran más grandes y cómodas que las de los años anteriores, como si los recompensaran por haber llegado al último año de instrucción.

—Esta choza me gusta mucho —dijo Viggo, y corrió a tumbarse en la litera.

Gerd fue a protestar, pues era la que él quería, pero una mirada oscura de Viggo le dejó claro que no la cedería.

—Este año me gustaría dormir en la litera superior.

—Ya, para que ceda bajo tu descomunal peso y me mates aplastado con tu enorme cuerpo.

—La litera no cederá, ya he dormido en ella.

—Ya, como que me voy a fiar. Además, es muy blandita, me encanta —dijo Viggo colocándose lo más cómodo que pudo.

Gerd resopló.

Lasgol le dio una palmada de ánimo en la espalda.

Egil y Lasgol se arreglaron sin problemas con la litera, como siempre hacían.

—Cerrad la puerta, por favor —pidió Lasgol.

El gigantón la cerró.

Lasgol dejó salir a Camu del morral que llevaba a la espalda. La criatura saltó de inmediato a las camas y comenzó a jugar entre chilliditos de alegría. Al ver a Gerd se le lanzó encima. El grandullón no tuvo tiempo de reaccionar hasta que se encontró con Camu adherido al pecho.

—¡Oh, no!

Camu subió por su enorme torso y le lamió el moflete.

Gerd, con ojos como platos, no sabía si asustarse, regocijarse o las dos cosas a la vez, así que optó por ambas. La criatura aún le producía un miedo irracional, ya que poseía magia, aunque, por otro lado, después de tres años huyendo de ella, ya se había acostumbrado y sabía que no le haría nada, que solo quería jugar con él. Hizo un esfuerzo y contuvo el miedo. Se obligó a ignorarlo y acarició a Camu.

—Bueno, Camu —le dijo.

La criatura le lamió la mano y soltó un chillidito de alegría.

Lasgol se dio cuenta del esfuerzo que Gerd había hecho para controlar su miedo irracional, podía constatárselo en el rostro. Un instante estaba pálido como un fantasma con ojos desorbitados, el momento del pánico; un instante después se le arrugaba la frente y los ojos se le entrecerraban al tiempo que luchaba contra el miedo tratando de controlarlo. Al fin, el color le volvía al rostro, los ojos y la frente volvían a su estado normal. Había logrado vencer el miedo. Lasgol se alegró por el grandullón. Los primeros años no llegaba a conseguirlo y el pánico lo vencía. Solía salir huyendo de Camu como un elefante asustado de un ratón que lo persiguiera por toda la habitación. Lo que había conseguido parecía una tontería, pero en realidad no lo era, pues el pavor que la criatura le producía era el mismo que otras muchas situaciones. Gerd iba mejorando, estaba consiguiendo superar algunos de sus miedos, eso era muy significativo y un hecho para alegrarse. Camu tenía un efecto muy beneficioso en Gerd.

—Está enorme —observó el grandullón acariciándolo y mirando a Lasgol.

—Sí, parece que comienza a crecer bastante más.

—Y pesa ya de forma sustancial —dijo Egil, que se acercó también a acariciarlo.

Camu disfrutaba de las caricias de los chicos.

De pronto, alguien llamó a la puerta. Gerd corrió a esconder a la criatura. Esperaron un momento a que esta desapareciera en una esquina; ya sabía que debía esconderse cada vez que llamaran o se abriera la puerta. No hacía falta decírselo.

—Adelante —dijo Lasgol.

La puerta se abrió para dejar paso a Ingrid.

—¡Esos Panteras! ¡Cuarto año! —dijo la capitana con una sonrisa en el rostro, generalmente serio.

—Me alegro mucho de verte, capitana —saludó Lasgol, y le dio un abrazo.

—Y yo a ti, héroe.

Ambos sonrieron. Ingrid parecía más mayor, o al menos esa impresión se llevó Lasgol.

—Tan líder como siempre —le dijo Egil, y le dio un abrazo.

Nilsa entró corriendo tras Ingrid, se tropezó y se llevó por delante a Viggo.

—¡Por todos los patosos de Norghana! —protestó él, que se fue al suelo.

—Lo siento…, es la emoción —se disculpó Nilsa. Se puso de pie y se abalanzó sobre Lasgol y Egil, quienes recibieron un muy caluroso saludo.

Gerd se acercó hasta la puerta y la cerró.

—Vamos, un abrazo de grupo —propuso.

—No, nada de sensiblerías, me niego —protestó Viggo.

—Vamos, no seas así —insistió Gerd.

Viggo refunfuñó un momento. Luego se unió a Gerd, que ya abría los brazos.

Los seis se unieron en un abrazo de grupo y durante un largo momento todos se sintieron muy bien, felices incluso, con rostros sonrientes y almas jubilosas. Como no podía ser de otra forma, Viggo rompió el abrazo.

—Ya vale, tanta sensiblería me va a hacer vomitar.

—Calla, merluzo —le dijo Ingrid.

—Calla tú, mandona.

—Te vas a tragar mi puño.

—Eso será si me alcanzas, que no podrás; soy más rápido y ágil que tú.

Nilsa soltó una carcajada.

—Parece que todo sigue como siempre.

Camu se hizo visible de pronto sobre la litera y saltó sobre Egil para seguir jugando.

Nilsa se llevó un tremendo susto, trastabilló y se cayó de culo.

Gerd se cubrió la boca con la mano para tapar una carcajada.

Lasgol observó la escena, tan familiar, tan normal, y se sintió dichoso por estar allí con sus amigos, por compartir aquellos momentos con ellos. No pudo evitar una sonrisa de oreja a oreja.

—Sois los mejores —los halagó.

—Por supuesto que lo somos, somos los Panteras de las Nieves —admitió Ingrid.

—Gracias, Lasgol —le dijo Nilsa mientras la ayudaba a incorporarse.

—¿Veis? Ya se ha puesto todo sensiblero —indicó Viggo.

—Yo también creo que sois los mejores y me alegro de que estemos todos de vuelta —admitió Gerd.

—Estamos todos un poco afectados y sensibles por la guerra —expuso Egil.

Ingrid asintió.

—Sí, va a ser un último año muy interesante.

—Y difícil —observó Nilsa, que se masajeaba las posaderas para que se le pasara el dolor.

—No solo difícil, también muy intenso y peligroso —dijo Viggo.

—Los últimos tres años no han sido precisamente fáciles —admitió Gerd.

—Ya, pero este riza el rizo —continuó Viggo—. Tenemos que graduarnos como guardabosques y el cuarto año es el más difícil. Además, estamos en medio de una guerra en la que nos veremos metidos, seguro. Y para darle más emoción a la cosa, estamos en el bando equivocado, el de Uthar, que, por si lo habéis olvidado, es un cambiante impostor que quiere conquistar medio Tremia y matar a todo el que se le ponga de por medio, entre ellos a Egil, a quien ya intentó colgar el año pasado. Y si no es Uthar pueden ser Darthor y sus salvajes del hielo, que si nos despistamos también querrán matarnos por estar del lado de Uthar.

Hubo un momento de silencio.

—Visto así… —dijo Ingrid con un gesto de contrariedad.

Nilsa se mordía las uñas y miraba a Gerd, pálido como un fantasma.

Egil miró hacia la puerta para cerciorarse de que estaba cerrada.

—Se te ha olvidado que además Lasgol y yo apoyamos al Oeste…

—Y añadimos alta traición a la lista de complicaciones —dijo Viggo con tono de desesperación.

Lasgol no dijo nada; iba a ser un año muy muy complicado. Se jugaban la vida en más de una forma y manera.

Capítulo 10

Lasgol no pudo dormir aquella primera noche en el campamento. Se levantó de la litera y salió a respirar el gélido aire invernal y a despejar la mente. Las palabras de Viggo le habían afectado. No podía dejar de darles vueltas en la cabeza. La situación en la que se encontraban era tan enrevesada y peligrosa que no veía una posible salida.

Inhaló el aire helado y el frío le llegó hasta el cerebro. Sacudió la cabeza. Le gustaba aquella sensación: olía a invierno, a bosque, a norte, a Norghana. Se sintió un poco mejor. Lo más importante en aquel momento era comenzar con la instrucción y que los guardabosques o el rey no descubrieran que estaban trabajando para Darthor y la Liga del Oeste. Si conseguían eso, sobrevivirían. O al menos tenía la esperanza de que así fuera. Luego estaba el gran problema de la guerra, y Viggo tenía razón: de una forma u otra se verían envueltos. Pensó en su madre y se estremeció.

«Por favor, que no le suceda nada», pidió a los dioses del hielo mirando al cielo encapotado.

—¿El héroe está pensativo esta noche? —dijo de pronto una voz.

Lasgol se giró y vio a Astrid. El corazón le dio un vuelco.

—¡Astrid! —exclamó en un murmullo, con una sonrisa que le salió del alma.

Ella se acercó hasta él, lo miró a los ojos, le devolvió la sonrisa y lo abrazó.

El muchacho sintió que el corazón se le llenaba de gozo. Un calor comenzó a subirle por el estómago, el torso, el cuello y le llegó hasta el rostro.

—¿Me has echado de menos? —le preguntó ella, y sus fieros ojos verdes brillaron.

—Un poco, sí —contestó él intentando hacerse el duro.

Después de todo, él era un chico y, como ella decía, un héroe, y según Viggo debían parecer poco interesados cuando intentaban ganarse la atención de las chicas.

—Así que solo un poco —dijo ella con un tono helado, y echó la melena azabache a un lado en un gesto con la cabeza de claro rechazo.

Lasgol vio la expresión de enfado en el rostro de Astrid y tuvo que recapacitar. ¿Qué demontres sabía Viggo de chicas?

—Bueno..., quizá algo más que un poco.

La mirada de Astrid se suavizó.

—Pensaba que significaba algo para ti. Igual me he equivocado... —atacó ella con una voz entre dulce y sensual que atrapó a Lasgol por completo.

El muchacho se dio cuenta de que aquello iba mal, sintió un vacío en medio del estómago. Lo último que quería era perder a Astrid.

—Claro que significas algo para mí. Significas mucho —reconoció.

Astrid lo miró un instante e inclinó la cabeza a un lado.

—Entonces, ¿me has echado de menos? —volvió a preguntar Astrid.

—Sí, mucho —tuvo que reconocer Lasgol, lo cual, por otro lado, era la verdad.

Una preciosa sonrisa apareció en el rostro de Astrid y su semblante fiero se esfumó para dejar paso a uno dulce que pocas veces dejaba ver.

—Eso me gusta mucho más.

—Cómo eres… —se quejó él derrotado.

La belleza fiera del rostro y los ojos de Astrid, la melena azabache, el cuerpo trabajado y con curvas que no podía dejar de notar lo atrapaban y lo dejaban sin habla. Se quedaba anonadado contemplándola y notaba un bienestar, un calor, unas sensaciones intensas y agradables que no podía evitar.

—No te hagas el duro conmigo, no te va a funcionar.

—Lo siento…

Ella sonrió.

—Yo te conozco y me gustas tal y como eres.

Las palabras de Astrid hicieron que el corazón de Lasgol comenzara a latir más deprisa.

—¿Te gusto? —preguntó él en busca de una respuesta afirmativa que calmara lo que su alma sentía en aquel momento.

—Sí, mucho —le respondió ella, y le guiñó el ojo derecho.

Lasgol sintió como si algo explotara dentro de él y lo llenara de una alegría incontenible. Por un instante pensó que el corazón se le salía del pecho del júbilo que sentía.

—Tú a mí también.

—Ven aquí, tonto —le dijo Astrid, a continuación lo atrajo hacia ella cogiéndole la mano.

Lasgol avanzó y quedaron cuerpo contra cuerpo. Su corazón le pedía abrazarla, besarla, quererla.

—Bésame —le pidió ella.

Lasgol lo hizo. Sintió los labios de Astrid sobre los suyos y el más dulce y placentero de los sentimientos lo envolvió como si estuviera en un sueño de verano. Un instante después, una pasión desbordante le surgió del alma. La besó como si aquel momento tan especial fuera el último que fueran a compartir.

El amanecer encontró a Lasgol soñando con ella. La flautilla de Oden y su sonido infernal los despertó a todos excepto a él, que se negaba a abandonar su dulce, intenso y apasionado sueño.

—Despierta, Lasgol, o llegaremos tarde a formar —le dijo Egil.

El chico consiguió abrir un ojo.

—¿Formar? ¿Ya?

—Parece que éramos los últimos en llegar, comienza el curso —contestó Egil.

—El cuarto y último año —expuso Gerd con cara de susto.

Lasgol se sentó en el catre intentando despejarse.

—Pasaste una buena noche, ¿eh? —le preguntó Viggo con un tono insinuante mientras se ponía los pantalones.

—Eh, sí…

—Yo diría que más que sí. Estás hecho todo un conquistador.

Egil y Gerd miraron a Viggo extrañados.

—Yo… no…

—No disimules, que te vi.

—¿Cómo que me viste?

—Yo me entero de casi todo lo que pasa a mi alrededor —dijo Viggo con una sonrisa triunfal.

—¿De qué habla? —le preguntó Gerd a Lasgol.

—De nada —negó Lasgol.

—¿Cómo que de nada? Aquí el rompecorazones estaba de conquista a medianoche. Nada más y nada menos que con esa fiera capitana de los Búhos.

—¡Viggo! —lo amonestó Lasgol, que no quería que hablara del tema.

—¿Astrid? —dijo Gerd con cara de querer saber más.

—No es de caballeros tratar temas delicados como este, y nunca debe mencionarse el nombre de una dama —protestó Egil.

—Ya está el noble pomposo. De donde yo soy se habla de ello y se enorgullece uno.

—Eso es vil y rastrero —le explicó Egil—. Pero, por otra parte, tú provienes de las cloacas de una gran ciudad…

—Muy cierto —dijo Viggo, y sacó pecho—. Y muy orgulloso que estoy.

—Viggo, deja de seguirme y ni una palabra sobre Astrid o ninguna otra chica —le espetó Lasgol.

—Desde luego, qué poco divertidos sois.

—El honor de una joven no es algo con lo que se deba jugar —lo amonestó Egil.

—Sí, sí, aguafiestas. Para una vez que tenemos un chismorreo suculento, y de uno de los nuestros, nada menos…

—¿Qué chismorreo suculento? —preguntó Nilsa, que entraba por la puerta.

Lasgol lanzó una mirada severa a Viggo.

—Nada, tonterías mías —dijo él encogiéndose de hombros y poniendo cara de resignación.

—Tú solo dices tonterías —añadió Ingrid, que entraba tras Nilsa.

Viggo terminó de vestirse mientras maldecía su suerte por haber caído en semejante equipo de aguafiestas, sabiondos, miedosos, torpes y mandones.

Salieron a formar con sus nuevas capas marrones, atuendos que habían encontrado en el baúl que cada uno tenía asignado junto a su litera. El color se asemejaba bastante al de las capas de los guardabosques, lo que les hizo sentirse un poco más cerca de lograrlo, un poco mejor, más confiados en el sendero recorrido hasta el momento.

Oden los esperaba con su habitual falta de buen humor.

—¡A formar! ¡Rápido! —ladró él mientras seguía agitando la campanilla.

Todos clavaron la rodilla y miraron al frente al estilo de los guardabosques.

Lasgol buscó a Astrid con la mirada. Ella lo buscó a él. Se encontraron. Sonrieron dichosos.

—Hoy comenzáis la instrucción de cuarto año. Seguro que os sentís revitalizados porque este es el último año y pensáis que lo vais a conseguir.

—Yo no… —susurró Gerd a Egil.

—Ánimo, grandullón —le dijo Egil, y le guiñó el ojo.

—Pues no estéis tan contentos, no todos consiguen pasar el último año. Siempre hay bajas. Me pregunto quiénes de entre vosotros no lo conseguirán. Tengo mis apuestas —soltó mirando a los Panteras.

Gerd tragó saliva.

—No le hagas caso —le dijo Ingrid a Gerd.

—Este año, el último, es el más duro.

Un murmullo se alzó entre todos los equipos.

—Eso lo oímos todos los años —lanzó una voz.

—¿Y no es cierto?

Tuvieron que reconocer que así era.

—Además, este año tenemos una complicación añadida: la guerra.

Los murmullos comenzaron de nuevo.

—No quiero ver ni un altercado debido a la guerra. No lo toleraré. Aquí hay algunos del Oeste que han decidido apoyar a Uthar y quedarse entre los guardabosques. Respetaréis esa decisión.

Los murmullos ahora se volvieron protestas.

—Son traidores —dijo una voz, y Lasgol reconoció que era la de Isgord.

Los susurros apoyaban esa apreciación.

—No, traidor es quien comete una traición. Hasta que se cometa, todo el mundo es inocente. Así que lo respetaréis. No quiero trifulcas por ser del Este o del Oeste; aquí todos somos guardabosques y apoyamos al rey, a la Corona norghana.

Isgord no estaba de acuerdo y los de su equipo tampoco. Los Jabalíes, los Osos y otros equipos tampoco parecían muy convencidos. Lasgol supo que tendrían problemas.

—¡Ni una palabra más!

Las protestas fueron apagándose y al fin se hizo el silencio.

—Y ahora vamos a ver a Dolbarar para que haga oficial el inicio del cuarto año de instrucción.

El líder del campamento los esperaba frente a la Casa de Mando, en la pequeña isla en medio del lago. Tras él, como era tradición, formaban los cuatro guardabosques mayores. Lasgol y el resto de los de cuarto año cruzaron el puente y formaron ante ellos.

Dolbarar los recibió con una ligera sonrisa. Lasgol se percató de que no era su gesto habitual, esta era más comedida, no tan tranquilizadora ni amable. Eso le extrañó y lo puso algo nervioso. Podían ser malas noticias. Miró a Egil a su lado y este suspiró.

—Bienvenidos —los saludó Dolbarar con la vara en una mano y *El sendero del guardabosques* en la otra—. Comienza el último año de vuestro adiestramiento como guardabosques. Este será un año que no olvidaréis, tanto los que logréis graduaros como los que no. No os voy a mentir, será más difícil, pues es el último, y no todos conseguiréis pasar. Así lo marca el *Sendero* y así debemos respetarlo. Solo siguiendo el camino difícil conseguiremos un grupo de guardabosques fuerte y digno.

Gerd resopló con rostro de apuro. Egil se sacudió inquieto.

—Este curso es algo diferente a los tres anteriores. La estructura de las clases cambiará. Por las mañanas seguiréis mejorando vuestra condición física en equipos, como hasta ahora; por las tardes os juntaréis según la maestría a la cual ahora pertenecéis. El entrenamiento y la instrucción por las tardes serán por maestría, y será especial, los propios guardabosques mayores os formarán. —Dolbarar se volvió hacia ellos—. Ivana la Infalible se encargará de mostraros conceptos avanzados de la maestría de Tiradores; Eyra la Sabia, de la grandeza de la maestría de Naturaleza; Esben el Domador os demostrará lo necesaria que es la maestría de Fauna, y Haakon, la importancia de la maestría de Pericia para la supervivencia del guardabosques al graduarse.

—¡Qué bien —exclamó Ingrid animada—, nos enseñarán ellos mismos todo el año! Será fantástico.

—No sé, ya hemos tenido alguna que otra enseñanza con ellos y no han ido tan bien... —dijo Viggo.

—Aumenta la presión —expuso Nilsa, que se mordía las uñas.

—Ya lo creo, a mí me imponen mucho respeto —admitió Gerd.

Lasgol los entendía, pero había una cosa que era más importante.

—Lo que nos enseñen ellos este último año nos salvará la vida más adelante. Estoy convencido.

Los cuatro guardabosques mayores hicieron una reverencia de respeto a Dolbarar. El líder del campamento devolvió el saludo. Se volvió a los alumnos.

—Este año pasáis a ser contendientes.

Se miraron con orgullo e inquietud los unos a los otros. Hubo murmullos de aprobación.

—Este año tenemos una dificultad añadida —informó Dolbarar con tono serio—. El reino está en guerra..., y no solo eso, que ya arrastrábamos del año anterior, sino que está dividido en dos. Luchan norghanos contra norghanos, hermanos contra hermanos, lo que me produce una pena inmensa. Luchar contra un enemigo extranjero es duro; luchar contra los tuyos, traumático y demoledor, algo que marca el alma. El reino tardará mucho en recuperarse de semejante horror. Muchas vidas que no deberían perderse se perderán, ya que todos somos norghanos, seamos del Este o del Oeste. Sufriremos durante generaciones las diferencias que nos separan y que han hecho correr la sangre, lo mismo que sucedió la primera vez, pues esto ya se ha dado antes, a la muerte del rey Misgof Ragnarssen sin descendencia, cuando Ivar Vigons y Olav Haugen se enfrentaron por la Corona. Fue un horror y una desgracia. —Ahora los murmullos eran de inquietud y miedo—. Por desgracia, nos vemos en medio de otra guerra civil. Hay dos bandos claramente divididos, por sangre y por tierra de nacimiento. Los guardabosques se deben a la Corona, y a la Corona defenderemos. No importa quién sea rey, sus virtudes o sus defectos. Los guardabosques no juzgamos la Corona; la defendemos de enemigos internos y externos. No debe haber duda. Los que estáis aquí hoy defenderéis al rey hasta la última gota de sangre, pues ese es el deber de los guardabosques y así lo marca el *Sendero* —dijo levantando el tomo para que todos lo vieran.

Isgord lanzó una mirada envenenada hacia Lasgol y Egil. Los señaló con el dedo índice. Muchos lo vieron.

Dolbarar continuó:

—Algunos han decidido no continuar con su formación como guardabosques este año debido a la situación en la que nos encontramos, la mayoría de ellos originarios del oeste del reino. Lo entiendo y lo acepto, por eso doy una última oportunidad a quienes no deseen defender la Corona y crean que su lealtad está con la Liga del Oeste. Pueden marcharse. Nadie los detendrá ni impedirá que lleguen con los suyos. Pensadlo bien. No habrá otra oportunidad. El castigo por traición es colgar del cuello hasta morir. Recordadlo y elegid bien ahora; después no podréis hacerlo, será ya demasiado tarde. Esta es vuestra última oportunidad.

Egil y Lasgol intercambiaron una mirada. La duda asomó en los ojos de ambos. Lasgol quería ayudar a su madre y sabía que allí podía hacerlo mejor que en ningún otro lugar. Pero, si los descubrían, los colgarían. Tragó saliva. Se dio cuenta de que las manos le temblaban ante el escrutinio de Dolbarar y los cuatro guardabosques mayores, por eso cerró los puños.

Egil entrecerró los ojos. Una mirada llena de determinación con un punto de dolor apareció en ella. Él era quien más riesgos corría por su origen. En las guerras civiles, no era extraño que miembros de una misma familia luchasen en ambos bandos, resultaba una forma de asegurar que, ganara el bando que ganara, la familia sobreviviría, o al menos la mitad de ella, y no se perderían títulos y propiedades. Sin embargo, el riesgo era inmenso para Egil.

Lasgol lo observó expectante. Egil negó con la cabeza. Seguiría adelante hasta el final.

Lasgol lo entendió, su compañero no se echaría atrás por su padre, por su familia.

—Muy bien —dijo Dolbarar—. Tenéis hasta medianoche para marchar si así lo decidís.

Los murmullos comenzaron de nuevo. Aparte de Lasgol y Egil, había al menos seis más del Oeste entre los de cuarto año. Lasgol se preguntó cuántos quedarían en el campamento. ¿Y entre los guardabosques? ¿Serían todos leales a Uthar pese a ser sus familias del Oeste y estar con la Liga?

—Es hora de comenzar el año, contendientes —siguió Dolbarar abriendo los brazos—. Os deseo la mejor de las suertes. Espero veros a todos en la ceremonia de graduación a final de año y poder entregaros el medallón de guardabosques, cada uno en la maestría a la que pertenece.

Todos aplaudieron ilusionados.

Ingrid y Nilsa aplaudieron seguras de sí mismas, seguras de que lo conseguirían. Los cuatro chicos de los Panteras, por otro lado, bajaron la cabeza y miraron al suelo. Ninguno tenía la más mínima seguridad de que fueran a lograrlo.

Capítulo 11

Y COMENZÓ EL PRIMER DÍA DE ENTRENAMIENTO. SE REUNIERON en la parte norte del campamento, lo que indicaba que muy probablemente se dirigirían a los bosques de la parte superior. No se equivocaron. Tras una larga caminata llegaron a los Bosques Oscuros. Los llamaban así porque eran tan tupidos y los árboles tenían tal cantidad de follaje que la luz del sol apenas penetraba a través de ellos.

—A mí estos bosques no me gustan nada —dijo Nilsa, miraba con ojos nerviosos el espesor que se abría ante ellos.

—Pues si a ti no te gustan…, imagínate a mí —comentó Gerd atemorizado.

—¿Qué querrán que hagamos aquí? —se preguntó Ingrid.

—Pronto lo sabremos —dijo Egil y señaló al instructor Iván, responsable de la preparación física de los de cuarto año, que se acercaba a darles las instrucciones pertinentes.

Lasgol tuvo un mal presentimiento. Iván llevaba consigo seis perros lobo de enormes dimensiones y de aspecto realmente fiero.

—A formar todos frente a la linde del bosque —ordenó Iván.

Los equipos lo hicieron sin rechistar.

Iván era un guardabosques que imponía. Tenía un tamaño enorme de cerca de dos varas de altura y una estructura ancha con una musculatura muy labrada. Daba la impresión de que se dedicaba a entrenar constantemente. Viendo cómo era él y siendo el último año de formación, se imaginaron que les habían puesto un instructor muy exigente y en plena forma.

—Quiero que todos prestéis mucha atención.

En realidad, no hacía falta que lo dijera, pues todos tenían los ojos clavados en los seis enormes perros lobo que lo acompañaban. Dos de ellos gruñían y mostraban las fauces en actitud agresiva. Lasgol sintió que un escalofrío le bajaba por la espalda. Nilsa dio un bote hacia atrás cuando uno de los canes ladró.

—Esos perros de guerra parecen auténticos lobos —dijo preocupada tras reponerse del susto.

—Son mastines cruzados con lobos —explicó Gerd—. Se usan para defender las aldeas o para defensa personal, y son extremadamente fuertes. Una vez que atacan, es muy difícil controlarlos.

—Pues qué bien —exclamó Viggo—. Esto tiene una pinta estupenda y seguro que los ha traído para que les hagamos caricias.

—La lógica me dice que va a ser un ejercicio combinado entre humanos y perros lobo.

—Pues estupendo, estamos apañados —se quejó de nuevo Viggo.

Lasgol miró hacia los Búhos y vio que Astrid y los suyos tenían tan mala cara como ellos. Todos estaban nerviosos, incluso Isgord, quien solía mantenerse impasible ante situaciones complicadas y, por lo general, siempre se encontraba en primera fila sacando pecho e intentando que los instructores se fijasen en él. Hoy estaba algo retrasado, detrás de los dos gemelos de su equipo.

—Muy bien, veo que tengo toda vuestra atención o, más bien, diría que mis pequeños amiguitos tienen toda vuestra atención —dijo Iván con una sonrisa torcida que a Lasgol le dio muy mala espina.

—¿Son lobos? —preguntó Jobas, el capitán de los Jabalíes.

—Sí y no. Son mitad mastín y mitad lobos. Esto deberías saberlo ya. Me encargaré de hablar con Esben para que os haga pasar un poco de tiempo con ellos —contestó, y señaló las seis bestias, que observaban intranquilas.

No parecían estar amansadas, en sus ojos se podía ver su disposición a atacar en cualquier momento, y a Lasgol le pareció que a cualquiera, ya fuese alumno, guardabosques o enemigo.

—Pero esta es la clase de ejercicio físico, no es la de maestría de Fauna —dijo Gonars, el capitán de los Halcones.

—Correcto, pero en el último año utilizamos a estos pequeñines para hacer que el progreso de los contendientes sea mucho más acelerado. —Y volvió a sonreír con aquella mueca que a Lasgol no le gustaba nada.

—Creo que ya entiendo qué va a ocurrir —dijo Egil a sus amigos.

—Dímelo, por favor —pidió Gerd, que tenía la frente húmeda de sudor por la tensión.

Pero antes de que Egil le contara lo que iba a suceder, Iván tomó la palabra:

—Es hora de terminar de ponerse en forma. Yo me encargaré de que así sea. Para cuando acabe el año estaréis más en forma que cualquier guardabosques en activo. Quiero que recordéis siempre el entrenamiento que habréis recibido conmigo, porque os ayudará el resto de vuestra vida. Los guardabosques sobrevivimos en bosques, montañas y ríos, en las condiciones más desfavorables, bajo las peores tormentas, donde los soldados, bandidos y enemigos desfallecen y fracasan. Lo hacemos gracias a nuestra fantástica preparación física y conocimientos. Sin ellos no somos nada y dejad que os diga que el que tiene un cuerpo preparado para cualquier eventualidad es el que logra sobrevivir en situaciones adversas. No habrá nadie en el reino que esté mejor preparado que vosotros, podréis afrontar cualquier situación a la cual os enfrentéis, y conseguir eso es mi objetivo. Los soldados del rey, con todo su entrenamiento, parecerán niños a vuestro lado, los dejaréis atrás en cualquier terreno, los pondréis en ridículo. Sé que ahora no lo veis y que no lo entendéis, sin embargo un día en una situación de vida o muerte, cuando sobreviváis gracias a la fortaleza de vuestro cuerpo y mente, recordaréis el entrenamiento que habéis recibido y me lo agradeceréis.

Se hizo un largo silencio en el que todos meditaron las palabras del instructor. Lasgol sabía que Iván tenía razón y que era muy probable que en más de una ocasión se encontraran en situaciones críticas de vida o muerte y que necesitaran toda su fuerza física para salir de ellas con vida. Ya habían experimentado alguna en el Continente Helado.

—Muy bien, preparaos por equipos.

Los contendientes así lo hicieron.

—El primer equipo que quiera ser voluntario que dé un paso al frente.

Nadie se presentó, ni siquiera los Águilas.

—Muy bien, pues si nadie quiere presentarse, yo mismo elegiré a los voluntarios —dijo Iván.

Los perros lobo volvieron a gruñir mostrando fauces que podrían destrozar a cualquier hombre.

El instructor observó a los equipos. El rostro de Egil y Gerd reflejaba el miedo que sentían. Al fin, Iván señaló a los Búhos.

—Vosotros seréis los primeros. ¿Quién es el capitán?

Astrid dio un paso al frente.

—Yo soy la capitana de los Búhos.

—Muy bien. Escucha con atención, la prueba de hoy será trabajar la velocidad y nada mejor para trabajar la velocidad que mis queridos amiguitos. La prueba es muy sencilla: tendréis que cruzar el bosque monte arriba y llegar al otro extremo tan rápido como podáis.

Lasgol se tranquilizó. Aquello no era muy diferente al entrenamiento al que ya estaban acostumbrados.

—Pero habrá un pequeño aliciente…, contaré hasta veinte y luego soltaré a mis amigos, que irán a por vosotros.

Todos se quedaron helados por un momento, nadie podía reaccionar.

Lasgol pensó que no había entendido bien.

—¿Irán a por vosotros?

—Eso es lo que me temía —dijo Egil.

—¿Qué quiere decir eso? —preguntó Astrid.

Iván la miró a los ojos.

—Significa que irán tras vosotros y a quien alcancen… recibirá unas caricias.

Todos comenzaron a protestar. La prueba rozaba lo inhumano.

—No os preocupéis —dijo Iván con gesto divertido—, la sanadora está avisada.

Lasgol no podía creer que estuviera hablando en serio. Aquellos perros lobo eran enormes, y sus fauces, letales. Era una locura permitir que los atacasen.

—Pero estamos desarmados —dijo Astrid—, no podemos defendernos de sus ataques.

—Esa es precisamente la gracia de esta prueba. No se trata de combatir contra lobos, ese no es el objetivo; tenéis que ser más rápidos que ellos, ese sí es el objetivo. Debéis cruzar el bosque antes de que os alcancen. El que no lo logre sufrirá las consecuencias.

—Es una salvajada —protestó Luca, capitán de los Lobos.

—No tenéis que participar. Podéis retiraros cuando queráis, ya sabéis dónde está la salida del campamento. Renunciad y marchaos. —Los murmullos y protestas volvieron a hacerse oír—. Siempre podéis abandonar, siempre tenéis esa opción si las pruebas os parecen demasiado duras este año. Los que quieran continuar, los que quieran llegar a ser guardabosques, pueden quedarse y hacer la prueba.

Los equipos meditaron las consecuencias de abandonar la prueba. Miraban a los perros lobo, luego al bosque y después a sus compañeros. Hubo varios que parecían querer abandonar, pero al final nadie lo hizo, aunque el miedo que infundían las bestias era enorme.

—Muy bien; Búhos, preparaos.

El equipo se situó a la entrada del bosque. Astrid miraba a sus compañeros. Les hizo gestos de ánimo.

—Lo conseguiremos —les dijo—. Corred con toda vuestra alma.

—¿Preparados? ¡YA! —grito Iván.

Los Búhos entraron en el bosque y comenzaron a correr montaña arriba.

Iván comenzó a contar.

—Uno, dos, tres…

Al oír que el instructor contaba, las fieras se pusieron tensas con las orejas alzadas y listas para atacar.

Lasgol deseó con toda su alma que Astrid lo lograra. Ella era una corredora excelente, seguro que lo conseguiría; sin embargo, el miedo por ella le causó un nudo en el estómago.

Todos observaban con cara de preocupación.

Iván llegó al temido veinte y soltó a los perros lobo. De inmediato se internaron en el bosque avanzando a gran velocidad.

—Cogedlos, chicos —les ordenó Iván.

Gerd ahogó una exclamación de horror.

—Espero que lo logren —deseó Nilsa con voz temblorosa.

Durante un rato todos esperaron en silencio sin saber muy bien qué iba a suceder. De pronto, se oyeron ladridos en las profundidades del bosque.

Lasgol se puso tenso; sus compañeros también.

De súbito se percibieron varios gritos humanos.

—¡Oh, no! —exclamó Gerd.

—Los han alcanzado —dedujo Egil.

Llegaron hasta ellos más ladridos y más gritos.

Al final, se oyó a los perros lobo aullar con largos aullidos más propios de un lobo que de un perro.

—Parece ser que los chicos han acabado con la prueba —anunció Iván. Se llevó los dedos a la boca y emitió tres silbidos largos y muy potentes.

Poco tiempo después, aparecieron las fieras saliendo del bosque.

Lasgol se llevó un susto y como él muchos.

Los animales se quedaron junto a Iván como los dóciles cachorritos que no eran.

—Muy bien, chicos —dijo Iván, y los recompensó con algo de comida que llevaba en el cinturón de guardabosques.

—Esos animales están entrenados para este ejercicio —dijo Egil al ver que Iván les daba la recompensa en forma de comida por el trabajo bien hecho y los acariciaba.

—Muy bien, necesito más voluntarios, pero como imagino que no va a haberlos, los elegiré yo mismo. El siguiente equipo en participar será el de los Panteras.

La cara de Gerd se puso tan blanca que parecía que no volvería a coger color.

Nilsa estaba tan nerviosa que de dos saltos se puso ya lista para salir a correr en la entrada al bosque.

Egil miró a Lasgol con cara de resignación.

—No tengo ninguna oportunidad —le dijo.

—Tranquilo, iré contigo, a tu lado.

—No, por favor, no lo hagas —le pidió—. Este castigo debo soportarlo yo. No quiero que sufras por mí. Intenta llegar al otro extremo del bosque sin que te alcancen.

—No os preocupéis ninguno de los dos —dijo Ingrid—. Lo conseguiremos. Corred con todo vuestro ser y lo conseguiremos.

—¿Preparados? —preguntó Iván.

Antes de que pudieran responder el instructor dio la señal:

—¡YA!

Los seis comenzaron a correr como locos bosque arriba. Lasgol podía oír a Iván pronunciando la cuenta. Ingrid iba en cabeza abriendo camino, buscaba la mejor ruta y la más directa mientras saltaba por encima de raíces, arbustos y todo tipo de vegetación cubierta de nieve que entorpecía el ascenso.

—¡Vamos, rápido! —los animó Ingrid.

Tras ella iba Nilsa, a continuación Viggo. Lasgol se hallaba en el medio del grupo y cerrando corrían Egil y Gerd.

Lasgol comenzó a sentir que las piernas se le resentían a medida que se internaban en el difícil bosque. La respiración también comenzó a ser más entrecortada. La espesa capa de nieve dificultaba muchísimo el ascenso, y el frío cortante del viento, todavía gélido, castigaba los pulmones y la nariz.

—¡Corred! Ya ha contado hasta veinte —los avisó Viggo, que llevaba la cuenta mentalmente.

Nilsa tropezó y se fue al suelo. Las fieras ya habían entrado en el bosque. Ingrid la agarró de los hombros y de un fuerte tirón la puso en pie.

—¡Vamos! —le gritó, y siguieron corriendo.

Lasgol echó la vista atrás y vio que Egil y Gerd comenzaban a quedarse algo rezagados. El ritmo que estaba marcando Ingrid era demoledor. No podrían aguantarlo.

—¡Más rápido! Los tenemos detrás. Tenéis que seguir subiendo —les dijo la capitana mirando hacia atrás, sin parar de ascender entre la nieve y la vegetación.

De pronto se oyeron ladridos a su espalda.

—¡Seguid corriendo! ¡No miréis atrás! —chilló Ingrid.

Pero resultaba imposible no mirar atrás. Gerd y Egil lo hicieron y descubrieron con horror que tenían a las fieras casi encima.

—¡Vamos, corred o nos comerán vivos! —dijo Viggo.

Los ladridos sonaron ahora más cerca.

—¡Seguid corriendo! ¡No estamos muy lejos! —los animó Ingrid.

A Lasgol le quemaban los pulmones y las piernas comenzaban a agarrotársele, sobre todo los muslos, de correr sobre la nieve.

De pronto se oyó un golpe.

Lasgol volvió la vista atrás. La primera de las fieras había alcanzado a Gerd, que era el más retrasado. De un salto brusco lo había derribado. Gerd quedó medio enterrado en la nieve y la fiera lo mordió en los glúteos.

Gerd gritó de dolor.

Lasgol no podía creer lo que sucedía. Se dio la vuelta y fue a ayudar a su amigo.

La segunda de las bestias alcanzó a Egil y también lo derribó de un potente salto sobre la espalda. Comenzó a morderle en el trasero y su amigo se cubrió la cabeza con las manos.

Lasgol llegó hasta ellos, aunque la tercera de las bestias se le echó encima. El muchacho se cubrió el rostro con los antebrazos, la bestia se los mordió y Lasgol gritó de dolor. Se fue al suelo. Los brazos le dolían horrores y tenía a la bestia encima ejerciendo todo su peso sobre su cuerpo para que no pudiera ponerse en pie.

Las otras tres bestias pasaron a gran velocidad por su lado y no se detuvieron; continuaron la cacería.

Lasgol fue a resistirse cuando se dio cuenta de que el perro lobo no estaba atacando con rabia. Le había mordido en ambos antebrazos, pero no seguía atacando. Miró de reojo a sus compañeros caídos y vio que las fieras tampoco los atacaban, simplemente permanecían sobre ellos y ladraban.

Un momento más tarde oyó a Viggo gritar. También lo habían alcanzado a él.

Lasgol se quedó en silencio, quieto como una estatua, mientras esperaba oír a Ingrid y Nilsa gritar. Pero no sucedió. Los otros dos perros lobo no les habían dado alcance.

Las dos chicas lo habían logrado.

Los perros lobo comenzaron a aullar.

Un momento más tarde, Iván silbaba para que regresaran con él.

Los animales volvieron con Iván y los dejaron allí, sangrando en la nieve. Lasgol se puso en pie y fue junto a sus compañeros.

—¿Estáis bien? —les preguntó.

—Me duele horrores el culo —contestó Gerd—. Creo que se lo ha comido entero.

Lasgol lo examinó.

—No, tranquilo, solo te ha mordido un par de veces, pero, claro, con esos colmillos y dientes enormes duele mucho.

—¿Y tú cómo estás, Egil?

—Bien…, igual que él —dijo agarrándose las posaderas—. ¿Y tú?

—A mí me ha mordido en los antebrazos.

—Te dije que no te dieras la vuelta por nosotros.

—No he podido evitarlo.

—Habrías conseguido llegar.

—No, no lo creo. También han cogido a Viggo.

—Vayamos hasta él.

Viggo estaba sujetándose las posaderas mientras maldecía a los dioses helados.

—Ese Iván se va a acordar de mí, juro que pagará por esto.

—Es solo una prueba —le dijo Lasgol.

—¿Solo una prueba? ¿A ti te parece normal que nos den caza con perros lobo bestiales?

—No, la verdad es que no es muy normal.

—Creo que vamos a desarrollar una rapidez manifiesta —expuso Egil.

—Eso o nos quedaremos sin culo —protestó Viggo.

—Vamos con Ingrid y Nilsa, creo que lo han conseguido —los informó Lasgol.

Llegaron a la salida del bosque por la cara norte y se encontraron con sus dos compañeras junto a los Búhos. Ellas lo habían conseguido, y Astrid y otro de los Búhos también, eso hizo que Lasgol se sintiera contento aunque le dolieran horrores los antebrazos.

Astrid se interesó por él. Lasgol le dijo que fuera con su equipo, que estaba bien. Ella entendió que debían mantener ciertas apariencias y, después de sonreírle con dulzura, volvió con su equipo.

Con ellos estaban un guardabosques y la sanadora Edwina.

—Venid conmigo —les dijo la sanadora—. Yo me encargo de las heridas.

Edwina usó su poder en las heridas, que no representaban mucha gravedad, pero que sí eran muy dolorosas y bastante humillantes. Les dio un ungüento para que se lo pusieran durante la noche sobre las heridas, de forma que para el día siguiente estuvieran cicatrizadas.

Poco a poco todos los equipos fueron llegando en diferentes estados, pero la mayoría tan perjudicados como los Panteras.

Por fin llegó Iván con sus seis acompañantes caninos.

—Mañana repetiremos el ejercicio, todos aquí a primera hora —les dijo.

—¿Todos? —preguntó Astrid—. ¿Los que no han logrado pasar la prueba y han sido heridos también?

—Todos.

—Pero esas bestias nos van a destrozar —protestó Viggo.

Iván negó con la cabeza.

—Mis fieles amigos están aquí para motivaros. Durante seis días solo os darán caza, sin atacar. El séptimo, atacarán. No diréis que no os doy tiempo para prepararos. Así todas las semanas. Seis entrenamientos y luego una prueba real.

—¿Cuántas veces tendremos que hacer la prueba? —preguntó Lasgol.

Iván lo miró.

—Tantas como sea necesario hasta que yo esté satisfecho.

—Pero una vez que consigamos cruzar el bosque antes de que nos atrapen, la prueba habrá concluido…, ¿no? —preguntó Gerd.

Iván negó lentamente con la cabeza.

—De eso nada, seguiréis practicando esta prueba todas las mañanas de forma que nadie se relaje, aunque haya logrado superarla.

—Estamos fastidiados —dijo Viggo.

Lasgol se tocó las heridas y resopló.

—Sí que lo estamos.

Capítulo 12

TODOS LOS MEDIODÍAS LOS PANTERAS LLEGABAN AL COMEDOR exhaustos. Sentarse en las mesas correderas se había convertido en una bendición, pero no por la comida que iban a disfrutar, que también, sino por poder descansar. El mero hecho de sentarse y reposar era la mayor de las bendiciones.

—Está siendo duro, pero nos acostumbraremos con el tiempo —los animaba Ingrid.

—¿Tú crees? —dudaba Nilsa.

Gerd y Egil ni hablaban. Comían para reponer energías, aunque tenían el cuerpo y la mente tan agotados que no eran capaces de articular palabra.

—Cuanto más nos esforcemos, más fuerte se volverá nuestro cuerpo —le aseguró Ingrid.

—Eso o reventaremos definitivamente —repuso Viggo.

—No creo que nos empujen hasta ese extremo —objetó Lasgol.

—¿Seguro? Míranos. Otra semana de esto y no lo contamos —le aseguró Viggo.

—El instructor sabe lo que se hace —aseguró Ingrid.

—Esperemos…

Estaba anocheciendo cuando Lasgol regresaba de los establos de cuidar de Trotador. Los guardabosques debían encargarse de sus animales en el campamento, aunque no los necesitaran debido a la instrucción diaria y a que estaban muy bien cuidados por los mozos de los establos. Pero eran su responsabilidad.

Vio a una chica a la puerta del almacén de intendencia con una carta en la mano. La estaba leyendo con la cabeza inclinada. Le sorprendió lo guapa y atractiva que era. De pronto, Lasgol se percató de quién se trataba.

—Val… —balbuceó.

Ella lo oyó y levantó la cabeza.

—¡Lasgol! ¡Qué alegría verte! —dijo, acto seguido fue corriendo hasta él para darle un abrazo.

—Hola, Val, no te había reconocido… —confesó avergonzado.

—¿Nos separamos durante unas semanas y ya te has olvidado de mí? ¿Tan poco te importo? —le dijo ella con tono de falso enfado.

—No…, por supuesto que no…, claro que me importas.

—¿Ah, sí? ¿Mucho? —dijo ella con una sonrisa enorme y brillo en los ojos.

—Yo…, bueno… Claro, somos amigos.

El rostro de Valeria se ensombreció.

—Amigos porque tú no quieres que seamos más —le dijo ella sin rodeos.

—Val, yo…

Ella lo miró intensamente.

—Sabes que…

Valeria levantó la mano.

—Tranquilo, no debería haberte puesto en un aprieto. A veces soy demasiado decidida. —Sonrió la chica.

—Y lanzada —apuntó Lasgol.

Valeria rio.

—Eso también. Me conoces bien. Tienes razón, somos amigos..., por ahora —le dijo ella. Le dio un pequeño empujón y le sonrió con picardía.

Lasgol sonrió. Val era así.

—¿Te has metido en muchos líos estas semanas fuera del campamento?

—No, en ninguno —le aseguró él gesticulando con las manos.

—Ya, seguro; los héroes tienen tendencia a meterse en líos vayan a donde vayan.

—No me llames héroe, sabes que no me gusta.

—Pero a mí me gusta incomodarte un poco —dijo ella con otra sonrisa pícara.

—Cómo eres...

—Te veo algo más mayor, más serio.

—¿Sí? No creo...

—¿Tú cómo me ves? —preguntó Val, y giró sobre sí misma con los brazos abiertos para que él pudiera contemplarla bien.

Estaba todavía más guapa que el año anterior, y eso era difícil de superar. Ella también parecía más mayor, más atractiva. Con el movimiento, la melena rubia ondeó al aire y brilló con todo su esplendor. Los enormes ojos azules y los labios rojos serían la perdición de muchos. Era la más atractiva de todo el campamento, sin duda.

—Te veo igual —mintió él.

—¿Igual? Eres odioso —dijo ella señalándolo con el dedo índice. No le había gustado nada el comentario.

Lasgol sonrió.

—¿Noticias de casa? —le preguntó señalando la carta para intentar cambiar de conversación.

Val arrugó la frente y observó la carta en su mano.

—Sí.

—¿Todo bien?

Ella negó con la cabeza.

—No, no muy bien.

—No es asunto mío, pero, si puedo ayudar de alguna forma…

—Gracias, sé que lo dices de corazón.

—Lo hago.

Ella lo miró con ojos tristes.

—¿Qué sabes de mi familia?

Lasgol se encogió de hombros.

—No mucho. Dicen que eres hija de un noble, de una familia rica y poderosa…

—Eso dicen los rumores y cuchicheos, ¿eh?

Lasgol asintió.

—Probablemente sean rumores infundados. Celos de la gente…

—Son ciertos —lo interrumpió ella.

—Oh, nunca me habías dicho nada…

—Es un tema complicado, más ahora.

El comentario dejó a Lasgol desconcertado.

—¿Por la guerra?

—Sí. Mi padre es Hans Olmossen. Pero uso el apellido de mi madre, Blohm, para pasar desapercibida.

—¿El conde Olmossen? —preguntó Lasgol muy sorprendido.

Conocía el apellido y sabía que estaba con la Liga del Oeste. Lo había visto en la reunión secreta con los pueblos del Continente Helado.

—Sí, el mismo.

—Pero, entonces…, eres del Oeste.

—Lo soy.

—Pero no lo entiendo… Cuando Uthar casi colgó a Egil…, no fue a por ti.

—Porque mi padre es muy listo. Había jurado lealtad a Uthar.

Aquello descolocó a Lasgol. El conde parecía estar jugando a ambos bandos. Tendría que contárselo a su madre. Era un riesgo.

—Entiendo.

—Es una de las razones por las que estoy aquí.

—Tu padre te envía para asegurar a Uthar que está de su lado. Eres rehén del rey.

—Sí, y porque yo se lo pedí.

—¿Se lo pediste? Es correr mucho riesgo.

—Mi padre y yo no nos llevamos bien. Nada bien —dijo con ojos apagados.

—No tienes que contarme nada si no quieres…

La habitual voz suave de Valeria se volvió grave.

—Quiero contártelo. Soy la mayor de dos hermanos. Mi hermano menor, Lars, es el ojo derecho de mi padre. Yo, por otro lado, soy su calvario, como él dice. Llevamos años discutiendo casi por cualquier cosa, pero sobre todo por un tema que no acepto y por el que nunca daré mi brazo a torcer.

Lasgol la observaba muy intrigado sin intuir qué podría ser.

—Mi herencia.

—No entiendo.

—Soy la mayor, el título, las tierras y el castillo deberían pasar a mí una vez que mi padre muera. He sido criada para poder hacerlo. Pero ha nombrado heredero a mi hermano Lars. Según mi padre, una mujer no puede heredar aun siendo la primogénita, aun siendo mejor con la espada o el arco que su hermano.

—Ya veo… En Norghana esa costumbre está bastante arraigada…

—¡Es una injusticia! ¡Yo valgo tanto o más que mi hermano y tengo todo el derecho del mundo a heredar!

Lasgol levantó las manos en un gesto para que se tranquilizara.

—Vivimos en una sociedad por y para hombres, y yo no voy a aceptarlo. Nunca. Las mujeres tenemos los mismos derechos. Los hombres no pueden tener privilegios sobre nosotras. Lucharé contra esa injusticia siempre, empezando por mi propia casa. Más vale que no seas una de esas cabezas huecas que piensan que los hombres son mejores que las mujeres.

—Para nada. Si algo he aprendido aquí es que las mujeres son formidables. Tengo un par en mi equipo que así me lo demuestran cada día. Creo que tu padre no está siendo justo. No debería rechazarte como heredera solo por ser mujer.

—Me alegro de que pienses así. Estaba preparada para soltarte un derechazo, aunque ya me imaginaba que no serías un retrógrado.

—Me alegro de no haber terminado con un ojo morado. —Sonrió Lasgol intentando que Valeria se calmara un poco. Pareció surtir efecto.

—Estoy aquí porque mi padre quería enviarme a la corte de Uthar al ser yo una mujer. Le dije que ni en sueños. Le ofrecí que me mandara aquí. Tras muchas discusiones, al final accedió. El rey le había dado un ultimátum y se quedó sin tiempo. Tuvo que acceder a que viniera aquí y así cumplir con las demandas de lealtad del rey.

—Como le ocurrió a Egil.

—Con la guerra la situación se ha complicado —dijo mirando la carta—. Mi padre me ordena que permanezca aquí para que Uthar no sospeche de él.

—¿Está tu padre con la Liga del Oeste? —tanteó Lasgol para averiguar qué sabía Valeria.

—No lo sé. Apenas nos dirigimos la palabra. Nunca confiaría algo así en mí.

—Entiendo.

—Así es mi vida. Mi padre me desprecia y no confía en mí.

—Yo confío en ti y te aprecio mucho. Tu padre se equivoca.

Valeria lo miró a los ojos y le dio un beso en la mejilla.

—Eres un encanto, mi héroe.

Lasgol se ruborizó.

—No soy un héroe…

—Marchemos antes de que pierda la cabeza y uno de mis besos encuentre tus labios.

Lasgol no supo qué decir. Bajó la cabeza, los mofletes y las orejas le ardían.

Caminaron hacia las cabañas.

Capítulo 13

COMENZABA A ANOCHECER CUANDO LASGOL, EGIL Y VIGGO SE dirigían por el centro del campamento hacia las cabañas de cuarto año. Varios guardabosques de guardia les dedicaron miradas inquisitivas. Lasgol oteó las atalayas y descubrió varios guardabosques apostados en labores de vigilancia. El ambiente era tenso. Dolbarar había reforzado la vigilancia en el interior del campamento, también en los bosques que lo rodeaban. No esperaban un ataque de las fuerzas de Darthor, ya que el campamento era prácticamente inexpugnable y los pasos estaban bien vigilados, pero sí posibles confrontaciones, e incluso disturbios, entre los propios guardabosques, soldados y alumnos.

—¿Adónde vais? —preguntó una voz desagradable y altanera que de inmediato reconocieron.

—¿Y a ti qué te importa? —respondió Lasgol sin detenerse.

—Trata con respeto a los que son mejores.

Lasgol se detuvo. Se giró y encaró a Isgord. El capitán de los Águilas iba acompañado del capitán de los Jabalíes, Jobas, un chico enorme, casi tan grande como Gerd, y que tenía muy malas pulgas. Casi todos en el equipo de los Jabalíes las tenían. También estaban el capitán de los Osos y otros de sus equipos.

—Tú solo eres mejor que una rata de cloaca, y por poco —le espetó Lasgol.

—Para ser justo, yo creo que una rata no es comparable al capitán de los Águilas, más bien una serpiente rastrera —dijo Viggo con total tranquilidad.

Isgord se puso rojo de ira. Se llevó las manos a las armas que portaba en la cintura.

—Yo que tú no lo haría —le advirtió Lasgol—. Esos vigilantes de las atalayas acabarán contigo antes de que puedas atacarnos.

Isgord miró hacia arriba y se dio cuenta de que el otro tenía razón. Separó las manos del hacha y el cuchillo de guardabosques, y las llevó a la espalda adoptando una pose más relajada. Sonrió.

—Tenéis suerte de que todos estos ojos estén vigilando. De lo contrario, os lo haría pagar.

—No nos vengas con bravuconadas porque estés con otros capitanes.

—No son bravuconadas. No me costaría nada acabar con vosotros. No sois más que escoria traidora del Oeste.

Los otros dos capitanes sonrieron y varios más murmuraron. Lasgol se dio cuenta de que todos ellos eran del este del reino, como la gran mayoría de los guardabosques y alumnos que quedaban en el campamento.

Lasgol se tensó. Egil le puso la mano en el hombro.

—No merece la pena, no respondas a la provocación.

Lasgol respiró hondo. Intentó calmarse, aunque no lo consiguió del todo.

—Los del Oeste somos tan buenos, si no mejores que los del Este —respondió con calma.

—De eso nada —negó Isgord.

—Ya os gustaría —dijo Jobas con ademán de superioridad.

—En vuestros sueños —contestó Ahart, el capitán de los Osos.

El resto de los del Este comenzaron a lanzar bravatas y a denostarlos.

Egil y Lasgol respondieron a las infamias con muestras de no estar intimidados.

—Dolbarar debería haberos echado a todos —dijo Isgord con desdén—, nadie se fía de vosotros. Sois traidores. En especial el sabiondo. —Señaló a Egil.

—No te metas con él —lo defendió Lasgol—, es a mí a quien quieres provocar.

—Los dos sois espías de la Liga del Oeste —dijo Isgord—. No nos engañáis. Dolbarar es demasiado blando, no deberíais estar aquí. Tendríais que colgar de un árbol, vosotros y todos los del Oeste que todavía quedan en el campamento.

Lasgol se tensó ante semejante amenaza. Miró al resto de los del Este y vio en sus miradas llenas de odio que también lo sentían. Se asustó.

—No pertenecemos a la Liga —respondió Egil con tranquilidad.

—Ya, seguro —dijo Isgord—. Tendríamos que colgaros por traidores. Muerto el perro, se acabó la rabia.

Lasgol observó la reacción del resto y no le gustó. Varios asentían y otros dibujaban gestos agresivos. La cosa se ponía fea. Lo que más le impresionó fue que en sus ojos vio rabia, ganas de ahorcarlos de verdad. Y aquello le preocupó, mucho. Sabía que la tensión entre ambos bandos era grande, pero todos eran compañeros, nadie levantaría la mano contra uno de sus compañeros… ¿o sí? En aquel momento supo que sí. De no haber estado los guardabosques de vigilancia habrían llegado a las armas.

—Podéis insultarnos todo lo que queráis, no cambia el hecho de que seguimos aquí, terminaremos el año y nos graduaremos —dijo Lasgol.

—Tú quizá, aunque no lo creo; el sabiondo seguro que no —respondió Isgord.

—El sabiondo tiene más conocimiento en la uña de su meñique que tú en esa cabeza hueca —le espetó Viggo.

—Tú calla; eres del Este, deberías apoyarnos a nosotros, no a ellos —replicó Isgord.

—Como si soy de Rogdon, yo apoyo a mis compañeros.

—Pues caerás con ellos.

—Eso ya lo veremos, chulito.

—Te la estás buscando —dijo Isgord, que cerró el puño y fue a golpear a Viggo.

Ahart, capitán de los Osos, lo detuvo.

—Aquí no —dijo mirando hacia los guardabosques, que los observaban atentos.

—Te la has ganado. —Isgord señaló a Viggo con el dedo índice.

—¿Sí? ¿Y qué vas a hacer?

—Aquí nada, pero ¿por qué no vamos al lago y hablamos de esto? —dijo Isgord con una sonrisa venenosa.

—Hablar, ya, seguro —replicó Lasgol.

—¿No sois tan buenos los del Oeste?

—Lo somos.

—Demuéstralo. Un duelo de guardabosques. Tú y yo —le propuso a Lasgol—. Mano a mano. Uno del Este contra uno del Oeste. Veamos quién es mejor.

—Es una trampa —le susurró Egil a Lasgol—. No caigas en la provocación.

—Si no te presentas, nos darás la razón: los del Oeste sois todos unos cobardes traidores que hay que colgar de un árbol.

—Eso —secundó Jobas.

Lasgol lo pensó. Egil tenía razón. Una pelea no era una buena idea, ya había aprendido aquella lección cuando los matones de su pueblo le dieron una paliza en el puente. No, enfrentarse a Isgord en el lago era una muy mala idea. Comenzó a negar con la cabeza.

—Allí estará y te hará trizas —dijo Viggo.

Isgord sonrió de oreja a oreja.

Todos los del Este rompieron en vítores.

—¡Duelo, duelo, duelo! —vitoreaban.

Lasgol le echó una mirada fulminante a Viggo. Este se encogió de hombros y puso cara de bueno.

—Entonces, nos vemos en el lago. Esta noche. A medianoche.

—Allí nos vemos —le dijo Viggo.

Los dos grupos se separaron e Isgord lanzó una mirada de triunfo a Lasgol.

El muchacho supo que estaba en un buen lío.

Se marcharon de allí. Llegaron a la cabaña y se dejaron caer en las literas. Camu tenía al pobre Gerd acorralado; fue corriendo a saludarlos.

—Pero ¿por qué has hecho eso? —le gritó Lasgol muy enfadado a Viggo.

—Se me ha ido un poco de las manos…

—¿Un poco?

—Yo diría que bastante —replicó Egil.

—Menudo lío en el que me has metido.

—Nos ha metido a todos —puntualizó Egil.

Viggo puso cara de inocente.

—Esa es mi especialidad.

Lasgol puso los ojos en blanco y soltó improperios al cielo.

Egil negaba con la cabeza.

—¿Qué ha pasado? ¿Es grave? —preguntó Gerd mientras se acercaba.

—Hay que calcular las repercusiones que puedan llegar a tener las acciones de uno —le dijo Egil a Viggo.

—¿Me lo dices o me lo cuentas? No os preocupéis, yo estaré con vosotros.

—Pero tú eres del Este. Tú no corres peligro —le dijo Lasgol.

—Bueno, un poco sí, estoy con vosotros, mis queridos compañeros. —Sonrió Viggo.

—No intentes engatusarnos después de la que has liado.

Egil le explicó a Gerd qué había sucedido mientras Lasgol jugaba con Camu para relajarse y olvidar lo que acababa de vivir.

—No vayas —le dijo Gerd cuando Egil terminó de contárselo, moviendo su enorme dedo índice de forma negativa.

—Si no voy, quedaré como un cobarde… Yo y todos los del Oeste.

—Bueno, no será la primera ni la última vez que hacemos el ridículo —dijo Viggo.

—Sobre todo tú —replicó Ingrid, que entraba por la puerta seguida de Nilsa.

—Ya nos hemos enterado —anunció la pelirroja.

—Veo que las noticias vuelan —respondió Lasgol con tono de resignación.

—Isgord y esos cabezas huecas de los Jabalíes y los Osos se lo están contando a todos. —La capitana observaba por la ventana.

—Entonces, no voy a tener más remedio que ir…

—No, escúchame bien; no te permito que vayas.

—Dirán que soy un cobarde, un traidor, un espía; que los del Oeste no somos mejores que gusanos…

—Que digan lo que quieran; si vas, puede pasar cualquier cosa, tal y como está el panorama. Mejor no arriesgarse.

—No vayas —le insistió Nilsa con ojos llenos de preocupación.

—Vosotros no lo entendéis…, sois todos del Este, solo Egil y yo somos del Oeste… Si no voy, les doy pie a que hagan lo que quieran con los pocos que quedan del Oeste en el campamento.

—Ese no es tu problema —le dijo Ingrid.

—¿No?

—No. Tu problema es graduarte como guardabosques. Lo demás no debe importante.

—¿Ni esta guerra civil?

—Ni eso. Si el Este y el Oeste se despedazan, nosotros seguiremos teniendo el mismo objetivo: graduarnos como guardabosques.

—Para servir al Este.

—Para servir al reino.

—Que no al rey —apuntó Egil.

Ingrid lo miró.

—Eso es más complicado.

—Lo sé, solo quería ilustrar que tu punto de vista, si bien muy válido, también tiene sus ramificaciones y consecuencias.

—Yo ya me he perdido —dijo Gerd.

—Es que cuando se pone en plan sabiondo… —comentó Viggo.

Discutieron durante horas en un intento de disuadir a Lasgol para que no fuera al encuentro con Isgord. Lasgol estaba dividido; por un lado, sabía que sus compañeros tenían razón, que era muy mala idea ir, que era arriesgado y peligroso. Las cosas podían ponerse feas y más teniendo en cuenta que se enfrentaba a Isgord. Por otro lado, le encantaría darle una lección al pretencioso e insoportable capitán de los Águilas, pero no podía dejarse llevar por su orgullo. El orgullo era mal consejero, eso se lo había enseñado su padre, Dakon. «Busca siempre ser buena persona primero. El orgullo es necesario, pero puede conducirte por una senda equivocada. Escucha a tu corazón». No sabía qué hacer. Lo más sencillo sería no acudir. Tendría que escuchar los insultos y aguantar las vejaciones de Isgord y otros como él el resto del año. Podría soportarlo, sí. Él había sido el hijo del Traidor, había pasado por todo ello antes y podría volver a hacerlo. Una vocecita en su interior le decía que no fuera, que era mejor quedarse con sus amigos en la cabaña.

Al final, lo dejaron tranquilo para que decidiera por sí mismo. Lasgol salió a la parte de atrás de la cabaña con Camu, se internó un poco en el bosque y jugó un buen rato allí con él.

—¿Tú qué harías, chiquitín? —le preguntó.

Camu lo miró divertido moviendo la cabeza.

«Jugar escondite», le llegó a Lasgol.

—Tú siempre quieres jugar. Es todo lo que te importa. ¡Qué suerte tienes! Disfruta mientras puedas, la vida cambia mucho y la alegría del juego va desapareciendo despacio.

Camu lo observó con ojos tristes.

—Pero tú todavía tienes mucho por jugar. Vamos. Juguemos.

Los dos amigos jugaron durante un largo rato y Lasgol disfrutó mucho del juego y de la compañía de Camu. Ese tiempo olvidó todos los problemas que lo acechaban.

Al borde de la medianoche, Lasgol regresó con Camu a la cabaña. Al entrar se encontró con todos sus compañeros esperándolo.

—¿Qué has decidido? —le preguntó Ingrid sin rodeos.

Lasgol suspiró. Hondo.

—He decidido ir.

Las protestas de sus compañeros estallaron a su alrededor.

—¡Callaos, todos! —les ordenó Ingrid levantando los brazos.

Se hizo el silencio.

—Lo he pensado mucho y creo que es lo mejor.

—Si esa es tu decisión, te apoyaremos —respondió Ingrid.

—Iremos contigo —dijo Nilsa.

—Te defenderemos —secundó Gerd.

—Gracias, sois los mejores. —Lasgol parecía emocionado.

—Cojamos nuestras armas y preparémonos —propuso Ingrid.

Salieron de la cabaña y Lasgol se llevó una enorme sorpresa. Los chicos y chicas del Oeste que aún quedaban en el campamento lo esperaban. No eran muchos, pero sí de todos los cursos.

—Te acompañaremos —le dijo Valeria con ojos encendidos de admiración.

Lasgol se acordó entonces de que ella era también del Este.

—No es necesario, os ponéis en peligro…

—Ya lo estamos. Lo hemos hablado e iremos contigo. Tú nos defiendes, nosotros te cubriremos las espaldas.

Lasgol se sintió tan conmovido que se le humedecieron los ojos. Se repuso pronto. No iba al encuentro por él, iba por todos ellos. No podía echarse atrás. Lo sabía en sus entrañas, pero ahora, viendo los rostros de todos ellos, no tenía ninguna duda; era lo que debía hacer, pasara lo que pasase.

Los Panteras salieron tras él y se quedaron pasmados.

—Parece que no luchas solo por ti —le susurró Egil al oído, y le guiñó el ojo.

Se dirigieron al lago. Lasgol a la cabeza, los Panteras tras él y el resto de los del Oeste a continuación.

Cuando llegaron al lago, se encontraron con otra escena que no esperaban para nada. Isgord los esperaba.

Rodeado de una multitud del Este.

Capítulo 14

LASGOL TRAGÓ SALIVA, LA SITUACIÓN TENÍA MUY MALA PINTA. Allí había mucha gente, compañeros cubiertos por las capas con capucha de los alumnos de los cuatro cursos, con los colores característicos que identificaban cada año. Los nervios le revolvieron el estómago. Respiró hondo y consiguió calmarse un poco.

—No veo guardabosques ni instructores. —Ingrid barría la multitud con la mirada.

—Los guardabosques e instructores no intervendrán en esto —dijo Viggo.

—¿Cómo lo sabes?

—Es un asunto entre nosotros, dejarán que seamos nosotros quienes lo resolvamos.

—¿Aunque corra la sangre?

Viggo asintió:

—Me temo que sí.

—Creo que tiene razón. Son todos alumnos, de los cuatro años —dijo Egil—. No hay nadie con autoridad o cargo.

—Y todos van armados bajo la capa —observó Viggo.

Lasgol se preguntó cómo podía saberlo, pero siendo Viggo, lo sabía, y no se equivocaba, de eso estaba seguro.

—Esto no me huele nada bien. —Nilsa se movió alrededor de Lasgol.

—Aún estás a tiempo de darte la vuelta —le dijo Gerd a Lasgol, más como ruego que como consejo.

Lasgol miró a su espalda y vio a los del Oeste que lo acompañaban. Negó con la cabeza.

—No puedo. Tengo que seguir adelante.

Resopló intentando que el nerviosismo le abandonara el cuerpo. Avanzó hacia el lago, hacia Isgord, que lo esperaba con su sonrisa malévola de plena satisfacción.

—Ese cretino cree que tiene la piel del oso antes de cazarlo —comentó Viggo.

—Este oso le dará una lección. —Ingrid hizo un gesto con la cabeza hacia Lasgol.

Lasgol no estaba nada seguro, pero agradeció el comentario y sobre todo el apoyo de sus amigos.

Se pararon a cinco pasos de Isgord y una treintena de chicos y chicas del Este que parecían ser su guardia personal. El resto estaba algo más retrasado, formando una larga hilera frente al lago.

De entre los del Este apareció una persona y corrió hasta Lasgol. De inmediato, todos se tensaron y se llevaron las manos a las armas.

—Quietos —les dijo Lasgol, pues sabía quién era.

—¿Por qué no me lo has dicho? —le reprochó Astrid al llegar hasta él.

—No quería preocuparte…

—¿Cómo no voy a preocuparme? —le dijo ella, y le puso la mano en la mejilla; sus ojos mostraban miedo por él.

—No temas. Estaré bien —le dijo él; sin embargo, el tono no le salió lo asertivo que le hubiera gustado. Quizá fuera porque no se sentía así.

—No lo hagas.

—Tengo que hacerlo.

—Es demasiado peligroso. Para ti, para todos.

—Lo sé, pero no puedo echarme atrás —dijo, y miró a los del Oeste que estaban con él.

Astrid descubrió a Valeria entre ellos. El rostro se le ensombreció. Le lanzó una mirada desafiante.

Valeria no se inmutó. Permaneció seria, inalterable.

—No les debes nada.

—Lo sé, pero son como yo. Alguien tiene que defenderlos.

—Deja que sea otro.

—No puedo.

—Los héroes terminan en una tumba anónima. Tú ya has sido héroe una vez, no corras más riesgos. No fuerces tu suerte.

—No quiero ser un héroe, pero no puedo dejar que Isgord se salga con la suya. Si me echo atrás, irán a por todos ellos de una forma o de otra. Lo sabes. No puedo permitirlo.

—Lo sé, pero no quiero que seas tú quien los defienda. Temo por ti.

Lasgol sintió que el corazón se le llenaba de calor, alegría y esperanza.

—Gracias. Tu preocupación por mí significa mucho…

—Entonces, retírate.

—No puedo…

—Isgord aprovechará la ocasión para matarte si puede —le dijo ella angustiada.

—Aun así, he de hacerlo.

Astrid negó y en los ojos le apareció la llama, la mirada fogosa que la caracterizaba.

—Entonces, acaba con él, no tengas piedad.

El chico asintió.

—No tendré ninguna.

—¿Has terminado ya con los besos y abrazos de despedida? —le preguntó Isgord con tono de marcado desdén.

Lasgol se irguió y avanzó hasta él.

—Aquí estoy, como dije.

—Veo que has venido con todos los espías y traidores del Oeste.

—No son ni espías ni traidores. ¿Tú necesitabas traerte a medio campamento?

—Han venido porque han querido. Se ha debido de correr la voz...

—Más bien la has hecho correr tú.

—Tienen derecho a presenciar cómo cae el campeón de los traidores del Oeste ante el campeón de los del Este.

—Sabía que lo convertirías en un conflicto entre ambos bandos.

—¿Acaso no estamos en guerra? ¿Acaso no somos de bandos contrarios?

—Estamos en guerra, pero no en bandos contrarios. Aquí todos somos guardabosques.

—Ya, pero unos leales al rey y otros no.

—No puedes hacer esa separación. Todos aquí han jurado lealtad a Uthar.

—Ya, con la espada al cuello. ¿De verdad crees que eso nos convence a los del Este? Pues te equivocas, y mucho.

Lasgol negó con la cabeza. Sabía que Isgord convertiría el duelo en algo peor y tenía el claro presentimiento de que aquella noche correría la sangre; debía evitarlo a toda costa.

—Te has quedado callado. ¿Es que el miedo no te deja hablar? —le preguntó Isgord desdeñoso.

—A ti no te tengo miedo.

Isgord sonrió de oreja a oreja.

—Pues deberías.

—No llegará el día —dijo Lasgol, aunque en su interior sí sentía miedo. Pero nunca se lo reconocería.

—¿Quiénes son tus testigos para el duelo? —preguntó Isgord—. Los míos son Jobas, capitán de los Jabalíes, a mi izquierda —el grandullón saludó con la cabeza—, y Ahart, capitán de los Osos, a mi derecha. —Este también alzó la mano con un gesto seco.

—Los míos son Ingrid, capitana de los Panteras... —su amiga se colocó a su derecha—, y... —Lasgol no tenía un segundo testigo.

La tradición demandaba dos testigos con cierta relevancia. Sus compañeros no podían ser.

—Y Astrid, capitana de los Búhos —completó esta tras dar un paso adelante para ponerse a la izquierda de Lasgol.

Isgord torció el gesto.

—Tú eres del Este. No te mezcles con esta panda de traidores.

—No me digas lo que tengo que hacer —dijo ella, y le lanzó una mirada en llamas.

—Como quieras, deshonras a tu equipo y pagarás por esto —le espetó Isgord, y señaló a un lado, donde estaban los Búhos. Tenían los rostros serios. Ninguno dijo nada. Todos ellos eran del Este.

—¿Cuáles son las normas del duelo? —preguntó Lasgol.

Jobas habló.

—Será un duelo de guardabosques tradicional. Llevaréis equipamiento y armas de guardabosques básicos. La distancia será de cuatrocientos pasos. Reglas clásicas. Cada uno portaréis un arco compuesto reglamentario y un carcaj con tres flechas. Dispondréis de tres tiros a tres distancias señaladas: cuatrocientos pasos, trescientos y doscientos. Está prohibido tirar antes de llegar a la posición. Está prohibido moverse una vez que se alcanza la posición de tiro, y no se ejecuta este hasta que el oponente lo hace. El primero que inhabilita al oponente vence. ¿Están claras las reglas?

Lasgol asintió.

—Muy claras —dijo Isgord altivo.

—Los testigos, que inspeccionen el equipamiento —indicó Jobas, y señaló a su derecha.

Apoyados contra una gran roca había dos conjuntos de armas y equipamiento.

Ingrid y Astrid se acercaron y comenzaron a inspeccionarlos para asegurarse de que ambos estaban en perfectas condiciones y no había trampa. Ahart hizo lo mismo. Tardaron un poco, pues lo hicieron a conciencia.

Por fin, Ingrid y Astrid se retiraron junto a Lasgol.

—Las flechas tienen punta real —le susurró Astrid a Lasgol a la oreja con voz muy preocupada.

—Los duelos de guardabosques se hacen con flechas reales —les indicó Ingrid en voz baja—, es la tradición.

—Llevaremos peto reforzado para cubrir el pecho —dijo Lasgol, señalaba la pieza de armadura con el equipamiento.

—Solo cubre el torso. Es armadura ligera, no creo que evite que la flecha lo atraviese —le dijo Astrid con voz cada vez más preocupada.

—Confiemos en que lo hará.

—¿Todo correcto? —preguntó Jobas enarcando una ceja.

Ingrid lanzó a Lasgol una mirada de duda.

El chico barrió con la mirada a los asistentes, que los observaban con atención. Reconoció al equipo de los Osos: Osvak, Harkom, Mulok, Groose y Polse, todos tan grandes, feos y brutos como su capitán. Junto a ellos vio a Gonars, el capitán de los Halcones, con Arvid, pequeño y moreno, y Rasmus, grande y rubio, de su equipo. También reconoció a varios del equipo de los Serpientes: Erik y Gustav con Sugesen, su capitán, al frente. Los Zorros con su capitán Azer a un lado estaban más a la derecha. Verlos, todos del

Este y muy poco amistosos, lo puso muy nervioso por lo que pudiera pasar. No podía echarse atrás, la situación podría estallar.

Lasgol se lo confirmó a Ingrid con un asentimiento. Estaba decidido. Lo haría. Si le ocurría una desgracia, sería por una buena causa.

—Todo correcto —dijo Ingrid.

Astrid asintió.

Un momento más tarde el capitán de los Osos se acercó a Isgord y también asintió.

—Todo en orden —anunció.

—Muy bien —dijo Jobas—, en ese caso, lanzaremos una moneda al aire para decidir equipamiento y otra para decidir lado.

Lasgol asintió.

Jobas sacó una moneda de plata.

—Cara, Isgord elige equipamiento; cruz lo hace Lasgol.

Los dos dieron su conformidad.

El capitán de los Jabalíes lanzó la moneda al aire. La cogió al vuelo entre las manos. Las abrió.

—Cara. Isgord elige primero.

El capitán de los Águilas sonrió triunfal. Erguido, se dirigió hasta el equipamiento y, tras examinarlo, eligió un conjunto. Se lo puso.

—Ahora tú, Lasgol.

El chico cogió su equipamiento y se lo puso.

—Arcos cruzados a la espalda —les indicó Jobas.

Los dos se lo colocaron de esa forma.

—Lanzaré de nuevo la moneda para seleccionar lado. —Jobas señaló al este y luego al oeste.

Lasgol tragó saliva; el viento era del nordeste, quien quedara al oeste estaría en desventaja.

La suerte no le sonrió.

—Cara de nuevo. Elige Isgord.

La sonrisa de satisfacción y la mirada de menosprecio fueron tal que Lasgol sintió como si el otro lo hubiera abofeteado.

—Elijo este, como apropiado que es —dijo levantando la barbilla.

Lasgol se percató de la ironía poética de la situación.

Los murmullos de satisfacción entre los del Este se hicieron oír. Los del Oeste callaban conscientes de que Lasgol tendría dificultades con el viento.

—Acabaré contigo —le aseguró Isgord con una mirada letal.

—Eso habrá que verlo.

—Y después daremos una lección a todos esos traidores del Oeste. Esta noche la recordarán durante mucho tiempo.

—No te atreverás.

—Ya lo creo que me atreveré.

—Pagarás por lo que hagas.

—Estamos en guerra, y en el amor y en la guerra todo vale, ¿o no lo sabías? —le espetó Isgord con una sonrisa de muerte.

—Dolbarar te ajusticiará si les causas daño.

—Puede ser, pero el rey necesita guardabosques… No creo que el castigo sea demasiado severo.

—No tienes escrúpulos ni conciencia.

—Creo recordar que me llamasteis serpiente.

—Sí, eso es lo que eres.

—Pues vas a probar mi veneno, tú y todos ellos. —Señaló a los del Oeste tras Lasgol.

—Un día pagarás.

—Puede, pero no será hoy.

—Veremos.

Jobas envió a dos capitanes a situarse a mil pasos de distancia, quinientos hacia el este y quinientos hacia el oeste. Cuando estuvieron en posición, levantaron una mano.

—Posiciones establecidas —anunció Jobas.

Lasgol tragó saliva. Miró a Astrid. Ella le hizo un gesto de fuerza para darle confianza.

—¿Preparados los duelistas? —preguntó Jobas.

—Más que preparado —dijo Isgord.

—Preparado —indicó Lasgol, que no lo estaba del todo, pero había llegado el momento de la verdad y no tenía más remedio que decir que sí.

—Muy bien. Espalda con espalda —pidió Jobas.

Isgord y Lasgol se situaron espalda contra espalda frente a Jobas, uno encarando al este y el otro al oeste.

—Comenzad. Ahora. Contaré los pasos —anunció Jobas.

Todos los asistentes se acercaron algo más para ver mejor.

Isgord dio el primer paso; Lasgol lo siguió presto. Comenzaron a andar los doscientos pasos cada uno en dirección opuesta hasta la primera posición de tiro, la más alejada.

—Uno, dos, tres… —Marcaba el paso Jobas.

Mientras avanzaban de forma prácticamente simultánea, la gente comenzó a vitorear el nombre de Isgord. Lasgol comenzó a ponerse nervioso, pero de inmediato oyó la voz de Ingrid vitoreando su nombre y a ella se unieron las voces de los del Oeste. Lasgol dio gracias a los dioses del hielo por los fantásticos amigos que tenía. Avanzaba intentando mantener el ritmo y calmar los nervios.

—… veinte, veintiuno, veintidós…

Con cada paso, Lasgol se ponía más nervioso. Probablemente ese era el objetivo de la cuenta. Se palpó el peto reforzado y tuvo la sensación de que no aguantaría una flecha a gran velocidad. Más nervios.

—… ciento uno, ciento dos…

Lasgol sintió que le retorcían el estómago como intentando escurrirlo.

—… ciento cincuenta y cinco, ciento cincuenta y seis…

Lasgol avanzaba con el corazón latiéndole como un tambor de guerra.

Cada paso le acercaba más a la posición. Vio quién era el juez en su lado: Luca, capitán de los Lobos, quien mantenía alzada una antorcha.

—… ciento noventa, ciento noventa y uno…

Una vez que llegara a la altura de Luca, tendría que tirar. Debía estar preparado, mentalizado para realizar el movimiento.

—… ciento noventa y siete…

Lasgol visualizó lo que tenía que hacer y aplastó todo el nerviosismo que sentía.

—… ciento noventa y ocho…

Isgord era mejor tirador que él, pero él tenía el don. Dudó sobre si usarlo o no.

—… ciento noventa y nueve…

No lo usó.

Isgord llegó un instante antes de que Jobas pronunciara el doscientos y comenzó el movimiento de tiro.

—… ¡doscientos!

Lasgol llegó. Vio la línea marcada sobre la nieve, la cruzó y se giró de medio lado rapidísimo. Se llevó la mano al arco que llevaba cruzado a la espalda y comenzó el movimiento. Lo sacó, lo cargó con una flecha de su carcaj y tiró de la cuerda hasta llevársela hasta la mejilla. Apuntó.

Isgord ya había terminado el mismo movimiento. Tiró.

Lasgol temió por su vida, pero no podía moverse. Solo podía desear que Isgord fallara. A aquella distancia, cuatrocientos pasos, de noche, con solo la luz de la antorcha y con un arco compuesto, acertar era difícil.

Soltó.

La flecha de Isgord se clavó en el suelo a diez pasos de su pie.

Lasgol resopló. No había llegado.

Siguió su flecha con la mirada. Se clavó a quince pasos y algo a la izquierda de Isgord.

El viento…

Los gritos y vítores volvieron a producirse en ambos bandos.

—¡Posición dos! —anunció Jobas.

Los dos contrincantes comenzaron a correr. La segunda posición estaba cincuenta pasos más adelante. Corrieron como si les persiguieran los perros lobo de Iván. El primero que consiguiera llegar a la posición podría tirar antes y tendría ventaja.

El juez de la segunda posición era Ahart, capitán de los Osos. Alzaba la antorcha y Lasgol vio la línea sobre la nieve. Apretó los dientes y corrió todo lo rápido que pudo.

Pero Isgord no era solo mejor tirador que él, también era más rápido y fuerte. Llegó antes, bastante antes.

Lasgol continuó corriendo.

Isgord apuntaba. Disponía de tiempo para no fallar. Lo tenía.

Lasgol llegó a la línea. Se puso de lado para ofrecer un blanco menor, aunque dificultaba el tiro.

Isgord sonrió. Y soltó.

Lasgol vio la flecha llegar, pero tuvo que serenarse y no dejar que lo desconcentrara. Los separaban trescientos pasos. No era un tiro fácil. Soltó un instante antes de que la flecha lo alcanzara.

Se le clavó en el brazo izquierdo, el de agarre.

Sintió un dolor frío y muy intenso.

Estaba herido.

Se miró el brazo y vio la flecha clavada casi a la altura del hombro.

«No es letal», se dijo, y resopló. El dolor era muy fuerte. Apenas podía sujetar el arco.

La gente animaba ahora a gritos. Lasgol oyó a Astrid pronunciar su nombre, pero no podía desconcentrarse, se jugaba la vida.

Lasgol miró si había dado a Isgord. No. Estaba intacto y sonriente. Había fallado.

—¡Posición final! —anunció Jobas.

Isgord ya corría.

Pensó en retirarse. Estaba herido; si decía que había sido inhabilitado, se lo darían por bueno. Lo pensó un instante. No, no podía dejarse vencer. Nunca.

Echó a correr.

No podía permitir que Isgord se saliera con la suya.

Vio al último juez en la tercera posición, era Ingrid. Eso lo animó.

Corrió con toda su alma.

Pero Isgord era más rápido. Llegó de nuevo antes que él, mucho antes.

Siguió corriendo.

El otro se preparó para tirar. Sonreía. La luz de la antorcha resplandecía en sus ojos llenos de maldad.

Lasgol alcanzó la línea. Comenzó a girarse sabiendo que Isgord tenía toda la ventaja y a doscientos pasos no fallaría.

—¡Te tengo! —gritó Isgord fuera de sí.

Y se precipitó.

Soltó antes de tiempo.

Lasgol terminó de ponerse de costado y vio la flecha dirigirse a su torso. Lo alcanzaría.

Contuvo la respiración.

Notó algo. La flecha iba ligeramente desviada.

Se mantuvo en posición sin moverse.

La flecha pasó rozándole la oreja.

Lasgol sintió que le cortaba el lóbulo.

Isgord abrió los ojos desorbitados.

Dio un paso atrás.

—¡No! —gritó al darse cuenta de que había fallado.

—¡No puedes moverte! ¡Aguanta la posición como un norghano! —le gritó Ingrid.

Lasgol apuntó.

Isgord estuvo a punto de salir corriendo, su rostro mostraba el terror que sentía.

Lasgol continuó apuntando.

Una rodilla le falló a Isgord del terror y casi cayó de rodillas.

—¡Quieto, Isgord! —ordenó Jobas.

Todos observaban en silencio.

—Tira, Lasgol. Son las reglas del duelo —le dijo Jobas.

Lasgol lo pensó. A doscientos pasos podía acertar sin problema. «No quiero matarlo, ni tan siquiera malherirlo». Era un ser despreciable, pero Lasgol no deseaba darle muerte. Era un castigo excesivo. No podía hacer aquello.

Soltó.

La flecha cortó el aire invernal y recorrió los doscientos pasos en un abrir y cerrar de ojos.

Isgord gritó.

La flecha se le clavó en el muslo. Profunda.

Lasgol sonrió. No lo lisiaba, pero los perros de Iván se lo iban a pasar en grande con Isgord con esa herida que le impediría correr durante bastante tiempo.

En ese momento se oyó una voz atronadora.

—¡Por todos los dioses del hielo! ¿Qué es esto?

Era el instructor mayor Oden.

Val había ido a buscarlo.

—¿Qué sucede aquí? ¡Por los cielos helados!

Oden avanzó hasta Lasgol y vio la flecha que llevaba clavada en el brazo. Luego vio la de la pierna de Isgord.

—¡Esto es un ultraje! ¡Lo vais a pagar muy caro! ¡Dispersaos todos, ahora!

La multitud salió corriendo ante la furia de Oden.

—¡Corred antes de que mi ira caiga sobre vosotros! ¡Insensatos!

Astrid miró a Lasgol y este le hizo un gesto para que se marchara. La muchacha salió corriendo.

—Vosotros dos estáis en un lío descomunal —les dijo a Lasgol y a Isgord señalando acusador con el dedo.

Capítulo 15

Dolbarar estaba muy enfadado. Mucho. Lasgol nunca lo había visto tan enojado. Gesticulaba alzando los brazos al aire con la vara en una mano y el *Sendero* en la otra. En uno de los aspavientos estuvo a punto de perder el libro, lo que habría sido un desastre, pues aquel volumen significaba muchísimo para el líder del campamento y para todos los guardabosques. Su habitual sonrisa y rostro apacible habían desaparecido para ser reemplazados por una mirada hostil y un rostro entornado. Sus ojos claros echaban centellas.

Los cuatro guardabosques mayores tampoco parecían estar nada contentos. Observaban a Lasgol y a Isgord con rostros hoscos y miradas que iban desde la furia a la profunda decepción.

La sanadora Edwina estaba sentada junto al fuego y no decía nada. Lasgol le estaba muy agradecido. Oden los había llevado hasta ella para que se hiciera cargo de las heridas sufridas durante el duelo. Edwina había utilizado su poder sanador en ellos y les había cerrado las lesiones para evitar cualquier posibilidad de infección. Aún necesitaban recuperarse, pero las heridas no revestían gravedad y se curarían a su debido tiempo. Como la buena sanadora solía decir, ella solo podía ayudar a la naturaleza, pero esta debía seguir su curso. Las heridas no le dolían y Lasgol supo que en un par de semanas estaría como nuevo. La de Isgord era más profunda y molesta, le llevaría más tiempo recuperarse.

Nadie hablaba dentro de la Casa de Mando, lo cual hacía que la situación fuera peor. Dolbarar no se había dirigido a ellos y Lasgol esperaba cada vez con mayor anticipación y temor el momento en que dejara de gesticular y se dirigiera a ellos. Aguardaban con las manos a la espalda y la cabeza gacha la tremenda bronca y el castigo que, sin duda, recaería sobre ellos.

Y el momento llegó.

—¿Un duelo de guardabosques? Pero ¿es que habéis perdido la cabeza? —les gritó Dolbarar con tal intensidad que Lasgol se asustó de veras. Isgord se puso muy blanco.

Lasgol no dijo nada, tragó saliva y no levantó siquiera un instante la vista hacia el líder del campamento.

—Señor... —comenzó a decir Isgord.

—¡Calla si no quieres pasar lo que queda de año cavando letrinas para los Invencibles del Hielo! ¡Te aseguro que es una experiencia de lo más reconfortante!

Isgord guardó silencio de inmediato.

Dolbarar retomó su bronca.

—¡Os podíais haber lisiado! Peor que eso, ¡os podíais haber matado! —dijo mientras caminaba alrededor de los dos lanzándoles miradas que los atravesaban.

—Ha sido un gran error —reconoció Lasgol.

—Ha sido mucho más que eso —lo corrigió Dolbarar—, ha sido una estupidez enorme.

Estaban en un buen lío, el líder del campamento estaba furioso, fuera de sí, y nunca lo habían visto así.

—Sí, señor. —Fue cuanto pudo decir Lasgol.

—Vuestra estupidez merece un castigo ejemplar.

—Pero, señor… —intentó rebatir Isgord.

—Ni una palabra. Vuestras acciones hablan por sí solas. —Los señaló con su vara—. Sabéis a la perfección, y no me lo neguéis, que un duelo de guardabosques está prohibido en el campamento.

Los dos asintieron.

—Y ni siquiera sois guardabosques todavía, con lo cual es aún muchísimo más grave, porque no sabéis lo que estáis haciendo y no estáis lo suficientemente preparados.

—Deberían ser expulsados sin dilación —dijo Haakon, y cruzó los brazos sobre el pecho.

Lasgol sintió que el estómago se le revolvía. Isgord, a su lado, se movió inquieto.

—Sí, ese debería ser el castigo —dijo Dolbarar.

Ahora Lasgol estaba aterrado. Dolbarar iba a expulsarlos y con ello su sueño de convertirse en un guardabosques moriría, y, lo que era peor, no podría ayudar a su madre en la lucha contra Uthar.

—Expulsarlos no les enseña la lección —comentó Esben—. Un castigo más doloroso y presente sería mejor. Así es como funciona con los animales y estos dos no son más que dos grandes bestias sin demasiado cerebro.

—Desde luego que son unas bestias, han estado a punto no solo de matarse, sino de hacer que la mitad de los alumnos matase a la otra mitad. Podría haber ocurrido una terrible catástrofe —dijo Dolbarar, y el rostro volvió a ensombrécersele—. Si no hubiera sido por la presta actuación del instructor mayor Oden, todo podía haber terminado en un baño de sangre.

Ivana sacudió la cabeza.

—Yo estoy con Haakon. Lo mejor sería que los expulsáramos. No es que hayan infringido una pequeña norma, esto es algo muy grave y serio. Deben ser expulsados —opinó la gélida guardabosques mayor de la maestría de Tiradores.

Dolbarar se quedó pensativo.

Si dos de los guardabosques mayores insistían en expulsarlos, estaban perdidos.

Eyra intervino.

—¿Cuál era el propósito de ese duelo? —les preguntó la anciana guardabosques mayor de la maestría de Naturaleza.

—Era un duelo de honor —dijo Isgord.

—¿Por qué motivo? —insistió Eyra, como si no estuviera convencida de la respuesta recibida.

—Por el honor del Este —respondió Isgord.

—Oh, ya veo… —dijo Eyra—. El honor del Este contra el del Oeste. Dos jóvenes, uno de cada bando, luchando en un duelo de guardabosques por salvaguardar el honor de su tierra.

—Sí, eso mismo —afirmó Isgord.

—Aquí no hay Este ni Oeste. Aquí solo hay guardabosques —les recordó Dolbarar—. Somos uno y todos servimos al reino.

—Eso es lo que yo dije, servimos al Este —dijo Isgord.

—No, no servimos al Este —lo corrigió Dolbar—. Servimos a Norghana, servimos a la Corona, no al Este o al Oeste. Los guardabosques no nos dividimos en bandos, nunca lo hemos hecho y nunca lo haremos. Somos fieles a la Corona y a la Corona defenderemos. Así lo establece *El sendero del guardabosques*. —Les mostraba el libro que portaba en la mano.

—Pero el Este defiende a la Corona y al rey. Los del Oeste son los traidores.

—Incorrecto —le dijo Dolbarar—. El reino está dividido en dos, cierto, pero no todos los del Oeste están contra el rey. Los guardabosques del Oeste son leales a la Corona y los principios que defendemos. No puede haber, ni habrá, divisiones ni enfrentamientos entre nosotros.

—Pero entre los del Oeste hay traid…

—No hay nada —lo cortó Eyra—. Lo que tú te imaginas, joven contendiente, no tiene por qué ser verdad. En tu juventud, no eres capaz de discernir lo que hay en el corazón de los hombres. Aquellos del Oeste que han decidido quedarse como guardabosques lo han hecho sabiendo las consecuencias y han puesto a los guardabosques, al reino, por encima de su propia tierra, que es lo que se debe hacer. Cuando se entra a formar parte de los guardabosques dejamos atrás nuestro pasado, porque nos lastra, y cuando nos vamos de este lugar debemos aprender a vivir como guardabosques y solo como guardabosques, que es algo que se aprende con el tiempo, tiempo que vosotros todavía no habéis disfrutado.

Isgord bajó la cabeza.

—El castigo por semejante acto debería ser la expulsión —dijo Dolbarar—. Y más ahora en los tiempos que corren y en el estado en el que se encuentra el reino. Sobre todo, por el derramamiento de sangre que podíais haber creado.

Lasgol sintió que estaba fuera. Un escalofrío le recorrió la espalda y tuvo náuseas.

—Por otro lado, necesitamos sangre nueva —dijo Esben—. Y estas bestias, aunque tienen poca mollera, sí que son buen material de guardabosques.

Dolbarar asintió y se quedó pensativo, sopesaba lo que sus consejeros estaban diciéndole.

—Mi voto es la expulsión —afirmó Haakon.

—El mío también —dijo Ivana—. Lo que ha ocurrido es demasiado grave para que no demos un escarmiento al resto. Podría volver a producirse, y esta vez correría la sangre.

Dolbarar a miró a Eyra en busca del sabio consejo de la anciana.

—Estoy de acuerdo en que es necesario castigarlos para hacer de ellos un ejemplo. Debe servir de aviso de que esto no puede repetirse para quienes se quedan.

—El rey no tolerará ni el más mínimo atisbo de insurrección entre los suyos —dijo Haakon.

—No se permitirá —le aseguró Dolbarar con tono severo.

—Este es un asunto de los guardabosques, pero dejadme recordaros que el rey Uthar necesita a todos y cada uno de estos jóvenes para ayudar a sus ejércitos a derrotar a Darthor y sus aliados, que, como bien sabéis todos, están preparándose para asaltar Norghana —dijo Dolbarar. Quedó pensativo—. He tomado una decisión —anunció.

Se hizo un silencio tenso, todos atentos a las palabras del líder del campamento.

Lasgol tragó saliva. Tenía tal nudo en el estómago que pensaba que se le rompería.

Isgord estaba blanco y tenso como un arco recién encordado.

—No serán expulsados.

Lasgol resopló tan fuerte que su alivio casi llegó hasta el techo.

Isgord dejó salir un soplo largo y sostenido.

—Pero recibirán un castigo ejemplar.

Lasgol supo que sufriría. Mucho.

Capítulo 16

CON EL AMANECER LLEGÓ EL CASTIGO.

Dolbarar reunió a todos en el centro del campamento, guardabosques y alumnos, pues se trataba de un escarnio público y quería que todos lo presenciaran. Debían conocer lo sucedido y el castigo que aquello conllevaba. Así se lo hizo saber a todos de forma taxativa. Su discurso fue seco y mostró todo su enfado a los presentes.

—Por su comportamiento inaceptable recibirán un castigo tradicional entre los nuestros: el Desprecio del Guardabosques. Adelante —ordenó Dolbarar.

—¿Qué les van a hacer? —preguntó Gerd muy preocupado.

—No lo sé, pero eso suena mal —dijo Viggo.

—Nunca había visto a Dolbarar hablar con rabia en sus palabras —indicó Ingrid.

—Estoy nerviosísima. —Nilsa sacudía el cuerpo para intentar calmarse.

Egil conocía el castigo. Había leído sobre él en la biblioteca. Bajó la mirada y calló. Observó a los Águilas, que se hacían las mismas preguntas que ellos. Entre los Búhos, Astrid observaba muy tensa. Tenía los ojos fijos en Lasgol y los puños apretados con fuerza. El miedo por la suerte de los dos disciplinados era patente.

Oden se acercó hasta Lasgol e Isgord escoltado por dos guardabosques veteranos.

—Desnudaos de cintura para arriba.

Lasgol e Isgord se miraron sin entender qué era lo que iba a suceder. No conocían el castigo.

—¡Desnudaos he dicho! No lo repetiré.

Hicieron lo que el instructor mayor les ordenaba. Quedaron con los troncos desnudos enfrente de todos.

—De rodillas y manos a la espalda.

Lasgol obedeció. Isgord abrió la boca. Miró a Oden. El instructor mayor le lanzó una mirada de que no toleraría protesta o súplica. Isgord la cerró e hizo como se le ordenaba.

Los dos guardabosques veteranos los ataron con sogas, manos y pies, luego unieron las ataduras con otra soga.

—¿Para qué los atan así? —preguntó Nilsa, que se mordía las uñas.

—Para algo malo —dijo Viggo.

—Igual no es tan malo el castigo —soltó Gerd como en un ruego.

—Si los atan como prisioneros, es para impedir que se escapen o defiendan… —observó Ingrid.

Oden hizo una seña y entre cuatro guardabosques se llevaron a Lasgol e Isgord de los brazos. Los dejaron bajo una de las atalayas de vigilancia del centro del campamento. De pronto los extremos de dos sogas largas fueron bajando hasta llegar al suelo. Los guardabosques las cogieron y ataron los extremos a la soga que unía las ataduras de manos y pies.

Todos los presentes observaban en silencio lo que sucedía, la gran mayoría tan confundidos como los Panteras y los Águilas.

Oden dio una orden y los alzaron del suelo medio cuerpo. Los dejaron colgando arqueados por su propio peso. Los rostros de Lasgol e Isgord mostraban el dolor que sentían.

—¡Los van a romper! —dijo Gerd con las manos en la cabeza.

—Qué horror —exclamó Nilsa.

—No, no se romperán; los cuerpos aguantarán, aunque será doloroso —indicó Ingrid.

—¿Cómo lo sabes? —le preguntó Nilsa.

—Porque de otra forma Dolbarar no lo permitiría.

—Ingrid está en lo correcto —expuso Egil.

—¿Los van a dejar ahí colgados así? —Gerd no podía creer lo que estaba viendo.

—Me parece que esto no es todo —dijo Viggo, y señaló a tres guardabosques que se acercaban con algo en las manos.

Lasgol vio llegar al guardabosques hasta él. Se detuvo y miró a Dolbarar.

—¡Que comience el castigo! ¡Que comience el Desprecio del Guardabosques! —anunció el líder del campamento.

El guardabosques junto a Lasgol le restregó algo sobre el costado. No pudo ver qué, pero le pareció vislumbrar una rama o algo. De pronto sintió dolor, un dolor que fue subiendo en intensidad. Lo reconoció, le había golpeado con una vara de madera flexible y dura. El guardabosques avanzó y le hizo lo mismo a Isgord.

—¿Qué me haces? —No recibió respuesta.

Un momento más tarde soltó un gruñido.

El siguiente guardabosques pasó y golpeó a Lasgol con un arbusto con pinchos. El dolor le estalló en la espalda. Antes de que el dolor cesase, el tercero de los guardabosques llegó hasta él y le pasó una planta venenosa por toda la espalda. La combinación de los tres dolores estalló en su mente. Gruñó de dolor. Era intenso y no desaparecía aunque los guardabosques ya no lo aplicaran sobre él.

—¡Los torturan! —exclamó Gerd lleno de incredulidad.

—Es un castigo público, qué esperabas… —le dijo Viggo.

Egil sacudía la cabeza, sufría con su amigo.

—Desafiar la ley de los Guardabosques tiene estas consecuencias —dijo Ingrid.

—¿No defenderás este castigo? —protestó Gerd contrariado.

—Es justo. Desobedecieron una ley, deben pagar por ello.

—Pero es un castigo desproporcionado —se quejó de nuevo Gerd.

—Los podían haber colgado de verdad, no me parece desproporcionado —replicó Ingrid.

—Estoy con Ingrid en eso —secundó Nilsa.

—Tú siempre estás con Ingrid en todo —le dijo Viggo.

—Eso —apoyó Gerd, que estaba rabioso viendo a su amigo sufrir.

Otra persona sufría tanto o más que Gerd, una morena de verdes ojos fieros. Astrid dio un paso adelante para ir a ayudar a Lasgol. Leana, su compañera de equipo, la sujetó.

—Nadie debe intervenir en un castigo público —le susurró al oído.

—Pero está sufriendo…

—Lo sé, pero no puedes hacer nada por ayudarlo.

Astrid intentó dar otro paso, pero Leana se lo impidió.

La miró.

Leana negó con la cabeza.

—Permanecerán colgados todo el día y toda la noche —dijo Dolbarar—. Los guardabosques infligirán el castigo cada hora hasta el amanecer.

—¡Oh, no! —dijo Astrid.

—Nadie intervendrá —advirtió Dolbarar muy serio—. El que lo haga será expulsado. Los castigos de los guardabosques son irrefutables.

Los Panteras murmuraron entre ellos, pero sabían que Dolbarar era tan firme como justo. No había nada que pudieran hacer.

—Y ahora, continuad con vuestras obligaciones.

Los guardabosques se marcharon. Los alumnos murmuraban y por un momento nadie se movió.

—¡Ya habéis oído! ¡Cada uno a sus quehaceres! —les indicó Oden.

Reaccionaron a los gritos del instructor mayor y fueron marchándose. Todos a excepción de unos pocos. Los Panteras se quedaron. Astrid también. Hubo otra persona que tampoco se movió; Valeria.

Oden esperó hasta que todos hubieran abandonado el lugar, Dolbarar y los guardabosques mayores incluidos, y se acercó a los Panteras.

—¿No me habéis oído?

—Sí, señor, pero estamos preocupados por él —le dijo Gerd.

Oden pareció sorprendido de que Gerd le hiciera frente. Era algo raro en él.

—No volveré a repetirlo. Os he dado una instrucción; cumplidla.

—Pero... —protestó Gerd.

Oden le lanzó una mirada de furia. El chico no se inmutó.

—Nos vamos —dijo Ingrid.

—Eso está mejor —le indicó Oden con los brazos en jarras.

Ingrid tiró del brazo de Gerd y este al final cedió.

Los cinco se marcharon. Según se iban, pasaron junto a Astrid.

—Vamos, no podemos hacer nada por él. Volveremos al amanecer —le indicó Ingrid.

Astrid dudó, pero al fin se fue con ellos.

Oden barrió el lugar y descubrió a la última persona que quedaba observando: Valeria.

El instructor mayor fue a gritarle cuando Valeria se volvió y puso rumbo a las cabañas.

Oden se giró hacia Lasgol e Isgord.

—Espero que aprendáis la lección. Por vuestro bien.

Se fue y dejó dos guardabosques de guardia.

Lasgol resopló por el dolor y el lío en el que se habían metido.

—Esto es culpa tuya —le dijo Isgord con rabia.

—No lo es y lo sabes.

—¡Maldito traidor!

Lasgol negó con la cabeza.

—Un día tu odio te matará.

—Puede ser, pero antes acabaré contigo.

Lasgol no respondió, sería en balde. Con Isgord rabioso no se podía razonar. Lo ignoró y se preparó para la siguiente tortura. Llegó puntual. Otros tres guardabosques aparecieron y los golpearon repetidas veces con ramas peladas, flexibles y duras, a modo de látigos. Lasgol gruñó de dolor. Isgord los maldijo a todos.

Cuando se fueron, Lasgol se vino un poco abajo. Sería una noche infernal. El dolor de cada nuevo castigo se sumaría al que ya sufrían y sería terrible.

Entonces vio algo que le levantó el espíritu.

Escondida tras un árbol, Astrid lo observaba.

No estaba solo.

Soportaría el castigo.

Fue la noche más larga de la vida de Lasgol. Los castigos llegaron puntuales y causaban dolor a su cuerpo, sin embargo, no a su corazón. Su corazón estaba contento, pues Astrid estaba allí, con él, ayudándolo a sobrellevar el sufrimiento.

Con las primeras luces los descolgaron.

—Llevadlos a la sanadora para que los examine —ordenó Oden.

Edwina trabajó durante toda la mañana en sus heridas, utilizaba su don y también pócimas y curas de sanación. Al fin los vendó para que las heridas no se abrieran.

—No quiero volver a veros por aquí hasta que termine el año.

—Sí, señora —le dijo Lasgol.

—No venimos por gusto —le dijo Isgord.

—No vengáis, cuidaos de que así sea.

Los dos se fueron.

Fuera esperaban los Panteras y los Águilas, que los recibieron entre abrazos de alegría.

Y Astrid.

Lasgol le dedicó una enorme sonrisa de agradecimiento.

Ella lo abrazó y le besó la mejilla.

—No te metas en más líos. Prométemelo.

—Lo intentaré.

Ella le sonrió y lo abrazó de nuevo.

Capítulo 17

LAS HERIDAS DEL CASTIGO NO TARDARON MUCHO EN CURARSE y antes de que Lasgol tuviera tiempo para reflexionar sobre lo sucedido volvía estar entrenando con sus compañeros.

Las pruebas matutinas con Iván estaban resultando ser un verdadero infierno para todos, en especial para Isgord. El día de la prueba real nadie estaba a salvo de las fauces de los seis perros lobo. Ni siquiera Ingrid o Astrid, que eran rapidísimas, ya que al más mínimo despiste los canes se les echaban encima sin piedad, mordiendo a todos por igual.

Egil había deducido que estaban específicamente adiestradas para la prueba. Iván los había entrenado para hacerlos sufrir.

—No quiero ir —dijo Gerd el día de la prueba real de aquella semana.

Llevaba cuatro semanas de sufrimiento en las que lo habían mordido ya tres veces y no tenía duda de que aquel día lo morderían una cuarta.

Los animales eran listos y no mordían dos veces seguidas en la misma zona. Egil creía que era para que diera tiempo a que la herida se curara. Unas veces eran las posaderas, otras la pierna derecha o izquierda a diferentes alturas, otras más los brazos, y nunca se sabía cuál o dónde, lo que lo hacía aún más horroroso.

Gerd estaba aterrorizado.

—Vamos, tienes que ir —le dijo Lasgol.

—No. —Negó con la cabeza—. Me van a morder de nuevo, no lo soporto.

—Sé que es muy duro, pero lo conseguirás.

—No, yo no soy como vosotros. Tú y Viggo ya lo habéis conseguido, rara vez os muerden ahora, pero a mí siempre.

—Y a mí —protestó Egil.

—Sí, pero tú estás más cerca de conseguirlo, yo no.

—No digas eso, has mejorado mucho. Pronto lo vas a lograr —lo apoyó Egil.

—Lo decís para que me anime, pero yo sé que no lo voy a conseguir, no puedo estar así todo el año…, es demasiado.

—No se te ocurra decir que vas a dejarlo —amenazó Viggo con el dedo índice.

—¿No veis que no voy a graduarme? ¿Para qué pasar por este suplicio todo un año?

—Tú te vas a graduar conmigo —le dijo Viggo—, para algo te he aguantado tres años, a ti, tus ronquidos y esos pedos envenenados que te tiras en la cama.

Gerd bajó la cabeza y miró al suelo.

—Sabíamos que este último año sería muy duro —expuso Egil—. Pero no podrán con nosotros, lo conseguiremos.

—Esos perros lobo me aterrorizan…

—Y a mí, pero no voy a dejarme vencer —aseguró Egil.

—Tú eres fuerte de espíritu.

—Y débil de cuerpo.

—Tú tienes más posibilidades que Egil —le dijo Viggo—, solo tienes que seguir esforzándote y tu enorme cuerpo hará el resto.

Egil miró a Viggo. Este se encogió de hombros.

—Es la verdad, tú eres un enclenque; él tiene de dónde sacar, tú no.

—Muchas gracias.

—Estoy siendo sincero.

—Eso es cierto —convino Egil.

—Tengo mucho miedo. No solo del dolor del mordisco, sino mucho antes; correr, sufrir y el miedo de no saber cuándo te van a alcanzar y morder… No puedo con ello.

—Está en tu cabeza. El miedo, quiero decir —le explicó Lasgol.

—Lo sé, pero no puedo librarme de él. Sé que vienen a por mí, a hacerme daño; no sé cuándo sucederá, pero sucederá. Me aterroriza.

—A veces el miedo es peor que el propio dolor —indicó Viggo.

Los tres lo miraron sorprendidos.

—Yo también sé algunas cosas.

—No quiero ir —se quejó Gerd.

—Pues te llevaremos a rastras —le dijo Viggo.

—No os atreveréis.

—Ya lo creo que sí.

Gerd miró a Lasgol buscando apoyo; este cruzó los brazos sobre el pecho.

—Aquí no se retira nadie.

Gerd resopló desesperado.

Llegaron hasta el lugar donde Iván los esperaba con sus seis perros lobo.

Los rostros de todos se podían diferenciar en dos grandes grupos: aquellos que sabían que podían vencer a los perros en la carrera y aquellos que estaban resignados y sabían que no y, por lo tanto, recibirían el castigo corporal que las fauces de los animales les infligirían.

—Bienvenidos —dijo Iván—. Llevamos ya tiempo entrenando y se acerca el verano, con lo cual vamos a pasar de entrenar solo la velocidad a entrenar también la resistencia.

Se miraron entre ellos y los murmullos y susurros de sorpresa comenzaron a aflorar.

—No os pongáis nerviosos —les dijo Iván con la sonrisa torcida—. No va a ser tan doloroso como el entrenamiento que habéis sufrido hasta ahora, creo, aunque no lo puedo asegurar. —Y volvió a sonreír, esa vez con cierta malicia.

—¿Qué tipo de prueba habrá previsto? —se preguntó Gerd con cara de espanto.

—La resistencia no se me da nada bien —objetó Nilsa—; yo soy rápida, pero no muy resistente.

—No os preocupéis: sea lo que sea lo que tenga en mente Iván, lo superaremos —dijo Ingrid.

—Estos dos no han superado la prueba anterior, así que no sé por qué dices eso —la corrigió Viggo.

—Porque necesitan ánimos, ceporro.

—Oh, sí, seguro que están superanimados ahora.

Lasgol observó la cara de sus dos amigos y entendió que no estaban nada animados. Él tampoco se sentía muy seguro. Sabía que la prueba de resistencia que hubiera ideado Iván, fuera lo que fuera, probablemente sería muy difícil y dolorosa.

—Veo que estáis todos bastante preocupados entre cuchicheos y murmuraciones sobre esta nueva prueba de resistencia, pero dejadme repetir lo que ya os comenté cuando comenzamos los entrenamientos de rapidez: los guardabosques necesitamos estar muy bien preparados, tenemos que ser rápidos y también tenemos que ser resistentes. Debemos poder correr por los bosques y montes de nuestro reino durante largos periodos de tiempo. Y eso es lo que vamos a trabajar ahora.

—No, si rápidos ya somos —dijo Viggo.

—Pues ahora seremos resistentes —replicó Ingrid.

—El sistema de entrenamiento será el siguiente —explicó Iván—: dos equipos y un perro. Las distancias por recorrer irán en aumento las próximas semanas. Os preguntaréis por qué un perro acompañará a cada dos equipos, ¿verdad? —Miró a todos los alumnos—. Pues es muy sencillo: para mejorar la resistencia hay que forzar el cuerpo. Lo que haremos es entrenar de forma que corráis hasta que no aguantéis más, y el perro irá tras vosotros para asegurarse de que ninguno se para a descansar. Adivinad qué ocurrirá si alguien se detiene...

—Oh, no —dijo Gerd.

Los lamentos y protestas se hicieron oír.

—Veo que este nuevo ejercicio os gusta, no esperaba menos. Hoy, por ser el primer día, iremos suave. Correréis hasta la cima del monte Pelado y volveréis. El que pare, aunque solo sea a recuperar el resuello, sentirá una caricia de mis amigos —dijo señalando los enormes perros lobo.

—Esto va a ser horroroso —protestó Egil muy desanimado.

—¡Esa cima está lejísimos! —se quejó Gerd.

—Recordad: id hasta la cima y volved, nada de descansos, nada de detenerse bajo ningún concepto, y seguiréis el ritmo mínimo marcado por el perro. Si alguno va más despacio, sufrirá una caricia; si alguno se detiene, si alguno se desvía del camino y toma un atajo, sufrirá una caricia. ¿Ha quedado bien claro?

—Como el agua del río, señor —dijo Ingrid.

—Muy bien, pues todos listos. Voy a elegir los equipos. Empezaremos con los Búhos y los Panteras.

Lasgol sintió que se le ponían los pelos de punta por la suerte que pudieran correr no solo sus amigos, sino también Astrid.

—Mi querido Aullador os va a acompañar en todos los entrenamientos de aquí hasta que terminemos el año —dijo Iván, y señaló al más grande y feo de los seis enormes perros lobo.

El animal, al verse señalado, gruñó y mostró unos colmillos enormes.

Lasgol sintió miedo. Aquel animal podía enfrentarse a lobos y osos. Un joven contendiente de guardabosques no representaría el más mínimo problema para él.

—Muy bien. Preparados, listos… ¡Adelante! —dijo Iván dando la señal para que salieran corriendo.

En cuanto lo hicieron, el instructor se acercó a Aullador, lo acarició, le susurró algo y señaló al grupo. El animal aulló y marchó tras ellos.

Los Búhos se pusieron en cabeza con Astrid abriendo camino. Aullador pasó al lado de todos y se puso junto a ella, que miró al enorme animal con cara de angustia. Aullador comenzó a marcar el ritmo. Se dirigió hacia el nordeste indicándole a Astrid por dónde debía ir. Ella se percató y puso dirección a los bosques al nordeste. El resto del equipo de los Búhos siguió a su líder. Aullador redujo algo la marcha para caer junto a Ingrid, a la que acompañaban los demás Panteras. Al igual que había hecho con Astrid, la empujó un poco hacia el nordeste marcando el camino y el ritmo. Ingrid le puso cara de pocos amigos y Aullador lanzó un bocado intimidatorio al aire. A la capitana no le gustó lo más mínimo, pero sabía que de protestar recibiría una dentellada, así que tuvo que contener su genio y no provocar al animal.

Así avanzaron entre bosques y terrenos escabrosos y Aullador fue descolgándose hasta situarse el último, muy cerca de Gerd y Egil, como vigilando que no se quedaran excesivamente atrás.

—¿Por qué nos persigue a nosotros? —preguntó Gerd a Egil.

—No es que nos persiga a nosotros; se ha situado el último para vigilar que nadie queda atrás o se detiene —explicó este último manteniendo el ritmo lo mejor que podía.

—Yo creo que me mira mal —expuso Gerd asustado, echando do la vista atrás mientras hacía un esfuerzo por avanzar entre la nieve.

—No le tengáis miedo, es un abusón —dijo Viggo, que corría junto a Lasgol algo más adelantado.

—No os quedéis atrás y no os paréis —ordenó Ingrid, que corría la primera con Nilsa a su lado.

Lasgol miró hacia delante y vio que Astrid echaba la vista atrás para ver qué tal iban ellos.

—Tenemos que mantener este ritmo —explicó Lasgol— o mucho me temo que Aullador nos lo hará pagar.

Continuaron corriendo a través de los bosques entre la nieve, intentando no ir más rápido de lo que Aullador esperaba de ellos. Durante bastante tiempo aguantaron el ritmo, pero poco a poco las fuerzas de los más débiles comenzaron a flaquear.

—No me puedo creer que estemos corriendo al ritmo y por donde marca ese perro como si fuéramos ovejas a las que lleva un perro pastor —protestó Viggo negando con la cabeza.

—Un perro pastor con muy mal humor y ganas de morder —observó Nilsa, que lo estaba pasando fatal.

Egil miró atrás y comprobó que el perro no les quitaba ojo.

—Sí, la verdad es que a este animal lo han entrenado muy bien. Iván sabe lo que se hace, estoy seguro de que si nos desviamos del camino también nos atacará y nos hará volver al redil.

—Pues qué bien —se quejó Viggo con cara de desesperado.

Corrieron por bosques y llanos durante toda la mañana. A mediodía las fuerzas comenzaron a desaparecer de su cuerpo.

—Voy a bajar el ritmo —avisó Astrid a Ingrid—. Veamos qué pasa, no vamos a poder aguantar todo el día así.

—Me parece bien —le dijo Ingrid.

Astrid bajó algo el ritmo, luego un poco más. Los dos grupos se unieron en uno.

Aullador ladró y avanzó hasta situarse al lado de Astrid. La adelantó y volvió a marcar el ritmo, pero era sensiblemente más bajo del que llevaban hasta entonces.

Ingrid se dio cuenta.

—Repitamos la jugada un poquito más adelante —le propuso a Astrid.

Esta asintió.

Repitieron la estratagema dos veces, pero a la tercera Aullador se dio cuenta y lanzó una dentellada que casi alcanza a Astrid en el brazo. Por suerte y gracias a los rápidos reflejos de la chica, no consiguió morderla.

—Me parece que se ha dado cuenta —le dijo Ingrid.

Astrid asintió.

A media tarde, Egil y Gerd no podían más. Nilsa tampoco iba muy bien, así como varios de los Búhos. Comenzaron a quedarse atrás y Aullador se puso a ladrar amenazante.

—Nos va a morder —dijo Gerd con cara de total agotamiento.

—Sigue, no pares —le mandó Lasgol.

—Ya no puedo más —protestó Egil.

—No os rindáis, hay que seguir adelante, lo conseguiremos —los animó Ingrid.

Y llegó el momento que tanto estaban temiendo. No fue Gerd el primero en sucumbir, sino Egil. Aullador le mordió el glúteo y el chico gritó de dolor.

Sin poder más, Gerd también se paró y recibió el mismo castigo. Aullador soltó una dentellada certera y el grandullón gimió.

Astrid e Ingrid se detuvieron, después el resto. Aquello enfureció a Aullador, que se fue a por ellas ladrando y con actitud muy agresiva.

—¡Seguid corriendo! —les gritó Lasgol—. ¡Os atacará!

Astrid, al ver que Aullador la atacaba, comenzó a correr de nuevo.

—Vamos, corred todos —ordenó Lasgol.

Le hicieron caso y Gerd comenzó a andar; luego Egil. Aullador se giró hacia ellos, pero no volvió a morderlos. Les ladraba presionando para que no se detuvieran.

—Vamos, no os detengáis, aunque sea caminad a paso rápido —les dijo Lasgol.

Y al fin alcanzaron la colina quemada.

—¿Y ahora? —preguntó Astrid a Ingrid mientras el resto del equipo llegaba.

—Ahora tenemos que volver como sea.

—Eso me temía.

Aguardaron hasta que todos hubieron llegado y en cuanto lo hicieron se pusieron en marcha en dirección contraria para no dar un motivo a Aullador para atacarlos. Las caras de Gerd y Egil y del resto de los compañeros de ambos equipos que no podían con el ritmo fue de absoluto terror.

—Lo conseguiremos, hay que seguir adelante; no paréis, no le deis una excusa a esta mala bestia para que os muerda —indicó Ingrid.

Si la ida había sido una tortura, el regreso fue muchísimo peor. Varios tuvieron que detenerse porque no podían ni andar y Aullador los mordió sin piedad.

—¡Vamos, ya casi estamos! —los animó Astrid, aunque no era verdad.

El miedo que Aullador infundía en los corazones de todos hizo que consiguieran divisar el punto de partida.

—¡Ya lo tenemos, esta vez sí! —dijo Astrid.

Por fin consiguieron llegar y cayeron desplomados al suelo delante de Iván. Aullador, al verlos a todos tumbados sin resuello y agotados, se acercó tan tranquilo hasta Iván para recibir unas caricias y algo de alimento. Aulló a la noche.

—Muy bien, chico, lo has hecho estupendamente —exclamó Iván.

Los últimos equipos fueron apareciendo entrada la noche. Iván los esperaba con los brazos cruzados y cara de no estar nada satisfecho. Casi todos, nada más llegar, se dejaban caer al suelo extenuados por completo, incapaces de seguir un paso más. Algunos requerirían una visita a la sanadora, ya que no habían sido capaces de seguir el ritmo y los animales los habían castigado sin piedad.

Unos pocos, entre ellos los capitanes de los equipos y algunos que tenían una fortaleza y resistencia física muy alta, habían conseguido acabar la prueba sin recibir castigo, pero eran los menos.

—Estoy muy decepcionado —dijo Iván—. Esperaba que mis queridos amigos no hubieran tenido que emplearse tan a fondo, pero, claro, estáis en una forma lamentable y así no os podéis graduar como guardabosques; por lo tanto, tendréis que entrenar, y entrenar mucho. —Mientras, acariciaba a varios de los perros.

Lasgol resopló y observó a sus amigos en el suelo, agotados y heridos. Aquella iba a ser otra prueba muy muy dura para ellos.

—Y que os quede claro que la prueba de resistencia no va a reemplazar a la prueba de velocidad; tendréis que seguir trabajando ambas. Iremos alternándolas. —Las protestas y los miedos volvieron a todos aquellos a los que les superaban las pruebas—. Menos protestar y todos a entrenar duro o terminaréis llenos de cicatrices —advirtió volviendo acariciar sus bestias.

Lasgol sacudió la cabeza. Aquellas pruebas de velocidad y resistencia iban a resultarles un infierno.

Capítulo 18

ACABABAN DE DESPERTAR Y COMENZABAN A PREPARARSE PARA afrontar el día cuando Egil se acercó hasta Lasgol y lo miró con cara turbada.

—¿Qué te ocurre? —le preguntó Lasgol, quien de inmediato se percató de que algo inquietaba a su amigo.

—Verás, esta tarde debo asistir a la instrucción de la maestría de Naturaleza con Eyra y me preocupa no estar a la altura...

—¿No estar a la altura tú? ¡Pero si eres el que más sabe de todo el campamento sobre cantidad de temas distintos! Ni los guardabosques veteranos saben la mitad que tú.

—No te discuto dicho punto; sin embargo, te insto a recordar lo que aconteció el año pasado en la prueba de selección de maestrías. Ninguno de los guardabosques mayores quiso aceptarme en su maestría por haber fallado las pruebas. No estuve al nivel que se espera de un guardabosques.

—Al final Eyra aceptó a que entraras en la suya.

—Sí, pero solo como un favor hacia Dolbarar y con el objetivo de que me convirtiese en un bibliotecario aquí en el campamento.

—¿Y te preocupa eso, convertirte en un bibliotecario?

—No, en absoluto; sería un honor y me encantaría. Podría estar gran parte de mi tiempo entre libros, aprendiendo, estudiando, que es en realidad lo que más me gusta. Además, podría vigilar de cerca todo lo que sucede en el campamento e informar de aquello que sea de interés para el Oeste.

—Entonces, no tienes nada de qué preocuparte. ¿O es porque eres quien eres y tarde o temprano tendrás que volver con la Liga del Oeste y ocupar tu posición junto a tus hermanos?

—No, en ese aspecto estoy tranquilo. Austin es ahora el duque y los dioses quieran que nada le ocurra, porque yo no quiero para nada la posición. Convertirme en duque y liderar el Oeste no es algo que me interese. Menos mal que están mis dos hermanos para sacar adelante el ducado y continuar con el legado de mi difunto padre.

—Tú serías un duque genial, el mejor que haya tenido el Oeste en muchas generaciones —le dijo Lasgol.

—No, eso no debe ocurrir, pues que yo llegara a ser duque significaría que mis dos hermanos habrían muerto; es un pensamiento que me horroriza.

—Perdona, qué tonto he sido. Ni se me había ocurrido que para que tú puedas llegar a duque algo malo tendría que haber sucedido a tus dos hermanos mayores.

—No querría aunque no les pasara nada malo, ni aunque testaran en mí y me dejaran el título, cosa que francamente veo imposible, pues tanto Austin como Arnold han nacido y han sido criados para llevar esa carga. Yo no lo deseo, no es lo que quiero hacer con mi vida. Prefiero mil veces ser bibliotecario aquí en el campamento. Además, ahora mismo, en la situación en la que nos hallamos, mi hermano Austin puede ser proclamado rey de Norghana.

—Cierto. Es el heredero legítimo a la Corona.

—Yo no querría ser rey.

—Serías un rey muy sabio.

—¿Cuándo ha tenido Norghana un rey sabio? —dijo Egil con una mueca.

—¿Nunca? —Sonrió Lasgol.

—Correcto. Todos han sido guerreros y líderes fuertes, pero sabios…, ninguno.

—Pues entonces no tienes nada de qué preocuparte. Ya estás en el buen camino para convertirte en bibliotecario-espía —le dijo Lasgol, y le dio una palmada de ánimo en el hombro.

—Veremos qué opina Eyra.

—Estoy seguro de que estará encantada de tenerte en el grupo de su maestría.

Egil resopló; no parecía muy convencido.

A la hora de la cena Lasgol esperaba a Egil frente al comedor en lugar de entrar a comer lo antes posible, como le gustaba hacer a Gerd, quien ya estaba dentro devorando cuanto le ponían delante.

Astrid, que iba acompañada de Leana, Asgar, Borj y Kotar, de los Búhos, se acercaron a saludar antes de entrar a cenar.

—¿Cómo va todo? —le preguntó Astrid a Lasgol con una sonrisa.

—Todo va de maravilla.

—La verdad es que mientes fatal —le dijo ella.

Los dos rieron.

Los Búhos entraron en el comedor y Astrid se quedó a charlar con Lasgol. Ambos agradecieron el tiempo juntos.

Egil apareció por fin al cabo de un rato.

—¿Qué tal ha ido la maestría de Pericia? —le preguntaba Lasgol a Astrid cuando su compañero llegó hasta ellos.

—Ha ido muy bien. Cada día aprendemos algo nuevo y sorprendente de Haakon.

—No lo dudo —dijo Egil.

—Todavía me cuesta creer que fueras elegida para la maestría de Pericia.

—¿Qué maestría pensabas que elegiría? —le preguntó ella inclinando ligeramente la cabeza.

—Pues pensaba que sería la maestría de Tiradores o, si no, de Naturaleza.

Astrid sonrió y los labios se le curvaron de forma peligrosa.

—Ya me doy cuenta de con qué ojos me ves. Me gusta, aunque no ves todo lo que hay en mi interior. No soy una tiradora; no se me dan mal el arco y las armas, pero no es mi fuerte. Y, desde luego, no soy afín a la maestría de Naturaleza, aunque no se me dé mal.

—Entonces, ¿estás contenta en Pericia?

—Más que contenta, es adonde pertenezco.

—¿De verdad?

—Sí, hay partes de mí que no conoces y que pertenecen enteramente a las artes que aprendemos en Pericia y están en sintonía con ellas.

Lasgol se quedó algo descolocado.

—¿Es que acaso tienes un lado oscuro que no conozco?

Astrid sonrió con picardía.

—Lo tengo.

Lasgol se quedó sin saber qué pensar.

—Todavía hay mucho de mí que desconoces, querido héroe —le confesó ella con una sonrisa más cálida.

—Me gustaría conocerlo...

—Todo a su tiempo. Hay que mantener algo de misterio.

Egil soltó una risita.

—Pero en Pericia está Viggo —dijo Lasgol.

—Lo sé; ha sido mi compañero de ejercicios hoy. Es muy bueno.

Lasgol y Egil intercambiaron una mirada de sorpresa.

—Has elogiado a Viggo. Debo de estar escuchando mal.

—Lo he elogiado. Vuestro compañero es muy bueno en artes oscuras y, desde luego, se maneja muy bien en las sombras.

—No me puedo creer que una capitana esté elogiando a Viggo —confesó Lasgol.

—Hay mucho de Viggo que todavía desconocemos —expuso Egil.

—Sí, la verdad es que no nos ha contado mucho de su pasado.

—Y seguro que hay algo que contar, algo intenso, y, si no me equivoco, siniestro —siguió el otro.

—En eso estoy de acuerdo con vosotros —admitió Astrid—. A veces tiene una mirada letal, fría, de alguien que es capaz de matar sin siquiera dudarlo.

—¿Crees que es peligroso? —le preguntó Lasgol algo desconcertado.

Conocía bien a Viggo y dudaba que jamás fuera contra los suyos, pero contra otros...

—Todos los que estamos en la maestría de Pericia somos peligrosos.

Egil asintió.

—Eso es muy cierto; de lo contrario, no estaríais en ella.

—Todos tenemos un pasado, y algunos, un pasado complicado —expuso Astrid—. Me da la sensación de que vuestro compañero Viggo ha tenido un pasado muy complicado y duro.

—Sí, a nosotros también nos lo parece —dijo Egil.

—Me gustaría conocer cuál ha sido ese pasado —admitió Lasgol—, pero me temo que Viggo no se abrirá nunca para contárnoslo.

—A veces es mejor dejar el pasado atrás, enterrado —explicó Astrid—. Remover ciertas cosas no trae nada bueno.

Lasgol la miró extrañado.

—Bueno, os dejo, que voy a ir a cenar con los míos. —Se acercó hasta Lasgol y le rozó la mano con la suya.

El muchacho se sintió feliz con aquel pequeño detalle. No podían demostrar públicamente sus sentimientos en medio del campamento, pero sí podían tener pequeños gestos el uno con el otro, cariñosos y disimulados.

La vio entrar en el comedor y se quedó pensando que quizá no conocía a Astrid tan bien como le gustaría. La conversación lo había dejado desconcertado. Se dio cuenta de que en realidad conocía muy poco de su pasado.

—¿Qué te preocupa, amigo? —le preguntó Egil, que había captado el gesto de desconcierto.

—Que no sé gran cosa del pasado de Astrid, y no solo de su pasado, sino de su presente, porque estaba totalmente equivocado con la maestría a la que ella iba a pertenecer.

—No te preocupes demasiado, ya irás conociéndola mejor. Guíate por tus sentimientos y tus instintos. Todo irá bien.

—Ya, pero me siento un poco extraño. Tú sabes todo mi pasado y yo sé todo el tuyo, y, sin embargo, poco sabemos del de Astrid, incluso menos de Viggo.

—Eso es porque para conocer el pasado de alguien debes ganarte su confianza y esa persona debe querer confiártelo.

—Astrid y Viggo confían en mí. De eso no tengo duda.

—Yo tampoco lo dudo.

—Entonces, ¿por qué no me confían su pasado?

—Porque no ha llegado el momento.

—¿Y llegará?

—Esa es una pregunta para la cual no dispongo de respuesta.

Lasgol lo entendió.

—Entremos a cenar. De tanto darles vueltas en la cabeza a estos temas, se me está pasando el hambre.

Egil le dio una palmada en la espalda y entraron al comedor.

Ingrid y Nilsa los saludaron desde una de las mesas.

—Cuéntanos, ¿qué has hecho hoy en maestría de Naturaleza? —le preguntó Nilsa a Egil.

—La verdad es que ha sido una clase muy interesante. He llegado a los talleres bastante inquieto por lo sucedido en la selección de maestrías...

—¿Y cómo te ha recibido Eyra? —quiso saber Ingrid.

—La verdad es que muy bien. No me lo esperaba. Ha sido muy amable conmigo. Me ha saludado y me ha dicho que estaba contenta de tenerme entre los suyos. Yo le he confiado mis dudas, ya que mis méritos no eran suficientes para estar allí con el resto del grupo. Me ha sonreído como rara vez hace, con ternura, y os puedo asegurar que cuando lo ha hecho le ha cambiado la expresión del rostro por completo. Ya no parecía una bruja, que es lo que generalmente suele parecer, sino que se ha convertido en el rostro de una anciana amable y sabia, que es lo que creo que es ella en realidad. Me ha dicho que no le dé más vueltas a lo sucedido en la ceremonia y que pertenezco a su maestría.

—Ya te dije que no tenías por qué preocuparte —le recordó Lasgol.

—Lo de anciana amable... No sé yo... —comentó Nilsa con una risita.

—Me ha sorprendido su amabilidad conmigo. Y se lo agradezco. Además, hemos comenzado a aprender algo nuevo y esencial para todos los guardabosques, que solo se aprende en esta maestría.

—¿Pociones curativas avanzadas? —preguntó Lasgol.

—Serán nuevos y potentes venenos —dijo Ingrid.

—¿Flechas invisibles? —quiso saber Nilsa.

—No, algo mucho más útil: el cinturón de guardabosques.

—¿El qué? —preguntó Ingrid decepcionada.

Egil se quitó el cinturón que llevaba y se lo mostró.

—¿Esa cosa enorme y fea? —dijo Nilsa con gesto de repulsión.

—Eyra nos ha dicho que este cinturón es fundamental para todo guardabosques y vamos a aprender a fabricarlo. Hemos empezado a estudiarlos y puedo aseguraros que los diseños de los patrones son de verdad complejos e intrincados. Eyra nos ha explicado que el cinturón se basa en uno más avanzado que usan los alquimistas en las ciudades Estado del lejano este.

—¿Alquimistas? —preguntó Lasgol interesado.

—Sí, han despertado mucho mi interés. Resulta que allí, en el lejano este, donde termina Tremia y comienza el mar Sin Final, hay unas ciudades Estado que en algunas materias son más avanzadas que nosotros.

—¿Más avanzadas? ¿Cómo? —se interesó Ingrid.

—Por lo que nos ha comentado Eyra, tienen alquimia, que es similar en parte a nuestra elaboración de pociones y venenos o nuestras flechas elementales, pero con muchos más reactivos y efectos. Pueden crear pequeñas bolas de fuego como las de los magos, pero con compuestos químicos avanzados.

—Eso es muy interesante —dijo Lasgol.

—Ya lo creo —convino Egil—. También tienen armas similares a un arco corto, aunque disparan virotes de hierro con gran potencia a corta distancia. Las llaman *ballestas*. A unos pocos pasos son devastadoras, además cualquier persona con muy poca instrucción puede usarlas.

—Eso sí que me interesa a mí —expuso Ingrid.

—Pero, volviendo al cinturón… —continuó Egil—. Los patrones son muy complejos y nos permite llevar con nosotros gran cantidad de componentes distintos sin mezclarlos ni romper sus contenedores. Eyra nos ha dicho que *El sendero del guardabosques* nos enseña a ir siempre bien preparados y llevar con nosotros componentes para diferentes situaciones con las que podamos encontrarnos. De nada sirve aprender a hacer un veneno o una flecha elemental si cuando realmente lo necesitas no tienes los componentes. Por eso el cinturón es tan importante. Hemos disfrutado mucho estudiando los patrones y escuchando a Eyra narrarnos sus orígenes. Según se cuenta, el primer cinturón lo creó Uldritch el Avispado. Estaba en misión del rey en el lejano este y se encontró con un alquimista renombrado. Quedó maravillado por las cosas que podían hacer. Entablaron amistad y el hombre le enseñó los cinturones que ellos usaban para transportar sus creaciones. Uldritch le preguntó si podría obtener uno y él se lo regaló. Cuando regresó a Norghana, lo llevó al líder de los guardabosques y, viendo que podía ser muy útil, lo adoptaron. Se modificó para que sirviera mejor a nuestras necesidades. Así nació el cinturón de los guardabosques.

—Qué curioso —dijo Lasgol.

—Yo quiero ver una ballesta —confesó Nilsa.

—Yo también —secundó Ingrid.

Egil puso los ojos en blanco.

Lasgol rio.

—Ya veo que el cinturón y su historia no os atrae nada. Si os sirve de consuelo, también aprenderemos a preparar nuevos y potentes venenos, pociones curativas avanzadas y flechas casi invisibles.

—Eso está mucho mejor —dijo Ingrid.

—Ya lo creo —la apoyó Nilsa.

Lasgol, sin embargo, se había convencido de la valía de los cinturones. Los necesitarían y los sacarían de muchas situaciones complicadas. Y si en algo eran expertos los integrantes de los Panteras, era precisamente en verse envueltos en ese tipo de situaciones.

Capítulo 19

EL CUARTO AÑO ERA DIFERENTE EN CUANTO A LA FORMA DE realizar la instrucción. Tener que separarse por maestrías a Lasgol le producía sentimientos encontrados. Por un lado, estaba contento de dirigirse a la especialidad en la que había entrado y aprender materias que de verdad le interesaban, pero por otro tenía que separarse de sus amigos, y aquello siempre le causaba una sensación de pena, también de inquietud.

La mejor parte del día era cuando se juntaban para cenar en el comedor e intercambiaban las experiencias que habían vivido cada uno en su maestría.

Aquella noche, mientras degustaban el postre a base de frutas y bayas, Ingrid y Nilsa les explicaban lo que había acontecido en la maestría de Tiradores.

—Ha sido fantástico —expuso Ingrid.

—Más que fantástico, ha sido espectacular —aclaró Nilsa.

—Contadnos, por favor. —Egil estaba muy interesado.

Ingrid asintió.

—Hemos llegado al campo de tiro y nos esperaba la guardabosques mayor, Ivana la Infalible.

—Me imagino que tan fría y seca como siempre —dijo Viggo.

—Sí, tiene un carácter bastante gélido y una mirada que atraviesa —observó Nilsa.

—Esas son características de una líder nata, no hay nada criticable en ello.

Viendo que Ingrid apoyaba a Ivana por completo, Nilsa y Viggo no continuaron criticando, aunque intercambiaron una mirada de complicidad.

—Continúa, por favor —pidió Egil.

—La guardabosques mayor nos ha reunido a su alrededor y nos ha mostrado un arma muy poderosa con la que vamos a estar entrenando hasta dominarla.

—¿Un arma? —se interesó Lasgol.

—Sí, el gran arco de tejo.

—¡Oh! —exclamó Lasgol—. Mi padre tenía uno en casa, son una preciosidad.

—Yo me quedé con la boca abierta cuando Ivana nos mostró el suyo —reconoció Nilsa—. Es un arco muy potente y mucho más grande que el arco compuesto.

—Me imagino que será para que tenga mayor alcance —dijo Egil.

—Esa es su función —afirmó Ingrid—. Ivana nos ha mostrado el arma y nos ha explicado que su función es la de llegar hasta los doscientos cincuenta, incluso trescientos pasos de alcance con facilidad.

—Vaya, esa es una distancia significativa —reconoció Gerd.

—Ivana nos ha hecho una demostración: ha cogido una flecha algo más larga y pesada que una normal, la ha colocado en el arco, lo ha tensado y ha apuntado para realizar una parábola; entonces, ha soltado. La flecha ha volado casi trescientos pasos antes de clavarse en la hierba.

—Eso es fantástico —reconoció Egil.

—Sobre todo para matar magos y hechiceros —dijo Nilsa.

—Cierto; los magos, por lo general, no pueden hacer encantamientos más allá de ciento cincuenta a doscientos pasos, por lo que he podido leer en los libros de magia que he estudiado. Los hechiceros y los chamanes tampoco. El alcance de sus conjuros rara vez supera los doscientos pasos, solo los más poderosos pueden lograrlo, y son muy pocos.

—Ivana nos está explicando que, si bien el arco largo posee una gran potencia y puede hacer volar una flecha más lejos que ningún otro arco conocido, también tiene una gran desventaja.

—Su precisión —expuso Egil.

—Exacto —reconoció Nilsa.

—Es lógico: a más fuerza, menos precisión. También ocurre con los arcos compuestos sobre los arcos cortos.

—No solo eso —dijo Ingrid—, sino que el manejo del propio arco requiere una persona fuerte con un brazo entrenado, y por ello vamos a tener que practicar mucho la fuerza. No todo el mundo va a poder manejar ese gran arco.

—Yo lo conseguiré seguro —apostó Nilsa.

—Sin ninguna duda. Estoy seguro de que serás la más hábil manejando un arco casi tan grande como tú. Vamos, con lo poco torpe que tú eres, lo puedo ver ahora mismo sentado a esta mesa —dijo Viggo con un tono sarcástico inigualable.

Nilsa le sacó la lengua.

—Eres un bobo —le espetó— y te puedes burlar todo lo que quieras, pero conseguiré manejar ese arco que me permitirá alcanzar mi sueño y convertirme en una cazadora de magos.

—Uy… Esa es una especialización de élite. ¿De verdad crees que vas a poder entrar en una especialización de élite de la maestría de Tiradores? —Viggo negaba con la cabeza de manera ostensible.

—No seas merluzo —le dijo Ingrid—, por supuesto que lo va a conseguir. Está conmigo. Yo la ayudaré y las dos lo lograremos. No solo pasaremos todas las pruebas de la maestría de Tiradores, sino que conseguiremos que nos elijan para una especialización de élite. Ya lo verás, ya lo veréis todos.

—Claro que sí —secundó Nilsa alzando los brazos al aire toda exaltada.

—No sé si convertirse en cazadora de magos con el fin único de matar magos como una venganza por lo sucedido a tu padre sea un objetivo que perseguir… —objetó Gerd con preocupación.

La pelirroja lo miró a los ojos y entrecerró los suyos lanzándole una mirada entre furiosa y culpable.

—Y a ti qué te importa. No te metas en mis cosas —le dijo.

El comentario hirió a Gerd. Echó la cabeza atrás como si le hubiesen dado un soplamocos y se puso rojo.

—Perdona, solo quería ayudar; no era mi intención…

—No necesito que me ayudes, sé cuidarme sola.

Lasgol, notando que la tensión subía, intervino.

—Estoy seguro de que Gerd no lo ha dicho con mala intención y hasta cierto punto yo también comparto su opinión. La venganza no es una buena consejera. Te lo digo por experiencia, después de lo que me pasó a mí.

—Sí, pero tú seguiste hasta limpiar el nombre de tu padre. Nada te detuvo. Así que os pido lo mismo, no me detengáis. Dejadme hacer lo que tengo que hacer. Conseguiré ser una cazadora de magos. Es mi sueño, por eso estoy aquí.

Lasgol se dio cuenta de que Nilsa tenía bastante razón, aunque no toda, así que no insistió más.

—Yo sigo diciendo que sea cual sea tu objetivo da igual porque eres tan torpe que no lo conseguirás ni en mil años —dijo Viggo.

—Ya, y yo sigo diciendo que tú eres tan cabeza de serrín que no conseguirás nada de nada nunca en la vida más que enfadar a todos los que están contigo.

Viggo abrió los ojos asombrado por la respuesta y sonrió.

—Ese es uno de mis objetivos en la vida.

Ingrid y Nilsa pusieron los ojos en blanco y le dedicaron varios comentarios de lo más negativos.

—Por favor, seguid contándonos lo que os han enseñado, es de lo más interesante —insistió Egil.

Ingrid consiguió calmarse un poco y, respirando profundamente por la nariz tras resoplar a la cara de Viggo, continuó:

—Nos han hecho formar a todos en una línea y nos han dado los grandes arcos. Luego Ivana ha explicado cómo deberíamos sujetarlos. Ahí es donde me he dado cuenta de que estos arcos de largo alcance son mucho más difíciles de manejar que el arco compuesto al que ya nos hemos acostumbrado. Es increíble, pero lo primero que resulta complicado es algo tan sencillo como apuntar a un blanco que esté enfrente. Cuando he cogido el arco y he puesto una flecha para ver qué tal me arreglaba con él, no he podido apuntar frente a mí. Me he quedado de piedra. Por un momento, he pensado que el arco estaba mal construido, que las medidas no eran las correctas; sin embargo, he visto que yo no era la única. Me parece que todos los que estábamos allí hemos sentido lo mismo. El arco es tan grande que no te permite apuntar como estamos acostumbrados, porque para librar el suelo la flecha cargada queda ligeramente apuntando hacia arriba, no queda paralela al suelo.

—Eso es fascinante —dijo Egil.

—No lo creas, ese arco es más grande que tú, ya me gustaría verte intentar manejarlo.

—Oh, no, por supuesto que yo no intentaré manejar un arco

de esas dimensiones, conozco perfectamente mis limitaciones. No podría con él.

—Puedo asegurarte que sería así —le explicó Nilsa—. Yo apenas podía.

—El manejo es mucho más difícil que el de un arco compuesto. Durante todo el día nos han tenido cargando y apuntando, y, como las fechas también son más grandes, lo que parecía algo trivial se ha transformado en toda una experiencia. Hemos pasado la mitad de la tarde simplemente intentando manejar el arco y muchos no lo han conseguido. Al fin, nos ha ordenado apuntar a una carreta llena de heno que habían situado a unos ciento cincuenta pasos. Era un blanco grande fácil de alcanzar, o al menos es lo que he pensado cuando lo he visto. Pero qué equivocada estaba… He cargado el arco, he apuntado como lo hacemos con el arco compuesto, lo cual me ha costado bastante porque la tensión de la cuerda es mucho mayor y hay que hacer mucha más fuerza para poder tensarlo bien y llevarlo hasta la mejilla, y he soltado. Bien, pues he fallado por mucho. No solo me he quedado corta, sino que el tiro se me ha ido por completo a la derecha.

—Pues a mí a la izquierda y también me quedé cortísima —apuntó Nilsa.

—Ivana nos ha explicado que siempre tenemos que tensar los arcos largos y mantener la tensión un momento antes de tirar. También que al apuntar debemos hacerlo siempre por encima del blanco, puesto que la flecha llevará una trayectoria parabólica a esa distancia y no una paralela al suelo o casi. Ella ha hecho un tiro para demostrarnos cómo debemos sujetar el gran arco y cómo apuntar en parábola para alcanzar blancos tan lejanos, y la verdad es que ha sido algo increíble. Apuntó, soltó y la flecha realizó un vuelo perfecto hasta alcanzar la carreta justo en el centro. Después de eso nos pidió que lo repitiéramos nosotros, y, por más que tiramos, no fuimos capaces de alcanzarlo, ni siquiera Isgord ha podido hacerlo hasta última hora, cuando ya estaban dando la orden de retirarnos para venir a cenar.

—¿Tú tampoco lo has conseguido? —le preguntó Lasgol.

—Sí, ella sí que lo ha conseguido —dijo Nilsa.

—Bueno, yo no lo llamaría conseguirlo. He alcanzado al carro y básicamente creo que ha sido de tanto compensar los fallos anteriores. Vamos, que no ha sido un tiro certero, sino una acumulación de correcciones que al final han hecho que la flecha alcanzara el objetivo.

—Lo importante es que lo has conseguido —la animó Gerd.

Ingrid no estaba muy convencida.

—Nos va a llevar meses ser capaces de alcanzar algo con semejante arco a tanta distancia.

—¿Tú lo has conseguido, Nilsa? —le preguntó Egil.

La chica negó con la cabeza y en sus ojos apareció una mirada de pena, pero de inmediato cerró los puños sobre la mesa y afirmó:

—No sé cuánto tiempo me llevará, pero lo conseguiré. Seré capaz de alcanzar no solo un carro lleno de heno a ciento cincuenta pasos, sino a una persona, a un mago. Y lo atravesaré.

—Así se habla. —Ingrid le puso la mano en el hombro.

—La verdad es que parece complicado y excitante. Yo me quedo con la pequeña envidia de no poder practicar con vosotras —lamentó Lasgol—. A mí también me gustaría dominar el gran arco.

—Por lo que Ivana nos ha contado, solo aquellos que han sido aceptados en la maestría de Tiradores aprenden a usarlo. Entiendo tu sentimiento, porque en verdad que es un arma poderosa y bella —dijo Ingrid, y en el brillo de los ojos se le veía lo mucho que apreciaba el arma.

—Para finalizar el día —continuó Nilsa—, Ivana nos ha deleitado con una demostración sorprendente.

—¿Sí? Cuenta, por favor —pidió Gerd.

—Sí, la verdad es que ha sido muy sorprendente.

—En lugar del carro, han situado tres muñecos rellenos de paja del tamaño de un hombre, cada uno separados por tres pasos y a doscientos pasos de distancia. Ivana nos ha ordenado a todos silencio. En un movimiento rápido ha cogido una flecha larga de su carcaj a la espalda y la ha cargado en el gran arco. Ha apuntado solo un suspiro y ha tirado. Mientras la flecha estaba aún en vuelo ha repetido el movimiento; ha inclinado el arco un poco a la izquierda y ha tirado. La primera flecha ha alcanzado al muñeco en el pecho. Antes de que la segunda flecha haya llegado hasta el muñeco de la izquierda, ha tirado de nuevo en un movimiento rapidísimo, casi sin apuntar, sin pensar, aunque estoy segura de que lo ha hecho. Ha sido tan rápido y preciso que nos ha parecido como si no lo estuviera haciendo. La segunda flecha ha alcanzado al muñeco de la izquierda también en el torso, a continuación todos hemos dirigido la mirada al muñeco de la derecha para ver cómo la saeta lo alcanzaba en medio de la frente. Ivana ha bajado el arco, nos ha mirado y nos ha dicho: «Antes de que termine el año, tendréis que conseguir hacer lo que yo acabo de realizar si queréis graduaros como guardabosques».

—Nos ha dejado a todos helados —dijo Nilsa.

—Tres blancos a más de doscientos pasos y alcanzarlos en tres tiros consecutivos prácticamente antes de que las flechas lleguen a cada blanco… Eso ni en vuestros mejores sueños, señoritas —replicó Viggo.

—Calla, zopenco. Por supuesto que lo vamos a conseguir —protestó Ingrid.

—Ya, y yo voy a ser capaz de volar entre árboles.

—Lo serás de la patada que te voy a dar.

—La verdad es que yo me he quedado bastante fría —reconoció Nilsa sacudiendo la cabeza—. Sobre todo viendo que no soy capaz siquiera de alcanzar un carro de heno…

—Lo conseguirás —le aseguró Ingrid—. Si te ha elegido Ivana para la maestría de Tiradores, es porque tienes talento, no como este de aquí —señalaba a Viggo—, al que no han elegido, así que no te preocupes; tú entrena mucho y lo lograrás. Mañana mismo, después de la instrucción, nos quedaremos un rato tirando con el arco largo. Y como me llamo Ingrid que vamos a dominar esta arma tan poderosa.

Lasgol las observaba sabiendo que tendrían que trabajar mucho, cosa que allí en el campamento era la norma: trabajar y sufrir para conseguir ser guardabosques. Estaba seguro de que ellas se esforzarían al máximo. Deseó que los dioses del hielo les sonrieran.

Capítulo 20

AQUELLA TARDE LASGOL OBSERVABA LA CLASE DE MAESTRÍA DE Pericia. Ciertos días les permitían atender a los entrenamientos de las otras maestrías para tener noción de lo que sus compañeros estaban aprendiendo. A Lasgol la de Pericia era la que menos le gustaba de las cuatro, sobre todo por la presencia constante de Haakon, de quien seguía sin fiarse al cien por cien. Pero, por otro lado, las técnicas que aprendían eran tan sorprendentes y de tanta utilidad que le parecían geniales, eso debía reconocerlo.

Esa jornada Haakon había convocado a los de su especialidad frente a las cabañas de la maestría de Pericia. Viggo le había explicado que llevaban semanas practicando la técnica de caminar entre las sombras del bosque y les tocaba demostrar cuánto habían avanzado. Por ello les permitían observar, hecho que Lasgol agradeció.

—Calentad y preparaos —pidió el instructor.

Astrid estaba en aquella maestría y era la razón principal por la que Lasgol tenía tanto interés en ver el entrenamiento, aunque no se lo había reconocido a Viggo.

La capitana de los Búhos hizo una seña de ánimo al resto de los compañeros.

—Hemos practicado mucho, lo tenemos bajo control —les dijo.

—Lo conseguiremos —se le unió Asgar, un chico muy ágil y delgado de pelo cobrizo, compañero de Astrid en los Búhos.

Viggo no dijo nada, aunque torció el gesto. Marta, de los Águilas; Einar, de los Lobos; y Erik, de los Serpientes, no parecían nada convencidos.

—Que se acerque Astrid, de los Búhos —pidió Haakon.

La muchacha avanzó con confianza. Haakon le dio una capa de guardabosques para que se la pusiera en lugar de la del cuarto año que llevaba. Estas capas eran de un color verde amarronado en un lado y blancas por completo por el otro, para que pudieran usarse en bosques con y sin nieve, también ayudaban a camuflarse entre la vegetación o la nieve, siempre y cuando quien la portara supiera qué estaba haciendo.

Por lo que Astrid y Viggo le habían contado a Lasgol, habían entrenado mucho y sabían lo que hacían.

Haakon se internó en el bosque siguiendo un sendero despejado. Llegó hasta el centro y se dio la vuelta.

—Camina entre las sombras hasta llegar a mí. Recuerda: el bosque es tu aliado. Úsalo bien.

Astrid asintió. Observó la capa y luego el bosque. La zona por la cual debía internarse tenía poca nieve y bastante vegetación. Eligió el lado verde amarronado de la capa y se la echó. Nada más ponérsela y cubrirse la cabeza con la capucha, pareció fundirse con el paisaje de fondo. Se preparó y comenzó a internarse en el bosque muy despacio, un paso cada vez, con movimientos letárgicos, buscando la vegetación y las sombras que le permitieran ocultarse. Tenía que ocultar su presencia por completo.

Lasgol la observaba con mucho interés. Lo hacía muy bien. De pronto, dejó de ser visible. Ya no conseguía distinguir por dónde avanzaba, la había perdido de vista por completo. Comenzó a barrer el bosque con la mirada, buscando dónde podría estar, pero no lograba discernirla.

—Lo está haciendo genial —les dijo Asgar a sus compañeros.

—Yo no la veo —indicó Marta.

—Yo tampoco —corroboró Einar.

—Ya veremos cuando llegue a la parte alta —dudó Viggo, señalaba la última zona antes de llegar hasta Haakon, donde apenas había vegetación.

—Confiemos en el entrenamiento —les propuso Erik.

Astrid siguió acercándose a Haakon despacio, agazapada, situando cada pie en una sombra y cubriéndose con la vegetación y los troncos de la arboleda. Una vez que tenía la sombra o penumbra localizada, movía el cuerpo muy despacio hasta fundirse en ella. Esperaba quieta a desaparecer y pensaba el siguiente movimiento antes de intentarlo, cerciorándose de que la luz que se colaba entre las copas de los árboles no la alcanzaría.

Llegó hasta la zona alta. Estaba ya muy cerca de Haakon. Un poco más y lo conseguiría, pero allí las sombras escaseaban y, al intentar moverse para alcanzar una algo alejada, parte de su cuerpo quedó al descubierto.

—Oh, oh —exclamó Asgar al darse cuenta.

—¡Se la ha visto! —dijo Marta.

Astrid volvió a ocultarse y terminó el ejercicio. Apareció junto a Haakon, que la aguardaba con los brazos cruzados.

—Lo has hecho bastante bien, pero te has precipitado al final. No lo has conseguido —dijo negando con la cabeza.

La chica maldijo entre dientes, aunque no protestó. Volvió con los suyos cabizbaja.

—Siguiente, Marta, de los Águilas. Vamos.

Astrid le dio la capa a Marta y esta comenzó el ejercicio. El resultado fue muy similar. Casi lo tenían dominado, pero no del todo. Asgar y Einar lo hicieron peor. Erik no lo hizo nada mal y casi lo consiguió. Se quedó muy satisfecho; lo había hecho mejor que Astrid y eso era todo un logro. Fueron pasando el resto de los integrantes de la maestría. Por último, le tocó a Viggo. Él torció el gesto, como siempre; se puso la capa y comenzó.

Desapareció nada más entrar en el bosque.

No lo volvieron a ver hasta que apareció junto a Haakon.

—Muy bien. Conseguido —le dijo el maestro.

Todos se quedaron de piedra.

—¡Lo ha logrado! —gritó Marta aplaudiendo con fuerza.

—Increíble —dijo Astrid con cara de no creérselo.

—Viggo tiene muy buenas aptitudes para la Pericia —reconoció Asgar asintiendo.

Lasgol se sintió muy orgulloso de su compañero. Muy sorprendido y también muy orgulloso. Que Viggo tenía ciertas destrezas era conocido por todos en los Panteras, pero que fuera tan bueno en Pericia era otra cosa. Lasgol recordó que Viggo se había criado en los barrios bajos de una ciudad peligrosa y se había tenido que apañar por su cuenta desde pequeño. Eso le había hecho desarrollar habilidades que ahora le servían muy bien. No solía hablar de ello, pero por algunos comentarios que había hecho se deducía que la noche y las sombras eran sus aliados para ganarse la vida, lo que probablemente indicaba actividades fuera de la ley. El hecho de que no quisiera regresar también era una pista de que podía tener problemas…

Lasgol se alegró de que al menos en Pericia a Viggo las cosas le estuvieran yendo genial.

Las semanas siguientes Haakon tuvo trabajando a los suyos en mejorar sus aptitudes para enfrentarse a enemigos maximizando sus opciones de victoria. Lasgol volvió a ir a observar el entrenamiento.

—Los soldados, mercenarios y rufianes en general —les explicó el instructor— pueden estar muy experimentados en el uso de armas y argucias, pero todos tienen un gran defecto que nosotros los guardabosques aprendemos a explotar. ¿Alguien se anima a aventurar qué es?

—¿Son torpes? —aventuró Marta.

—No vas del todo desencaminada. En efecto, muchos son algo torpes y confían en la fuerza bruta de la que suelen estar sobrados. No cometáis ese error. Pero no, ese no es su mayor defecto.

—¿Usan armas cortas, como espadas, hachas y cuchillos, que son muy inferiores a un buen arco? —dijo Einar.

—Esa es una deducción. Pero en espacios cerrados o en un bosque a medianoche, de poco sirve un arco…

—No utilizan la cabeza —dijo Astrid.

—Error. Puede que no sean muy inteligentes, pero son muy listos, sucios y rastreros; te clavarán una daga en la espalda en cuanto te descuides.

—¿No están tan en forma como nosotros? —especuló Erik.

—Los soldados entrenan una vez al día; no están en tan buena forma como nosotros, aunque tampoco echados a perder.

—¿Entonces? —preguntó Viggo con cara de no querer seguir esperando a que alguno de sus compañeros acertara la respuesta correcta.

Haakon se volvió hacia él.

—Entonces, el defecto que tienen es que usan principalmente un único sentido: el de la vista.

Los murmullos de entendimiento comenzaron a escucharse entre el grupo.

—Nosotros, los guardabosques, empleamos todos a la hora de actuar y, sobre todo, a la hora de luchar. Aquel que solo usa la vista no está utilizando su máximo potencial. Por ello entrenaremos el oído y el olfato para que dispongáis de una ventaja sobre vuestros enemigos en combate.

—¿Y el tacto y el gusto? —quiso saber Viggo.

Haakon sonrió.

—Esos dos sentidos se desarrollan en la especialización de élite. Si quieres trabajarlos, tendrás que alcanzar la especialización.

Viggo puso cara de derrota. No tenía opción alguna de ser elegido para las especialidades de élite de aquella maestría. Bueno, ni de aquella ni de ninguna.

—Muy bien. Comencemos. El ejercicio será el siguiente. Poneos en grupos de seis. Lo primero, formad un corro de cinco. El sexto integrante del grupo entrará en el interior del círculo y se le vendarán los ojos.

—Uy, esto suena mal… —avisó Viggo.

—Ya, a mí tampoco me gusta cómo suena —dijo Astrid.

Haakon continuó explicando el ejercicio:

—Cogeréis cada uno una de estas. —Les mostraba un palo terminado en una larga aguja—. Os moveréis alrededor del compañero con la venda, a dos pasos de distancia. Cuando levante el brazo, uno de vosotros dará un paso hacia él y lo pinchará.

—Pero eso dolerá —protestó Marta, y a ella se unieron otros.

—Por supuesto que dolerá. Esa es la idea. Solo así aprende la mente. Intentará evitar el dolor y aguzará el oído y el olfato para poder adivinar el siguiente ataque y evitarlo. El dolor y el sufrimiento son grandes maestros.

—¿No podemos hacerlo sin causar daño? —pidió Astrid.

—No, ha de ser a través del dolor; de otra forma llevaría demasiado tiempo. No disponemos de tanto para entrenaros. Este es el último año y el tiempo pasa muy deprisa. Debemos aprovecharlo y sacarle el máximo partido.

Las protestas siguieron aumentando, pero Haakon las acalló.

—Si no podéis soportar un poco de castigo, no sois merecedores de ser guardabosques. Elegid. El que no quiera hacer la prueba, puede irse ahora, pero del campamento.

Se hizo el silencio. Nadie protestó más. Tampoco nadie se retiró.

—Muy bien, comenzad.

No estaban muy contentos, pero sabían que no había nada que pudieran hacer. Si se negaban estarían fuera y no iban a abandonar ahora, no después de todo lo que habían pasado para llegar hasta allí. Aguantarían algo de dolor. Lo echaron a suertes. Le tocó a Viggo.

—Ánimo —le dijo Astrid, que estaba en su grupo.

—Intentaremos que no te duela mucho —le anunció Marta con una falsa sonrisa.

Viggo arrugó la nariz, resopló y se situó en el centro.

—A mi señal comenzad a moveros alrededor y cuando baje el brazo pinchad. Que cada vez lo haga una persona diferente.

Los equipos se colocaron y Haakon dio la señal. Hizo girar el dedo índice y los compañeros empezaron a girar alrededor de Viggo. Haakon levantó el brazo y llegó el momento. Astrid fue la primera en pinchar. Lo hizo procurando no hacerle demasiado daño.

El chico sintió el pinchazo en la espalda. Dio un respingo, más por la sorpresa que por el dolor. Trató de relajarse y concentrarse. Había captado el sonido de un paso al frente antes del pinchazo.

—Con más fuerza. Que no tenga que repetirlo.

El segundo pinchazo se lo dio Marta. Esa vez Viggo había oído claramente una pisada a su derecha, aunque no había podido reaccionar a tiempo. A Marta la siguió Erik, a quien Viggo no pudo oír, pero sí olerlo. Desprendía un fuerte olor a sudor, y al dar el paso hacia él para pincharlo, lo había reconocido. Einar dio dos pasos en lugar de uno y Viggo la escuchó con claridad a su espalda. Intentó apartarse, pero recibió el pinchazo en el brazo. Había estado a punto de esquivarlo. Por último, le toco a Asgar. Al ser tan ágil, Viggo no pudo oírlo, así que se centró en olerlo. Asgar tenía un aroma característico a las hierbas mentoladas con las que se aseaba y Viggo lo captó a su izquierda. Dio un paso lateral y esquivó por completo el pinchazo.

Continuaron con el ejercicio un par de rondas más, y Lasgol, que observaba muy atento, se maravilló de lo que eran capaces de captar debido al miedo y a que no disponían de la vista para guiarse. Cada vez lo hacían mejor, aunque tenían el cuerpo lleno de dolorosos pinchazos.

—¡Cambiad! —les ordenó Haakon.

Asgar se quitó la venda y se la pasó a Marta.

—Si te concentras mucho, puedes oír el momento anterior al ataque, incluso oler a la persona. —Asgar intentó animarla.

—Ahora veremos —le dijo ella poco convencida.

Marta no lo hizo muy bien. Sus sentidos no parecían estar muy desarrollados. Einar tampoco lo hizo mejor y Erik fue el peor con diferencia. Astrid, sin embargo, tuvo buenos resultados. La chica estaba sorprendida por lo bien que lo había hecho Viggo. Su compañero, al haber crecido en las cloacas de la ciudad y haber tenido que sobrevivir en aquel mundo cruel y oscuro, había desarrollado mucho los sentidos. Lasgol se quedó mirándolo, preguntándose qué habría hecho para desarrollarlos así.

Viggo se percató. Negó con la cabeza.

—No quieras saberlo —le dijo con aquella mirada que a veces ponía, que helaba la sangre, una mirada letal.

Lasgol asintió a su compañero y lo dejó estar. En realidad prefería no saberlo, pues seguro que no sería nada bueno.

Capítulo 21

UNA SEMANA DESPUÉS, A MEDIA TARDE, TRAS HABER TERMINADO con la instrucción, dos componentes de los Panteras de las Nieves se internaban en el bosque al norte del campamento cuando el resto de los de cuarto año habían regresado a las cabañas, a descansar antes de la cena.

—No hace falta que vengas conmigo —le dijo Lasgol a Egil.

—Por supuesto que sí. Esto es algo de gran importancia y de lo que quiero ser partícipe, no puedo perdérmelo.

—Lo más probable es que no consiga nada…, como todos esos otros días en los que me has acompañado y tampoco he conseguido nada.

—Eso no es lo importante. Lo que es crítico es la forma en la que experimentas para desarrollar nuevas habilidades. Eso es algo digno de estudio, algo que deseo apreciar.

—¿Por qué quieres analizar lo que hago?

—Porque del estudio y el análisis nace el progreso.

Lasgol se detuvo. Miró a su amigo con cara divertida.

—Eso sí deberías anotarlo.

—Lo que yo digo no tiene ningún interés para nadie. Lo que hace un elegido con el don para descubrir nuevas habilidades, en cambio, tiene mucho interés.

—No lo creo; desde luego, no lo que hace este elegido, que no tiene ni idea de lo que hace.

—Aunque te guíes por tu instinto, no significa que no estés haciendo lo correcto.

—Pero si no tengo ni idea de lo que hago, y tú anotando...

—Tengo que anotarlo todo para que luego mentes más preclaras que las nuestras puedan analizarlo y lleguen a conclusiones que permitan avances impensables en este campo tan complejo.

Lasgol sacudió la cabeza. Siguió internándose en el bosque. La nieve era más alta en aquella zona, pero no lo suficiente para que supusiera un impedimento. Llegaron hasta un claro en mitad del bosque.

—Parece un lago de nieve en medio de un bosque de abetos —comentó Lasgol deteniéndose en el borde del claro.

—Es un efecto óptico debido a dos circunstancias poco comunes: nadie ha pisado la nieve que ha caído en el claro y este es de forma circular. Un efecto bonito.

—Pues vamos a romperlo —dijo Lasgol con una fingida sonrisa malévola, y se internó en él hasta llegar al centro.

—Has roto la magia del lugar —informó Egil al llegar al centro, como si lo regañara.

—Aquí estaremos a salvo de ojos indiscretos. No quiero que nadie me vea usar mi don. Bastantes problemas he tenido ya. No quiero más. Si alguien se entera, volveré a ser un bicho raro despreciado por todos.

Egil suspiró y sacudió la cabeza.

—Es terrible el mal que la ignorancia de la gente corta de miras puede llegar a hacer.

—Pues sí; esperemos que no me descubran.

—Aquí estamos a salvo —dijo Egil mirando alrededor—. No veo un alma.

—Muy bien. Voy a prepararme —expuso Lasgol, y comenzó a inspeccionar el arco y el carcaj con las flechas.

—¿Qué vas a intentar hoy? —Egil ya había sacado su libro de notas y se disponía a apuntar los experimentos de su compañero.

—Lo mismo que llevo intentando las últimas tres semanas sin ninguna suerte.

—No te frustres. Es natural que no lo consigas a la primera.

—Llevo más de un millar de intentos…

—El camino del descubrimiento es arduo e ingrato, pero su consecución bien merece todos los esfuerzos del camino.

Lasgol miró a su amigo.

—Escribe eso. Tiene valor. Mucho más que cualquier cosa que vayamos a conseguir hoy aquí, que será nada.

—No seas negativo, estoy convencido de que hoy es el día.

—Eso mismo dijiste hace tres días.

—Pero hoy estoy más convencido —insistió Egil con una sonrisa.

Lasgol rio.

—Ya, tú siempre estás convencido.

—¡Va a ser fantástico!

—No sé si te has dado cuenta de que usas *fantástico* muy a menudo.

—Es un término que me encanta.

—Ya me había dado cuenta.

Los dos amigos rieron.

—¿Te importa colocar el blanco?

—Ahora mismo. —Egil caminó hasta un árbol en la linde del bosque, a unos cien pasos, y colocó una diana de entrenamiento que habían cogido prestada. Con el hacha la clavó al árbol.

Lasgol terminó de inspeccionar su arma y se dispuso para comenzar a experimentar. No era muy optimista aquella tarde, aun así lo intentaría.

—Listo —informó Egil, y volvió a su lado.

Lasgol cerró los ojos y se concentró. Buscó en su interior el pequeño lago azul que representaba su energía interior. Pensó en lo que deseaba lograr, la habilidad que quería desarrollar, y tiró. La flecha salió directa hacia el árbol a cien pasos. Se clavó en el centro de la diana. Acto seguido, el muchacho se llevó la mano derecha al carcaj a su espalda y cogió otra flecha. La cargó en el arco y tiró, todo a gran velocidad. La flecha dio en la diana, pero en el borde derecho. Lasgol repitió el movimiento todavía más rápido. La tercera flecha se fue a la derecha del árbol.

—Pufff…

—Vamos, no te desanimes. Sigue intentándolo.

—No consigo invocar el don.

—Pues sin don no hay nueva habilidad…

—Sabelotodo…

—Elegido…

Lasgol rio y Egil con él.

Con algo de mejor humor volvió a intentarlo, aunque el resultado fue el mismo. Su don no se activó, por lo tanto, no consiguió desarrollar la habilidad que deseaba. Lo intentó de nuevo, pero no lo logró. Fue a buscar las flechas y volvió a empezar. Lo intentó e intentó hasta que la noche comenzó a caer. No daba con ello. No quería darse por vencido, pero le dolían los dedos y los brazos, y cada vez le resultaba más difícil trazar el movimiento con fluidez.

—No nos queda mucho tiempo… —avisó Egil.

Lasgol miró al cielo y torció el gesto. Estaba muy frustrado. Siempre le costaba horrores desarrollar una nueva habilidad, pero había pensado que aquella no sería tan difícil de conseguir; después de todo, solo implicaba ser muy rápido y claro, algo certero.

—Creo que ya tengo nombre para esta habilidad —dijo Egil con su libro entre las manos.

—¿La que aún no he conseguido desarrollar?

—Sí; es cuestión de tiempo, pero estoy seguro de que lo lograrás.

—Yo no lo estoy tanto...

—¿Quieres saber el nombre?

—Si no hay más remedio...

—La voy a denominar Tiro Rápido.

Lasgol suspiró.

—¿No te gusta?

—Sí, el nombre está bien.

—Piensa en ello mientras intentas llamar a tu don.

—¿En el nombre que le has dado?

—Sí, y en lo que significa.

El chico se encogió de hombros.

—Está bien.

Volvió a situarse y miró al cielo. Solo tenían tiempo para ese último intento, luego ya no distinguiría el blanco en la oscuridad. No perdía nada por seguir el consejo de Egil, aunque dudaba que fuera a servir de algo. Cerró los ojos, se concentró y buscó el lago de energía azul en el interior de su pecho. «Tiros rápidos, tiros rapidísimos, tres tiros consecutivos, a gran velocidad. Vamos... Tres tiros seguidos, rapidísimos. Vamos, puedo hacerlo. Tiros rápidos». Continuó repitiendo en la mente lo que deseaba conseguir. Entonces, empezó a visualizar cómo sería. Lo veía cada vez más claro. Una flecha seguiría a la siguiente con una velocidad asombrosa. Sería capaz de tirar tres veces en el tiempo en que otros solo son capaces de tirar una vez. Sería una habilidad magnífica y le daría una ventaja enorme en un enfrentamiento contra el enemigo.

Inspiró hondo, concentrado, visualizando lo que deseaba que sucediera. Y entonces sucedió. Sintió aquel cosquilleo tan característico del don al ser invocado. Un destello verde que solo él pudo ver le recorrió los brazos y la cabeza. «¡Sí! ¡Lo tengo!». Miró hacia la diana, pero ya no la veía. Había esperado demasiado y la noche se les había echado encima. Entrecerró los ojos para vislumbrar mejor el árbol y la diana, pero le resultó imposible cortar la penumbra. «¡Maldición, no veo! ¡Pero el blanco está ahí, lo sé!». Había perdido su oportunidad. Sin ver el blanco no podía tirar tres veces seguidas, no tenía sobre qué tirar.

Frustrado, resopló y soltó la saeta a ciegas.

—Maldita sea —refunfuñó entre dientes.

—No te preocupes, lo conseguiremos la próxima vez; se nos ha hecho tarde y la noche no espera a nadie, ni siquiera a dos intrépidos estudiosos como nosotros —le dijo Egil con tono de broma.

Lasgol sonrió.

—Es verdad, mañana será otro día. Habrá más suerte —admitió, aunque en realidad no lo creía.

Llevaba intentando desarrollar aquella habilidad demasiado tiempo sin éxito. No pensaba que pudiera conseguirlo. Por lo general, cuando una habilidad se resistía, no se lograba. La cuestión era saber cuánto tiempo experimentar y seguir intentándolo hasta darse por vencido. Creía que estaba ya cerca de darlo por perdido, pero no se lo iba a decir a su amigo, que estaba lleno de un optimismo inquebrantable.

—Recojamos y volvamos —le dijo a Egil.

—Tengo tanta hambre que hoy cenaré como si fuera Gerd.

Lasgol negó con la cabeza mientras sonreía por el comentario. Egil tenía la mitad del tamaño de Gerd, que cada año estaba más alto y fuerte. Egil se adentró en la oscuridad para recoger la diana. Lasgol guardaba el arco y las flechas.

—Lasgol…

—¿Sí?

—Ese último tiro que has hecho, ¿veías la diana?

—No. Habré fallado por mucho; no busques la flecha, no la encontrarás.

—Ven un momento.

Lasgol se acercó extrañado.

—¿Qué pasa?

—Mira. —Egil señaló la diana en el árbol.

Lasgol llegó lo bastante cerca para distinguirla y se quedó con la boca abierta. La flecha estaba clavada en el medio de la diana. Un tiro perfecto.

—No puede ser…; será casualidad. Pura chiripa.

—Quizá, o tal vez haya sido tu inconsciente.

—¿Qué quieres decir?

—¿Has notado si el don se activaba?

—Pues sí, pero… no he conseguido los tiros rápidos.

—Cierto, muy cierto, pero igual has conseguido otra cosa…

—¿Otra habilidad? No puede ser, si no estaba intentando otra.

—Muchos de los grandes descubrimientos de nuestro tiempo se deben a accidentes, a casualidades, a la suerte. Se han descubierto de forma accidental cuando se intentaba encontrar algo muy distinto.

—No lo sabía, pero no creo que…

—Tenemos que probarlo.

—¿El qué?

—Otro tiro a ciegas como el que has hecho.

—Pero si no veo la diana…

—Sin embargo, sabes dónde está.

—No creerás en serio…

—Vamos, ¿qué pierdes por intentarlo?

—¿Quedar como un bobalicón?

—Será nuestro secreto. —Sonrió Egil.

Lasgol le hizo un gesto de que se rendía.

—Está bien, un tiro y vamos a cenar.

Egil asintió.

Volvieron hasta el punto donde estaban y Lasgol preparó el arma. Se concentró y llamó a su don. «Tengo que acertar a la diana, aunque no la vea. Sé dónde está, la he visto antes». Inspiró y fue a soltar. Le parecía ridículo tirar a ciegas, pero por Egil...

Un destello verde le recorrió los brazos y los ojos.

Soltó.

Los dos amigos corrieron a ver qué había sucedido.

—No puede ser...

—¡Es fantástico! ¡En el centro de la diana de nuevo!

Lasgol sacudía la cabeza mientras Egil saltaba de alegría.

—Lo voy a llamar Tiro a Ciegas.

—Yo lo llamo increíble.

Egil rio.

Aquella noche no llegaron a la cena. Repitieron el tiro en diferentes posiciones y lugares hasta asegurarse de que habían descubierto una nueva habilidad. Lasgol podía tirar contra blancos que no veía si sabía dónde estaban situados. Y, una vez más, Egil tuvo razón.

Capítulo 22

Esben, guardabosques mayor de la maestría de Fauna, los había convocado al anochecer para la instrucción, en lugar de durante la tarde, como era habitual. Teniendo en cuenta que cada vez hacían más ejercicios nocturnos, a Lasgol y Gerd no les sorprendió del todo.

—Espero que no nos tengan toda la noche dando vueltas por los bosques hasta agotarnos… —dijo Gerd.

Lasgol rio.

—Esperemos que no.

El resto de los compañeros de maestría fueron llegando y esperaron a la puerta de la cabaña. La temperatura era fresca incluso arrebujados en sus capas. Durante la noche haría más frío. Lasgol deseó que no los tuvieran a la intemperie toda la madrugada. Gerd se había acercado a saludar a los animales, en particular a Forzudo, el oso blanco que sabía que se encontraría allí, pues no lo dejaban libre por su propio bien. A las panteras y los lobos los habían dejado salir por la noche para que volvieran a su hábitat natural. Estaban tan bien adiestrados que los llamaban cuando los necesitaban y estos acudían.

—¡Acercaos todos! Hoy tenemos una clase muy especial —les dijo Esben, que estaba frente a las cabañas de la maestría.

Los equipos se situaron frente al imponente guardabosques mayor. Se miraban los unos a los otros y se preguntaban con gestos si sabían qué ocurría; sin embargo, nadie tenía ni idea.

—Las siguientes clases de la maestría de Fauna serán todas nocturnas —anunció Esben.

Hubo exclamaciones de sorpresa y algunos murmullos de protesta.

—¿Durante cuánto tiempo? —preguntó Luca, el capitán de los Lobos.

—Hasta que dominéis la materia. —Los comentarios y murmullos volvieron, pero pronto fueron apagándose al ver que Esben no iba a ceder—. Hoy vamos a comenzar a aprender un arte que los guardabosques de la maestría de Fauna llevamos practicando en secreto más de cien años.

El comentario captó la atención de Gerd.

—Ha dicho en secreto, esto se pondrá feo…

—Esperemos que no sea peligroso —dijo Lasgol con mirada intranquila.

—Tranquilo, grandullón, me tienes a mí para protegerte —lo animó Leana, de los Búhos, que le dio una palmada cariñosa en el hombro y le guiñó el ojo.

Gerd se puso colorado como un tomate maduro.

Esben levantó la vista hacia las nubes y observó la luna, que resplandecía con timidez en el firmamento cubierto. Ya había anochecido y la visibilidad era escasa. Se enfundó un guante de cuero reforzado en la mano derecha, que le cubría todo el antebrazo hasta el codo. Luego se llevó la mano izquierda a los labios e imitó el ulular de un ave.

Todos lo observaban intrigados.

Desde los cielos oscuros descendió un búho a gran velocidad y en total sigilo para posarse sobre su fuerte brazo.

—Esta preciosidad albina es Mote —presentó a todos al búho, de gran tamaño y de un plumaje tan blanco como la nieve. Tenía unos ojos enormes de un color amarillo intenso—. Es un búho de las nieves, un macho adulto, de ahí su plumaje casi blanco por completo. ¿Alguno puede decirme en qué se diferencia de otras clases de búhos?

—¿Es más fuerte? —aventuró Luca.

—No, esta familia no se caracteriza por eso.

—¿Puede volar mayores distancias? —arriesgó Osvak, de los Osos.

Esben negó con la cabeza.

—No es algo en lo que sobresalga.

—Anidan en tierra y se enfrentan a otros depredadores, como los zorros, e incluso lobos, sin temor —dijo Leana.

—Eso es correcto, pero no es una particularidad de esta familia.

Gerd se animó a hablar:

—Son cazadores diurnos, aparte de nocturnos.

—Muy bien, correcto. Eso sí es una particularidad de esta familia. De hecho, durante el día los encontraréis mirando siempre hacia sol. Lo hacen para orientarse. Es una curiosidad notoria en estas bellas aves, y por eso, por la capacidad que tienen de cazar tanto de día como de noche, son los favoritos de los guardabosques. Por eso, y porque son originarios del norte y se aclimatan muy bien al frío. —Esben se acercó hasta Leana—. Intenta acariciarlo. Despacio.

La chica estiró el brazo muy despacio.

Mote giró la cabeza y la miró con sus enormes ojos amarillentos.

Ella abrió la mano para acariciarlo.

El búho emitió un fuerte chasquido con el pico.

—No le has gustado. Protesta —dijo Esben.

Leana apartó la mano y Mote volvió a emitir un chasquido.

—Tiene una personalidad un tanto especial, pero al final te aceptará, tranquila. Requiere un tiempo. No acepta a los extraños a la primera.

Hizo un gesto con el brazo y el ave echó a volar. Era preciosa. Verla volar en pleno silencio, sin emitir el más mínimo sonido, cautivaba.

—Los guardabosques usamos los búhos como mensajeros, eso ya lo sabéis. De hecho, no somos los únicos que lo hacen. Los magos y algunos nobles también los emplean para ello. Pero en lo que sí somos especiales es en la caza nocturna, algo que solo nosotros practicamos.

—Esto no nos va a gustar... —Gerd negaba con la cabeza.

—Caza nocturna; no suena muy bien, no —objetó Lasgol.

Esben hizo un gesto con el brazo.

—Formad equipos de cinco.

Lasgol y Gerd miraron alrededor. Leana, que los conocía, se unió a ellos, Luca también, lo cual no terminó de gustar demasiado a Lasgol, que recordaba a la perfección su rivalidad con él por Astrid. Por último, se unió a ellos Igor, de los Tigres, que Lasgol recordaba que tenía muy buena mano con los animales. Poco a poco se formaron el resto de los grupos.

Esben dio a cada grupo un guante para que lo utilizaran como él les había explicado. Pidió un voluntario de cada uno. Leana fue la del suyo. Se puso el guante y se presentó. Esben se los llevó a la parte trasera de las cabañas. Pasó largo rato sin que volvieran y el resto comenzó a inquietarse. Cuando por fin regresaron, cada voluntario portaba un búho de las nieves en el brazo. Eran de diferentes tamaños, algunos blancos por completo y otros mezcla de blanco con gris. Se quedaron pasmados observando la escena.

—Muy bien, separaos por grupos. Iré pasando y os explicaré cómo debéis interactuar con ellos. Están ya entrenados, así que no os preocupéis. Lo importante es que os ganéis su confianza. Son algo díscolos, así que os llevará un tiempo.

Y, en efecto, llevó un largo tiempo. Cada noche de las siguientes cuatro semanas, cuando les tocaba maestría de Fauna, se reunían frente a la cabaña de la maestría y sacaban los búhos. Esben les había explicado cómo manejarlos y hacían ejercicios para ganarse su confianza. El búho del grupo de Lasgol era Milton, un macho joven y muy sedicioso. De los que más. Era precioso, de pluma blanca en su totalidad excepto unas puntas negras al final de la cola.

—Este bicho hace lo que le viene en gana —se quejó Igor, quien no conseguía que Milton le hiciera caso por más que se esforzaba.

—Es un búho muy listo, por eso te ignora —le dijo Leana con una mueca divertida.

—No le veo la gracia.

—Qué poco sentido del humor —protestó Leana, y le dio un pequeño codazo a Gerd, que se aguantaba la risa.

—Lo que pasa es que el bicho este es macho y me da que solo hace caso a las hembras.

—A Gerd también le hace caso —lo corrigió Leana.

—Bueno, es que ese Gerd siempre tiene cara de asustado y el ave se da cuenta.

—Igual es que tiene mejor mano que tú con los animales —replicó Leana defendiendo a Gerd.

Milton chasqueó el pico mostrando su desagrado por todo aquel alboroto.

—Tranquilo, solo están jugando —le dijo Gerd, y le acarició el plumaje.

El búho pareció calmarse y miró al frente con sus ojos amarillos.

Esben los llamó y los reunió en un bosque al norte de las cabañas.

—Hoy comenzamos a entrenar la caza nocturna. Cada grupo se turnará con su búho. Uno manejará el animal y otro se esconderá en el bosque. El búho ha sido entrenado para cazaros. Debéis esconderos; recordad que sois la presa. No dejéis que os encuentre si podéis. No será fácil que los engañéis, pero espero que os esforcéis al máximo. No me hagáis enfadar, tengo cierto temperamento, por lo que dicen.

Lasgol tragó saliva. Gerd ya estaba pálido.

Todos se prepararon para el ejercicio.

—Este búho tonto no me encuentra a mí de noche en un bosque ni por accidente —exclamó Igor.

—¿Ah, sí? Eso lo vamos a ver ahora mismo —replicó Leana—. Yo lo manejo. Tú serás la presa. Ponte este pañuelo de guardabosques en el brazo. Anda, corre a esconderte.

—Pues muy bien. —Se anudó el pañuelo en el brazo, se dio la vuelta y se adentró en el bosque a la carrera.

—Esto va a ser muy divertido —apostó Luca sonriendo.

Esperaron a que Igor estuviera bien oculto. La noche era cerrada, Igor tenía una oportunidad. Lasgol observaba a Milton y se preguntaba si sería capaz de encontrarlo. No sería nada fácil.

—Milton, caza —le dijo Leana, y le hizo la llamada que Esben les había enseñado, que indicaba al búho que debía ir a cazar.

Milton miró a la chica un momento con sus grandes ojos. Luego pareció estar decidiendo si hacerle caso o no. Decidió que sí y se echó a volar. Todos lo siguieron con la mirada hasta que desapareció en la oscuridad del bosque. Aguardaron. Pasó un largo rato. Comenzaron a pensar que Milton no lo lograría. Tardaba demasiado. De pronto, una sombra blanca apareció a sus espaldas. Sin hacer el más mínimo ruido se posó en el brazo enguantado de Leana.

—Mira quién ha regresado —dijo Gerd.

—Y mira qué trae —señaló Luca.

Estudiaron las garras de Milton y en ellas vieron el pañuelo rojo.

—¡Lo ha conseguido! —dijo Leana muy contenta.

—Debemos cerciorarnos de que es el pañuelo de Igor; hay otros equipos realizando la prueba en el interior del bosque —advirtió Luca alzando una ceja.

—Cierto —dijo Gerd.

No tardaron en comprobarlo. El chico regresó sin el pañuelo.

—Me ha clavado las garras en el brazo para arrancarme el pañuelo. Casi se lleva medio brazo —protestó e indicó al búho con el dedo índice.

—Eso es porque no le caes bien —le dijo Gerd.

Milton chasqueó el pico varias veces.

—¿Ves?

—No me gusta nada esta prueba —protestó Igor, y se dejó caer al suelo.

Se quedó sentado examinándose la herida del brazo, que sangraba, y se la vendó con el pañuelo de guardabosques.

—¿Siguiente voluntario? —preguntó Leana.

Al ver la herida de Igor los ánimos se enfriaron. Las garras de Milton estaban bien afiladas.

—Vamos, tenemos que hacer todos el ejercicio.

—Iré yo —anunció Lasgol.

—Genial. Yo me hago cargo de Milton —dijo Gerd con una gran sonrisa.

El búho no se mostró arisco con el grandullón.

Lasgol se internó en el bosque. Ya era noche cerrada y le costó un poco aclimatar los ojos y los oídos a la oscuridad y el silencio reinantes. Se concentró recordando lo que habían aprendido en la maestría de Pericia. «El olfato», se recordó. Inspiró hondo y el olor fresco de la noche le invadió los pulmones. Le reconfortó. Siempre lo hacía. El frescor y el aroma a bosque le encantaban.

Se internó más en la espesura con los sentidos alerta. El año anterior Haakon los había tenido practicando un ejercicio similar durante semanas: se internaban de noche en el bosque y debían llegar a puntos designados ex profeso para la prueba mientras evitaban que un instructor los detectara. Debía reconocer que las pruebas de la maestría de Pericia eran con diferencia las más difíciles, pero también las que con toda probabilidad más los ayudarían en el futuro. Atravesar un bosque en noche cerrada como si fuera casi de día no estaba al alcance de casi nadie y ellos podían hacerlo gracias a las duras clases de Pericia que habían recibido los tres años anteriores.

De pronto oyó una rama quebrarse cuando la pisaron a unos cinco pasos a su derecha. No veía a nadie, pero sabía que allí había alguien. Para no entorpecer la prueba de quien fuera, Lasgol giró a la izquierda y continuó avanzando entre los árboles con mucho cuidado de no pisar donde no debía. De súbito vio un búho blanco pasar en vuelo rasante sobre su cabeza. Se oyó un grito de dolor donde había oído la rama quebrarse y la rapaz salió volando con el pañuelo entre las garras.

—Maldito búho —se quejó Jared, uno de los dos gemelos grandotes del equipo de los Águilas.

Era curioso que hasta era capaz de diferenciar las voces de los gemelos sin siquiera verlos. Sí; definitivamente, la maestría de Pericia les enseñaba cosas muy útiles y sorprendentes. «Mejor me centro en esta maestría. Milton andará al acecho». Se agachó y avanzó con cuidado. Sabía que ahora él era una presa y que un cazador níveo muy silencioso y con una visión nocturna excepcional buscaba arrancarle el pañuelo de guardabosques del brazo.

Avanzó un poco más, con cuidado; ya estaba en el centro del bosque, la zona más espesa. Era el mejor lugar para esconderse. La maleza era alta allí. Se echó al suelo y se arrastró hasta los pies de un enorme abeto rodeado de espesura. Se quedó quieto y en silencio. Allí sería muy difícil que lo cazaran; era un sitio perfecto, a excepción de un pequeño detalle: no estaba solo. Oyó una respiración rítmica al otro lado del abeto. Muy despacio, fue a mirar quién era. Un rostro femenino apareció detrás del tronco.

—Hola, Lasgol —le susurró ella.

Lasgol se quedó pasmado. Reconoció la melena dorada y los ojos azules como el mar.

—¿Val?

—¿Sorprendido de verme?

—¿Escondida en lo más profundo de un bosque, de noche y en medio de una prueba de la maestría de Fauna de cuarto año? Pues sí, yo diría que sí.

La chica sonrió como si no hubiera roto un plato.

—¿Y si te digo que estaba dando un paseo para aclarar las ideas?

—No te creería.

Ella sonrió encandiladora.

—Siempre has sido muy listo, aparte de guapo.

Lasgol se quedó aturdido.

—¿Se puede saber qué haces aquí? ¡Estamos entrenando!

—Os he visto coger los búhos y os he seguido.

—¿Por qué?

—Me gusta ver cómo entrenáis.

—¿Los de cuarto?

Valeria inclinó un poco la cabeza, le sonrió y le guiñó un ojo.

—Uno de cuarto en especial.

Lasgol se dio cuenta de que se refería a él y se sonrojó. Fue a protestar, pero antes de que pudiera hacerlo, Valeria lo abrazó y lo besó con pasión. Cogido por sorpresa, Lasgol no fue capaz de reaccionar.

La muchacha lo soltó al cabo de un momento.

—Val, no… —comenzó a protestar.

Valeria le puso el dedo índice en los labios.

—Ya hablaremos —le dijo, y se marchó agazapada entre la maleza.

Antes de que pudiera volver a pensar con claridad sobre lo que acababa de suceder, Milton lo sacó de su aturdimiento clavándole las garras en el brazo y llevándose el pañuelo de guardabosques.

—¡Ay! Pero ¿de dónde sales? —dijo Lasgol, que ni lo había visto llegar.

Se puso en pie y comenzó a descender hacia la entrada del bosque.

—Chicas… —se quejó con amargura.

Capítulo 23

Una semana más tarde, Lasgol y Viggo esperaban a Egil a la puerta de la biblioteca. Su amigo había ido a devolver unos libros que había estado consultando.

—No sé por qué lee tanto si ya es un sabiondo —objetó Viggo.

—Él dice que nunca se sabe suficiente.

—Pues no sé dónde mete todo lo que estudia.

—Según él, el saber no ocupa lugar.

—Dice demasiadas majaderías.

Lasgol rio.

De pronto vieron acercarse a Ingrid. Iba acompañada de Molak. Viggo se puso tieso como un palo y apretó la mandíbula.

Se acercaron a saludarlos.

—Hola —dijo Ingrid.

—Hola —respondió Lasgol amable.

—¿Qué haces todavía en el campamento, Molak? —le preguntó Viggo con tono de pocos amigos.

Ingrid le lanzó una mirada seca a Viggo.

—Es verdad, conseguiste graduarte, ¿no te han dado destino? —intervino Lasgol para rebajar la tensión.

—Me han destinado al campamento —explicó Molak con una sonrisa amistosa.

—¿Por qué al campamento? —preguntó Viggo.

—Porque es un héroe y el mejor de su promoción —respondió Ingrid.

—Bueno… —comenzó a decir Molak.

—El mejor —sentenció Ingrid.

—Me han asignado a la maestría de Tiradores. Ayudaré con la formación de los de primer año.

—Porque es un tirador excepcional.

—Si tan excepcional es, ¿cómo es que no lo han cogido en la especialización de élite?

—Pues sí que lo han cogido, pero lo ha rechazado.

—Ya, seguro.

—Lo he pospuesto… un año, quiero aportar en el campamento. Después de lo que sucedió con mi equipo, creo que es lo mejor; quiero ayudar a que a otros no les ocurra. Creo que es mi deber.

—Eso te honra —dijo Lasgol gratamente sorprendido.

—¿Verdad que sí? —refrendó Ingrid, y sonrió a Molak.

La sonrisa fue como si a Viggo le clavaran una daga en el estómago. Ingrid no sonreía demasiado, y que lo hiciera así, abiertamente, a Molak, estaba matando al chico.

—Yo no renunciaría a una especialización de élite por novatos desconocidos e ingratos —dijo Viggo más por el desaire que porque en realidad lo pensara.

—Qué raro en ti —le espetó Ingrid.

—Bueno, me alegro de veros; cuidaos —les deseó Molak, y continuaron andando.

Cuando estaban ya a unos pasos, Viggo estalló.

—¡Menudo engreído!

—No piensas eso realmente…

—Claro que lo pienso, ¿no ves que es míster perfecto capitán excepcional?

—Es que lo es…

—Pues perdió a la mitad de su equipo, tan perfecto que es.

—Eso no lo piensas de verdad, son los celos que hablan por ti.

—¿Celos? ¿Yo? ¿Por quién?

—Celos por Ingrid… —dijo Egil, que aparecía por la puerta con dos libros bajo los brazos.

—¡Y tú qué sabes! ¡Pero si ni estabas aquí!

—No hace falta. Se te ven los celos a la legua.

—¡Mamarrachadas! ¡Si no la puedo ver! ¡No la soporto!

—Entonces, ¿por qué nos gritas? —le preguntó Egil con ojos bien abiertos.

Viggo fue a maldecir, se dio media vuelta y se marchó como un torbellino.

—Cómo se ha puesto… —dijo Lasgol.

—Y lo que nos queda por ver.

Lasgol suspiró.

—Ya.

Aquella misma tarde, ya anocheciendo, Viggo y Lasgol estaban frente a la cabaña entrenando lanzamiento de cuchillo contra un árbol cercano cuando vieron llegar a Ingrid y Nilsa con sus grandes arcos largos en la mano.

—Aquí llegan nuestras tiradoras —dijo Lasgol al verlas.

—Hola, chicos, ¿qué tal ha ido el día? —los saludó Nilsa con una sonrisa.

—Bastante duro —dijo Lasgol, que había sufrido bastante en la instrucción del día.

—La verdad es que no ha estado mal —respondió Viggo.

Todos se giraron hacia él; no esperaban aquel comentario de Viggo, que había estado quejándose amargamente de que la maestría de Pericia estaba siendo una auténtica tortura y el sufrimiento era inaguantable.

Viggo se encogió de hombros.

—Hoy ha estado bien.

Ingrid puso los ojos en blanco.

—¿Puedo verlo? —Lasgol señalaba el gran arco de la capitana.

—Sí, claro, de ti me fío.

El muchacho lo cogió cuidado. De inmediato notó lo grande que era y el peso extra que tenía comparado con un arco compuesto, el que ellos utilizaban.

—¿Me permites una flecha?

—Sí, claro, pero ten cuidado.

La tensión de la cuerda era bastante superior a la del arco compuesto.

—Tienes que tirar hacia atrás con firmeza y mantener el brazo bien rígido con toda tu fuerza.

—De acuerdo —dijo Lasgol, y colocó la flecha con cuidado.

Comenzó a tirar de la cuerda hacia su mejilla. Notó lo que Ingrid estaba comentando; tenía que emplear mucha fuerza para llevar la cuerda hasta la posición de tiro y poder apuntar. Lo hizo intentando mantener el arco en su sitio y apuntó a un árbol cercano. Se aseguró de que no hubiera nadie cerca.

—Voy a tirar contra ese árbol de ahí, no está a más de treinta pasos, debería acertar.

Ingrid y Nilsa intercambiaron una sonrisa cómplice.

—Por supuesto, adelante —concedió Ingrid.

Lasgol, emocionado por poder manejar aquella gran arma gracias a la generosidad de sus compañeras, se concentró para tirar. Con un arco compuesto no fallaría el tiro, así que se relajó. Y tiró.

Falló por completo. Se le fue alto y a la derecha.

Ingrid y Nilsa soltaron una carcajada.

—No lo entiendo, ¿cómo he podido fallar?

—Eso mismo nos ha pasado a nosotras muchas veces —respondió Nilsa con una sonrisa pícara.

—Es debido a la posición en la que te has colocado para tirar —le explicó Ingrid.

—Hoy mismo hemos estado ensayando tiros cortos con el gran arco bajo la mano de hierro de Ivana la Infalible. Ahora ya sé por qué tiene ese apodo.

—Es que no falla nunca —dijo Nilsa—. Da igual que el blanco esté a menos de cien pasos o a más de doscientos y que tire con este gran arco, con uno compuesto o con uno corto. Es probable que sea capaz de acertar con los ojos cerrados.

—No será para tanto —dijo Viggo.

—Para tanto y para mucho más —respondió Nilsa—. Es como si donde pusiera el ojo pusiera la flecha.

—Cuéntame qué habéis estado ensayando hoy —pidió Lasgol interesado.

—Hoy Ivana nos ha enseñado a tirar con el arco largo en distancias muy cortas, de menos de cincuenta pasos. En un principio todos hemos pensado que sería pan comido, ya que con el arco compuesto a esa distancia apenas fallamos ninguno, pero nos hemos llevado una decepción de lo más grande.

—¿Decepción? Esto se anima. Cuenta, cuenta —pidió Viggo.

—Ivana nos ha pedido que tiremos contra un blanco a cuarenta pasos con flecha larga, como si estuviéramos tirando a distancia, pero nos viéramos sorprendidos por un atacante que aparece a distancia corta y no tuviéramos tiempo para cambiar de arma. En una situación idónea habríamos tenido el arco compuesto cerca y habríamos cambiado, pero Ivana no nos ha permitido hacerlo; nos ha dicho que tendríamos que tirar con el arco largo. En un principio he pensado como tú, Lasgol, que sería sencillo alcanzar el blanco. He fallado por un palmo, apenas podía creerlo.

—Yo he fallado por dos palmos. —Nilsa sacudió la cabeza.

—Después de que todos tiráramos realmente mal, Ivana nos ha demostrado cómo debemos proceder en una situación así. Lo que ha hecho nos ha dejado un poco fuera de lugar, puesto que no ha agarrado el arco de forma vertical, sino que se lo ha colocado en horizontal a la altura del pecho. Y así ha tirado. La razón que nos ha dado es que a distancia corta, y más todavía si el asaltante está corriendo hacia nosotros, tirar con el arco sujeto de forma vertical, en la mayoría de los casos, hace que la flecha salga hacia arriba y se falle por completo. Sin embargo, cogiendo el gran arco de forma horizontal se puede tirar con gran potencia directamente y el tiro sale paralelo al suelo, con una levísima inclinación hacia arriba que hay que compensar. Nos ha hecho entrenar todo el día tirando a diferentes distancias cortas intensificando el ritmo y la cadencia con la que teníamos que hacerlo.

—Ha sido un horror al principio, pero luego ha estado muy bien —dijo Nilsa.

—Una vez que hemos empezado a hacer blanco, quiere decir, porque al principio hemos fallado más que un topo.

—Es decir —Lasgol intentaba comprender—; si hay que tirar a una distancia larga, es mejor hacerlo con el arco en vertical, pero a una distancia corta hay que hacerlo con el arco horizontal.

—Sí, sobre todo si el atacante está acercándose.

—Es realmente interesante.

—De hecho, Ivana incluso ha llegado a hacer un tiro a la altura de la cadera que nos ha dejado a todos boquiabiertos.

—¿Cómo ha sido?

—Han puesto a veinte pasos un muñeco con armadura pesada rogdana de placas de acero, mucho más resistente que las norghanas de escamas. Ivana ha realizado un tiro a toda velocidad sacando la flecha del carcaj, situándola sobre el arco horizontal a la altura de la cadera y tirando con gran rapidez, emulando que el soldado se acercaba.

—¿Y qué ha sucedido? ¿Lo ha alcanzado?

—No solo lo ha alcanzado en el corazón, sino que la flecha ha perforado la armadura pesada de placas y se ha clavado en el muñeco, con lo que habría matado al soldado.

—Ha conseguido atravesar una armadura pesada. ¡Eso es tremendo!

—Ivana nos ha enseñado que con un arco largo y una flecha adecuada se puede, siempre a una distancia inferior a cien pasos, atravesar una armadura.

—Es realmente interesante —dijo Lasgol, que sentía algo de envidia de las chicas.

—El problema es ser capaz de manejar el arco con la suficiente soltura y rapidez para hacer un tiro de ese tipo antes de que el soldado se te eche encima y te atraviese con la espada o la lanza —dijo Ingrid.

—Cosa nada sencilla —apuntó Nilsa—. Entre lo grande que es el arco, cuánto pesa y lo difícil que es manejarlo, hacer un tiro rápido a la altura de la cadera es realmente difícil. Hemos tenido que sufrirlo toda la tarde porque nos ha tenido practicando sin descanso. Según nos ha dicho, tenemos que ser capaces de manejar el arco largo como si fuera un arco compuesto a distancias cortas, porque, de lo contrario, nos costará la vida en un encuentro fortuito para el que no estemos preparados. A mí me ha costado horrores acertar a los blancos, no os voy a decir lo que me ha costado atravesar el muñeco con la armadura…

—Con lo coordinada que eres, no me extraña. —Se rio Viggo.

—Pues búrlate lo que quieras, pero al final lo he conseguido.

—¿Sí? Eso me parece bastante sorprendente.

—Pues sí, le ha alcanzado en la cabeza y la flecha se ha clavado y ha atravesado el visor del yelmo.

—Vaya, eso es todo un tiro. O sea, que has apuntado a la cabeza en lugar de al pecho, donde hay más facilidad para acertar; estás hecha toda una tiradora —le dijo Viggo mirándola con la cabeza inclinada y ojos de no creérselo.

—Bueno, apuntar a la cabeza, lo que se dice a la cabeza, no lo he hecho; el caso es que yo estaba apuntando al pecho, pero me ha salido el tiro un poco alto, que es lo normal usando el arco de esta forma.

Viggo soltó una carcajada.

—Ya me parecía a mí.

—Da igual como haya sido; el caso es que he conseguido atravesar la armadura con una flecha, y nada más y nada menos que en la cabeza. Estoy muy orgullosa.

—Claro que sí —la animó Ingrid.

—La próxima vez apunta a los pies; quizá así le des en el pecho —se mofó Viggo.

—Eres lo más insoportable que se puede encontrar —replicó Nilsa.

—Ya, por eso me queréis tanto —dijo Viggo con una sonrisa de oreja a oreja.

—¿Habéis hecho algún otro entrenamiento con el arco? —preguntó Lasgol, que intentaba hacer un tiro horizontal contra el mismo árbol que antes.

—No, todavía no, pero lo siguiente que nos ha dicho que tendremos que hacer es tiros cortos contra blancos en movimiento con el gran arco, lo cual va a ser de lo más interesante. Estoy ansiosa por probarlo.

Nilsa estiró los brazos para relajarse.

—Eso también va a ser de lo más frustrante, porque si ya a un blanco fijo nos cuesta horrores darle, imaginaos a blancos en movimiento.

—Ojalá pudiera verlo —pidió Viggo con tono malicioso—, me encantaría.

—Por suerte para nosotras, tú tienes instrucción de Pericia y no podrás verlo —le contestó Ingrid.

Lasgol volvió a tirar, esa vez manteniéndolo horizontal, y volvió a fallar. Se le fue a la izquierda.

—La verdad es que manejar este arco es de lo más difícil —dijo observando la longitud del arma—. Entre lo grande que es, lo pesado y lo tensa que está la cuerda, resulta de lo más difícil apuntar.

—Sí, ese es el mayor problema del arma. Tiene potencia, pero apuntar con él es todo un logro —le explicó Ingrid.

—A mí me gustaría aprender a tirar con él —deseó Lasgol.

—Puedes venir a entrenar con nosotras cuando quieras; te dejaremos tirar y te enseñaremos.

—Claro que sí —aceptó Nilsa emocionada—, será estupendo.

—¿Y a mí no me invitáis? —preguntó Viggo.

—¿Para que te rías de nosotras todo el rato? —respondió Nilsa—. Claro que no.

Ingrid negaba con la cabeza de forma ostensible y puso cara de estar diciéndole «de ninguna manera».

—Ni por todo el oro del mundo.

—Desde luego, qué buenas compañeras sois… —indicó Viggo.

—Conmigo son buenas compañeras —replicó Lasgol—, por algo será…

—Eso es porque tú eres demasiado bueno.

—Y tú un patán —dijo Nilsa.

Vieron una figura acercarse a la cabaña. Era un guardabosques alto, de paso ligero y figura atlética.

Lasgol no lo reconoció hasta que ya estuvo junto a ellos.

—Hola, Panteras —saludó él.

—Hola, Molak —respondió Ingrid de inmediato, y sonrió.

—¿A qué debemos el honor? —preguntó Viggo con tono de no estar nada contento con la visita.

—Ingrid me preguntó el otro día si podía ayudarlas con el arco largo; he pensado pasarme ahora que tengo un momento y mis obligaciones me lo permiten para quedar con ellas mañana en el campo de tiro.

—Eso sería fantástico —aceptó Ingrid sin dejar de sonreír.

—La verdad es que lo necesitamos, y mucho —reconoció Nilsa—. Sobre todo yo.

—No te preocupes, Nilsa; el arco largo es difícil de manejar, lleva su tiempo acostumbrarse a su uso. Mañana os enseñaré un par de trucos que he aprendido y que os ayudarán.

—Trucos, ¿eso no es hacer trampa? —espetó Viggo.

—No necesariamente, son unas mejoras en el manejo, si no te gusta la palabra *truco*.

—No le hagas caso, nos vendrá de perlas cualquier consejo que puedas darnos y cualquier truco que puedas enseñarnos —le dijo Ingrid.

—Necesitamos conseguir dominarlo para terminar bien el año o no nos graduaremos como guardabosques —reconoció Nilsa—, y a mí esta arma la verdad se me está atragantando.

—No os preocupéis, yo os ayudaré y entrenando un poco lo conseguiréis.

—¿Te importa si nos acompaña también Lasgol? —le preguntó Ingrid.

—Por supuesto que no, encantado de que venga.

—Gracias —le respondió Lasgol, y le hizo un gesto con la cabeza.

—Pues no se hable más, mañana nos vemos en el campo de tiro.

—Muchas gracias por ayudarnos, te lo agradezco mucho —reconoció Ingrid, y lo miró a los ojos.

Molak se quedó mirándola.

Viggo cerró los puños, pero no dijo nada.

Molak saludó, se dio la vuelta y se marchó. Ingrid no perdió detalle hasta que desapareció más abajo.

—Qué majo es —dijo Nilsa.

—Sí, la verdad es que es todo un caballero.

—Ya, como que no lo está haciendo para ganarse vuestros afectos —manifestó Viggo cruzando los brazos sobre el pecho.

—¿Qué quieres decir? —le preguntó Ingrid.

—Pues lo que he dicho, que está usando las clases de tiro para conquistarte, y no me digas que no te has dado cuenta, porque sé perfectamente que sí.

—Lo hace porque es una buena persona, no como tú.

—Ya, y las vacas vuelan. Ese ha venido aquí a ver si te conquista, y lo del tiro no es más que una excusa para estar tiempo contigo.

—¿Y a ti qué más te da? —le preguntó Ingrid.

—A mí nada, no me importa nada. Solo digo que no lo hace por generosidad.

—Pues si no te importa, mejor estate callado.

—¿O acaso tienes celos? —Nilsa inclinó la cabeza y enarcó una ceja.

—¡Por supuesto que no tengo celos! ¡De qué iba a tener celos!

—No sé… ¿De que intenta conquistar a Ingrid?

El muchacho se puso rojo de repente, luego arrugó la nariz y echó chispas por los ojos.

—Me voy dentro de la cabaña. Toda esta conversación sin sentido me está dando dolor de cabeza. —Se dio la vuelta y entró.

Lasgol intercambió una mirada con Nilsa, que le sonrió de forma pícara.

—Se pone inaguantable —dijo Ingrid.

—Sí, sobre todo cuando está Molak a tu alrededor…

—No empieces tú también.

—Bueno, como quieras, yo solo digo lo que hay.

—¡Bah! Tonterías, yo también me voy a la cabaña.

Lasgol y Nilsa rieron en complicidad.

—Lo que hay entre estos tres lo podría ver hasta un ciego —soltó Nilsa riendo.

—Lo veo hasta yo, que de estas cosas nunca me entero —reconoció Lasgol también entre risas.

Nilsa soltó una carcajada.

—La verdad es que Viggo me da un poco de pena, no tiene una sola oportunidad comparado con Molak.

—La verdad es que lo tiene muy muy difícil. Pero conociendo a Ingrid es muy probable que ninguno de los dos la conquiste.

—Eso también es verdad, va a ser interesante ver cómo termina todo esto.

—Esperemos que bien.

—Esperemos.

Capítulo 24

LOS DÍAS IBAN PASANDO EN EL CAMPAMENTO CON MUCHA RAPIDEZ y las noticias que llegaban no eran nada halagüeñas. Los rumores que el río de aguas revueltas llevaba contaban que la guerra no iba bien para el rey Uthar, lo que era malo para los guardabosques, y, sin embargo, bueno para Lasgol y Egil.

Se rumoreaba que la Liga del Oeste había reunido un ejército en Estocos, capital del ducado de Vigons-Olafstone, y que se preparaban para marchar en cualquier momento. También se rumoreaba que, desde el norte, las huestes de los pueblos del Continente Helado habían cruzado ya a Norghana y se dirigían hacia el sur con intención de llegar hasta Norghania, la ciudad capital del reino, donde Uthar se encontraba con su ejército.

Cuánto de aquello era verdad y cuánto invención nadie lo sabía, pero, si se rumoreaba, algo cierto habría.

Lasgol deseaba que de alguna forma se llegase a un alto el fuego y que no hubiera más derramamiento de sangre en ningún bando. Él deseaba la paz, que Norghana volviera a ser un reino tranquilo, próspero, donde todas sus gentes vivieran vidas buenas y florecientes. Sin embargo, dada la situación, lo veía altamente improbable. Sabía que bajo el yugo de Uthar nunca conseguirían su deseo. Tras aquella guerra llegaría otra, una nueva conquista de un reino o un pueblo más débil. Por eso debían combatirlo, por eso y porque no era el rey legítimo, por linaje y por ser un impostor. Ojalá hubiera una forma de poner fin a la contienda, derrocar a Uthar y que un buen rey, justo y ejemplar, liderara la nación. Por desgracia, los reyes tendían a ser todo menos eso, de manera más acentuada en el norte. Viggo ya le había dicho repetidamente que sus deseos eran inocentes como los de un niño de cinco años, que despertara, que la vida era mucho más dura y cruel; sin embargo, Lasgol no deseaba despertar, necesitaba seguir pensando que había esperanza y que al final de todo el conflicto llegarían la paz y la alegría para todos. Solo de pensarlo supo que Viggo tenía razón, pero no quiso caer en el desaliento.

«Mi madre ayudará a coronar a Austin Olafstone rey de Norghana y toda esta pesadilla terminará», se dijo a sí mismo dándose ánimos.

Por otro lado, permanecían latentes las rencillas entre los pocos que quedaban del Oeste en el campamento y los del Este, si bien no se había producido ningún otro incidente grave tras el duelo y el escarmiento público. Lasgol aún notaba molestias en la espalda; sin embargo, debía reconocer que el castigo había funcionado.

Aquella mañana Oden les hizo formar y el rostro de este mostraba una preocupación que no era habitual en él.

—Dolbarar me ha pedido que os lleve a los de cuarto año a verlo, así que, sin rechistar y sin hacerme ninguna pregunta, que bien sabéis que no os voy a contar, marchamos a la Casa de Mando.

Lasgol miró a Egil e intercambiaron una mirada de duda y preocupación.

—Esto tiene una pinta estupenda —comentó Viggo.

—No adelantes acontecimientos —le dijo Ingrid.

Astrid se acercó hasta Lasgol mientras avanzaban.

—¿Sabes qué pasa? ¿Tenéis alguna noticia?

—No sabemos nada, pero es extraño…

—Hay varias personas en los otros equipos que están diciendo que tiene que ver con la guerra.

—¿Ah, sí? —preguntó Egil interesado.

—Sí, parece que han llegado varios guardabosques reales al campamento.

—No nos habíamos enterado de eso —comentó Lasgol.

—Yo sí —dijo Viggo.

—¿Y se puede saber por qué no has dicho nada? —lo reprendió Ingrid.

—Porque cuando os cuento cosas, me miráis mal y me preguntáis que cómo me he enterado, que si es por mis artes de los bajos fondos, así que esta vez me lo he guardado para mí.

—Eres imposible —dijo la capitana frustrada con un gesto de disgusto.

—Ya, soy imposible cuando os digo algo porque os lo digo, y cuando no os lo digo, porque no os lo digo. El caso es que la culpa es mía siempre.

Astrid sonrió ante el comentario de Viggo.

—La verdad es que algo de razón sí que tiene —le reconoció a Lasgol.

—No le des la razón a Viggo, que ya tenemos suficientes líos.

—Por supuesto que tengo razón, y aquí la morenaza lo sabe.

—¿Morenaza? —Astrid se giró hacia Viggo con ojos entrecerrados.

—Quiero decir la capitana de los Búhos, cuyo cabello es de un precioso negro azabache.

Astrid soltó una risotada.

—Desde luego, es todo un elemento este Viggo vuestro.

—Ya me quisieras tú en tu equipo.

Astrid lo miró un momento.

—Pues no me vendrías mal, eres muy bueno en Pericia, eso me gusta.

—Gracias, al menos alguien reconoce mis habilidades.

Lasgol sonrió y le guiñó el ojo a Astrid pensando que el cumplido no había sido real.

—Lo digo en serio, es muy bueno —le susurró al oído a Lasgol, quien sorprendido asintió.

Al llegar a la Casa de Mando, como en todas las ocasiones importantes, se encontraron a Dolbarar y a los cuatro guardabosques mayores con él. Junto a ellos había alguien más: cuatro guardabosques reales. Eso cambiaba las cosas, la presencia de los guardabosques reales significaba que fuera lo que fuera lo que Dolbarar tenía que transmitirles tendría que ver con la guerra y no con el día a día del campamento.

—A formar todos y en silencio —les mandó Oden.

—Bienvenidos —les dijo Dolbarar.

Lasgol siempre intentaba adivinar la seriedad de lo que ocurría mediante el semblante del líder del campamento. Lo observó y tuvo un mal presentimiento. La habitual sonrisa tranquilizadora estaba en su rostro, pero no con la intensidad acostumbrada.

—Lo primero que quiero hacer es daros la enhorabuena, estáis en el último año y lo estáis haciendo muy bien. Si superáis las pruebas, os convertiréis en guardabosques, y sé que es lo que vuestros corazones desean de verdad. Os adelanto que el cuarto año tiene dos pruebas, una de verano y otra de invierno. Estas son en realidad misiones y un tanto especiales, las llamamos misiones de guerra porque se realizan en conjunto con el ejército y tienen que ser reales. Os he reunido, pues es el momento de enfrentaros a la primera misión de guerra.

Todos se miraron con incertidumbre. ¿Qué significaba aquello en los tiempos y la crítica situación en la que estaba inmerso el reino?

Dolbarar continuó:

—Han llegado nuevas del rey. Nos pide que ayudemos en el esfuerzo de guerra. Vosotros, los de cuarto, sois los únicos lo bastante preparados para la misión que nos ha encomendado. Si fuera un año normal, si no estuviéramos en guerra, se llevaría a cabo la Prueba de Guerra de Verano, que es una prueba en la que los de cuarto realizan maniobras con los guardabosques y el ejército real, pero este año, por desgracia, esas maniobras van a ser misiones de guerra auténticas.

Hubo murmullos y comentarios de los contendientes, que se miraban los unos a los otros con cara de seria preocupación.

—Serán auténticas y peligrosas; por lo tanto, necesito que todo el mundo extreme las precauciones.

—Ya sabía yo que eran malas noticias —dijo Viggo.

—No sé por qué te preocupas tanto —objetó Ingrid—. Ya hemos participado en la guerra en el Continente Helado y sobrevivimos.

—Yo me preocupo siempre que alguien quiere matarme y, por si no te has dado cuenta, eso es lo que pasa en las guerras.

—Todo irá bien, no nos ocurrió nada entonces y no nos ocurrirá nada ahora —replicó Nilsa.

—Sí, pero dilo con un poquito más de seguridad, que te ha temblado la voz al final, pelirroja.

—El rey —prosiguió Dolbarar— nos encomienda una misión de vital importancia: debemos rastrear y vigilar la zona este del reino para descubrir dónde van a desembarcar las huestes de Darthor.

—Esa misión va a ser peligrosa —dijo Gerd— y además nos vamos a ver en un aprieto, teniendo en cuenta el lado al que apoyamos…

Egil le dedicó a Gerd una mirada dura.

—Ni una palabra, pueden oírte.

El chico se llevó la mano a la boca.

—Lo siento…

Lasgol sabía qué intentaba decir Gerd. Si descubrían el punto de desembarco de las tropas de Darthor y tenían que informar al ejército del rey, sería ir en contra de ellos mismos, en contra de Egil, pues los pueblos del Continente Helado eran aliados de las fuerzas del Oeste, de las fuerzas de la familia de Egil.

—Mañana partiréis en misión de guerra. Os acompañarán guardabosques reales. Seguid sus instrucciones en todo momento. Bajo ningún concepto os desviéis de ellas. Esta misión de guerra servirá de Prueba de Verano de cuarto año. Quienes regreséis con vida, quienes lo hagáis bien, tendréis ya la mitad del año superada y os entregaré una Hoja de Roble a cada uno. Recordadlo; os ayudará en los momentos complicados. Y, sobre todo, sed muy prudentes y no os pongáis en peligro si no es absolutamente necesario.

—A nosotros el peligro nos busca… —comentó Viggo.

—Muy cierto… —convino Gerd.

—Os quiero a todos de vuelta para encarar la última parte del año. Nada de disgustos. Haced uso de todo lo que habéis aprendido estos cuatro años de instrucción y entrenamiento. No os desviéis de las instrucciones que os den los guardabosques reales. Esto es sumamente importante.

Los murmullos y los semblantes de preocupación y ansiedad se hicieron patentes.

—¡Ya habéis oído! —dijo Oden—. Volved a vuestras cabañas y preparaos para partir al amanecer.

Lasgol intercambió una mirada con Egil; la cosa se complicaba y ambos sabían que en breve se pondría muy fea.

Capítulo 25

LES LLEVÓ ALGO MÁS DE TRES SEMANAS ALCANZAR LA COSTA este. Al principio los nueve equipos avanzaron en grupo buscando mayor seguridad, pero esa costa era muy amplia y debían cubrirla entera. Los guardabosques reales la dividieron en nueve secciones y encomendaron una a cada equipo. Al de los Panteras de las Nieves les tocaron la bahía de las Orcas y los acantilados a ambos lados.

Tardaron varios días más en alcanzar los acantilados que daban a la enorme bahía. Dejaron descansar a las monturas y prepararon un campamento para pasar la noche. Les había tocado como líder del grupo el guardabosques real Mostassen, viva imagen de un guerrero norghano. Era alto, fuerte de hombros y brazos, y tenía el pelo largo y rubio suelto al viento. Tenía ojos de color verde claro y un mentón que podría soportar un derechazo directo sin ningún problema. Lo que desconcertó a Lasgol fue que, a diferencia del típico soldado bruto y ladrador norghano, Mostassen apenas hablaba. De hecho, siempre que podía indicar una acción con gestos lo hacía así. En las semanas que llevaban de viaje, no había hablado con ninguno de ellos más que para ordenarles lo que debían hacer. Eso tenía a Lasgol confuso. Recordaba a Ulf y sabía que la mayoría de los norghanos eran tan altos y fuertes como bocazas. Los guardabosques lo eran algo menos, pero seguían siendo norghanos y de vez en cuando ladraban y vociferaban. Sin embargo, parecía como si una pantera le hubiera comido la lengua a aquel guardabosques real.

Mostassen salió a patrullar. No quiso llevarse a nadie y simplemente les hizo una señal para que permanecieran donde estaban hasta que él volviera. Obedecieron y se quedaron. Prepararon un pequeño fuego tras una gran roca sobre el acantilado con vistas a la gran bahía. Olía a salitre, a mar, y las vistas nocturnas eran preciosas desde aquella altura con el océano extendiéndose hasta el infinito. El único sonido, el de las olas rompiendo en la lejanía.

—Mi madre me dijo que era imperativo que Uthar no descubriera dónde ni cuándo cruzaban los Pueblos del Hielo —susurró Lasgol a sus compañeros.

—Interesante situación, porque es precisamente la misión que nos han encomendado, encontrar en qué lugar de la costa este va a desembarcar el ejército de Darthor —apuntó Nilsa.

—Bueno, yo creo que la situación es más que interesante —opinó Viggo—, si tenemos en cuenta que estamos en medio de dos bandos en una guerra.

—¿Qué quieres decir con en medio de dos bandos? —le preguntó Lasgol frunciendo el cejo.

—Pues que las cosas no están del todo claras; quizá lo estén para ti, puesto que eres hijo de quien eres, y para Egil, pues él también es hijo de quien es. Vosotros dos por sangre apoyáis a Darthor, a los Pueblos del Hielo y a la Liga del Oeste. Pero aquí un servidor, el grandullón, la pelirroja y la rubia no tenemos lealtad por sangre a ese bando, sino al bando de los norghanos del Este.

—No lo dirás en serio —le dijo Egil—. Sabes perfectamente que Uthar es una amenaza para todo el norte, para todo Tremia.

Ni siquiera es Uthar, es un impostor, un cambiante que va a llevar al reino a la miseria y la destrucción.

—Sí, eso lo sé y lo entiendo, pero ¿qué pasará cuando tenga que enfrentarme a uno de los míos, a un norghano del Este? ¿Lo atravieso con una flecha? —Se hizo un silencio durante un momento—. Además, planteo la pregunta porque sé que el grandullón y Nilsa lo están pensando, aunque no digan nada. A mí personalmente me da igual matar norghanos del Este o del Oeste que salvajes del Continente Helado, así soy yo. Pero me gustaría tener claro de antemano contra quién tengo que tirar. Ayudará mucho.

—Tienes razón, tenemos que hablarlo, porque hasta ahora no lo hemos hecho, al menos no abiertamente —dijo Egil.

—¿Qué opinas, Gerd? —le preguntó Lasgol.

—Algo similar a lo que ha dicho Viggo… Aunque él, como siempre, lo ha retorcido todo. Yo por raíces soy un norghano del Este, por lo tanto mi lealtad está con el Este. Pero por otro lado, entiendo el problema que tenemos con Uthar, con el falso rey. Me doy cuenta de que vamos a tener que tomar parte, no creo que podamos seguir esquivando la situación durante mucho tiempo. Tarde o temprano nos encontraremos o bien con un salvaje del hielo o bien con un norghano de la Liga del Oeste, y entonces… ¿qué? Porque nosotros somos guardabosques y yo en particular soy del Este.

Lasgol se dio cuenta de que estaba pidiendo mucho a sus amigos, quizá demasiado. Se encontraban en una encrucijada. Ellos habían intentado hasta el momento apoyarlo y eran conscientes de que debían hacer algo sobre el problema de Uthar, pero ahora se hallaban todos atrapados en mitad de la guerra y tendrían que tomar parte de una forma o de otra, y eso iba a crear problemas a todos, porque habrían de ir contra sus propios principios. Lasgol lo sabía muy bien. Él estaba ahora mismo sirviendo a los guardabosques, sirviendo a Uthar, y eso iba contra su voluntad. Y si los Pueblos del Hielo atacaban a los guardabosques, ¿de qué lado se pondría él en ese momento? ¿Del de los invasores y de su madre o del lado de los guardabosques y Uthar? Era una situación muy comprometida y compleja, debían tener mucho cuidado, porque si dudaban y no actuaban con convicción y determinación, en el momento necesario podría costarle la vida a alguno de ellos.

—Yo también estoy un poco dividida —reconoció Nilsa—. Entiendo que tenemos que acabar con el rey, el cambiante, pero estamos atrapados en mitad de una guerra civil y pertenecemos a los guardabosques. Aunque quiera desenmascarar a Uthar y parar esta guerra, que es una auténtica locura, me encuentro con que no sé muy bien qué hacer, no sabría contra quién tirar. —Levantó las manos al cielo y luego las sacudió para intentar relajarse.

La última en hablar fue Ingrid, que había estado callada hasta ese momento, reflexionaba, cosa que no solía ser habitual en ella, que generalmente tomaba la iniciativa con determinación, con liderazgo.

—Somos norghanos del Este y somos guardabosques —dijo mirando a Viggo, Gerd y Nilsa—, de eso no hay duda. Es algo que no podemos cambiar, está en nuestra sangre y por eso nuestra lealtad debe ser con ellos.

Egil y Lasgol se pusieron nerviosos al oír aquellas palabras.

—Ingrid… —comenzó a decir Lasgol.

Ella levantó la mano para que le permitiera continuar.

—Y por eso mismo, porque somos leales a los guardabosques, porque somos leales al reino, debemos detener a Uthar. Y si para ello, en estos momentos, debemos unirnos a la causa de la Liga del Oeste y los Pueblos del Hielo, es lo que haremos. No porque seamos traidores, sino todo lo contrario, porque eso es lo mejor para el reino ahora mismo, porque esa es la forma en la que Uthar será derrotado y desenmascarado.

—¿Estás segura de eso, rubita? —le dijo Viggo—. Te colgarán por esas palabras.

—Sí, lo he meditado mucho y no veo otra salida. Que nosotros cuatro luchemos con el Este, que podría ser otra opción, y dejemos que estos dos ayuden al Oeste, y es algo que podemos hacer, no creo que sea lo mejor para el reino. No conseguiríamos solucionar la situación. Creo que debemos mantenernos unidos y trabajar juntos. Solo así lograremos acabar con Uthar y esta guerra que enfrenta a hermanos norghanos contra hermanos norghanos.

Todos guardaron silencio cavilando las palabras de Ingrid.

Egil habló:

—Lo primero, dejadme agradeceros a los cuatro vuestra confianza y vuestra ayuda. Sé que no os resulta fácil ir contra el Este, contra los guardabosques, por nosotros dos. Lo sé y lo entiendo a la perfección. En parte, a mí también me cuesta, y por ello quiero agradecéroslo. Creo que Ingrid tiene razón: lo mejor para el reino de Norghana en estos momentos es estar con el Oeste, no porque los líderes sean mi familia ni porque sea justo para los Pueblos del Hielo, sino porque, de no luchar con el Oeste, el Este puede ganar, y, si eso ocurre, ganará Uthar.

Se quedaron pensativos un momento. La brisa costera les acarició los rostros. El crepitar de la hoguera parecía indicarles que aquella decisión sería crítica.

—Pero no puedo obligaros a tomar esa decisión. Debe ser personal y sea cual sea vuestra determinación final la respetaré, porque yo os respeto con todo mi corazón —dijo Egil.

—Creo que la decisión de cada uno la veremos cuando llegue el momento. Ahora mismo es muy difícil de tomar —reconoció Gerd.

Nilsa asintió.

—Tendremos que esperar a que llegue el momento, entonces veremos cómo reaccionamos todos. Yo os quiero y lo sabéis —les dijo a Lasgol y a Egil.

Los dos sonrieron y asintieron agradecidos.

—Seamos prudentes, intentemos esquivar el conflicto todo lo que podamos y, cuando llegue la ocasión, actuemos por Norghana —dijo Lasgol.

—Así lo haremos. Si la situación se complica, buscadme —propuso Ingrid—, yo tomaré la decisión como vuestra capitana.

—Muy bien —admitió Viggo—, simplemente dime contra quién tengo que tirar y lo haré.

—Te lo haré saber.

—¿Todos unidos? —preguntó Egil.

—Todos unidos —fueron diciendo uno por uno.

La brisa volvía a pronunciarse con fuerza e hizo que el fuego crepitara todavía con mayor intensidad. Un juramento había quedados sellado entre los seis, uno que, llegado el momento, podía salvar el reino o condenarlo.

Mostassen llegó un rato más tarde desde el interior.

—La zona está despejada. No he visto rastro de avanzadilla o exploradores en este lado. O aún no han llegado o son muy buenos ocultando el rastro.

—No sabemos si desembarcarán aquí —dijo Lasgol con la intención de sonsacar algo de información al guardabosques real.

—No lo sabemos, pero esa es nuestra misión y, por lo tanto, asumimos que desembarcarán aquí.

—Lo asumimos porque esa es la misión, no porque haya información que así lo indique —precisó Egil.

—Lo asumimos porque en ambos casos es necesario asumirlo —dijo el guardabosques real, y arrugó la frente.

Egil y Lasgol se dieron cuenta de que no podrían sacar más

información, así que dejaron de preguntar antes de que sospechara de ellos. Estuvieron en silencio durante un largo rato y aprovecharon para descansar y comer de las provisiones que llevaban. Lasgol estaba preocupado porque tenía a Camu en la alforja de Trotador y con cualquier movimiento extraño, o si asustaba al poni, Mostassen se daría cuenta. Según sabían, los guardabosques reales eran los mejores de entre todos los guardabosques, y eso hacía que Lasgol estuviera muy nervioso.

—¿Cómo consigue uno convertirse en guardabosques real, señor? —preguntó de pronto Nilsa.

Mostassen la miró un instante como dudando entre si responder o continuar con su silencio. Se decidió por responder.

—A los guardabosques reales los selecciona el líder de los guardabosques para servir directamente a las órdenes del rey.

—Según nos han explicado, los guardabosques reales son los mejores de entre todos los guardabosques —comentó Gerd.

—Eso es correcto.

—¿Y cómo se seleccionan? —preguntó Ingrid.

—Existe más de una forma. La más habitual es que a un guardabosques lo elijan por sus méritos en misiones o por su excelencia en alguna maestría. Es el líder de los guardabosques quien lo elige cuando hay una plaza libre. En alguna ocasión también se han celebrado pruebas cuando el número de vacantes era bastante amplio.

—Es decir, cuando había muchas bajas —dijo Viggo.

—Correcto. El puesto de guardabosques real conlleva muchísima responsabilidad y también gran peligro. Es un puesto donde el riesgo es constante. Muchos no sobreviven.

—¿Qué otra forma hay para entrar a ser guardabosques real, señor? —quiso saber Nilsa.

—La última es por selección directa del rey. En algunas ocasiones el propio monarca elige a quien él quiere.

—Oh, ya veo.

—Aparte de proteger al rey, ¿qué otras cosas hace un guardabosques real? —preguntó Gerd.

—Realizamos cualquier misión que el rey desee que se lleve a cabo, sin cuestionar nunca el motivo o la consecuencia.

—Vamos, que nadie se plantea si lo que se está haciendo está bien o mal —soltó Viggo.

Mostassen le lanzó una mirada asesina.

—Los guardabosques reales servimos al rey. Sus designios son incuestionables.

—¿Hay algún guardabosques especialista de alguna de las maestrías como guardabosques real? —quiso saber Nilsa.

—Sí, los hay. La mayoría de entre nosotros somos especialistas. Es necesario para salvaguardar al rey y para llevar a cabo sus misiones.

—Eso es muy interesante —dijo Egil—. Y tiene sentido; después de todo, los especialistas son los mejores de los guardabosques y los guardabosques reales son los mejores entre los mejores, con lo cual tiene sentido que el cuerpo esté compuesto por guardabosques especialistas.

—Así es —dijo Mostassen.

—Señor, ¿es usted un guardabosques especialista? —le preguntó Ingrid.

Mostassen se quedó callado. Los seis aguardaron la respuesta muy intrigados.

Al fin, el guardabosques real habló:

—Sí, soy un guardabosques especialista.

—¿Maestría? —Nilsa estaba cada vez más interesada.

—De la maestría de Fauna.

Esto interesó mucho a Lasgol. ¿Qué especialización de élite habría elegido? Antes de que pudiera hacer la pregunta, Gerd se le adelantó.

—¿Qué especialidad?

De nuevo Mostassen pareció reacio a contarles qué era.

Los seis lo miraban intensamente y al final se decidió.

—Soy un rastreador incansable.

—¡Fantástico! —dijo Egil—. Por lo que tengo entendido, los rastreadores incansables son capaces de seguir cualquier rastro durante días e incluso semanas sin la necesidad de sabuesos, halcones o búhos que los ayuden.

—Así es.

Lasgol estaba encantado. Tenía consigo a un especialista rastreador de una de las especialidades que él mismo estaba considerando seguir.

—Y ahora, si el interrogatorio ha terminado, será mejor que nos pongamos a atender la misión que nos han encomendado.

—Por supuesto, señor —dijo Ingrid, y miró de reojo a Egil y a Lasgol.

—Quiero dos vigías al este, dos al oste y dos aquí, en lo alto del acantilado.

Los seis lo miraron sin saber muy bien qué hacer.

—Ingrid y Viggo, al este; Nilsa y Gerd, al oeste; Lasgol y Egil, aquí arriba —dispuso Mostassen.

Todos asintieron y se dispusieron a partir.

—Nada de enfrentamientos con el enemigo. Si avistáis alguna embarcación o algún desconocido en el área, no ataquéis. Lanzad una flecha ígnea de aviso y el resto iremos a ayudaros. ¿Está claro?

Los seis asintieron.

—Soy hombre de pocas palabras —dijo Mostassen—, pero si he de arrancaros la cabeza a gritos por un error, lo haré.

—Entendido, señor —dijo Gerd.

—No se preocupe, señor —tranquilizó Ingrid.

Con Mostassen observándolos, se dirigieron a ocupar sus posiciones.

Capítulo 26

LOS DÍAS SIGUIENTES FUERON LARGOS Y TRANSCURRIERON SIN ningún suceso reseñable. Eran largos porque pasaban la mayor parte del tiempo vigilando el mar y la costa en busca de algún signo de actividad enemiga.

Mostassen desaparecía por las mañanas y no regresaba hasta el anochecer. Lasgol creía que se pasaba la jornada rastreando la bahía y zonas adyacentes sin descanso. Aquel hombre era como un sabueso y, si finalmente encontraba un rastro, lo perseguía hasta el fin del mundo; de momento no lo había encontrado.

Que estuviera ausente tanto tiempo le venía muy bien a Lasgol, así podía dejar suelto a Camu, que disfrutaba a lo grande jugando en la colina junto al mar. Pasaba largos ratos mirando al océano, le encantaba. El único problema era que quería bajar al agua y tenía que prohibírselo.

Cuando Mostassen regresaba, Lasgol ordenaba a Camu que se escondiera. Por fortuna, el rastro que dejaba el pequeño animal no era lo bastante notorio para que Mostassen se preocupara, aunque obligaba a la criatura a permanecer oculta toda la noche si el guardabosques real estaba en el campamento. Lasgol había descubierto que si Camu se ocultaba de la vista durante largos periodos, luego dormía el resto del día como si estuviera regenerando la energía que había consumido para ocultarse durante tanto tiempo. Tenía sentido, pues era prácticamente lo mismo que le sucedía a él cuando utilizaba su don: si agotaba la energía en su interior, tenía que descansar para recuperarla, porque, si no lo hacía, caía exhausto allá donde estuviera.

Llevaban ya una semana de vigilancia sin ningún avistamiento y Lasgol comenzaba a sentirse más tranquilo. No era allí donde las fuerzas de su madre desembarcarían, pero se preguntaba dónde. Recordó las palabras de ella; era imperativo que el rey no supiera en qué lugar de la costa iban a atracar. Eso lo preocupaba, pues, si el rey descubría dónde, podría tenderles una trampa y las bajas que sufrirían serían enormes.

Egil también estaba intranquilo. Los dos sabían que el enfrentamiento final se acercaba. Los dos ejércitos habían estado reagrupándose y consiguiendo nuevos efectivos, preparándose para una campaña final que estaba a punto de llegar. El verano era el mejor momento para comenzar la invasión, puesto que permitiría a la horda de los pueblos del Continente Helado entrar en Norghana. Otra cosa que también preocupaba a Lasgol era que estaban muy al este y, por lo tanto, en territorio enemigo profundo. Si alguien intentaba algo contra Egil ahora, tenía una oportunidad manifiesta.

—No te preocupes, nadie sabe que estamos aquí, no te sucederá nada —le dijo Lasgol con intención de tranquilizarlo.

—No debemos confiarnos. El rey puede intentar una jugada contra mí en cualquier momento y tiene espías en todas partes, sobre todo entre los guardabosques.

—Aun así, nadie sabe que estamos en este sitio en concreto; se decidió en el último instante.

—Cierto, pero mantengamos los sentidos alerta.

—Tienes razón.

—Voy a repasar mi equipamiento, quiero asegurarme de que tengo todos los componentes a punto —dijo Egil, y comenzó a buscar en su cinturón de guardabosques.

Lasgol entendía por qué estaba nervioso, él también debería estarlo. Uthar iría a por Egil y, tarde o temprano, a por él también. Era cuestión de tiempo. Tenía aquel presentimiento desde que se había separado de su madre y no podía sacudírselo de encima.

Al anochecer Egil y Lasgol distinguieron entre las sombras una silueta que se acercaba hacia el campamento. De inmediato, ambos prepararon los arcos y se dispusieron para tirar.

«Camu, escóndete», le ordenó Lasgol. La criatura, que estaba a una veintena de pasos, dio un brinco para esconderse detrás de una roca y desapareció haciendo uso de su especial camuflaje.

La silueta se detuvo y llamó con el cantar de la lechuza.

—Es amigo —dijo Egil a Lasgol.

El chico asintió.

Permitieron que la figura se acercara. Lasgol pensó que se trataría de Mostassen, aunque era un poco temprano; por lo general, el guardabosques real solía acercarse al campamento pasada la medianoche.

—No tires, soy yo —anunció una voz que ambos reconocieron al momento.

—¡Astrid! ¿Qué haces aquí? —le preguntó Lasgol muy sorprendido.

—¿Queréis bajar los arcos, por favor?… —pidió ella acercándose al fuego.

—Oh, claro, perdona —respondió Egil.

—¿Acaso no te alegras de verme? Me miráis como si fuera un fantasma —le dijo a Lasgol.

—Claro que sí. Qué alegría verte. —Y le dio un abrazo.

Los dos se quedaron mirándose fijamente a los ojos. Lasgol

sintió la necesidad de besarla, de decirle lo mucho que la había echado de menos los días que habían estado separados. Ella lo leyó en sus ojos. Sus labios se acercaron. Justo cuando iban a hacer contacto, se detuvieron. La muchacha le sonrió.

—Por mí podéis besaros, no hay ningún problema —dijo Egil con un gesto divertido.

—No sería propio de guardabosques en misión. —Lasgol se puso serio.

Egil soltó una carcajada.

—Pero si estamos solos —replicó mirando alrededor con los brazos abiertos.

Lasgol fue a hablar cuando Astrid lo cogió por la nuca y lo besó con gran pasión.

Egil sonrió de oreja a oreja.

—Pero... Astrid...

—Estamos en guerra, tenemos que aprovechar cada momento. No sabemos qué ocurrirá mañana —le dijo ella con una sonrisa pícara.

Lasgol, que se había puesto rojo como un tomate, asintió.

—Tienes toda la razón. —Y le devolvió el beso con mayor pasión todavía.

—Bueno, bueno; si queréis que me vaya, me lo decís.

A Lasgol le costó un momento separar los labios y el corazón de Astrid.

—No, para nada; tú estás bien aquí con nosotros.

—Sí, alguien tendrá que vigilar mientras vosotros dos os besáis.

Astrid y Lasgol comenzaron a reír algo avergonzados.

—¿A qué debemos tu visita? —le preguntó Egil.

—El guardabosques real Ulsen me ha enviado para recabar la situación en la bahía.

—Por aquí está todo tranquilo —le dijo Lasgol.

—Necesito el informe del guardabosques real a cargo de esta patrulla —le explicó ella con tono oficial.

—Oh, ya entiendo, que lo que yo te diga no te sirve.

—Siempre me sirve, pero no se lo puedo decir a Ulsen.

—¿Qué tal en vuestro lado? —le preguntó Egil.

—Está todo tranquilo. Es una zona de la costa muy rocosa. Dudo mucho que ninguna embarcación se atreva a acercarse a la costa por esa zona. Esta, sin embargo, es un área muy plausible para un desembarco.

—Lo sabemos, Mostassen nos lo ha dicho.

—¿Dónde está el guardabosques real?

—Se pasa el día explorando, buscando rastros, por si alguien ha desembarcado sin que lo hayamos visto. Volverá a medianoche.

—Estupendo, así tenemos un rato para hablar con tranquilidad.

—¿Quieres algo de comer o beber? —le ofreció Lasgol.

—No, gracias; no he recorrido una gran distancia, no estamos muy lejos de aquí. Además, llevo víveres conmigo. —Les mostró el macuto de viaje que llevaba a la espalda.

—¿Qué tal es vuestro guardabosques real? —le preguntó Egil.

—No está mal, es un poco serio para mi gusto. Parece que sabe lo que se hace. Yo diría que debe de ser muy bueno.

—El nuestro tampoco habla demasiado —indicó Lasgol—, excepto cuando tiene que darnos órdenes.

—No entiendo por qué tanta preocupación ni por qué el rey está tan intranquilo; para ser más exactos, no hay ningún indicio de que las tropas de Darthor vayan a invadir por el este —dijo Astrid.

—No es probable, pero sí una ruta viable —manifestó Egil.

—¿Y por qué ahora? ¿Por qué en este momento?

Egil y Lasgol intercambiaron una mirada, ninguno de los dos respondió.

—¿Acaso vosotros sabéis algo?

Egil y Lasgol volvieron a intercambiar una mirada de preocupación.

—Calláis, con lo cual algo sabéis.

—No es que sepamos nada —le dijo Lasgol.

—No me mientas, puedo detectar las mentiras en ti a dos leguas de distancia.

Egil arqueó las cejas.

—Será mejor que os deje hablar de vuestras cosas en privado, voy a dar una vuelta y a asegurarme de que el campamento es seguro.

Egil se marchó, pero Astrid mantenía los ojos clavados en los de Lasgol.

—Confiesa, estoy esperando.

—No es que sepamos nada, pero intuimos que la invasión comenzará ahora.

—¿Y cómo intuyes o tienes información que nosotros no tengamos?

Lasgol se sintió entre la espada y la pared. Por un lado, quería contarle a Astrid quién era él, quién era su madre, todo lo que les había sucedido, todo lo referente al rey Uthar, y hacerla partícipe de su situación. Sin embargo, por otro lado, si lo hacía, la pondría en riesgo de muerte y él no quería aquello bajo ningún concepto. Nunca pondría en riesgo la vida de Astrid, así que decidió no contarle lo que pasaba. No era la primera vez que había pensado en contárselo todo, pero no podía hacerlo. El peligro era demasiado grande, tendría que esperar a que la situación se resolviera de una forma u otra. Tendría que esperar a que no hubiera peligro para ella.

—Me gustaría poder contártelo todo, pero no puedo —le dijo él con tono de pesar.

—¿Qué no puedes contarme?

—Hay ciertas cosas que no puedo decirte por tu propio bien. Si lo hago, pongo tu vida en peligro y no quiero hacerlo. No quiero que te suceda nada —le respondió él cogiéndola de las manos.

—Sea lo que sea, puedes contármelo. Sabes que puedes confiar en mí. Yo estoy de tu lado. Contigo. Juntos.

—Lo sé… No es que dude de ti, en absoluto; sé que puedo confiar en ti y sé que nunca me traicionarías, pero he prometido no revelar mi secreto a nadie por el riesgo que entraña y por el que sufre la persona que recibe el secreto.

—Con eso quieres decir que hay otros que lo saben, otros como Egil.

Lasgol asintió y supo que la conversación iba por un camino que él no quería.

—Es decir, confías en Egil, pero no confías en mí.

—No es un problema de confianza, no quiero ponerte en riesgo, un riesgo que puede hacer que pierdas la vida.

—¿Y Egil sí puede perder la vida?

—Él no ha tenido elección, se ha visto envuelto en la situación igual que me ha ocurrido a mí.

—Yo estoy contigo y por lo tanto estoy envuelta en la situación —le dijo ella apretando las manos de él—. Merezco saber en qué situación me estoy metiendo —le pidió mirándolo fijamente a los ojos.

Aquello sí que dejó a Lasgol sin argumentos. Era cierto que si seguía con él sufriría las consecuencias y las situaciones en las que él se viera envuelto. No era justo para ella. No era justo que estuviera con él.

—Quizá no deberías estar conmigo… No ahora, no hasta que todo esto haya pasado.

—Pero ¿qué tonterías estás diciendo? Por supuesto que debo estar contigo y tú debes estar conmigo.

—No quiero que te suceda nada malo, el riesgo es demasiado grande.

—Por si no te has dado cuenta, sé cuidarme solita. Mejor que tú, de hecho.

—Lo sé. No es eso, la situación se pondrá muy difícil y quizá no tenga salida y haya gente que muera. Gente a la que quiero.

—En ese caso, quiero ser parte de esa gente y saber qué sucede. Es mi decisión, no la tuya.

Lasgol resopló; sentía un dolor terrible en mitad del pecho, como si alguien le estuviera retorciendo el corazón.

—Me encantaría poder confesarte todos mis secretos, confiarte todos mis problemas; créeme que me quitaría un gran peso de encima. Pero, por desgracia, no puedo. Esa es la salida fácil y no la que debo tomar. La salida que tengo que tomar es la difícil. Hasta que pase todo es mejor que no estés conmigo, debes alejarte de mí. De esa forma no estarás en peligro.

—¡De eso nada! ¡Vas a confiarme todo lo que sucede ahora mismo y no te vas a alejar de mí! —le dijo ella, y lo sujetó por las muñecas tirando hacia sí.

En ese momento se acercó Egil.

—Viene alguien, he visto una silueta en movimiento —avisó.

Astrid y Lasgol se pusieron en pie de un salto y cogieron los arcos.

Los tres apuntaron hacia donde las sombras se movían.

Una figura se acercó y realizó el canto de la lechuza.

Es amigo —dijo Egil.

Desde las sombras apareció Mostassen.

—¿Quién eres tú? —preguntó de inmediato a Astrid.

—Soy Astrid, de los Búhos. Me envía Ulsen, señor.

—¿Pide reporte?

—Sí, señor.

—Muy bien.

—¿Informo de que no hay nada reseñable?

Mostassen negó con la cabeza.

—Al contrario. He encontrado el rastro.

—¿El rastro, señor?

—De una avanzadilla enemiga.

—¿Han desembarcado ya? —preguntó Lasgol sorprendido.

—Sí, y han ocultado muy bien su rastro, casi demasiado bien, algo extraño… Pero he logrado encontrarlo, aunque me ha llevado demasiado tiempo… Es raro…

—Señor. —Astrid señalaba el mar abajo en la bahía.

Todos se giraron hacia donde apuntaba la chica.

Varias embarcaciones de remos surcaban al amparo de la noche el centro de la bahía con dirección a la playa.

—Preparad las armas, son enemigos —dijo Mostassen.

Capítulo 27

E L GUARDABOSQUES REAL HABÍA ENVIADO A EGIL Y LASGOL A buscar al resto del equipo, los quería a todos con él. Mostassen, Lasgol, Egil, Astrid y el resto de los Panteras observaban la bahía desde el acantilado.

Más de un millar de puntitos oscuros llenaban ahora la bahía. Eran embarcaciones de remos que se acercaban en silencio, despacio, buscando la costa bajo el cobijo de la noche.

—Tenemos que acercarnos más y determinar la cuantía e intenciones de las fuerzas enemigas —dijo Mostassen.

—¿Aviso a Ulsen? —preguntó Astrid.

—Todavía no. Es demasiado pronto para tomar una determinación, debemos asegurarnos de que en realidad van a desembarcar y cerciorarnos de que se trata de una ofensiva de invasión.

—Pues a mí ciertamente me lo parece —comentó Viggo.

—No digo que no, solo que hay que confirmarlo. Podrían darse la vuelta en cualquier momento. Tal vez sea una maniobra de distracción. No lo sabemos. Debemos asegurarnos y no tienen que vernos.

—Señor, si están avanzando hacia la playa, debe ser porque consideran que está despejada. Deben de tener alguna patrulla en tierra —dijo Egil.

—Esa asunción es correcta. Es el rastro que encontré. No he podido localizar a esa patrulla. Tienen a alguien muy hábil con ellos que esconde muy bien las huellas, prácticamente las hace desaparecer, lo cual me preocupa.

—¿Un guardabosques renegado? —aventuró Nilsa.

—No, creo que los rastros han sido borrados con artes arcanas.

—¡Oh, no, magia! —exclamó Gerd con temor.

—Eso me temo —dijo Mostassen.

—¿Qué hacemos, señor? —preguntó Egil.

—Vamos a acercarnos con mucho cuidado de no ser detectados y esperaremos a ver sus actividades hasta cerciorarnos de que la invasión ha comenzado. Preparaos, nos ponemos en marcha.

Comenzaron a descender desde el acantilado hacia la parte sudoeste de la bahía. El guardabosques real en cabeza, lo seguían Lasgol, Astrid y Egil, y tras ellos iba el resto del equipo.

Las primeras barcazas ya habían tomado tierra en mitad de la oscuridad de la noche. No se veía ni una sola luz en tierra ni ningún fuego encendido. Era significativo, estaban intentando desembarcar sin ser detectados, con el riesgo que conllevaba.

Llegaron a una posición de cobijo tras unas rocas que les permitía ver la playa a sus pies y la bahía a su derecha. Mostassen les ordenó que tomaran posiciones. Así lo hicieron y aguardaron mientras observaban el comienzo del desembarco.

Lasgol se percató de que en la orilla había una docena de personas esperando a la incursión. Desde donde estaban escondidos no podía ver las caras, pero sí el ropaje, y podía diferenciar su raza. No eran pobladores del Continente Helado, eran norghanos. Sin embargo, los que desembarcaban de las barcazas no eran para nada norghanos. Eran figuras enormes con pieles azuladas y cabellos de hielo, eran salvajes del hielo. Mostassen no tardaría en darse cuenta.

—No puedo verlos muy bien con tan poca luz, pero por el tamaño que tienen y las pintas que llevan, son salvajes del hielo —anunció Viggo.

—Y quienes los esperan son norghanos —señaló Ingrid.

—Si son norghanos, serán de la Liga del Oeste —dijo Viggo.

—¿No es extraño que estén aquí, en territorio profundo del este? —preguntó Nilsa.

—Es un grupo pequeño, habrá conseguido evadir nuestras patrullas —indicó Mostassen.

—Yo no soy ningún estratega, pero si las huestes del Continente Helado desembarcan aquí en el profundo este y la Liga del Oeste ataca desde su posición, me parece que el rey va a estar en un buen aprieto entre dos frentes. —Viggo sonrió.

—Esa es la razón por la que estamos aquí —le dijo Mostassen—, para avisar al rey en caso de que así sea.

—¿Y dónde está la armada del rey? —preguntó Ingrid.

—Quedó bastante tocada tras la derrota en el Continente Helado —indicó Mostassen—. Además, la mayoría de las embarcaciones pertenecen a la Liga del Oeste. El rey no dispone de una armada significativa. Tiene hombres, pero no barcos; los barcos los tiene el oeste, que no cuenta con tantos hombres.

—Bueno, siempre es mejor tener más hombres que barcos —dijo Viggo sonriendo.

—No necesariamente —repuso Egil—. Si has de transportar esos hombres, es mejor tener los barcos o no podrás llegar a tiempo a donde necesites ir y puedes perder la guerra.

—Muy cierto —observó Ingrid—. Hasta los Invencibles del Hielo muchas veces necesitan barcos para llegar a donde deben atacar a pesar de ser infantería pesada.

—Pues parece que la infantería de los pueblos del Continente Helado tiene barcos y está llegando —dijo Viggo.

—Lasgol, Egil, conmigo —ordenó Mostassen—. Vamos a ver más de cerca lo que sucede. Los demás permaneced aquí alerta. En caso de que tengamos problemas, volved e informad a Ulsen de inmediato.

El guardabosques real continuó descendiendo hacia la bahía, entre rocas, buscando en todo momento la protección que la oscuridad les proporcionaba. Lasgol y Egil lo seguían en silencio, asegurándose de que pisaban en terreno firme y no se despeñaban. A su izquierda el barranco descendía con caída libre a la bahía. Las vistas eran espectaculares, pero de perder pie morirían despeñados.

Nada más alcanzar la parte baja del acantilado, se ocultaron tras unas grandes rocas. Estaban prácticamente en la playa. Mostassen miraba entre las rocas y observaba a los salvajes del hielo, que desembarcaban ahora ya en grandes números.

Lasgol decidió que era hora de utilizar el don. Invocó su habilidad Ojo de Halcón y observó a los norghanos que recibían a los salvajes del hielo.

De inmediato reconoció una cara.

¡Era Arnold, el hermano de Egil!

—No puedo distinguir con quién se están reuniendo —dijo Mostassen—. Estoy seguro de que es algún duque o conde de la Liga del Oeste, pero soy incapaz de reconocerlo desde aquí. Los malditos no han encendido ni un solo fuego, está demasiado oscuro para reconocerlos.

Lasgol no dijo nada. No iba a ayudar a Uthar, no en aquel momento, ni en ningún otro, aunque significara ir contra las órdenes de los guardabosques, y estaba seguro de que Egil haría lo mismo.

—Espiar es una mala práctica —dijo de pronto una voz tras ellos.

Los tres se giraron con la velocidad del rayo y levantaron los arcos.

Frente a ellos estaba Asrael, el chamán arcano. Lo acompañaban otros dos arcanos de los glaciares y cuatro enormes salvajes del hielo.

Lasgol se quedó de piedra.

—No hagáis ni un movimiento en falso o estáis muertos —los avisó Mostassen amenazando con su arco.

Asrael sonrió tranquilo, como si la situación no entrañara ningún peligro para él o los suyos.

—¿De verdad crees eso?

—Somos tres guardabosques reales. No saldréis con vida si intentáis cualquier tontería.

Asrael volvió a sonreír y abrió los brazos lentamente.

—Puede que tú seas un guardabosques real, pero los dos que te acompañan puedo asegurarte que no lo son.

Mostassen se quedó desconcertado.

—Cambiemos el argumento de la conversación. Bajad vosotros tres las armas y saldréis de aquí con vida. De lo contrario, moriréis —les dijo el chamán arcano.

Mostassen dudó. El enemigo los superaba en número y había varios arcanos, utilizarían magia contra ellos. Además, estaba con dos contendientes a guardabosques. Pero antes de que el guardabosques real pudiera tomar la decisión, Lasgol y Egil bajaron los arcos.

—Hagamos lo que dice —dijo Lasgol a Mostassen.

El guardabosques real, que se quedó pasmado, no entendía por qué los dos habían bajado el arco sin esperar a sus órdenes. Se quedó él solo apuntando sin creer lo que veía.

—Pero ¿qué hacéis? ¡Levantad los arcos!

Lasgol y Egil lo miraron y negaron con la cabeza.

—¡Por todos los cielos del norte! ¡Levantad las armas y apuntad os digo! ¡O moriréis!

Lasgol y Egil intercambiaron una mirada. Luego miraron a Mostassen.

—Lo siento, no podemos —le dijo Egil.

—Última oportunidad, baja el arma y saldrás de aquí con vida —le dijo Asrael.

Mostassen dudó, estaba atónito, pero ahora era él solo contra el grupo enemigo y sabía que, aunque consiguiera matar a varios de ellos, al final morirían y matarían a los dos jóvenes guardabosques que estaban actuando de una forma totalmente inexplicable.

Al fin bajó el arco.

Los salvajes del hielo se les echaron encima y les quitaron las armas.

—A los dos jóvenes no les hagáis nada, son amigos —dijo Asrael a su grupo.

La cara de Mostassen pasó de la sorpresa al total desconcierto.

Varios de los salvajes del hielo miraron a Asrael para asegurarse de que habían entendido bien la orden.

—Ya me habéis oído, son amigos míos; no se les hará ningún daño.

Los salvajes del hielo asintieron y ataron de manos a Mostassen.

—Cuánto me alegro de veros —exclamó Asrael con una gran sonrisa.

—Y nosotros de verte a ti —respondió Lasgol, que se adelantó y le ofreció un abrazo que el arcano aceptó gustoso.

Los otros arcanos y los salvajes del hielo miraban sorprendidos.

—La verdad es que podíamos habernos encontrado en circunstancias mejores —dijo Egil a Asrael, y también le dio un abrazo.

—La vida tiene estas cosas, uno nunca sabe con quién va a encontrarse al día siguiente. Ya nos pasó en nuestro primer encuentro en mi cueva y nos vuelve a suceder hoy.

—Sí, y hoy parece que estamos en medio de un buen lío —observó Lasgol mirando a Mostassen y luego a la bahía donde las barcazas continuaban llegando.

—La próxima vez tendremos que quedar alrededor de una hoguera compartiendo una buena cena —propuso Asrael, y sonrió.

—Estaría mucho mejor —convino Egil.

—¿Cómo está Camu? —le preguntó Asrael a Lasgol.

—Está muy bien. Tan travieso como siempre, y crece con bastante rapidez. Está arriba, en el acantilado, con nuestras monturas.

—¡Lasgol, pero qué haces! ¡Has perdido la cabeza! ¡No le digas dónde están nuestras monturas! —le gritó Mostassen.

Un salvaje del hielo le dio una patada en las costillas y se dobló de dolor.

—No le hagáis daño, por favor —pidió Lasgol.

—Ya habéis oído —dijo Asrael—. No le hagáis daño. He de cumplir mi promesa. No morirá, soy un hombre de palabra. Amordazadlo para que no nos interrumpa.

Los enormes salvajes así lo hicieron.

—¿Y cómo está Misha? —preguntó Egil.

—Mejor. Sufrió con las heridas recibidas en la batalla en el Continente Helado; se está recuperando.

—¿Está aquí con vosotros? —preguntó Lasgol.

Asrael miró alrededor.

—Será mejor que tratemos ciertos temas en privado, no quiero que los guardabosques se enteren de dónde está Misha o cuáles son nuestros planes.

—Entiendo…

—¿Estáis solos o hay otro grupo con vosotros? —preguntó Asrael.

—El resto de los nuestros están en aquella repisa. —Egil señalaba hacia donde se encontraban sus compañeros.

Mostassen comenzó a revolverse en un intento por impedir que Lasgol y Egil hablaran y pusieran en peligro a sus amigos y la misión que les había encomendado el rey.

Los salvajes del hielo lo sujetaron, y, aunque el guardabosques real era enorme, comparado con ellos no era más que un hombre.

—Podemos hacer esto de dos formas —dijo Asrael—. O bien envío a los míos a capturarlos o bien les pedimos amablemente que se unan a nosotros aquí abajo. Yo personalmente creo que es mejor la segunda opción, porque en la primera puede que haya algún percance que estoy seguro de que no queréis que ocurra... Y, siendo sincero, yo tampoco.

—Yo iré a por ellos —propuso Lasgol.

—Muy bien —aceptó Asrael.

Lasgol comenzó a andar y dos de los arcanos empezaron a hablar con Asrael; no estaban de acuerdo.

—Lasgol es amigo mío y tiene mi confianza. Volverá con los guardabosques norghanos.

Hubo más discusión, pero al final los arcanos cedieron ante el liderazgo de Asrael.

Lasgol subió por la pendiente, iba pensando en la situación. Tenía que decir a sus amigos que se entregaran porque, si no lo hacían, Egil y Mostassen estarían en peligro. Confiaba en Asrael, pero no así en los salvajes del hielo y sus líderes. Tampoco estaba seguro de la reacción de sus amigos... y había un problema añadido: Astrid estaba con ellos. Si no le decía la verdad, estaría en un aprieto, pero si se la contaba en ese momento y decidía huir a avisar a su grupo, su vida correría peligro y la de ellos también.

No disponía de mucho tiempo para tomar una decisión y no sabía si la que eligiera sería la correcta o no, pero debía ser antes de que la situación se volviese más complicada y alguien muriera.

—¿Quién va? —le dijo una voz que reconoció como la de Viggo.

—Soy yo, Lasgol.

—¿Por qué no has hecho el canto de la lechuza? Casi te atravieso.

—Perdona, se me ha pasado por completo. No me he dado cuenta de que estaba tan cerca.

—Pues ten más cuidado o vamos a tener un disgusto.

—¿Qué sucede allí abajo? —le preguntó Ingrid.

Lasgol se paró en medio de sus amigos y los miró a los ojos un instante. Ya no tenía más tiempo, debía tomar la decisión. Con un nudo en la garganta, esperaba no equivocarse.

—Mostassen quiere que bajemos hasta las rocas de la playa, nos espera allí.

—Entendido —dijo Ingrid.

—¿Yo también? —preguntó Astrid—. ¿O voy a avisar a los míos?

Lasgol tragó saliva. Por un lado, quería que se pusiera salvo, que saliera corriendo de allí y desapareciera. Pero conocía a Asrael, era muy inteligente. Si sabía que estaban allí, también sabía dónde estaba el grupo de Astrid. No permitiría que ella llegara a avisarlos. Era solo una intuición, no lo podía constatar porque no los había visto, pero estaba seguro de que había más patrullas. Decidió inclinarse por la que en aquel momento era la opción menos peligrosa, aunque sabía que no era necesariamente la menos arriesgada en el futuro.

—Me ha pedido que tú también vengas.

Astrid lo miró a los ojos como si hubiera notado la mentira en su tono. Durante un momento entrecerró los ojos y lo estudió de forma intensa.

Lasgol aguantó la mirada sin desviar la suya. Casi estaba seguro de que Astrid le estaba leyendo el alma.

—Muy bien, iré —dijo al final, aunque con rostro de no creerse lo que le había dicho.

—En marcha todos —ordenó Ingrid—. Nilsa, ten mucho cuidado, hay un precipicio enorme; no te tropieces ni te desequilibres.

—Tranquila, iré con cuidado.

—Gerd, tú ponte detrás de ella por si pierde el equilibrio. Con lo grande y fuerte que eres, puedes sujetarla sin que te arrastre antes de que se despeñe.

—Sin problema —asumió Gerd, que no tenía miedo de acantilados ni alturas, por raro que fuera.

Descendieron con precaución y no tuvieron ningún percance hasta llegar a las rocas donde Lasgol había dejado a Egil, Asrael y los suyos. Sin embargo, ahora no había nadie, el lugar se hallaba desierto y, lo que era más extraño, no había ninguna huella ni rastro que delatara que habían estado antes todos ellos allí. Era sorprendente.

Lasgol se quedó desconcertado.

—¿Dónde están? —pregunto Ingrid—. Aquí no hay nadie y no veo ningún rastro.

—¿Estás seguro de que era aquí? —Nilsa examinaba alrededor.

Lasgol no contestó, miraba en todas direcciones sin saber qué pensar. Estaba seguro de que no sufriría una traición, o quizá sí.

En ese momento, Asrael apareció de entre unos árboles y fue acercándose despacio.

—Quietos todos, no tiréis, es un amigo —dijo Lasgol.

Ingrid, Nilsa, Gerd y Viggo observaron acercarse a Asrael. El arcano sonreía y llegaba con los brazos abiertos.

—¡Por todos los icebergs! —exclamó Viggo—. Pero si es Asrael.

—Sí, no tiréis, por favor. —Lasgol, temiendo que Astrid no lo escuchara, se puso frente a ella de forma que no pudiera tirar.

La chica lo miró desconcertada.

—¿Qué está pasando aquí?

—Baja el arco y te lo contaré.

No parecía muy convencida.

—Hola a todos —saludó Asrael al llegar hasta ellos—. Me alegro de ver que todos seguís de una pieza.

Ingrid hizo un gesto y todos bajaron los arcos.

—Nos alegramos de verte, ¿qué haces aquí? —preguntó Gerd.

—Pues qué va a hacer, gigantón, viene con la armada de los Pueblos del Hielo —le explicó Viggo.

—¿Qué tal esa pierna, Viggo? ¿Mejor? —se interesó Asrael.

—Sí, ya está como nueva, lo único que ahora cuando viene tormenta siento un frío terrible que me sube por la pierna hasta la cabeza.

—Sí, esos son algunos de los efectos secundarios de ese tipo de encantamiento.

—Mirando el lado bueno, ahora siempre sé cuándo llega la tormenta.

Asrael rio.

Ingrid comenzó a entender la situación.

—Si tú estás aquí y los tuyos están desembarcando, eso quiere decir que has capturado al guardabosques real y a estos dos, ¿verdad?

Asrael sonrió e hizo un gesto de que así era.

—Me lo temía —dijo Ingrid, y lanzó una mirada a Lasgol, que supo que tendría que dar explicaciones.

—¿No le habrás hecho daño, verdad? —le preguntó Nilsa.

—Por supuesto que no. Vosotros sois mis amigos —respondió Asrael.

Hizo una seña y Egil apareció acompañado de varios salvajes del hielo y unos pocos arcanos.

Astrid se tensó.

—Tranquila —le dijo Lasgol en advertencia.

El resto miraron a Lasgol, entendían ahora lo que había sucedido.

—Podrías habernos avisado —le dijo Viggo en un susurro.

Lasgol miró a Astrid.

—Oh, ya entiendo —admitió Viggo.

—¿Me presentáis a vuestra nueva compañera? —pidió Asrael.

Lasgol hizo los honores.

—Esta es Astrid. Astrid, este es Asrael, es amigo nuestro. Nos salvó y perdonó la vida en el Continente Helado.

Astrid lanzó una mirada de querer matar a Lasgol, luego hizo una pequeña reverencia hacia Asrael.

—¿Es de confianza? —preguntó Asrael a Lasgol.

—Lo es —le aseguró él.

—De vosotros me fío. Pero a ella no la conozco.

—Puedes fiarte de ella, es la novia de Lasgol —dijo Viggo.

—Oh…, interesante. —Asrael mostró una sonrisa.

—¿Y ahora qué? —preguntó Ingrid.

—Ahora debéis decidir de qué lado estáis —respondió Asrael.

—Y si elegimos de forma incorrecta… —aventuró Nilsa.

—Entonces dejaréis de ser mis amigos.

—Y moriremos —terminó Gerd.

Asrael se encogió de hombros.

Capítulo 28

Asrael condujo al grupo hasta la playa. Lasgol iba pensando en la respuesta que tendría que dar al arcano de los glaciares. El resto de sus compañeros iban cavilando lo mismo; Lasgol lo sabía, podía verlo en los rostros preocupados y las miradas tensas.

Astrid lo miraba furiosa.

No podía hablar con ella en aquel momento y explicarle todo lo que sucedía, no delante de los salvajes del hielo y los arcanos. Y aunque pudiera, ¿cómo le haría entender la situación en la que se encontraban? ¿Cómo haría que ella entendiera y comprendiera qué estaba haciendo? Astrid era una norghana del Este, una guardabosques honrada, orgullosa y fiel a la Corona, lo que significaba que era fiel a Uthar. Cuanto más lo pensaba según caminaban por la arena húmeda de la playa, menos convencido estaba de que Astrid fuera a entenderlo.

Observó de reojo el millar de embarcaciones que se acercaba a la costa y supo que, aunque consiguiera explicárselo, Astrid no podría volverse contra los suyos, era demasiado sincera y verdadera. Y como también era de una fiereza notable, Lasgol se preocupaba; podría llevarla a cometer alguna imprudencia que pagaría con la vida. No podía permitirlo. Nunca.

Llegaron hasta donde esperaban los norghanos, sobre la arena, en el centro de la bahía. Allí Lasgol reconoció a varios. La presencia de uno de ellos allí le había sorprendido mucho. Era un joven alto y fuerte de pelo castaño corto y ojos pardos.

—¡Egil, hermano! —dijo Arnold, segundo de los Olafstone, muy sorprendido.

—Hermano, ¿cómo estás? —saludó Egil, y se apresuró a abrazarlo.

—Más sorpresas —comentó Viggo.

—Esta no me la esperaba para nada —admitió Gerd.

—¿Acaso te esperabas encontrarte de nuevo con Asrael? —le dijo Nilsa.

—No, eso tampoco. Sobre todo aquí, en Norghana.

—Son muchas sorpresas y todas indican que los acontecimientos van a precipitarse —opinó Ingrid.

—No sé por qué no me habéis contado nada de esto —les dijo Astrid—, sobre todo tú, Ingrid. Somos capitanas, deberías haber confiado en mí.

—Hay cosas que no se pueden contar sin poner en riesgo la vida de la persona a la que se la cuentas. Decidimos mantener nuestro encuentro con Asrael entre nosotros.

—No entiendo, ¿por qué?

—Es muy complejo de explicar. Quizá la persona que mejor pueda hacerlo es ya sabes quién —dijo ella mirando a Lasgol.

—Sí, pero no se ha dignado a hacerlo.

—Tiene sus razones y son razones poderosas —le aseguró Ingrid.

—No sé si hay razón lo bastante poderosa para que lo perdone.

—Espero que sí.

Astrid observó el desembarco por un momento, luego se giró de nuevo hacia Ingrid.

—No puedo creerme lo que está pasando. Y no puedo creer que estéis todos tan tranquilos. Nos están invadiendo, es el enemigo, tenemos que escapar e informar a los nuestros.

Ingrid cruzó una mirada con Nilsa, quien puso ojos de preocupación.

—Todo a su debido tiempo —le pidió Ingrid.

—Tenemos que avisar de la invasión antes de que sea demasiado tarde.

—Idearemos un plan —le propuso Nilsa—. De momento, no intentes ninguna locura o te matarán y probablemente también nos matarán a nosotros.

Astrid se quedó pensativa. No dijo que no fuera a intentarlo.

—¿Qué haces tú aquí? ¿No te habíamos dicho que no te metieras en líos? —le preguntó Arnold a Egil.

—Eso mismo podría preguntarte yo a ti.

—¿A ti qué te parece que hago, hermanito?

—¿Dirigir una invasión?

Arnold sonrió de oreja a oreja.

—Puede que esto no sea lo que parece.

—Ya, seguro.

—¿Y dónde está Austin?

—Cumpliendo con sus obligaciones en el Oeste.

—Oh, ya entiendo…

—No puedo desvelarte nuestros planes, espero que lo entiendas; es por tu propia seguridad. Pero tanto Austin como yo estamos muy ocupados, como puedes apreciar.

—¿Ha llegado el momento?

Asintió.

—Sí, ha llegado el momento.

—Entendido. Por padre —dijo Egil con sentido tono de voz, y miró hacia el oeste.

—Por padre —respondió Arnold, y se giró también hacia el oeste.

—Hay que enviar a hombres al acantilado y tomar posiciones, habrá más guardabosques vigilando —dijo Asrael.

—Ya se encargan mis hombres; los salvajes del hielo son demasiado fáciles de reconocer, se los ve a una legua de distancia, incluso en plena noche —dijo Arnold.

Lasgol observó a los salvajes del hielo. Eran tan impresionantes como los recordaba, de más de dos varas de altura y con una musculatura y fuerza enormes. Su piel, de un azul hielo, y su cabello y barba, de un rubio azulado brillante, se veían a larga distancia, por lo que enviarlos a vigilar o que intentaran pasar inadvertidos en la práctica era imposible. Aunque lo que más sorprendía siempre a Lasgol era cuando lo miraban con aquellos ojos con un iris de un gris tan claro que parecía que estuvieran ciegos. Tenían un aspecto estremecedor.

Lasgol observó a las tropas que iban llegando a tierra. Vio a salvajes del hielo y arcanos de los glaciares, inconfundibles con sus pieles con partes azuladas y zonas de un blanco cristalino. Llevaban la cabeza afeitada con un tatuaje en blanco de extrañas runas. Pero no vio al resto de las fuerzas de los pueblos del Continente Helado.

Arnold comentó algo con los dos condes del Oeste que lo acompañaban.

El conde Ericsson se volvió y se dirigió hacia unos hombres que esperaban más al fondo.

—Aseguraremos las posiciones —ordenó.

Asrael asintió.

Mientras las tropas desembarcaban, los salvajes levantaron varias tiendas de mando al fondo de la bahía, en terreno seco. A ellos los llevaron a una de las tiendas y los dejaron allí. Tres salvajes hacían guardia en la puerta y varios arcanos vigilaban a ambos lados de la tienda.

—Menuda situación en la que nos hemos metido —dijo Viggo, el primero, como siempre, en comentar sus problemas—, pero, bueno, teniendo en cuenta que somos nosotros, no sé por qué me sorprendo.

—Mantengamos la calma, todo saldrá bien —los tranquilizó Ingrid.

—Yo no sé si todo va a salir bien —indicó Gerd con miedo en los ojos—. Estamos en medio de un desembarco de invasión…

—Asrael no dejará que nos hagan daño —confirmó Nilsa, que andaba en círculos por la tienda.

—Puede que no le den opción a intervenir o que no llegue a tiempo —objetó Viggo.

—¿A qué te refieres? —le preguntó Ingrid.

—Estamos en medio de una guerra complicada con tres bandos muy diferentes. Por un lado, tenemos a nuestros queridos amigos del Continente Helado, de pieles azules; por otro lado, tenemos a los norghanos del Este, y, finalmente, los norghanos del Oeste. Yo creo que hay multitud de posibilidades para alianzas, traiciones y todo tipo de juegos sucios. Por lo tanto, no podemos fiarnos de nadie, ni de los nuestros, ni del Oeste, ni de los salvajes del hielo.

—Esa es una posición muy precavida e inteligente —dijo Egil.

—Tu hermano Arnold está aquí, no permitirá que nada te suceda —lo calmó Lasgol.

—Como muy acertadamente ha expuesto Viggo, mi hermano intentará que nada me suceda; sin embargo, no puede garantizarlo. Ahora mismo se halla rodeado de las huestes del Continente Helado. Si decidieran matarnos, mi hermano no podría hacer nada más que perder la vida intentando detenerlos.

—Ya os decía yo que la situación no me gustaba nada. —Gerd sacudió la cabeza.

—Mantengamos la calma; de momento, nos han tratado bien y tenemos de nuestro lado al hermano de Egil y a Asrael —dijo Ingrid—. No debería sucedernos nada. No hagáis ninguna tontería. Mantengámonos tranquilos y saldremos de esta con vida, como ya hemos hecho antes.

—Esperemos que sí —deseó Viggo, pero sonó poco convencido.

Nilsa estaba tan nerviosa que no paraba de dar vueltas de un lado a otro de la tienda. Astrid observaba y escuchaba sin decir nada, pero los ojos le brillaban con un destello de enemistad. Lasgol lo veía y no se atrevía a acercarse a ella por miedo a su reacción y a que esta provocara que le hicieran daño.

Aguardaron en silencio un largo rato. La tensión iba en aumento.

—Yo de los que no me fío ni un pelo son de los salvajes del hielo —dijo Viggo.

—La verdad es que tienen pinta de golpear con el hacha primero y pensar después —reconoció Nilsa—. A mí me gustan menos esos arcanos y su sucia magia; son capaces de controlar tu mente y hacerte ver cosas que no están ahí…, y no quiero ni pensar qué más cosas.

—No los provoquéis y todo irá bien —les advirtió Ingrid.

—El problema es que lo mismo sin provocarlos nos pasan por encima de igual modo.

—Pues, entonces, apártate de ellos, mantente alejado y sobre todo cierra la boca.

—No creo que estos brutos entiendan una palabra de lo que decimos.

—No lo creas —le dijo Egil—, algunos de ellos conocen el lenguaje unificado del norte. No son tan brutos como parecen…

—Pues qué bien —protestó Viggo.

—Egil y yo hemos estado en reuniones con sus líderes y al menos ellos conocen nuestro idioma. No ha habido ningún problema o derramamiento de sangre. No debería haberlo ahora —los informó Lasgol para tranquilizarlos.

Astrid les dirigió una mirada de furia a los dos.

Los dejaron estar durante unas horas. El silencio volvió a la tienda. Se sentaron en el suelo, se pusieron tan cómodos como pudieron y aguardaron.

—No puedo creer que seáis amigos de la Liga del Oeste y de los Pueblos del Hielo —espetó de pronto Astrid negando con la cabeza—. Quedarnos aquí y tratar con ellos es alta traición, tenemos que escapar e informar a Dolbarar.

—Esa no es una buena idea —le dijo Ingrid—. No en estos momentos, en la situación en la que estamos.

—Pero al menos tenemos que intentar escapar; alguien tiene que informar de que están invadiendo Norghana. Es nuestro deber. Es justo el objetivo de la misión que se nos ha encomendado.

Lasgol fue a hablar, pero las palabras no le salían.

Egil intervino por él:

—La situación es muy compleja, Astrid. El rey por el que luchas no es un rey bueno, ni siquiera es el verdadero rey.

—Eso lo dices porque estás con tus hermanos. Te recuerdo que tú y todos los que estamos aquí hemos jurado lealtad al rey Uthar.
—Egil asintió, ella continuó—: Y no me vengas con que Uthar no es el rey legítimo y que lo es tu hermano Austin. Aunque él tenga derecho a la Corona, aunque debiera ser rey, tú has jurado lealtad a Uthar, no a Austin; yo estaba allí y te oí jurar. Sé que eres un hombre de palabra, al igual que el resto de tus compañeros; eso es lo que no entiendo.

—Sí, juré lealtad al rey Uthar.

—¿Entonces? No comprendo. ¿Estás renegando de tu juramento? ¿Estáis renegando todos? —Miraba a Lasgol con ojos inquisidores.

Egil negó con la cabeza.

—El juramento que hicimos lo hicimos de forma consciente, sobre todo yo, por lo que implicaba; más aún sabiendo que traería situaciones muy comprometidas, como por ejemplo esta en la cual nos encontramos. Nosotros juramos lealtad al rey Uthar, pero ese ser que se hace llamar Uthar ni es Uthar ni es el rey.

—¿Qué? ¿Es que acaso habéis perdido la cabeza? ¿Estáis dominados bajo algún hechizo de los arcanos?

—No, Astrid —la cortó Lasgol—. Lo que Egil intenta decirte es que el rey no es Uthar. Hemos descubierto que, en realidad, es un cambiante que se hace pasar por Uthar.

La cara de Astrid mostró un *shock* total. Abrió los ojos de par en par y la boca se le quedó entreabierta, a media palabra.

—Sé que es difícil de creer, pero es así —corroboró Egil.

Astrid miró a Ingrid buscando desmentir lo que oía.

Ingrid asintió.

Astrid miró a Viggo. También asintió.

—No puedo creerlo. Os habéis vuelto todos locos. No, peor aún, estáis todos bajo un encantamiento de magia de ilusión de los arcanos de los glaciares.

—Te aseguro que no es así —afirmó Ingrid—. A todos nos ha costado aceptarlo, pero es la verdad. El rey no es el rey, es un impostor, por lo tanto, no tiene nuestra lealtad.

—No solo no la tiene, sino que vamos a intentar desenmascararlo o matarlo, lo que sea más fácil —refrendó Viggo.

—¿Vamos a hacer eso? —preguntó Gerd sorprendido.

—Si tenemos la ocasión, por supuesto que sí. Mi arco le dará muerte —dijo Nilsa.

—No creo que nunca tengamos la ocasión de estar tan cerca como para matarlo, pero al menos intentaremos que no gane la guerra, porque entonces sí que va a hundir todo el norte en sufrimiento y destrucción, más de lo que ya lo está haciendo —indicó Egil.

Astrid se puso en pie. Sacudía la cabeza, no podía creerlo.

—Esto es de locos, estáis todos hechizados —protestó llevándose las manos a la cabeza.

—Qué más nos gustaría a nosotros —contestó Viggo—. Si estuviéramos hechizados, esto tendría más fácil solución.

—Matar al hechicero y todo solucionado —respondió Nilsa.

—Este lío es muchísimo más complicado y de proporciones épicas —dijo Gerd con cara de resignación—. Sé que suena a cosa de locos, a nosotros también nos lo ha aparecido durante mucho tiempo, pero al final, por desgracia, es la verdad. Nosotros estamos unidos en este embrollo. Pase lo que pase.

Al oír a Gerd, Astrid se quedó ya sin palabras. Sabía que el grandullón era de corazón noble, que si él lo decía era porque realmente lo creía.

—Os ha hechizado el mismísimo Darthor.

En ese momento, se abrió la puerta y entró alguien completamente vestido de negro.

—Veo que habláis de mí en mi ausencia —dijo una voz sombría.

Todos se giraron.

Darthor acababa de entrar en la tienda.

Capítulo 29

Todos se pusieron en pie de forma precipitada. Lasgol tenía la boca y los ojos abiertos como platos. No esperaba ver a su madre allí. Tras Darthor entró alguien, un arcano. No Asrael, era mucho más joven, pero un arcano de los glaciares, sin duda.

—Tranquilos —les dijo Darthor—, no hay nada que temer.

Lasgol y Egil se calmaron algo, el resto seguía muy tenso, sobre todo Astrid, que no parecía creerse estar en presencia del líder enemigo, del gran Mago Corrupto del Hielo.

Darthor se volvió hacia el arcano que lo acompañaba. Tenía unos ojos extraños, casi violetas, muy intensos, inconfundibles. Lasgol sintió un escalofrío al mirarlo al rostro.

—Puedes dejarme a solas.

—Mi deber es protegeros, mi señor; así me lo ha impuesto nuestro líder Azur, chamán del hielo, jefe de los arcanos de los glaciares, y así debo cumplirlo.

—No corro ningún peligro en esta tienda. Los norghanos están desarmados, como ves, y son amigos.

—Como deseéis, mi señor; estaré esperando fuera si me necesitáis. Una palabra vuestra y estaré aquí en un abrir y cerrar de ojos —dijo. Luego miró intensamente uno por uno a todos en la tienda con sus ojos violáceos, con una clara mirada de advertencia y enemistad.

Lasgol supo que el arcano no dudaría en matarlos a todos a la más mínima ocasión. Abandonó la tienda tras realizar una pequeña reverencia a su señor.

—Disculpad la actitud de mi guardaespaldas. A veces el celo le puede, pero os aseguro que Asuris no os causará ningún daño.

Viggo hizo un gesto de no estar muy convencido con la afirmación.

Astrid observaba con los ojos entrecerrados y con aspecto de que saltaría sobre Darthor en cualquier momento.

—Lasgol, Egil, me alegro de veros de nuevo y de que sigáis de una pieza.

Al darse cuenta de que Darthor saludaba a Lasgol y a Egil con tanta naturalidad, Astrid se quedó tan sorprendida que la sorpresa en su rostro era innegable.

—Mi señor —dijo Lasgol, y se inclinó en una pequeña reverencia.

—Es un honor y una alegría veros de nuevo, mi señor —correspondió Egil.

—Asrael me ha dado una verdadera sorpresa cuando me lo ha comunicado. Apenas podía creerlo. He pospuesto otros planes y he tenido que venir a verlo con mis ojos. La verdad es que no esperaba encontraros aquí, imaginaba que estaríais en el campamento.

—El rey anda corto de fuerzas, nos han hecho unirnos a las patrullas de vigilancia de la costa —explicó Lasgol.

Darthor asintió.

—Esperaba que Uthar hubiera enviado guardabosques a vigilar todas las costas, pero no contaba con encontraros a vosotros, precisamente, y en este lugar. Lo he elegido con mucho cuidado.

—Nosotros tampoco teníamos idea de encontrar el desembarco de la Armada del Hielo en nuestra misión de vigilancia —dijo Egil.

—Más bien no pensábamos que ocurriría en la parte de la costa que estamos vigilando nosotros —apuntó Lasgol.

Se moría de ganas de dar un abrazo a su madre, pero sabía que no era el momento ni el lugar.

—¿Quiénes os acompañan? —preguntó Darthor—. ¿Son estos vuestros compañeros del campamento, los Panteras de las Nieves?

—Sí, así es —confirmó Lasgol—. Nuestra capitana y líder, Ingrid; su espíritu y determinación nos llevan siempre adelante —dijo Lasgol señalándola.

La muchacha se adelantó y dibujó una pequeña reverencia. Darthor le devolvió el saludo.

—Este es Gerd —Lasgol miró a su amigo—, tan grande y fuerte como de gran corazón.

El otro se ruborizó y también hizo una reverencia en señal de respeto.

Darthor se la devolvió y comentó:

—Eso es una gran cualidad.

—Nilsa es nuestra magistral tiradora de larga distancia.

La muchacha se adelantó y, nerviosa, también saludó con una reverencia.

Darthor se inclinó y comentó:

—Tranquila, no hay por qué estar nerviosa; nada malo te va a pasar bajo mi protección.

—Oh, no es eso, señor —se disculpó Nilsa—, es que yo soy muy nerviosa… y conoceros…, pues… Gracias por la protección, señor.

—Este es Viggo, letal con las armas cortas —dijo Lasgol.

—Y también con la lengua —añadió Egil.

Lasgol no pudo evitar una sonrisa.

—Uno debe saber utilizar bien todas las armas a su disposición —expuso Viggo, y saludó con respeto.

—Bien dicho —le contestó Darthor, y le devolvió el saludo.

—Con Egil y conmigo conformamos los Panteras de las Nieves —dijo Lasgol.

—Tengo entendido que vosotros sabéis lo que está ocurriendo, no solo en la superficie, lo que parece ser, sino lo que realmente ocurre y el problema que supone Uthar para todos.

—Lo sabemos —dijo Ingrid—. Lasgol ha confiado en nosotros.

—Debo preguntaros si estáis con él y con Egil en esta situación tan complicada y crucial.

—Lo estamos —afirmó Ingrid con determinación.

El resto de los compañeros asintieron.

—Por tanto, puedo confiar en vosotros; sabéis lo que es mejor para el norte y para todo Tremia.

—Podéis confiar en nosotros, señor —le aseguró Ingrid.

En ese momento Darthor miró a Astrid, que se mantenía al final de la tienda sin decir una palabra, atenta a cuanto sucedía, con una mirada entre fiera y preocupada.

—¿Y ella? —le preguntó Darthor a Lasgol.

Lasgol se dio la vuelta y miró a Astrid. Debía tener mucho cuidado con lo que dijera a continuación porque, aunque Darthor fuera en realidad Mayra, su madre, no correría ningún riesgo, no permitiría que Astrid pusiera todo en peligro, tampoco podía consentir que nada malo le sucediera a Astrid.

Lo pensó un instante y habló:

—Ella es Astrid, capitana del equipo de los Búhos. No está al corriente de lo que sucede, no comprende la situación, pero es una persona de alma noble y honrada, podemos confiar en ella.

Darthor miró a Astrid a través de su casco perverso. Nadie dijo nada, nadie movió un músculo, todos sabían que la vida de Astrid estaba en peligro.

—Si no está con nosotros, si no puedo confiar en ella, entonces es un riesgo —le dijo Darthor a Lasgol.

—Lo sé, señor, pero si me dais una oportunidad puedo convencerla.

—¿Y por qué debería creer que puedes convencerla? Puedo ver en sus ojos que no cree nada de lo que está sucediendo. Si por ella fuera, ahora mismo se lanzaría sobre mi cuello y me degollaría. ¿Estoy equivocado? —le preguntó a Astrid.

La muchacha le dedicó una mirada de odio.

—No estás equivocado. Si tuviera un arma ahora mismo estarías muerto.

Darthor levantó la mano hacia ella.

—No, por favor, no le hagas daño —le rogó Lasgol.

—Tú mismo lo has oído. No puedo tener a alguien que quiere matarme a distancia de poder hacerlo.

—No la mates, yo puedo hacer que cambie de opinión —rogó el chico gesticulando.

—Por su mirada y lo que veo en sus ojos, lo dudo mucho. ¿Por qué crees que puedes cambiar su opinión?

—Es su amada —dijo Viggo.

Darthor resopló bajo el visor. Lo volvió hacia Lasgol, pero mantuvo la mano alzada hacia Astrid.

—¿Es eso cierto? ¿La amas?

Lasgol contempló la mano alzada. Sabía que unas palabras de poder y la vida de Astrid acabaría allí mismo. Solo el pensamiento de perderla, de no volver a tenerla entre los brazos y besarla, le produjo una angustia incontenible.

—Sí, la amo.

Ante la confesión todos quedaron sorprendidos y callados.

Astrid lo miraba con ojos enormes, las cejas alzadas, no esperaba aquella confesión, no allí delante de todos.

—¿Lo dices porque en realidad lo sientes o porque quieres salvarle la vida?

—Lo digo porque de verdad lo siento. Es la persona a la que amo y con la que quiero estar. No puedo imaginar un futuro sin ella. Mi corazón le pertenece.

Darthor bajó la mano.

—En deferencia a Lasgol, te permito vivir esta noche. Si al amanecer sigues pensando lo mismo, me veré obligado a matarte. No es nada personal, no puedo dejar cabos sueltos cuando la situación es tan crítica —informó a Astrid.

—Gracias, mi señor —dijo Lasgol muy agradecido.

—A los demás dejadme deciros que agradezco vuestra ayuda y que entiendo lo complicada que es vuestra situación. Si alguno de vosotros tiene la más mínima duda de si está haciendo lo correcto, permitidme aseguraros que es así. Uthar es un terrible peligro no solo para Norghana, sino para todo el norte, y cuando lo conquiste será un peligro para todo Tremia, porque nada detendrá su inmensa codicia. Quiero que reflexionéis no solo sobre Uthar, sino sobre los que le sirven y los que, una vez que Uthar no esté, y os aseguro que tras esta campaña él ya no estará, podrían tomar las riendas del reino.

Las caras de los Panteras eran de no entender la advertencia.

—Egil, de caer Uthar, ¿quién tomaría la Corona de los de su sangre? —le preguntó Darthor.

—De morir Uthar el siguiente en la línea por sangre hacia el trono del lado del Este sería su primo Thoran.

—¿Y de caer Thoran?

—Su hermano Orten.

—¿Por qué no ilustras a tus compañeros lo que sabes sobre Thoran y Orten?

Egil asintió.

—Thoran es listo y tiene un temperamento realmente irascible. Es conocido entre los nobles de la corte por ser despiadado y con tendencia a la crueldad. Le gusta causar daño y hacer ostentación de su poder. Es el segundo hombre más poderoso del reino y lo sabe. Principal aliado de Uthar, este le permite hacer cuanto quiere. En la corte, todos se guardan de enfurecerlo porque es capaz de matar a una persona en un ataque de ira. Ha ocurrido más de una vez. Su ducado, uno de los mayores del reino, sufre sus arrebatos y locuras. Ha llegado a quemar una aldea entera en un ataque de ira por haberse retrasado en el pago de los impuestos. Se dice que mata a aldeanos y mercaderes indefensos simplemente porque no han podido satisfacer sus peticiones.

—¿Y su hermano Orten?

—Su hermano es un bruto y un salvaje. Según se cuenta, tiene las peores de las cualidades de un norghano. Es tan grande y bestia como mala persona. Disfruta causando daño a otros y es conocido por enviar a sus hombres a las estepas para raptar mujeres jóvenes que llevan a su castillo para su disfrute personal.

—Como veis, no se trata solo de Uthar —continuó Darthor—. Aunque matáramos al rey, con eso no se solventaría la situación o al menos no por completo, porque o bien Thoran o bien Orten se harían con la Corona y, como habéis oído del propio Egil, son dos gusanos sin escrúpulos a los que hay que aplastar por el bien de todos los norghanos. En esta contienda el Oeste y sus aliados, el Pueblo del Hielo, tienen que prevalecer por el bien de todos. No solo tenemos que ganar la guerra y acabar con Uthar; también debemos coronar a un nuevo rey justo, uno en quien podamos confiar y que reine con justicia y lleve a Norghana a convertirse en un reino próspero y admirado. Ahora mismo el resto del continente nos considera una banda de bárbaros de las nieves, salvajes y brutos que matan, saquean y violan por diversión. Así ha sido durante mucho tiempo y seguirá siendo si no ponemos remedio ahora que tenemos una oportunidad.

—¿Y quién va a ponerle remedio? ¿Tú? —preguntó Astrid—. ¿Te vamos a coronar a ti como rey?

Darthor negó con la cabeza lentamente.

—No, Astrid, yo no deseo ser rey. Yo no deseo gobernar sobre Norghana ni sobre el norte. Cuando la guerra haya terminado, desapareceré; me iré como vine, pues no es mi deseo la Corona, sino poner a un rey justo en el trono que lleve esta tierra a convertirse en un gran reino. Deseo que los norghanos y los Pueblos del Hielo puedan vivir en paz como hermanos y que ambos pueblos prosperen. Cuando se consiga, desapareceré.

—¿Y realmente quieres que creamos eso? Una vez que hayas derrotado a Uthar nadie podrá detenerte —le espetó Astrid.

—No espero que me creas, pero ellos sí lo hacen —dijo señalando a Lasgol y a Egil—. Cuando hayamos derrotado a Uthar, la familia de Egil reinará sobre Norghana. Coronaremos a Austin, que es el legítimo rey. Fraguaremos una paz duradera entre los norghanos y los Pueblos del Hielo, que Austin se encargará de proteger. Ese día me iré y volveré a las sombras.

La chica no supo qué decir. La respuesta de Darthor la había dejado descolocada. No esperaba aquello.

Egil respiró hondo.

—En nombre de mi familia quiero agradeceros toda vuestra ayuda, mi señor.

—No es necesario que me lo agradezcas, Egil; es lo mejor para el reino y, por ello, es lo correcto y la causa que apoyo.

—¿Alguno más de los aquí presentes tiene dudas sobre si está en el lado en el que debería y si hace lo que es correcto o no? —Miró uno por uno a todos.

Ingrid dio un paso al frente.

—Ninguna duda, mi señor.

Gerd y Nilsa se adelantaron a la vez y los dos asintieron con una pequeña inclinación de cabeza.

—Ninguna duda, mi señor.

Por último, Viggo también avanzó.

—Yo lucho del lado de mis amigos, y si mis amigos están de este lado, yo también. El resto es política; reyes, duques, condes, me traen sin cuidado —dijo, y también le dedicó una inclinación.

—Muy bien —dijo Darthor—. Se aproximan momentos muy complicados. Tengo la impresión de que os veréis ante situaciones difíciles en las cuales tendréis que tomar decisiones muy duras, pero creo que estaréis preparados y que sabréis hacerlo.

Lasgol tenía la sensación de que su madre se estaba dirigiendo a él además de al grupo, y agradeció el detalle.

—Ocurra lo que ocurra de aquí al final de la guerra, tened siempre en cuenta vuestros principios, vuestros valores y no renunciéis a ellos. Continuad siempre hacia delante. Utilizad la cabeza, que es el arma más poderosa que tenéis, y luchad siempre por vuestros ideales. Solo si sois fieles a vosotros mismos saldréis adelante y conseguiréis tener una vida plena. Así vivo yo mi existencia, y si en cualquier momento las cosas se ponen difíciles, recordad siempre quiénes sois.

—Así lo haremos, mi señor —le dijo Lasgol.

—Sé que los Panteras conocen mi secreto, mi identidad —dijo Darthor, y se situó junto a Lasgol—. Espero que lo guardéis con vuestras vidas y no lo divulguéis a nadie. Es un secreto que podría ser mi final si se descubriera. El final de todo este esfuerzo.

—El secreto está a salvo con nosotros —le aseguró Ingrid.

—Los Panteras no irán contra uno de los suyos, guardarán el secreto —le aseguró Viggo.

Darthor asintió.

—No se hable más, pues, de este asunto. —Puso la mano sobre el hombro de Lasgol como si quisiera decirle algo, pero luego miró hacia la puerta y decidió no hacerlo; apartó la mano y se alejó del chico.

—Me esperan asuntos urgentes. Pensad en todo lo que hemos hablado y mucha suerte a todos. La necesitaréis.

Con esas palabras Darthor se dio la vuelta y salió de la tienda.

Lasgol se quedó con un sentimiento agridulce en la garganta. Por un lado, estaba muy contento de haber podido estar un momento más con su madre; por otro, muy triste por no haber podido disfrutar de la relación de madre e hijo. Se preguntó si alguna vez sería posible, si alguna vez serían simplemente Mayra y Lasgol, y no Darthor y un guardabosques.

Probablemente no.

Capítulo 30

—ESO HA SIDO MUY INTERESANTE Y AÚN MÁS INTENSO —dijo Viggo.

—Ya lo creo —respondió Gerd—. He pasado un miedo terrible. Su voz, su armadura y su presencia son aterradoras.

—Sobre todo el poder que emana, hasta yo lo he notado —observó Nilsa.

—Es quien es y le hemos dado nuestra palabra —les recordó Ingrid.

Todos asintieron.

De pronto un enorme salvaje del hielo entró en la tienda.

Todos se pusieron muy tensos.

El salvaje les lanzó un pellejo grande con agua y un saco. Gruñó y se marchó.

—A ese no le gustamos nada —manifestó Viggo.

—Ni a ese ni a los de su continente —dijo Nilsa.

—El saco tiene arenque ahumado —informó Gerd sonriendo. No morirían de hambre.

—Si no fuera por Darthor y por la alianza, nos machacarían a todos. Yo estoy seguro de que hasta nos comerían —dijo Viggo.

—No digas tonterías, merluzo, no son caníbales —soltó Nilsa.

—Ya, vete tú a saber.

—No son caníbales y no nos comerían. Sin embargo, Viggo tiene algo de razón; hay un odio enraizado desde hace muchas generaciones entre los Pueblos del Hielo y los norghanos. Los salvajes, en particular, nos destrozarían si pudieran —dijo Egil.

—¿Ves? Tenía razón —confirmó Viggo.

—Y os habéis aliado con ellos —replicó Astrid, quien permanecía en una esquina con los brazos cruzados sobre el pecho y cara de muy pocos amigos.

—Déjame que te explique —le pidió Lasgol.

—No hay nada que explicar. Sois unos traidores y tú, en particular, el que más por no haberme dicho nada.

Mientras intentaba tranquilizar a Astrid y contarle todo lo sucedido, el resto se sentó y comió.

Con mucha paciencia y a pesar de la negativa continua de la chica, Lasgol le explicó todo lo que había sucedido en voz muy baja, casi en un susurro ininteligible, para que nadie fuera de la tienda pudiera oírlos. Le relató todas sus andanzas: lo que había sucedido los años anteriores, su relación con Darthor, lo ocurrido en el Continente Helado y también la alianza que habían presenciado. Le contó todo, no se dejó ni un solo detalle. Mientras se lo contaba, ella negaba con la cabeza y lo interrumpía diciendo que no quería saber más, que era todo mentira, que estaban hechizados, que aquello no podía ser. Se sacudía y se resistía a escuchar. Lasgol continuó y, armándose de valor y paciencia, le explicó todo una y otra vez. Sin embargo, no hubo forma de cambiar la opinión de Astrid. Era demasiada información que asimilar, demasiado inverosímil.

—¿Tampoco crees que te amo? ¿También crees que eso lo he dicho porque estoy hechizado?

Astrid dudó.

—Es cierto, te amo y eso no puede haberlo puesto un arcano en mi cabeza.

—No sé si un arcano puede hacerte creerlo, quizá no sea más que una treta para que baje la guardia, para que me confíe.

—Te aseguro que no lo es.

—Y me gustaría creerlo. Me llenaría el alma de gozo que esas palabras fueran sinceras, que salieran de tu corazón y que realmente las sintieras, pero en estos momentos, en esta situación, no puedo creerlas por mucho que quisiera que fueran verdad.

Lasgol tuvo que darse por vencido ante la constante negativa de Astrid.

—Reflexiona sobre todo lo que te he contado. Ya sé que es una locura, pero te juro que es la verdad. Yo no te mentiría, no de forma explícita. Tú me conoces, nos conoces a todos; no te mentiríamos.

—Por eso mismo creo que estáis todos hechizados. No digo que no creas lo que me estás diciendo, sino que no es de verdad. Es lo que vosotros creéis, lo que os han hecho creer. Tiene que ser eso.

En ese momento entró en la tienda el hermano de Egil. Se quedó en la entrada. Le hizo una seña para que se acercara a él.

—Dime, Arnold —le pidió Egil.

—Debo partir, tengo obligaciones urgentes que es preciso que atienda.

—Lo entiendo.

—No puedo desvelarte ahora mismo nuestros planes, sería muy peligroso, sobre todo porque entiendo que vas a volver con los guardabosques.

—Creo que te serviré mejor si estoy allí. Intentaré avisarte en caso de que descubramos algo que pueda ser de relevancia.

—Muy bien, hermanito. La verdad es que me he alegrado de este encuentro. Te veo muy bien, más fuerte, crecido, más maduro.

Egil rio.

—Lo dices para animarme; lo sé y te lo agradezco. Yo siempre seré la mitad que vosotros dos.

—Pero eres el doble de inteligente que nosotros.

Egil se sonrojó.

—Para nada. Tanto Austin como tú sois muy inteligentes.

—Ten mucho cuidado, las cosas se van a poner feas muy rápido.

—No te preocupes, tengo a mis compañeros; ellos me ayudarán.

—Protégete en todo momento. Y recuerda la promesa que le hicimos a padre antes de su muerte.

—La recordaré siempre. Haremos justicia, daremos muerte a Uthar.

Arnold sujetó de los hombros a Egil, lo miró a los ojos y le dijo:

—Estoy muy orgulloso de ti, hermanito; necesitamos sobrevivir a esta guerra y utilizar tu cabeza para poner a Austin en el trono.

—Lo haremos, hermano. Austin será rey por derecho y por sangre.

—¡Por los Olafstone! ¡Por el rey Austin!

—¡Por el verdadero rey! ¡Por Austin!

Los dos hermanos se abrazaron con fuerza.

—Ten mucho cuidado, Egil.

—Y tú, hermano.

Arnold miró al resto.

—Cuidad de mi hermano, os lo ruego.

—No os preocupéis, señor; con nosotros estará a salvo —le aseguró Ingrid.

—Si alguien intenta ponerle una mano encima, lo degollaré —dijo Viggo.

—Gracias —respondió Arnold. Inclinó la cabeza y se marchó.

Algo después llegó el amanecer. Lasgol apenas había conseguido dormir más que unas cabezadas debido a lo tenso de la situación y lo que les esperaba con el nuevo día. Esperaron un buen rato a que Darthor apareciera para pasar sentencia sobre Astrid. Lasgol estaba muy nervioso; había intentado convencerla una última vez, pero no lo había conseguido. La chica se negaba a escucharlo ni a él ni a sus compañeros, que también lo habían intentado.

Pasó la mañana y nadie visitó la tienda. Aquello les sorprendió. Llegó la tarde y solo un enorme salvaje del hielo entró para darles de nuevo agua y arenque ahumado.

Lasgol preguntó por Darthor, el salvaje únicamente gruñó en respuesta y se marchó.

—Debe de haber ocurrido algo —le dijo Lasgol a Egil.

—Es posible, la situación es muy complicada ahora mismo —respondió su amigo.

—Espero que no le haya sucedido nada.

—No te preocupes; tu madre es el hechicero más poderoso del norte de Tremia y tiene un ejército de salvajes del hielo con ella, no le sucederá nada.

Lasgol asintió, aunque no estaba tan convencido como Egil. No sabían lo que sucedía fuera de la tienda. Podían vislumbrar la silueta de los guardias cuando el sol hacía que su sombra cayera sobre la lona, pero más allá de eso desconocían qué estaba pasando. Llegó la noche y nadie más pasó a hablar con ellos, así que durmieron y descansaron. Con el siguiente amanecer, Lasgol despertó para llevarse un susto tremendo.

¡Astrid no estaba!

Despertó a sus compañeros, pero nadie sabía nada. Los miró con cara de no poder creerlo.

—¿Se la han llevado mientras dormíamos? —preguntó Gerd.

—Lo dudo, nos habríamos despertado —dijo Ingrid.

—Se ha escapado —informó Egil, y señaló una pequeña raja en la tela de la parte posterior de la tienda.

—¿Cómo ha podido pasar por ahí? Esa abertura es enana —observó Gerd.

—Es una de las mejores de nuestro curso y muy buena en Pericia, así es como ha pasado por ahí —explicó Viggo—, y, si queréis mi opinión, yo creo que los guardias ni se han enterado.

—Habrá escapado, entonces —dijo Lasgol preocupado.

—Viggo tiene razón, es muy buena y no hemos oído nada, ni la alarma ni un forcejeo, nada. Seguramente ha conseguido escaparse —secundó Ingrid.

—Pero toda esta parte de la costa estará vigilada por los hombres de la Liga del Oeste, le darán caza —dijo Gerd.

Viggo volvió a sonreír.

—Lo dudo mucho. Pasará entre ellos como una sombra y ni se darán cuenta.

—Yo también lo creo así —apoyó Ingrid—. Teniendo en cuenta que ha escapado de noche y con lo sigilosa y habilidosa que es, dudo que la encuentren o que se percaten de que se ha escapado.

Lasgol resopló. Estaba muy preocupado, tenía un nudo en el estómago y no sabía qué hacer. No podía avisar a su madre porque entonces ponía en peligro la vida de Astrid; en cambio, si no avisaba a su madre, Astrid podría llegar hasta los suyos y entonces avisarían a Uthar de la invasión y pondrían en riesgo los planes de su madre y el éxito de toda la invasión.

—Tenemos que decidir qué hacemos —dijo Viggo.

Egil asintió.

—Tendremos que delatarla o de lo contrario nos meteremos en un serio problema con Darthor y los suyos.

—Sí, pero si la delatamos y algo le sucede, caerá sobre nuestras conciencias —explicó Gerd.

—Yo de eso tengo poco, con lo cual no me preocupa demasiado —dijo Viggo.

—Ya, quizá tú no, pero yo sí —replicó Nilsa.

—Astrid ha tomado su propia decisión. Nosotros no podemos ser cómplices de su fuga. Debemos dar el aviso —opinó Ingrid.

Lasgol daba vueltas a la tienda en un intento por encontrar una solución en su cabeza, una que no significase la muerte de Astrid ni la de su madre, y no encontraba ninguna.

—Cuanto más tiempo pase será peor —dijo Ingrid—, nos acusarán de haberla ayudado, y con razón.

Al fin, Egil se pronunció:

—Lo siento mucho, Lasgol, y lo siento mucho por Astrid, pero Ingrid tiene razón, debemos dar la alarma. Ella lleva bastante ventaja y, como bien dice Viggo, si los vigías del acantilado no la han visto pasar, pronto llegará con su grupo e irán a dar la alarma. Toda esta invasión correrá peligro y eso no podemos permitirlo; hay que avisar a Darthor y que sea él quien decida cómo proceder, si es necesario cambiar los planes de invasión o qué otras opciones son viables en la situación actual.

Lasgol negaba con la cabeza, no estaba convencido. Sabía que sus amigos tenían razón, pero no quería que le sucediera nada a Astrid; antes la muerte.

Fue Egil quien tomó la decisión por él. Se dirigió a la entrada.

—¡Espera! —le dijo Lasgol, y estiró el brazo para sujetarlo.

Pero su amigo esquivó con agilidad el intento de sujetarlo y salió de la tienda.

—¡No! —gritó Lasgol.

Se oyó a uno de los guardias gruñir a Egil.

Momento más tarde les llegó una voz familiar; era Asrael.

—Podéis salir de la tienda —les indicó.

Los cinco amigos así lo hicieron, y se encontraron con Egil. Junto a él se hallaba Asrael con varios arcanos y media docena de salvajes del hielo.

En la bahía había cientos de barcazas vacías y ni rastro de las huestes del hielo.

—Darthor ha tenido que partir. Se disculpa por no haber podido despedirse —les dijo.

—¿Y las huestes dónde están? —preguntó Viggo de pronto.

Asrael sonrió.

—Han partido.

—Esto es muy raro. ¿Y dónde están los barcos? Ahora que lo pienso, solo vimos barcazas, ¿dónde están los grandes barcos de la armada?

—Tienes una mente despierta, joven Viggo.

—Esto me huele raro. La bahía debería estar llena de grandes navíos —repitió mirando al mar.

—Como he dicho, han partido.

—¿Tan rápido? —preguntó Egil sorprendido.

—Es de necios quedarse en el punto de desembarco más de lo estrictamente imprescindible. El enemigo sabrá, tarde o temprano, que hemos desembarcado aquí y vendrá a darnos muerte.

—Eso es justo lo que queríamos comentarte —dijo Egil, que miró a Lasgol con ojos de pesar.

Lasgol sabía que su amigo no estaba guiado por la maldad, sino por la honestidad, así que asintió dándole su conformidad.

—La séptima componente de nuestro grupo ha huido durante la noche. Informará del desembarco a los guardabosques y estos al rey. Deberíais cambiar vuestros planes —dijo Egil.

—O sea, que ha escapado. Una chica hábil, por lo que veo. Ninguno de nuestros vigías la ha capturado…

—El rey enviará a sus fuerzas a interceptar vuestro avance —lo avisó Lasgol.

—Muy posiblemente —aceptó Asrael—. Habéis hecho bien en informarme, tomaremos medidas para ajustarnos a la nueva situación.

Egil asintió.

—Y ahora, mis amigos, es hora de que volváis con los vuestros.

—¿Nos dejas ir? —le preguntó Lasgol con las cejas alzadas.

—Así es, son órdenes de Darthor.

—Gracias.

—Volved con los guardabosques y, cuando os pregunten, simplemente contestad que fuisteis capturados, que, a fin de cuentas, es la verdad.

—¿Qué ocurre con el guardabosques real? —preguntó Lasgol.

—No te preocupes por él. Di mi palabra de que no le ocurría nada y nada le ha ocurrido. Lo encontraréis en vuestro campamento sobre el acantilado. Quizá actúe un poco extraño, pero no os preocupéis, estará bien.

Egil y Lasgol intercambiaron una mirada de sorpresa.

—Si vuelve con nosotros al campamento, nos delatará y nos colgarán por traidores —le dijo Lasgol.

—No lo hará —le aseguró Asrael—. Y, ahora, marchad.

Lasgol no estaba convencido, pero no discutió.

—Hasta la siguiente —se despidió Lasgol.

Le dio un abrazo a Asrael. Uno por uno fueron despidiéndose y abrazando al arcano.

—Volveremos a vernos —les aseguró él.

Subieron por la ladera hasta alcanzar la parte alta del acantilado. Tal y como había dicho Asrael, encontraron al guardabosques real Mostassen maniatado pero ileso.

Ingrid le cortó las ataduras.

Él los miró aturdido.

—¿Qué ha sucedido? No recuerdo nada —les dijo mirando a todos lados.

Ingrid hizo una señal con la cabeza a Egil para que él se encargara.

—¿Qué es lo último que recuerdas? —le preguntó Egil.

—Estábamos acampados aquí. —Su rostro cambió del desconcierto al recordar algo—. Recuerdo miles de barcazas…, ¡una invasión! ¡Las fuerzas de Darthor! ¡Tenemos que avisar!

Intentó ponerse en pie, perdió el equilibrio y se fue de bruces al suelo.

—Tranquilo —le dijo Gerd, y lo ayudó a incorporarse.

—Debemos avisar, rápido.

—Dale un poco de agua mientras comprobamos cómo están las monturas —indicó Egil.

Lasgol y Egil fueron hasta las monturas y se encontraron los caballos totalmente intactos y con un amigo que salió a recibirlos de entre la espesura.

De un enorme bote, Camu saltó al pecho de Lasgol. Comenzó a lamerle el cachete entre chilliditos de alegría.

«Asrael venir jugar», le transmitió con un mensaje mental.

«Has visto al viejo Asrael, ¿verdad? ¿Y te lo has pasado bien con él?».

«Sí, contento».

«¿Y no nos has echado de menos a mí y a Egil?».

Camu saltó del pecho de Lasgol al de Egil y también comenzó a lamerle el moflete.

—Creo que sí nos ha echado de menos —dijo Egil contento.

—¿Qué crees que le ha hecho Asrael a Mostassen? —le preguntó Lasgol a Egil.

—Le ha borrado la memoria de alguna forma, o, más bien, lo ha hechizado para que no pueda recordar ciertos eventos.

—¿Cuánto crees que durará ese hechizo?

—Viendo lo poderoso que es Asrael, yo diría que podría durar mucho tiempo.

—Esperemos que así sea, no vaya a ser que lo recuerde en mitad del campamento.

—Tenemos otro problema más importante del que preocuparnos en el campamento.

—Astrid… —dijo Lasgol.

—Sí, vamos a tener un verdadero problema con ella.

Lasgol suspiró; habría dado cualquier cosa por que las cosas fueran diferentes, pero así era la situación.

—Si no regresamos, sospecharán y enviarán a alguien a buscarnos —dijo Lasgol.

Egil asintió.

—No nos queda más remedio que arriesgarnos.

—Si Astrid habla con Dolbarar, estamos perdidos.

—Esperemos que no lo haga.

Lasgol también esperaba que no lo hiciera, pero algo en su interior le decía que, siendo como era ella, iría directa a hablar con el líder del campamento en cuanto llegara. Lo peor de todo era que no lo sabrían hasta llegar y entonces puede que fuera ya demasiado tarde para ellos.

Capítulo 31

CABALGARON SIN DESCANSO PARA LLEGAR LO ANTES POSIBLE AL campamento y dar las nuevas de la invasión a Dolbarar. Mostassen imprimió un ritmo muy fuerte y a punto estuvo de reventar a las monturas. Por fortuna, calculó bien el aguante de las bestias y llegaron a tiempo. Media jornada más a ese ritmo y Trotador habría muerto.

Según dejaron los ponis en los establos, se encontraron con el instructor mayor Oden. Todos se pusieron muy tensos. El miedo les oprimía el corazón como una garra de hierro. Se jugaban la vida.

—Tengo nuevas muy importantes que transmitir a Dolbarar —le dijo Mostassen.

Oden asintió.

—Seguidme; Dolbarar y los guardabosques mayores os están esperando.

Al oír aquello, a Lasgol se le puso la piel de gallina. Miró a Egil, quien le devolvió una mirada de precaución. Se habían metido en la boca del lobo y ahora podían acabar devorados en función de lo que Dolbarar y los guardabosques mayores supieran. Los rostros de Ingrid y Viggo también mostraban la misma ansiedad. Nilsa y Gerd llevaban escrito en la cara lo mal que estaban pasándolo. Tenían el aspecto de alguien que va a ser juzgado y sabe que es culpable.

«Esperemos que no nos cuelguen», se dijo Lasgol, pero no estaba nada convencido de su suerte ni de la de sus compañeros. Si las cosas salían mal, intentaría salvar a sus amigos y se presentaría como culpable y responsable único. Después de todo, Darthor era su madre. Si alguien tenía que morir, debía ser él. Sus compañeros no tenían culpa alguna. Vio a Egil a su lado y supo que él tampoco se salvaría. «Egil y yo estamos condenados por sangre, por nuestra ascendencia. Somos quienes somos, nuestros padres eran quienes eran, y si hemos de morir por ello, moriremos. En tiempo de guerra no tendrán piedad con nosotros».

Cruzaron el campamento a paso rápido y llegaron hasta la Casa de Mando.

Oden llamó a la puerta, cuatro guardabosques de guardia estaban apostados en ella. Esperó a recibir permiso para entrar.

—Adelante —se oyó desde el interior.

Los guardabosques apostados en la puerta los dejaron pasar.

Dolbarar los esperaba con semblante serio, sentado a la mesa, y con él se hallaban los cuatro guardabosques mayores.

Los nervios comenzaron a hacer mella en Lasgol. Apenas podía contener las manos temblorosas. Restregó una contra la otra con la intención de detener los espasmos.

Sus compañeros estaban todos muy tensos, con cara seria y llena de angustia. En un momento Gerd pareció perder pie, pero consiguió rehacerse y ponerse firme. Nilsa ya no tenía uñas que morder. Viggo tenía mirada fría, letal; sabía que estaban en un gran aprieto. Por primera vez, Lasgol vio a Ingrid con ademán vencido, como si supiera que el hacha les caería sobre el cuello.

—Traemos nuevas importantes y críticas —dijo el guardabosques real Mostassen.

Dolbarar se puso en pie.

—Adelante, informa, guardabosques real.

—Las huestes de Darthor están desembarcando en la bahía de las Orcas. Venimos de allí y hemos avistado miles de barcazas con salvajes del hielo y arcanos de los glaciares.

Dolbarar asintió lentamente y cruzó las manos a la espalda.

—Gracias, guardabosques real, son noticias en verdad graves. Ayer llegó hasta nosotros el guardabosques real Ulsen y el equipo de los Búhos, con Astrid a la cabeza, y nos informó de esta misma situación. Hemos enviado mensajeros y halcones a Norghania, la capital. El rey Uthar ha sido ya informado. Sus ejércitos salieron ayer mismo a interceptar el avance de las huestes enemigas antes de que puedan reunirse con las fuerzas de la Liga del Oeste y sean imparables.

Lasgol se tensó como un arco. Miró de reojo y con disimulo a Egil, luego a Ingrid. Si el rey movía sus ejércitos, si conocía el punto de desembarco y la ruta más probable para avanzar sobre la capital, podría tender una trampa a las huestes de Darthor. Además, no contarían con la ayuda de las fuerzas de la Liga del Oeste. Los hombres de Austin estarían poniéndose en movimiento ahora. No llegarían a tiempo de ayudar a Darthor y las huestes del hielo. Se preocupó sobremanera, el estómago se le revolvió y comenzó a sentir un tremendo dolor de cabeza. Y lo segundo que le preocupó fue lo que Astrid le habría contado a Dolbarar sobre ellos. Podían colgar todos de un árbol al amanecer.

—Astrid nos ha contado —comenzó a decir Dolbarar— que os capturaron. Por fortuna ella consiguió escapar durante la noche y avisarnos. Me pregunto cómo habéis logrado escapar vosotros…

—Veréis, señor —comenzó a decir Mostassen—, yo no puedo recordar lo que sucedió…

—¿Golpe en la cabeza o un hechizo? —preguntó de repente Eyra.

—Creo que ha sido un hechizo… de los arcanos de los glaciares…

—Interesante, ¿por qué no querrían que recordaras? —dijo Haakon.

—Probablemente por si escapaba e informaba de lo descubierto —expuso Ivana.

—Pero ¿por qué solo tú y no todos ellos? —preguntó Esben.

—No lo sé, señores; imagino que al estar yo al cargo del grupo y ser ellos guardabosques muy jóvenes dieron por hecho que era mejor lisiarme a mí para que no diéramos la alarma.

Mientras Mostassen intentaba responder sin demasiado éxito a las preguntas que le formulaban, Lasgol se hallaba cada vez más inquieto; sentía que el estómago le daba vueltas y que la bilis le subía hasta la garganta. Estuvo a punto de echarlo. La cosa se ponía fea. Si seguían preguntando, los pondrían en un verdadero aprieto. Estaban todos muy cerca de ser descubiertos y terminar colgados del cuello hasta morir.

—Tendría más sentido que los hubieran hechizado a todos —dijo Ivana—; de hecho, lo que más sentido tendría sería que los hubieran matado a todos al instante, a menos que los interrogaran para extraerles información.

—No sabría decir, señora —reconoció Mostassen.

El resto del grupo calló. Nadie movía un músculo. Apenas respiraban y estaban todos tan tensos como una rama a punto de quebrarse.

—Quizá no solo le borraron la memoria, sino que le extrajeron la información que buscaban y luego cubrieron los hechos haciendo que no pudiera recordar nada —dijo Haakon.

—Tiene sentido —expuso Dolbarar.

—Si es el caso, siento no haber podido resistirlo —se excusó Mostassen.

—No hay nada que hubieras podido hacer —le dijo Eyra—. Los arcanos de los glaciares son muy buenos con la magia de ilusiones, algunos incluso con la magia de dominación. Por mucho que hubieras intentado resistirte, no habrías podido lograrlo. Si hubieran deseado hacerte ver un barco que vuela, habrías visto un barco que vuela, y así nos lo narrarías hoy a nosotros, totalmente convencido. Por lo tanto, no creo que tu testimonio sea el más coherente y adecuado, ya que no sabemos qué ilusión todavía puede estar presente en tu mente. Lo mejor será que vayas con la sanadora y que ella intente con su magia eliminar cualquier hechizo que pueda quedar residente en ti.

—¿Podrá hacerlo? —preguntó Ivana enarcando una ceja.

—Probablemente no, ya que la magia de sanación trabaja más el cuerpo y las heridas físicas que la mente. No es una magia que permita eliminar conjuros sobre la mente del sujeto —explicó Eyra—, pero al menos Edwina puede examinarlo y ver si puede hacer algo más por él.

—Me parece una buena idea —dijo Dolbarar.

—En ese caso, si me disculpáis iré ahora mismo a verla —indicó Mostassen.

—Adelante —le concedió Dolbarar, y le hizo una señal indicándole la puerta.

Los seis compañeros de los Panteras se quedaron allí de pie y la tensión se incrementó aún más, porque estaban solos frente a los líderes del campamento y tendrían que responder por lo que habían hecho.

—Volviendo a la pregunta inicial, ¿cómo conseguisteis escapar? —preguntó Dolbarar.

Viendo que la cosa se ponía muy fea, Lasgol se dispuso a responder, pero Egil se le adelantó:

—No fue tanto que lográramos escapar como que ya habían levantado campamento y se ponían en marcha —dijo.

—¿Quieres decir que os dejaron atrás?

—Así es, nos dejaron atrás mientras el ejército avanzaba con una mínima guardia vigilándonos. Aprovechamos un descuido y salimos corriendo de allí para alcanzar nuestras monturas, que estaban escondidas arriba, en un bosque cercano al acantilado. De allí regresamos corriendo a informar —respondió Egil muy serio, con cara de convencimiento y sin atisbo de duda.

Hubo un silencio largo, tenso, como si Dolbarar y los cuatro guardabosques mayores estuvieran recapacitando sobre la respuesta y buscando algún agujero, alguna mentira en ella, pero la respuesta que Egil había dado no era mentira del todo, era una media verdad.

A Lasgol le sorprendió mucho la naturalidad con la que su compañero le había dado la explicación. Había sonado muy convincente y no le había temblado para nada la voz. Lasgol empezaba a ver un cambio en su amigo debido a todo lo que estaba sucediendo, a la guerra, a quien era y a lo que se jugaban. Se estaba convirtiendo poco a poco en un verdadero Olafstone, digno hijo de su padre, en noble de la Liga del Oeste. En heredero a la Corona tras sus hermanos.

—Que os dejaran atrás es lo más normal —dijo Esben—, lo raro es que no reforzaran la vigilancia.

—Sí, eso mismo estaba pensando yo también —indicó Haakon—, ¿por qué dejarlos con vida cuando pueden resultar un riesgo? No tiene demasiado sentido. Lo normal habría sido matarlos para que no pudieran venir a informar.

Lasgol miró a los ojos negros de Haakon, siempre con aquella mirada oscura, siempre buscando alguna trampa, algún engaño.

—Lo que planteas es interesante —dijo Dolbarar—. En efecto, dejarlos con vida no tiene sentido. Los salvajes del hielo no son precisamente conocidos por su bondad de corazón. Deberían haberlos matado. Sin embargo, os han dejado con vida y estáis ahora aquí. Quizá haya algo más detrás de todo esto que todavía no somos capaces de ver.

—Te refieres a un posible engaño… —propuso Eyra.

—Sí, estoy pensando en un engaño. Un plan bien pensado y trazado que aún no consigo ver; ciertamente podríamos estar ante un engaño.

Gerd estaba tan pálido que parecía que la sangre no le llegaba a la cabeza, y las manos le temblaban, Lasgol podía verlo con claridad. Nilsa, a su lado, se acercó un poco más a él e hizo contacto brazo con brazo para impedir que las manos siguieran temblándole, aunque, conociendo a Nilsa, un instante más tarde se movería de sus propios nervios y el disimulo acabaría.

—Desconocemos los planes o intenciones de nuestros captores —dijo Ingrid, que hasta ese momento se había mantenido callada—, pero no es descabellado pensar que hay algo más detrás de todo esto, porque, como muy bien se ha dicho aquí, nosotros deberíamos estar muertos y, sin embargo, no lo estamos.

—Efectivamente, y me pregunto por qué no lo estáis —confirmó Haakon.

Ingrid aguantó el escrutinio como si su sangre fuera del hielo, con la cabeza alta y sin dar la más mínima muestra de nerviosismo, aunque Lasgol sabía que lo estaba. Incluso ella, que era dura como una roca, sufría en aquella situación extrema.

—Lo importante —dijo Dolbarar— es que estáis con vida y habéis podido regresar al campamento. Lo habéis hecho muy bien. Se os recompensará con una Hoja de Roble a cada uno por una misión muy bien cumplida en la Prueba de Verano.

Lasgol, Egil e Ingrid intercambiaron miradas de sorpresa; no solo no los habían descubierto, sino que los recompensaban y habían pasado la Prueba de Verano. Gerd se sintió mejor y algo de color regresó a su rostro, las manos dejaron de temblarle. Nilsa sonreía y daba pequeños saltos. Viggo arrugaba la frente incrédulo.

—A descansar esta noche. Mañana por la mañana partiréis —les dijo Dolbarar.

—¿Señor? —preguntó Ingrid sorprendida.

—El resto de vuestros compañeros ya lo han hecho. Necesitamos localizar las huestes enemigas y trazar la ruta por la cual se dirigirán a la capital. Es lo que el rey nos ha ordenado.

—¿El rey cree que las huestes se dirigen a sitiar la capital? —preguntó Ingrid.

Dolbarar asintió.

—Es lo que más sentido tiene, y allí se unirán a ellas las fuerzas de la Liga del Oeste. Tendremos a las huestes enemigas, los Pueblos del Hielo, atacando desde el este, y la Liga del Oeste atacando Norghania, nuestra querida capital, desde el oeste. El rey nos ordena que localicemos el trayecto que van a seguir las huestes de Darthor ahora que sabemos dónde han desembarcado y que intentemos hacerlos caer en una trampa en algún punto propicio del trayecto, de forma que no lleguen a unirse con las tropas de la Liga del Oeste. Si llegan a la capital y los dos aliados se unen…, puede ser el final.

—Entendido, señor —dijo Ingrid.

—¿Somos los únicos que permanecemos en el campamento de todos los de cuarto año? —preguntó Lasgol.

—Así es. El resto ha partido ya a diferentes puntos con la orden de avisar en cuanto descubran el avance de las huestes.

—Nuestra compañera Astrid… ¿se encuentra bien? —quiso saber Lasgol, que nada más hacerlo se lamentó por haberlo preguntado.

—Sí, íbamos a darle un descanso, pero ha insistido en partir de inmediato a localizar las huestes enemigas; es una capitana de gran coraje y honor.

Lasgol resopló en silencio. Astrid estaba bien. Y lo que era más importante, no los había delatado ante Dolbarar. Se preguntó por qué. En los ojos de Egil vio la misma pregunta. «Astrid no nos ha delatado, ¿por qué?». ¿Cuál era el motivo que la había llevado a perdonarles la vida a todos después de la traición manifiesta que ellos habían cometido a sus ojos? Lasgol estaba casi seguro de que Astrid se lo habría contado todo a Dolbarar.

Se quedó muy desconcertado.

—Id, descansad y preparaos para partir con la primera luz.

Capítulo 32

ON LAS PRIMERAS LUCES PARTIERON, TAL Y COMO DOLBARAR les había indicado. Para dirigir al grupo les habían asignado al guardabosques real Nikessen y a uno de los instructores ayudantes del campamento, Molak.

Cuando se presentaron frente a la cabaña de los de cuarto año, Ingrid sonrió sorprendida. Por el contrario, Viggo maldijo entre dientes y su habitual humor sarcástico pasó a convertirse en un humor muy lúgubre.

—Lo que nos faltaba, nos dan al instructor capitán maravilloso.

—Parece ser que ya no quedan guardabosques instructores disponibles en todo el campamento —dijo Egil—. Somos los últimos en partir. El recinto está prácticamente desierto, a excepción de los de primero y segundo año, a quienes no han querido involucrar en la guerra.

—Pues va a ser una misión de lo más divertida —se quejó Viggo agriamente—. No solo tenemos que aguantar a un guardabosques real de nuevo, sino que encima es el capitán maravilloso. Me dan ganas de clavarme una flecha a mí mismo y ahorrarme este sufrimiento de misión.

—No sé de qué te quejas —le espetó Nilsa—. Molak es un

instructor ayudante fantástico y su ayuda nos vendrá de perlas. Además, pocos en el campamento son tan buenos como él con el arco, ni siquiera Ingrid o yo misma estamos cerca de igualarlo.

—No me importa lo guapo, maravilloso, fantástico y buen tirador que sea, lo que no entiendo es por qué tiene que estar con nosotros.

—Creo que lo pidió él mismo, se quedó a esperarnos, aunque no tenía certeza alguna de que fuéramos a volver, por lo que me ha dicho Ingrid.

—¡Por supuesto! Cómo iba a ser de otra forma… —se quejó Viggo entre aspavientos.

Cabalgaron primero en dirección sur siguiendo el río, luego se encaminaron hacia el este. Al ser los últimos en partir, todas las posiciones clave ya habían sido encomendadas a otros guardabosques y equipos. Su misión era la de vigilar el avance del ejército del rey, que había abandonado Norghania, y avisar de cualquier peligro que pudiera amenazarlos, como ataques desde los flancos.

Les llevó diez días localizar la cabeza del ejército de Uthar. Cuando lo lograron, contemplaron en la distancia, con los ojos y la boca abiertos, el poderío militar del monarca. Una enorme serpiente de escamas rojas, blancas y plateadas avanzaba despacio por la llanura en dirección este hacia las Montañas del Olvido. Miles de hombres se dirigían a dar muerte al enemigo invasor del Continente Helado.

El guardabosques real Nikessen les ordenó que montaran campamento; alcanzarían al ejército al día siguiente. Acamparon sobre una colina rocosa para pasar la noche y prepararon un fuego bajo. Se sentaron alrededor de las llamas a descansar y reponer fuerzas. El guardabosques real Nikessen resultó ser más hablador y agradable que Mostassen, hecho de agradecer, dadas las circunstancias.

—Dejemos descansar las monturas esta noche y mañana al amanecer me acercaré al avance de nuestras tropas y reportaré a Gatik.

—¿No es un poco arriesgado que el rey envíe sus tropas a interceptar el avance de las de Darthor? —preguntó Ingrid mientras cenaban de los víveres que llevaban consigo.

El guardabosques real bebió de su pellejo de agua. Luego se lo pasó a Molak.

—Lo es. Es una táctica arriesgada. El rey podría esperar tras las murallas de Norghania, pero la oportunidad que se le ha presentado es muy difícil de rechazar. Si consigue aplastar a las huestes de Darthor antes de que se unan a las fuerzas de la Liga del Oeste, la victoria será suya. Por eso envía a la mayoría de sus hombres. Es una oportunidad inigualable.

Lasgol y Egil intercambiaron una mirada de preocupación, quedaron pensativos.

—Lo que resulta extraño es que los Pueblos del Hielo hayan decidido desembarcar tan al este —reconoció Molak.

—Yo también estaba pensando precisamente eso —dijo Ingrid.

—No tienen muchas posibilidades para el desembarco. Si lo hicieran al norte, tendrían que bajar hasta Norghania cruzando las montañas del norte y Uthar podría sellar los pasos y evitar que avanzaran. Era la estrategia más probable, la menos arriesgada. Dolbarar ha enviado a muchos guardabosques al norte precisamente temiendo que Darthor optase por esa estrategia.

—Algo que obviamente no ha hecho —replicó Viggo.

—Ambas estrategias son arriesgadas —observó Egil—. Las huestes del hielo deberían haber cruzado al norte, es el camino más corto y menos peligroso. Pero, como bien ha dicho el guardabosques real Nikessen, el rey podría haberlos localizado, pues es lo que esperaba, y, además, los pasos del norte están fuertemente vigilados por los guardabosques. Cruzar a este lado les habría resultado dificilísimo. Darthor ha optado por una estrategia todavía más arriesgada: descender por mar hacia el sudeste y desembarcar al este del reino. Una maniobra que Uthar no esperaba.

—Por fortuna los habéis descubierto y el rey ha visto la oportunidad y sale a contrarrestar la ofensiva antes de que el riesgo sea mayor —dijo Molak.

—Exacto —confirmó el guardabosques real.

—Yo no entiendo mucho de ejércitos ni guerras ni planes ni estrategias —dijo Gerd—, pero ¿no habría sido mejor que los Pueblos del Hielo hubiesen desembarcado en el Oeste y se hubieran unido allí a las tropas de la Liga del Oeste? ¿No es la opción más segura?

—Lo es —dijo Egil—, y es precisamente lo que Uthar estaba esperando que hicieran. Al mismo tiempo, es también la opción más conservadora y la que más tiempo habría supuesto. Trasladar todo el ejército por el mar helado hasta el oeste de Norghana, aparte de arriesgado por el trayecto, llevaría bastante tiempo y es probable que el otoño se les echara encima, puesto que no han podido moverse hasta ahora y ya estamos en verano. Por tanto, la ofensiva se produciría en invierno, y con el mal tiempo y Uthar encerrado en la capital, la Liga del Oeste y los Pueblos del Hielo tendrían todas las de perder. Mantener la ciudad más grande del norte sitiada durante el invierno es una muy mala idea. El rey podría aguantar tranquilamente parapetado tras las grandes murallas con los víveres de los que ya dispone mientras que sus enemigos tendrían que soportar el duro invierno con escasez de suministros.

—Parece que Darthor ha optado por la estrategia más osada —dijo Molak.

—Sí, probablemente intentando sorprender al rey, pero le ha salido mal, porque los guardabosques lo han visto desembarcar y han informado a Uthar. Lo habéis hecho muy bien —les dijo Nikessen.

Ingrid asintió y no dijo nada. El resto la imitó.

—No os preocupéis, pronto el ejército del rey rechazará la invasión de las huestes de los Pueblos del Hielo y la guerra se habrá ganado. La Liga del Oeste no se atreverá a ir contra el rey en inferioridad y sin sus aliados del hielo. Pronto Uthar volverá a reinar sobre todo Norghana, y el orden y la ley volverán a imperar.

—Si es así, ¿qué ocurrirá con los cabecillas de la Liga del Oeste? —preguntó Nilsa.

—Mucho me temo que el rey no tendrá piedad con ellos. Han cometido alta traición y la pena es perder la cabeza.

Egil tragó saliva.

Lasgol sintió un nudo en el estómago y pensó en su madre. Si el rey salía victorioso, y parecía que así iba a ser, tanto los hermanos de Egil como su madre morirían. No podían permitir que sucediera, pero ¿qué podían hacer ellos para evitarlo? El ejército del Este avanzaba y en cuanto divisara las huestes enemigas se les echaría encima. Lasgol se puso muy nervioso. Tuvo que cerrar los puños para evitar temblar de miedo y rabia.

—Molak, haz la primera guardia —le ordenó Nikessen—. Ingrid, tú con él.

—A sus órdenes, señor.

—El resto haréis guardia en parejas. Viggo con Nilsa los siguientes. Gerd y Lasgol después. Egil conmigo, la última. ¿Entendido?

Todos asintieron excepto Viggo, al que no le había gustado nada que hubieran emparejado a Ingrid con Molak.

—Recordad que es probable que el enemigo tenga también vigías de avanzadilla. Si veis algo, no tiréis. Despertadme primero, antes de atacar; podría ser uno de los nuestros de rastreo. ¿Entendido?

—Sí, señor —respondió Ingrid.

—Muy bien, pues que comience la primera guardia, y el resto a descansar.

Ingrid y Molak se situaron a cien pasos de distancia, él al este y ella al oeste. Cada hora cambiaban de posición y se cruzaban, entonces se detenían y en un susurro intercambiaban impresiones.

—¿Has visto algo? —le preguntó Molak en el primer intercambio.

—Nada, todo está tranquilo; algún animal salvaje, algún ave rapaz nocturna, pero no he visto nada que me haya resultado sospechoso.

—Yo tampoco. Recuerda lo que ha dicho el guardabosques real: si ves algo, no ataques; retrocede e informa —le indicó él con tono de preocupación.

—¿Qué pasa, tienes miedo por mí? —le preguntó Ingrid—. Soy muy capaz de defenderme solita.

Molak asintió.

—Lo sé, estoy seguro de que eres capaz de acabar con un trol de las nieves tú solita. Pero, aun así, me preocupo por ti.

—¿Te preocupas por mí?

—Sabes que sí. Siempre me preocupo por ti.

—Te preocupas lo mismo que te preocuparías por cualquier otro que esté haciendo guardias contigo.

Los ojos de Molak destellaron.

—Sabes que mi preocupación por ti va más allá.

—¿Más allá? —preguntó la chica, como si no supiera qué significaba aquello.

Molak suspiró.

—Me vas a obligar a decirlo, ¿verdad?

—Puedes decirme lo que quieras.

—Me preocupo más por ti que por el resto —le confesó Molak.

—¿Y eso? —preguntó ella con mirada de no comprender.

Molak resopló.

—La verdad es que me lo pones difícil.

—Dicen que tengo un temperamento bastante difícil, sí, ¿es que acaso no te gusta?

—A mí me gusta todo de ti —confesó finalmente.

Ingrid se quedó de piedra. Tardó un momento en reaccionar.

—¿Todo?

—Tu mirada fiera en esos ojos profundos y azules como el mar. La valentía y determinación en esa cabecita rubia tuya. Tu habilidad con las armas y como guardabosques en ese cuerpo labrado de guerrera. Tu personalidad indomable y tu carácter belicoso. Todo de ti me gusta. Me gusta mucho.

Ingrid escuchó atenta y no dijo nada, dejó que él terminara de agasajarla.

—Si crees que me vas a conquistar con palabras bonitas y zalameras, estás muy equivocado. Se necesita mucho más que eso para ganarme.

Molak se inclinó sobre ella, le puso la mano derecha en la nuca, la atrajo hacia sí y la besó con pasión. La muchacha se resistió un instante, pero la pasión la invadió y tuvo que rendirse al momento. Los dos quedaron abrazados en un largo e intenso beso bajo la luz de la luna de verano.

Desde el campamento alguien los observaba con ojos llenos de decepción.

Era Viggo.

El resto de las guardias fueron produciéndose sin ningún suceso. La última fue entre el guardabosques real y Egil. Comenzó con cierta tensión que Egil captó.

—Me has puesto en esta guardia contigo por alguna razón, ¿verdad? —le preguntó a Nikessen.

El guardabosques real asintió.

—Veo que eres tan inteligente y perspicaz como dicen.

—Estamos solos, podemos hablar tranquilamente —le dijo Egil.

—Muy bien. Te seré sincero. Sé quién eres, a qué familia perteneces y me preocupa que estés con nosotros.

—Te preocupa…, ¿por qué razón?

—Porque, cuando llegue el momento, no quiero tener un problema contigo.

—Mi lealtad es hacia el rey, así lo he jurado y así cumpliré.

—Puede que eso sea lo que creas ahora, pero, a la hora de la verdad, los sentimientos corren profundos y puede que no tomes la decisión correcta.

—No se preocupe, señor. Tomaré la decisión acertada.

El guardabosques real lo miró a los ojos.

—Muy bien; espero que no me defraudes.

Capítulo 33

NIKESSEN ABANDONÓ EL CAMPAMENTO CON LAS PRIMERAS LUCES del amanecer y partió hacia la cabeza del ejército real para recibir instrucciones.

Lasgol observaba el ejército. Usó su don e invocó la habilidad Ojo de Halcón.

—¿Qué ves? —le preguntó Egil, que se percató de que su amigo estudiaba el avance de los hombres del rey.

—Uthar envía a la mayoría de sus fuerzas. Distingo al Ejército de la Ventisca frente a la cabeza y a la retaguardia, y en ambos flancos de la gran columna. En cabeza veo al Ejército del Trueno con sus cascos alados y jubones en rojo fuerte con trazas diagonales en blanco. Como siempre, marchan abriendo camino. Le sigue el Ejército de las Nieves, inconfundibles con sus petos completamente blancos sobre la cota de malla.

—Uthar envía todo lo que tiene excepto a los Invencibles del Hielo…

—Veo al comandante Sven liderando las tropas, también a dos magos del hielo, aunque no al mago Olthar.

—¿Ves a Gatik y los guardabosques reales?

Lasgol sacudió la cabeza.

—No, a ellos no los veo.

—Qué extraño, deberían estar ahí, junto a Sven.

—Tampoco distingo al rey, a Uthar…

Egil abrió los ojos de par en par.

—Eso también es muy significativo.

—¿Crees que se ha quedado en la capital, en Norghania?

—Eso parece. Tiene sentido que se quede al resguardo de la gran ciudad amurallada.

—En ese caso, lo más probable es que Gatik también esté con él.

—Eso creo yo también. Eso o lo ha enviado en una misión especial con algunos guardabosques reales.

—Nikessen no ha comentado nada al respecto.

—No creo que esté informado, y de estarlo, tampoco creo que lo comentara, no a nosotros.

—Cierto. Solo somos ojos y oídos, no necesitamos saber qué está ocurriendo en realidad.

—Eso es.

—Pues yo quiero enterarme —los interrumpió Viggo.

—¿Por qué ese interés? —le preguntó Egil.

—El que no está bien informado tiene tendencia a morir antes. Yo quiero morir lo más tarde posible, a poder ser de viejo y en mi palacio.

—¿Palacio? ¿Qué palacio vas a tener tú? —lo chinchó Nilsa.

Viggo la miró con aire de falsa superioridad.

—Un día no seré un simple contendiente de los guardabosques, seré un noble con un gran palacio, sirvientes, riquezas, mujeres y todo lo que uno pueda desear.

—Ya, seguro —replicó Nilsa con tono de no creerse nada.

—Espera y verás.

Gerd se acercó a escuchar la conversación.

—Yo sí que lo veo de noble. Noble cruel y despiadado con sus súbditos.

—Pero noble después de todo —dijo Viggo.

Nilsa puso los ojos en blanco.

—Tú nunca llegarás a ser un noble. Eres de la clase más baja y rastrera de la sociedad, y tu pasado está lleno de oscuros secretos.

—Por eso estoy aquí. Una vez que sea guardabosques, mi pasado desaparecerá.

—Una vez que seas guardabosques, serás guardabosques y no noble.

—La vida es muy larga y da muchas vueltas. Sobre todo, en estos tiempos revueltos de guerras civiles, invasiones y demás… Ya veremos dónde termino. Lo que sí te aseguro es que no será muerto por no saber qué está pasando. Me voy a investigar un rato hasta que vuelva Nikessen.

—Eso no es una buena idea —dijo Molak.

—A mí me da igual si te parece buena idea o no, es lo que voy a hacer.

—Nikessen nos ha dicho que esperemos su regreso en este campamento. Es lo que debemos hacer.

—Es lo que tú debes hacer. Yo voy a ver qué está pasando.

—No seas cenutrio y haz lo que se te ordena —le dijo Ingrid, que se había acercado al grupo.

—Tú no estás al mando y tu novio tampoco. Haré lo que quiera.

Ingrid y Molak se miraron avergonzados.

Molak se repuso.

—Yo soy el de mayor graduación del grupo, en ausencia de Nikessen, mis órdenes son las que hay que seguir.

—¿Qué graduación? Tú eres instructor ayudante, nada más.

—Yo soy guardabosques, tú no.

Viggo miró a Molak con odio en los ojos. El otro aguantó la mirada.

—Ya vi lo que le pasó a tu equipo en el Continente Helado. Prefiero seguir mis instintos a tus órdenes. Viviré más tiempo.

Molak se tensó y cerró lo puños. El comentario lo había herido. Estaba a punto de golpear a Viggo.

Ingrid se situó entre los dos para evitarlo.

—No lo golpees, no merece la pena. Créeme, lo sé.

Molak apretaba la mandíbula. Sus ojos echaban fuego. No dijo nada.

Ingrid se volvió hacia Viggo.

—A veces eres realmente rastrero y odioso.

—Sabes que he dicho la verdad, te guste o no.

—Haz lo que tengas que hacer y vuelve antes de que Nikessen regrese.

—Muy bien —dijo el chico, y se dirigió a su montura.

—Si te pasa algo, es tu responsabilidad. No iremos a ayudarte.

Viggo se detuvo y se volvió.

—Tu preocupación por mí me llega al alma —le espetó con tono fingido.

Ingrid gruñó entre dientes.

Viggo montó y desapareció en el bosque.

—Esperemos que no se meta en líos —deseó Nilsa.

—Eso sería un milagro —dijo Gerd negando con la cabeza.

Lasgol sintió que debía ayudarlo. Viggo era como era, pero en el fondo era buena persona, aunque fuera muy en el fondo y la mayor parte del tiempo resultase insufrible. Lasgol recordó el tiempo que había pasado solo, repudiado por todos, cuando era el hijo del Traidor, y sintió lastima por su amigo. Ahora mismo debía de sentirse así, o peor, por Ingrid…

—¿Adónde vas? —le preguntó Ingrid a Lasgol al ver que se acercaba a Trotador.

—Voy a por él.

—No merece la pena…

—Sí la merece, en el fondo.

Ingrid se encogió de hombros.

—Como quieras.

Lasgol partió tras Viggo. Para cuando quiso darle alcance, ya había desaparecido en medio de un gran bosque. Lasgol siguió su rastro. No le costó demasiado, Viggo no iba haciendo un esfuerzo especial para evitar que lo siguieran. Pensaría que nadie iría tras él.

A mediodía Lasgol distinguió el poni de Viggo en la distancia. Estaba atado a un árbol junto al río y bebía agua. Lasgol se acercó despacio, desmontó y dejó que Trotador bebiera junto a su compañero de fatigas. El chico se agachó y observó el rastro de Viggo. Ascendía hacia una colina. Lo siguió. El bosque clareaba y Lasgol vislumbró un valle en la distancia tras la colina. Fue a salir del bosque para contemplar el valle desde la altura.

Una mano le tapó la boca.

Un cuchillo le apareció en el cuello.

Lasgol se quedó quieto como una estatua. Lo habían sorprendido por la espalda. No había oído nada.

—No digas nada… —le susurró una voz al oído.

Lasgol la reconoció: Viggo.

Su compañero le quitó el cuchillo del cuello y señaló a su derecha, abajo.

Lasgol miró hacia donde apuntaba su amigo y descubrió a un grupo de jinetes descansando.

—Escondámonos —le susurró.

Lasgol asintió. Se echaron al suelo y observaron desde la maleza. Había tres norghanos y tres pobladores de la tundra.

—Interesante grupo —comentó Viggo.

—Sí, mucho, sobre todo en esta zona.

—Yo diría que es un grupo de reconocimiento —dijo Viggo.

—¿Están siguiendo al ejército de Uthar?

—Eso parece.

—Debe de haber avanzadillas de reconocimiento, lo que me extraña es que trabajen juntos.

—No están juntos. Han llegado de direcciones contrarias —dijo Viggo—. Están intercambiando información.

—Eso tiene más sentido. Los norghanos del oeste y los pueblos del Continente Helado no es que se arreglen muy bien… ni con la alianza…

—Tampoco me extraña.

Los dos se quedaron observando un rato en silencio.

—¿Por qué no puedes regresar a tu ciudad? —le preguntó Lasgol de pronto a Viggo.

El muchacho lo miró a los ojos y sonrió.

—Te ha estado carcomiendo las entrañas, ¿eh?

—Sí…, un poco…

—Está bien, te lo diré, aunque no va a gustarte.

—Cuéntamelo y veremos.

—No puedo volver a mi ciudad porque me colgarían.

—¿Qué hiciste?

—¿Seguro que quieres saberlo?

—Sí, dímelo.

—Maté a un hombre.

Lasgol se quedó helado. Esperaba que fueran malas noticias, pero no tan malas.

—¿Mataste a un hombre? Sería en defensa propia…

—No.

—¿Fue un accidente? ¿Sin intención?

—No.

Lasgol estaba horrorizado. Su amigo había matado a un hombre y lo colgarían por ello. Tenía que haber una explicación. Viggo no era un desalmado; si lo había hecho, debía haber una razón. Lasgol rogó a los cinco dioses del hielo que no fuera una razón banal.

—¿Qué sucedió?

—Maté a la pareja de mi madre.

Lasgol se quedó atónito.

—¿Cómo…, por qué?

—Era un maltratador. La golpeaba y la trataba como si fuera de su propiedad para hacer con ella lo que quisiera. Yo no podía defenderla, no vivía con ellos. Mi madre se fue a vivir a la casa de aquella bestia apestosa. Una noche fui a verla, estaba preocupado. Me colé en la casa y la encontré inconsciente en el suelo de la cocina. Le había dado una paliza terrible. Intenté ayudarla, curarle las heridas…, y entonces llegó él. Al verme cogió un cuchillo de la mesa. No debió hacerlo. Saqué mi daga y peleamos. Él tenía cuarenta y cinco años, yo quince; aun así, luchamos. Vencí. Lo maté. Mi madre me rogó que me marchara; sabía que me condenarían. Había matado a un hombre en su casa y tenía amigos entre la guardia de la ciudad. Así que hui.

—Pero no pueden colgarte por eso —dijo Lasgol, que no daba crédito a que aquello le hubiera sucedido a Viggo.

—Sí que pueden y lo harán. Si me cogen, claro.

—Pero te defendiste y él era un maltratador, se merece lo que le sucedió.

—Pero maté a un hombre en su casa. Hay una orden para encontrarme y colgarme.

—¿Cuándo sucedió?

—Justo antes de entrar en los guardabosques.

—¿Por eso te uniste a los guardabosques?

Viggo asintió.

—Si no lo solucionas, tarde o temprano te encontrarán, incluso entre los guardabosques.

—Lo estoy solucionando, por eso estoy aquí.

—No entiendo… —dijo Lasgol con rostro contrariado.

—Veo que el sabiondo no te ha contado todo sobre los guardabosques.

Lasgol se encogió de hombros.

—¿Qué no me ha contado?

—Convertirte en un guardabosques es duro y no todos los consiguen, pero tiene una recompensa.

—¿Servir a Norghana? —preguntó Lasgol, aunque, conociendo a Viggo, sabía que no iba por ahí.

Viggo sonrió.

—Aparte de eso. Cuando se entra en los guardabosques, se deja el pasado atrás. Se comienza una nueva vida. De cero.

—¿Te perdonarán el delito?

—Eso es, cuando me convierta en guardabosques. Se perdonan crímenes, deudas y cualquier otra cosa, pues uno se convierte en un guardabosques y comienza una nueva vida al servicio de la Corona.

—No lo sabía.

—Está en *El sendero del guardabosques*. Para la mayoría es algo intranscendente; para unos pocos, como yo, es muy importante.

—Tienes que graduarte como sea —dijo Lasgol al darse cuenta de que su amigo se jugaba la vida si no lo conseguía.

Viggo mostró su sonrisa sarcástica.

—Lo sé. Lo tengo muy presente desde el primer día.

—¿Por qué no nos lo habías contado?

—Todos estamos aquí por una razón diferente. Tú entraste para limpiar el nombre de tu padre, yo para no morir colgado en la plaza mayor.

—Tú te juegas la vida.

—Tú también lo hiciste. Sigues haciéndolo.

—Es diferente.

—Lo es, pero al final es lo mismo. Tenemos que terminar el año y graduarnos, pese a la instrucción, las pruebas y la guerra. La única diferencia entre vosotros y yo es que yo me juego la vida si no lo consigo y me expulsan.

—Terminaremos el año. Lo lograremos. Nos graduaremos —le aseguró Lasgol.

El otro sonrió.

—Más me vale…

—Gracias por contármelo.

—Si no te importa, mantengámoslo entre nosotros dos. Bastante mal me miran ya todos.

—Lo entenderían…, pero, bueno, respetaré tu deseo.

—Gracias. Y ahora volvamos. Los dos grupos se marchan. —Viggo señaló al valle.

El guardabosques real Nikessen regresó algo más tarde. Llegó cabalgando y desmontó de un salto ágil.

—Tenemos nuevas órdenes —anunció al grupo.

Se reunieron en torno a él. Lasgol y Viggo habían regresado ya, pero no dijeron nada de lo sucedido a nadie.

—El comandante Sven requiere que vigilemos la retaguardia del ejército. Patrullaremos en pasadas semicirculares cubriendo toda la parte sur de la retaguardia. Hay otros equipos ocupándose del este y el oeste. Debemos asegurarnos de que no sufrimos un ataque por la espalda.

—Eso es altamente improbable —señaló Egil—. Para ello, las fuerzas de la Liga tendrían que cruzar el río Bravo, después atravesar toda la parte sudeste del reino y llegar hasta aquí. No lo veo viable, no sin que los descubran.

El guardabosques real asintió varias veces.

—Yo también opino como tú, pero órdenes son órdenes y más vale ser precavidos, y mucho, en tiempos de guerra. El comandante desea tener la espalda bien cubierta y eso es lo que haremos, la cubriremos.

—Por otro lado, no sería la primera vez que una guerra se pierde por una sorpresa completamente inesperada —dijo Molak.

—También, muy cierto, guardabosques Molak.

—No permitiremos que las tropas del Oeste hagan una maniobra extraña e inesperada de alguna forma y sorprendan la retaguardia del ejército cuando esté avanzando para encontrarse con las huestes del hielo.

—Más vale prevenir que lamentar —enunció Ingrid.

—¿Está el rey con el ejército? —preguntó Lasgol con tono neutro.

—No, Uthar y la corte permanecen en la capital. Deben controlarla para evitar que las tropas del Oeste intenten tomarla.

—La Liga del Oeste no intentará tomar la ciudad por sí sola, no tiene suficientes hombres para mantener un asedio prolongado a una ciudad amurallada tan fortalecida —dijo Egil.

—No pueden hacerlo ahora, pero sí si las tropas del hielo consiguen cruzar el gran paso central de las Montañas de Naciente y llegar a la capital.

—Y eso es justo lo que vamos a evitar —dijo Molak.

—Exacto. No podemos permitir que las huestes del hielo crucen. El ejército se dirige allí ahora mismo a marchas forzadas.

—¿Cómo sabemos que no han cruzado ya? —preguntó Lasgol.

—Los guardabosques vigilan la salida del paso. No han informado de que ningún enemigo la haya cruzado.

—Entiendo —indicó Lasgol.

Montaron y se dirigieron raudos a cumplir con las nuevas órdenes que les habían encomendado. Llegaron hasta la retaguardia de la gran serpiente de escamas plateadas, blancas y rojas, y se situaron como se les había indicado.

Barrieron la zona intentando ver si encontraban algo sospechoso, pero, tal y como intuían, todo estaba tranquilo, no había rastro de las fuerzas de la Liga del Oeste ni de ningún salvaje del hielo.

Mientras hacían las pasadas vieron a los Lobos y los Águilas, que patrullaban la parte sur de la retaguardia. Se detuvieron a intercambiar información con ellos. Dos guardabosques veteranos que lideraban los grupos se acercaron. Los seguían Isgord y Luca.

Isgord, tan petulante como siempre, lanzó una mirada de menosprecio a Lasgol y Egil. Ellos lo ignoraron. Luca los saludó con un gesto amable.

—¿Nuevas? —preguntó Nikessen.

—Ninguna —respondió el primero de los guardabosques mirando hacia el sur.

—Ni rastro del enemigo —dijo el segundo, y negó con la cabeza.

—¿Los otros grupos han reportado algo?

—Tampoco. Hay otros tres grupos más hacia el este y tampoco han visto nada —indicó el primer guardabosques.

—Todo apunta a que el enemigo no ha cruzado todavía el paso —aventuró el segundo guardabosques.

—¿Y en el oeste, alguna novedad?

—Por lo que sabemos, las fuerzas de la Liga están preparándose para cruzar el río, pero no lo han hecho todavía. Gatik y los guardabosques más veteranos vigilan todos los pasos del río por si las tropas del Oeste se ponen en marcha.

—Eso me deja más tranquilo —indicó Nikessen—, menos posibilidades de que nos sorprendan por la espalda.

—El problema está ahí delante, no aquí atrás —observó el primero de los guardabosques.

—No han cruzado, ¿verdad?

—No les ha dado tiempo —dijo el segundo—. Pero pronto llegarán.

Nikessen asintió.

—Sven quiere evitar a toda costa que crucen el paso. Los detendrá antes de que lleguen, no les permitirá poner un pie en el desfiladero.

—Avanzan a todo ritmo. —Nikessen miraba la cabeza del gran ejército, que ya llegaba a la entrada del paso.

—El que primero cruce el paso tendrá la ventaja —expuso uno de los guardabosques.

—Será Sven.

—Apresurémonos y sigámoslos.

—Suerte y tened cuidado —les dijo Nikessen.

Los guardabosques saludaron y Luca e Isgord hicieron lo mismo. Se separaron.

—Sigamos al ejército —ordenó Nikessen.

Lasgol tuvo un muy mal presentimiento.

Capítulo 34

Nikessen condujo al grupo hasta la entrada del desfiladero de las Montañas de Naciente por el que ya avanzaba el gran ejército norghano. Se situaron cerrando la retaguardia y se detuvieron a una señal del guardabosques real.

—Mantened los ojos bien abiertos. Que nadie se acerque a nuestras espaldas —les dijo señalando la planicie que habían dejado detrás para adentrarse en la garganta montañosa.

Mientras el ejército avanzaba, ellos se quedaron vigilando la entrada del paso y evitar así que los sorprendieran por la espalda.

Lasgol contempló la belleza y magnificencia de las montañas que se alzaban frente a ellos. Eran altísimas, con picos rocosos cubiertos de nieve y hielo. El paso era ancho, de cerca de quinientos pasos, y parecía como si un dios del norte hubiera partido las majestuosas montañas en dos de un hachazo. Desde luego, no había sido producto de la mano del hombre.

Quedaron vigilando mientras el ejército seguía cruzando el gran paso.

—¿Qué profundidad tiene la garganta? —preguntó Lasgol, que no conocía bien la región.

—El desfiladero tiene más de cinco mil pasos de longitud —le dijo Egil.

—Fiuuu… —silbó Viggo.

—Estas montañas son descomunales —observó Ingrid mirando a su alrededor y a las alturas.

—En realidad es una cadena de montañas —informó Egil.

—Tan imponente como las del norte —dijo Molak.

—En efecto, poco tiene que envidiarles —afirmó Egil—, excepto que aquí en el este hay menos nieve y hielo, ya que el clima es más benigno.

—¿Se puede subir ahí arriba? —Gerd estudiaba una de las cordilleras del paso.

—Es muy difícil, pero puede conseguirse —le dijo Nikessen—. De hecho, varios compañeros guardabosques están ahí arriba ahora mismo vigilando.

—Fiuuu… —volvió a silbar Viggo.

—La altura es impresionante, y las paredes verticales… —dijo Ingrid—, ¿cómo habrán conseguido subir hasta arriba?

—Porque son guardabosques experimentados —le respondió Nikessen.

—Y porque tienen un mapa de estas montañas y sus puntos de acceso —añadió Egil.

—Eso también —secundó el guardabosques real—. Los mapas de los guardabosques son muy preciados y es una de las cosas que se aprenden en una de las especializaciones de élite; la mía, de hecho.

Todos miraron sorprendidos; no sabían que era un guardabosques de élite. Pero, bien pensado, al ser un guardabosques real, tenía todo el sentido.

—¿Qué especialización es esa? —quiso saber Lasgol muy interesado.

—Es una especialización de élite de la maestría de Naturaleza y se denomina cartógrafo verde.

—¿Su función es hacer mapas? —preguntó Nilsa.

—Así es, recorremos todo el reino realizando mapas detallados. No solo de caminos, bosques, montañas y ríos, sino también de los accesos a picos y gargantas, y, sobre todo, de los accesos más difíciles. Tened en cuenta que los cartógrafos reales no pueden llegar donde llega un guardabosques. Sus mapas son mejores, sin duda, pero los nuestros llegan más lejos, son de gran valor militar.

—Sobre todo en situaciones como esta—dijo Viggo.

—Correcto.

—Yo no podría ser cartógrafo, dibujo fatal —dijo Gerd.

—También escalas fatal —le espetó Viggo.

—Hay que tener un físico muy trabajado y buena mano para el dibujo —explicó Nikessen—. Además de ser capaz de escalar picos tan inaccesibles como estos que veis.

—Y bajar de ellos —apuntó Molak.

—En efecto, muchas veces el descenso es más peligroso que el ascenso.

—¿Has recorrido mucho del reino? —le preguntó Ingrid.

—Bastante —afirmó Nikessen—. Lo que más la parte sudeste.

—Entonces, conoces bien estas montañas y este paso.

—Así es.

—¿Quieres decir que has estado ahí arriba? —Gerd señaló las alturas.

Asintió.

—He estado ahí arriba. De hecho, colaboré para crear un mapa del paso y esta cordillera montañosa para los guardabosques.

—Me encantaría estudiarlo —dijo Egil.

—A mí haber subido ahí arriba contigo —indicó Ingrid mirando las alturas.

—Yo estoy muy bien aquí abajo —repuso Viggo—. Eso está demasiado alto y es demasiado peligroso. —Negaba con la cabeza.

—Cada uno de nosotros tenemos una vocación diferente. Esta es la mía y a mí sí me gusta.

Lasgol observaba las cimas nevadas del desfiladero, se imaginaba lo arduo que resultaría subir hasta ellas.

El gran ejército seguía avanzando hacia el interior del extenso desfiladero.

—¿Qué hacemos? —preguntó Ingrid a Nikessen, y señaló al ejército, que seguía avanzando.

—Los seguiremos a cien pasos de distancia y vigilaremos nuestras espaldas.

—Muy bien, señor —dijo Ingrid.

Continuaron siguiendo el avance de las tropas mientras estudiaban en la distancia la planicie que dejaban detrás. Lasgol utilizó su habilidad Ojo de Halcón y barrió el horizonte. Pudo discernir cuatro grupos montados que reconoció como guardabosques y a algunos de sus compañeros del campamento.

También a Astrid.

Al distinguirla, el corazón le dio un vuelco y se le hizo un nudo en el estómago. Tragó saliva. Pronto llegaría el momento de encontrarse con ella y sabía que iba a ser una situación muy complicada, no solo por sus sentimientos hacia ella, sino por lo que ella pudiera contar sobre lo sucedido. Aún no podía creer que Astrid no los hubiera delatado ante Dolbarar. Ninguno del grupo podía creerlo. Pero ¿hasta cuándo guardaría el secreto? Según Viggo, poco más. Nilsa estaba convencida de que no los traicionaría, pero el resto no tanto, él incluido.

—Estamos perdiendo visibilidad al profundizar en la garganta —dijo Nikessen.

—¿Qué hacemos, señor? —preguntó Ingrid.

—Nos distribuiremos de forma escalonada.

Lasgol lo miró sin comprender.

—Ingrid, Molak, id al final del desfiladero y seguid observando la planicie desde allí. Dad la alarma si veis algo sospechoso.

—Sí, señor.

Partieron de inmediato.

—Nilsa y Gerd, seguidlos y situaos a mil pasos de ellos dentro del desfiladero. Si dan la alarma, corred a comunicarlo.

—A la orden.

—Viggo, tú a otros mil, mismas órdenes.

—Voy, señor.

Miró a Lasgol y a Egil.

—Egil, a mil pasos. Lasgol, a otros mil.

Egil asintió.

—Estamos creando una cadena de aviso.

—Exacto. Por lo que pueda pasar. Nunca se es lo bastante precavido.

Lasgol observó el paso.

—No hay rastro del enemigo y ya estamos alcanzando la mitad del recorrido, si no he contado mal los pasos que llevamos. No parece que corramos peligro.

—Precisamente por eso hay que tener más cuidado. Ahora es el momento más crítico.

—Si el enemigo estuviera entrando en el paso, las avanzadillas darían la alarma.

—Cierto, pero eso es si las avanzadillas regresan con vida. Nunca hay que suponer que las cosas ocurrirán como deberían.

—Entendido —dijo Egil.

Continuaron avanzando con un ojo en la retaguardia y otro en los picos que los rodeaban. Parecía que el tiempo iba empeorando; de la cima de la garganta descendían unas nubes oscuras creando una sombra tétrica sobre el avance de las tropas.

—Esas nubes tienen mala pinta —comentó Nikessen.

Lasgol las observó con detenimiento. Había algo en ellas que no terminaba de gustarle.

—Parece que se han quedado estancadas sobre el paso.

—Es un efecto natural —comentó Egil—. Cuando las nubes bajas están a punto de descargar y se encuentran con una cadena montañosa que no pueden traspasar, se quedan sobre ella. No hay nada extraño en ello —explicó mirando hacia el cielo.

Lasgol no estaba muy convencido, pero la explicación de Egil tenía sentido, además, su amigo casi nunca se equivocaba.

—Sigamos, no podemos perder la estela de las tropas —ordenó Nikessen, que había echado una mirada atrás por si veía algún signo de problemas.

Continuaron y una niebla azulada comenzó a llegarles de frente. Los tres observaron el extraño fenómeno con inquietud.

—Niebla azulada, esto sí es muy extraño —observó Nikessen.

—Podría ser un efecto climático natural —sugirió Egil, y extendió la mano para tocar la niebla, que se disipó a su toque.

Lasgol observaba la neblina y sintió que el pelo de la nuca se le erizaba. Aquella niebla no era natural, y Egil lo sabía.

—Esta niebla es de un color muy extraño —dijo Nikessen, que también intentó tocarla—. Debería ser blanquecina. Y si la tormenta amenaza, incluso volverse oscura, pero este color azulado no me gusta nada. Olvidad las órdenes anteriores. Nos mantenemos juntos, esto no me gusta.

—Los soldados siguen adelante, la atraviesan —dijo Egil.

—No se detendrán por una simple niebla, no si no esconde un enemigo.

—No veo la cabeza de las tropas, pero deberían estar llegando ya a la salida del desfiladero —expuso Nikessen.

Egil miró a Lasgol y, con un gesto disimulado, le pidió que usara su habilidad. Eso hizo. Usó su habilidad Ojo de Halcón.

Consiguió visualizar la cabeza de las tropas, que ya abandonaba el desfiladero, pero nada más.

De pronto sonó un cuerno con sonido urgente y prolongado.

¡Era la alarma!

—¡Atención! ¡Algo sucede! —dijo Nikessen.

Los tres prepararon los arcos casi a la vez.

—Aguardad aquí. Voy a ver qué sucede —les indicó, y azuzó la montura.

Cabalgó con gran rapidez hasta alcanzar la retaguardia de las tropas. Debido a la niebla no podían ver muy bien qué era lo que sucedía, así que esperaron el regreso de Nikessen.

—Esto no me gusta nada —le dijo Egil a Lasgol.

—Ya, a mí tampoco, ni esta niebla ni que el enemigo esté ahí delante.

Nikessen no tardó demasiado en regresar a galope tendido.

Los cuernos bramaban ahora en el desfiladero.

—¡Alarma! ¡El enemigo está a la salida del desfiladero! ¡Marchamos! ¡A galope tendido, hay que salir del desfiladero y formar para la batalla!

—¿Hay batalla? —preguntó Egil.

—Sí, hemos conseguido llegar antes que el enemigo y cruzar. Tenemos la ventaja, acabaremos con el enemigo aquí y ahora. El plan del rey era arriesgado, pero va a dar fruto. La suerte sonríe a los que arriesgan. ¡Apresurémonos y ayudemos en la batalla!

Cabalgaron tan rápido como los ponis podían. Todo el ejército ya maniobraba situándose frente a la salida del paso, bloqueándolo para que nadie pudiera cruzarlo. Los tres ejércitos se organizaron en formación rectangular. El Ejército del Trueno en el centro, el Ejército de la Ventisca a la izquierda y el Ejército de las Nieves a la derecha en formación compacta. Las huestes enemigas no podrían llegar al paso, pues una muralla de hombres impedía ahora el acceso.

Y según se acercaban al final de la garganta, Lasgol vio a los hombres de los pueblos del Continente Helado formando frente al ejército norghano en medio de la niebla azulada. Sintió que se le hacía un nudo en el estómago. Pudo observar a los salvajes del hielo acompañados de arcanos de los glaciares con troles de las nieves y una enorme bestia que no pudo identificar, pero que parecía un cocodrilo gigantesco de escamas de hielo.

—¡El enemigo! —Nikessen apuntaba al frente—. Hemos llegado justo a tiempo —se congratuló el guardabosques real—. Ahora sabrán lo que valen los norghanos.

Egil lanzó una mirada llena de preocupación a Lasgol. Si el ejército norghano, más numeroso y mejor preparado, acababa con las huestes del Continente Helado en aquella batalla, todo estaría perdido para la Liga del Oeste, para sus hermanos. Uthar iría después a por ellos y los decapitaría. El plan de Darthor de desembarcar por sorpresa en el este iba a ser un fracaso, uno descomunal. La invasión terminaría antes de empezar. Uthar iba a vencer. Primero caerían los Pueblos del Hielo allí, luego la Liga del Oeste. Sería el fin para todos. Uthar iba a salir victorioso. Nadie podría pararlo. Lasgol casi podía sentir que el estómago se le descomponía.

Los cuernos de guerra sonaban ahora llamando a batalla.

Lleno de preocupación, buscó a su madre entre las líneas de las huestes del hielo para poder encontrarla usando su habilidad Ojo de Halcón.

Y no la vio.

Tampoco vio a los salvajes del hielo.

Ni a los arcanos de los glaciares.

No podía ser. Sacudió la cabeza y volvió a mirar. Allí no había nadie. Frente al ejército norghano no había nadie. Tiró fuerte de la rienda de Trotador y lo hizo detenerse. Volvió a sacudir la cabeza y se frotó los ojos. Algo no era normal. Dejó de usar su habilidad y de nuevo los vio a todos. Las huestes de los pueblos del Continente Helado formaban frente al ejército norghano.

«Pero ¿qué demonios me ocurre?».

Volvió a usar su habilidad y al hacerlo y mirar no vio a nadie. Allí no había nadie. Ni un solo poblador del Continente Helado. Solo los soldados norghanos con las armas listas esperando la orden de atacar.

Egil se dio cuenta de que Lasgol se había detenido e hizo lo mismo.

Lasgol estaba muy confundido, así que de nuevo detuvo su habilidad y volvió a mirar tras cerrar los ojos con fuerza varias veces.

Las huestes del Continente Helado habían retornado.

«¡Pero esto no puede ser!».

Apartó con la mano la niebla azulada que lo rodeaba, en un intento de ver mejor y entender qué estaba sucediendo.

—Pero ¿qué hacéis? —les gritó Nikessen, al tiempo que detenía la montura.

—Aquí ocurre algo raro —respondió Lasgol, todavía no había descubierto qué.

Los cuernos volvieron a sonar con fuerza, las tropas comenzaban a avanzar.

—Algo no está bien —dijo Lasgol, y volvió a apartar la niebla azulada frente a su rostro. —Y en ese momento se dio cuenta—. La niebla no es niebla, es un gran hechizo de los arcanos de los glaciares.

—Pero ¿qué dices?

—Las huestes del Continente Helado no están ahí enfrente.

—No digas tonterías, las veo perfectamente. —Nikessen señaló casi desde el extremo final del paso.

—Es una alucinación, señor. Es un hechizo de los arcanos; en realidad, no hay nadie ahí fuera. Nos lo están haciendo ver.

—Eso no tiene ningún sentido —dijo Nikessen.

—Sí que lo tiene —reconoció de pronto Egil—. Es una trampa.

—¿Cómo va a ser una trampa si hemos cruzado el paso, hemos salido y tenemos la posición y ventaja? —preguntó Nikessen.

—No lo sé, pero es una trampa.

—No digáis más tonterías los dos y venid conmigo. Tenemos que salir del desfiladero y unirnos al combate.

Lasgol usó su don una última vez para asegurarse de que estaba en lo cierto. Los soldados norghanos comenzaban a avanzar hacia el enemigo, solo que el enemigo no estaba allí en la explanada. No había más que nieve y árboles.

De pronto sintieron un temblor enorme que asustó a los ponis, como si estuviera produciéndose un terremoto.

—¿Qué es esto? ¿Qué sucede? —se alarmó Nikessen mirando en todas direcciones.

—No lo sé —respondió Egil—, pero me temo que es la trampa.

El temblor se volvió más fuerte y tuvieron que desmontar. Los ponis estaban muy asustados y se encabritaban. Las sacudidas eran tremendas.

De repente comenzaron a precipitarse rocas desde las alturas.

—¡Cuidado! —avisó Nikessen, y se tiró a un lado para escapar de una enorme roca que casi lo aplasta.

—¡Están cayendo rocas desde las cimas! —gritó Lasgol—. Será mejor que crucemos antes de que sea demasiado tarde.

—¡No, quieto! —dijo Egil—. Debemos hacer lo contrario, tenemos que regresar por donde hemos venido.

—¿Estás seguro? —le preguntó Lasgol confundido.

Le costaba mantener el equilibrio entre los temblores, el estruendo de las rocas al caer y un extraño sonido chirriante que llegaba desde las alturas.

—¡Sí, estoy seguro, tenemos que retroceder!

Las rocas seguían cayendo, pero solo lo hacían en la entrada al paso.

Lasgol se fue al suelo y Egil con él.

Nikessen consiguió ponerse en pie, esquivó de milagro una enorme roca que caía a su lado y no le quedó más remedio que retrasarse. Cogió su caballo, que estaba asustadísimo, y tirando de él corrió hacia Lasgol y Egil.

—¿Qué demonios está pasando, es un terremoto?

—No, señor —dijo Lasgol, y señaló a la cima de la cordillera.

Todo el paso parecía estar temblando.

De pronto se produjo un enorme desprendimiento de rocas desde la derecha. Una extraña criatura pareció emitir un chirrido mientras más rocas se precipitaban hasta la base del paso.

—¿Qué es esa cosa? —preguntó Nikessen con ojos atónitos.

—Ni idea, pero es del Continente Helado —dijo Egil—. Tiene escamas blancas y cristalinas.

De pronto, en el flanco izquierdo se produjo otro gran desprendimiento y divisaron una segunda criatura. Las dos eran descomunales y de alguna forma estaban consiguiendo romper las rocas y hacerlas caer de la cima del paso.

—Están sellando la entrada del paso, no lo entiendo —dijo Nikessen.

Los temblores y el estruendo continuaron mientras las dos criaturas, entre chirridos agudos, rompían la roca nevada y hacían que cayera al paso.

—Creo que yo lo entiendo. —Egil asintía mientras hacía un esfuerzo para mantener el equilibrio por las sacudidas.

—Explícate.

—Están sellando el paso para que el ejército del rey no pueda volver a cruzarlo.

—¿Por qué razón? No tiene sentido. El enemigo está ahí

delante, acabaremos con ellos, ¿qué más da si sellan el paso? Solo conseguirán retrasar la celebración en Norghania.

—¿Cuánto tardará el ejército en rodear las montañas para volver a Norghania si el paso está cortado? —preguntó Egil.

—No lo sé, aproximadamente seis semanas de marcha, hay que rodear toda la cordillera montañosa. Pero qué más da, ya habremos acabado con el enemigo.

—No si el enemigo no está ahí delante —explicó Lasgol, ahora ya entendía qué sucedía.

—¿Cómo que si no está ahí adelante? Lo he visto con mis propios ojos.

—Sí, pero yo no —dijo Lasgol.

—No entiendo nada.

—Es esta niebla azulada, nos hace ver al enemigo delante, pero en realidad no está. No hay nadie allí. Es una trampa. Una pensada para que el ejército real quede atrapado a este lado del paso.

—No lo creo. No tiene sentido. Sigo sin entenderlo, yo he visto las huestes del hielo. —Nikessen sacudía la cabeza.

—Lasgol tiene razón —dijo Egil—. Es una trampa muy bien pensada y elaborada. Nos han hecho creer que el ejército enemigo estaba delante de nosotros, hemos cruzado y han cerrado el paso. Ya no pueden regresar.

—¿Y por qué habrían de volver? —preguntó Nikessen.

Antes de que Lasgol pudiera responder, el guardabosques real abrió los ojos y la boca de par en par.

—¡Van a atacar la capital!

—Y el ejército real no llegará a tiempo para impedirlo —sentenció Egil.

Capítulo 35

LA ENORME BOCA DE UNA DE LAS CRIATURAS DEL HIELO DESTRO-
ZÓ UN SALIENTE DE ROCA QUE CAYÓ DESDE LAS ALTURAS PARA
amontonarse sobre el enorme bloque rocoso que sellaba el paso de
salida de las Montañas de Naciente. Los temblores eran tan fuertes
que apenas podían mantenerse en pie. La segunda de las criaturas
en la cordillera de enfrente hizo temblar media montaña y grandes
bloques de piedra se desprendieron sobre el desfiladero.

Lasgol observaba a las dos criaturas con la boca abierta. No entendía cómo podían destrozar la roca de aquella manera y hacerla
caer. Tenían algún tipo de poder desconocido.

—Esas dos criaturas tienen magia del Continente Helado
—dedujo Egil—. Estos temblores no son naturales y los despren-
dimientos de rocas están provocándolos ellas.

Lasgol asintió.

—Llevará meses poder reabrir el paso.

Y, como si lo hubiesen oído, las dos criaturas desaparecieron
en las alturas y los temblores terminaron.

—¡Hay que avisar al rey! —gritó Nikessen.

Lasgol y Egil intercambiaron una mirada de preocupación.
Avisar al rey era una muy mala idea en lo concerniente a ellos.

—¡Montamos, tenemos que dar la alarma!

Lasgol se quedó pensativo un instante. Hasta aquel momento pensaban que los ejércitos del rey iban a acabar con la invasión de las huestes del hielo y con ello Darthor estaría acabado, al igual que la Liga del Oeste. Pero su madre había ideado un plan magnífico. Había sacado a todas las tropas del rey de la capital y les había preparado una trampa, una en la que habían caído de cabeza. Ahora, los ejércitos de Uthar estaban atrapados detrás de las montañas del este y no podrían defender la capital de un asedio. Y eso era sin duda lo que su madre pretendía hacer, por eso se había mostrado tan extraña cuando se habían encontrado en la costa. Todo el desembarco, todas aquellas barcazas, era un engaño. Su presencia, la de Asrael, la de los arcanos y salvajes, todo era parte de su gran mentira. Incluso los guardabosques habían sido partícipes. ¡Quién iba a dudar de la palabra de unos guardabosques que habían presenciado el desembarco de las tropas enemigas! Una jugada maestra en un plan magistral. Uthar había mordido el anzuelo y había enviado a sus tropas, seguro de interceptar las huestes enemigas y acabar con ellas. Sin embargo, todo era un elaborado plan de Darthor y se había salido con la suya.

—¿A qué esperas, Lasgol? Monta en el caballo —le gritó Nikessen.

El muchacho salió de sus pensamientos y montó siguiendo la orden del guardabosques real. No podía desobedecer una orden directa.

—¡Vamos a galope tendido! ¡Hay que dar la alarma!

A Lasgol se le hizo un nudo en el estómago; estaba seguro de que si avisaban a Uthar irían contra los planes de su madre y la Liga del Oeste, que estarían dirigiéndose a sitiar la capital. Pero decidió no actuar hasta saber exactamente qué sucedía.

Recorrieron el paso en busca de la salida y recogieron al resto del equipo sin detenerse.

—¡Montad, seguidnos! —les gritaba Nikessen, primero a Viggo, luego a Nilsa y Gerd y, finalmente, a la salida del desfiladero, a Ingrid y Molak.

Todos miraban sin comprender, pero reaccionaron al cabo de un momento y montaron. Nikessen no se detuvo, echaba la vista atrás para ver si lo seguían y, al percatarse de que lo hacían, espoleaba a su montura.

Ingrid se puso a la altura de Lasgol y Egil, quienes cabalgaban a la estela de Nikessen.

—¿Qué sucede? —les preguntó con mirada preocupada.

—Era una trampa. Las tropas han cruzado el paso y Darthor lo ha cerrado haciendo caer media montaña sobre la salida del desfiladero. Parece que las huestes de Darthor van a atacar la capital y el ejército de Uthar no llegará a tiempo para defenderla, pues tendrá que rodear las montañas.

Ingrid, la melena rubia al aire y las manos sobre las riendas de su poni norghano, miró al frente y por un momento meditó lo que aquello significaba. Entrecerró los ojos para protegerlos del viento que les daba en el rostro por la velocidad a la que cabalgaban.

—Vamos a avisar a Uthar…

—Eso es… —le dijo Lasgol, y puso ojos de preocupación y duda.

Ingrid comprendió su mirada y asintió.

—Entiendo, se lo contaré a los otros —dijo, y se descolgó.

Nikessen forzó las monturas hasta el límite durante varios días. Cabalgaban mientras hubiera luz y descansaban por la noche, más para no reventar las monturas que por ellos. No les permitía hacer fuegos, ya que el enemigo estaba en suelo norghano y podría detectarlos. Descansaban en silencio, a oscuras y siempre al resguardo de bosques donde hubiera un riachuelo para conseguir agua para ellos y los animales. Nikessen se conocía el este de Norghana como la palma de su mano y si tenía alguna duda, sacaba uno de los preciados mapas de cartógrafo verde que llevaba consigo.

—Mañana llegaremos a la ciudad de Bergen, capital del ducado de Bergensen. Informaremos al duque Uldritch y él informará al rey por medio de paloma. Será lo más rápido. ¡Lo que daría por tener uno de nuestros halcones con nosotros! El rey ya sabría lo que ha ocurrido.

—Es posible que ya lo sepa —aventuró Lasgol.

Nikessen negó con la cabeza.

—Lo dudo, la emboscada acaba de ocurrir, éramos los únicos testigos. No lo sabrá. Debemos llegar a Bergen y avisar al duque de la situación.

—Podríamos dirigirnos al campamento y avisar desde allí con halcones.

—Demasiado lejos. Llegaremos a Bergen en tres días si no encontramos ningún problema. Es nuestra mejor baza. Es lo que haremos.

—Muy bien, señor…

—Ahora descansemos. Yo haré la última guardia con Molak. Las demás guardias, por parejas. A la menor sospecha despertadme. Nos jugamos el reino. No podemos fallar. Tenemos que avisar al rey.

Con la tercera guardia llegó un momento crítico. Era la de Lasgol y Egil. Ingrid y Nilsa habían hecho la primera; Viggo y Gerd, la segunda.

—Será mejor que hablemos —les dijo Lasgol a Viggo y Gerd cuando llegaron a despertarlos para el cambio.

Viggo asintió y los contempló con una mirada letal. Ya preveía de qué iban a departir.

Se alejaron un poco del campamento. Viggo despertó a Ingrid y Nilsa con cuidado, y los seis se reunieron en las sombras tras un gran roble. Lasgol echó la vista atrás para cerciorarse de que Nikessen y Molak dormían.

—Tenemos que decidir qué hacemos —les dijo a sus compañeros.

—No podemos permitir que Nikessen avise al rey —expuso Egil.

—Pondría el riesgo el plan de Darthor y la Liga del Oeste —añadió Lasgol.

Hubo un silencio. Ingrid miró a Nilsa y Gerd. Los rostros de ambos mostraban preocupación e indecisión.

—Ha llegado la hora de decidir en qué bando estamos —propuso Ingrid.

—No sabemos si es necesario detener al guardabosques real. Quizá que avise no tenga repercusión. Darthor ya lo habrá tenido en cuenta —dijo Gerd.

—Es posible —asintió Egil—, pero estoy convencido de que cuanto más tarde se percate Uthar, mayores serán las posibilidades del Oeste y los pueblos del Continente Helado. Ahora tienen una oportunidad de derrotar a Uthar, debemos asegurarnos de que no se pierde. En estas situaciones, un solo día puede significar la diferencia entre el fracaso y el éxito de toda una campaña.

—¿Qué propones? —preguntó Ingrid.

—Detener a Nikessen —dijo Egil.

—Eso sería cometer traición —objetó Nilsa—. Nos colgarán.

—No si gana el Oeste —respondió Egil.

—Si queréis que me encargue del Mapas, me decís —dijo Viggo, y se llevó el dedo pulgar al cuello y lo deslizó por la garganta de izquierda a derecha.

—No, no vamos a llegar tan lejos —negó Lasgol.

—A Molak no le vamos a hacer nada —indicó Ingrid con una mirada de advertencia a Viggo.

—Algo habrá que hacerle si no quieres que corra a avisar —dijo Viggo con un gesto de disculpa.

—No le pongas un dedo encima o te parto en dos.

—Esperad, no hay por qué llegar tan lejos —calmó los ánimos Lasgol.

—Solo tenemos que evitar que alerten, nada más.

—¿Qué propones? —le preguntó Ingrid.

Lasgol y Egil les explicaron su plan entre murmullos apagados.

—Esto saldrá mal, nos colgarán —dijo Nilsa.

—A mí tampoco me gusta nada —opinó Gerd, que se restregaba las manos.

—Es el mejor plan que se nos ha ocurrido, dadas las circunstancias.

—Muy bien, lo haremos así —aceptó Ingrid—, pero con mucho cuidado.

—Mi plan es mucho mejor —se quejó Viggo—. Podemos cargárnoslos ahora mismo mientras duermen. Ni se enterarán.

—¡De eso nada! —Ingrid tenía fuego en los ojos.

—Nosotros no actuamos así —le dijo Lasgol.

—¿Somos traidores que no se ensucian las manos? —preguntó Viggo con una falsa sonrisa.

—A poder ser —dijo Lasgol.

—No podrás evitarlo mucho más. Tarde o temprano te mancharás las manos de sangre, todos lo haremos. Esto es una guerra, por si lo has olvidado.

—No lo olvido y sé el peligro que todos corremos.

—Yo solo te lo recuerdo.

—No me gusta darle la razón, pero en esta ocasión la tiene —dijo Nilsa—. Ya hemos cometido traición al no contar nuestro encuentro con Darthor y volveremos a cometerla ahora. Nos espera la soga…

—No si hacemos bien las cosas y seguimos el plan —siguió Egil.

—¿Me lo prometes? —le pidió Gerd con cara de aprensión.

—Te lo prometo, grandullón. Saldremos de este lío con vida.

Gerd asintió a su amigo.

—¿Estamos de acuerdo?

Todos fueron asintiendo poco a poco.

—Entonces, adelante con el plan —ordenó Lasgol.

Llegó el cantar de los pájaros y con ellos las primeras luces del día. Nikessen fue el primero en levantarse y se acercó a Lasgol y Egil, aún de guardia.

—¿Todo bien? —preguntó.

—Todo en orden —le respondió Egil.

—Comamos algo para reponer fuerzas y partiremos de inmediato.

—Sí, señor.

—Ingrid, Nilsa, preparad las monturas. Dadles de comer del grano de las alforjas. Tendrán que cabalgar como si los persiguieran lobos hambrientos.

—Sí, señor —dijo Ingrid.

—Viggo, Molak, id al riachuelo y llenad los pellejos con agua. Luego reparto de raciones de las provisiones.

—A la orden —aceptó Molak.

Lasgol y Egil se sentaron bajo un roble y permanecieron en silencio, observando.

Viggo y Molak regresaron con el agua y las raciones, y fueron repartiéndolas entre todos.

—Nos quedan para una semana —dijo Molak.

—¿Para una? Deberían quedar para dos —observó Nikessen.

—Las de una de las alforjas se han echado a perder. Podridas.

—No importa. Estaremos en Bergen en tres días y repondremos.

—¿Qué haremos una vez allí?

—Reportar y esperar órdenes del rey o de Dolbarar.

—Entendido, señor —asintió Molak.

Comieron y, con las fuerzas repuestas, hombres y monturas se pusieron en marcha. Nikessen marcó un ritmo fortísimo, los ponis apenas podían seguirlo. Cabalgaron todo el día hasta bien entrada la noche, descansaron y se pusieron en marcha de nuevo. Al mediodía de la segunda jornada, Nikessen dio el alto. El guardabosques real vomitó desde su caballo. Un momento más tarde lo hacía Molak.

—Por los vientos helados del norte. ¿Qué me sucede? —dijo Nikessen.

—Yo no... me encuentro... —comenzó a decir Ingrid, y empezó a vomitar.

—Yo tengo fiebre —dijo Viggo tocándose la frente.

—¡Por las hienas de las nieves! —exclamó Nielsen—. ¿Alguno más está enfermo?

Nilsa y Gerd levantaron la mano.

—¡Maldición! ¡No importa, sigamos, en día y medio estaremos en Bergen!

Continuaron cabalgando, pero para cuando llegó la noche Nikessen y Molak tenían muchísima fiebre y quedaron tumbados e incapacitados junto a un fuego que tuvieron que preparar para hervir agua.

—Tiene que ser el agua... —les había dicho Nikessen—. No la bebáis.

Ingrid cuidaba de Molak. Estaba preocupada. Tenía fiebre alta.

Nilsa y Gerd se acostaron el uno junto al otro. Se dieron las manos e intentaron no tiritar por la fiebre.

—Prepararé una pócima contra la fiebre y la intoxicación —dijo Egil.

—Buena… idea… Tenemos que llegar… a avisar al rey… —aceptó Nikessen, y se quedó sin sentido.

Ingrid se acercó hasta Egil y Lasgol y les susurró:

—¿No os habréis pasado con la dosis? Molak está inconsciente y Nikessen parece que va a morir en cualquier momento. Están morados.

Egil negó con la cabeza.

—Es la dosis correcta para los efectos que necesitamos. Presto mucha atención a las enseñanzas de Eyra. No te preocupes.

—Dime que no le pasará nada a Molak.

—Te lo aseguro.

—¿Cuánto les durará?

—Durante tres días no podrán levantarse. En cinco estarán en disposición de cabalgar.

—¿Seguro que su vida no corre peligro?

—Conozco muy bien este veneno, lo he estudiado mucho. Estoy seguro. No te preocupes —le dijo, y le señaló el cinturón de guardabosques con los compuestos que llevaba encima.

Ingrid miró al cinturón, luego a los ojos de Egil.

—Espero que no te hayas confundido con las proporciones.

—Yo no cometo ese tipo de errores. No morirán —le aseguró.

Ingrid miró a Lasgol. Él también estaba preocupado, y mucho. El plan era arriesgado: envenenarlos a todos, a Nikessen y a Molak en mayor medida, de forma que quedaran incapacitados para llegar a Bergen, a excepción de ellos dos.

—El sabiondo no se equivoca en estas cosas y lo sabes —le dijo Viggo, que tenía muy mala cara y unas terribles ojeras moradas.

Ingrid asintió.

—Recuérdame que te haga pagar por esto cuando ganemos la guerra —le dijo Viggo a Egil con un gesto de gran enfado.

—Lo haré, un día nos reiremos de esto.

—No será esta noche —respondió Viggo, y vomitó.

—No, no lo será.

Con el amanecer Nikessen se dio cuenta de la gravedad de la situación. Intentó llegar hasta su montura, en vano, se fue al suelo antes y se quedó tumbado tiritando.

—¿Quién… puede… montar?…

—Nosotros —dijeron Egil y Lasgol.

—¿No estáis enfermos?

—No tanto como el resto. Solo diarrea y náuseas, pero la fiebre parece que no ha calado en nosotros.

—O está… por… llegar…

—Podría ser, sí —dijo Egil.

—Debéis llegar a Bergen… Avisad al rey…

—Sí, señor.

—Partid… ahora…

—A las órdenes —dijo Egil.

Lasgol y Egil montaron. Echaron una mirada de despedida a sus amigos. Estaban todos acostados junto al fuego, con rostros terribles. Gerd los miró con ojos llorosos por la fiebre. Nilsa los despidió con la mano. Ingrid cuidaba de Molak y les hizo un gesto afirmativo. Viggo los saludó con el puño alzado.

Los dos amigos partieron a galope tendido.

Capítulo 36

Lasgol y Egil cabalgaron como el rayo en una tormenta de invierno. Llegaron a un cruce en el camino y vieron una señal de madera que indicaba la dirección a Bergen. En la distancia otearon una larga caravana de personas que se dirigían a la ciudad. Eran refugiados en busca de cobijo en la gran ciudad, por lo que pudiera pasar.

—Los rumores de guerra recorren ya estos lares —dijo Egil.

—Eso parece. Si supieran que su ejército ha caído en una trampa...

—Aun así, buscarían refugio en la gran ciudad. Las granjas y aldeas no son lugar en el que quedarse cuando una hueste invasora ha entrado en el reino.

—Tienes razón. Espero que no les ocurra nada.

—Por desgracia, en las guerras los inocentes sufren y los poderosos y corruptos no tanto —se lamentó Egil.

—Uthar recibirá su castigo.

—Esperemos.

De pronto Camu sacó la cabeza de la alforja y emitió un chillidito. Lasgol lo miró. La criatura le envió un mensaje. «Jugar. Saltar».

—Está bien, sal, pero solo un momento.

Camu emitió un gritito de alegría y saltó a la hierba muy contento. Comenzó a corretear y saltar entre las flores y la hierba alta.

Lasgol negó con la cabeza.

—Es normal que quiera estirar las patas —le dijo Egil con una sonrisa—. Míralo, qué feliz está persiguiendo mariposas...

—Es el más feliz de todos, eso seguro.

—Es lo que tiene ser una criatura mágica.

Los dos amigos contemplaron a la criatura jugar por la pradera.

—¿Crees que Nikessen sospechará algo? —preguntó Lasgol girándose sobre Trotador y mirando atrás.

—Lo dudo mucho. El plan era bueno y ha salido bien.

—Gracias a nuestros compañeros.

—No estaba seguro de que se prestaran a hacerlo.

—¿Por la traición?

—Por eso y por tener que tomar veneno. —Egil se encogió de hombros.

—Lo de tomar veneno no les ha gustado nada.

—Y, sin embargo, lo han hecho. Dice mucho de ellos.

—De lo comprometidos que están.

—Y de lo buenos amigos que son. Han puesto su vida en nuestras manos. Podrían haber muerto todos.

—Saben que eres muy bueno con las pociones.

—Aun así...

—Sí, tienes razón. No te negaré que he pasado miedo por ellos.

—No se lo digas, pero yo también.

Lasgol puso los ojos en blanco.

—No se lo diré nunca.

—Mejor.

—¿Qué crees que pensará Nikessen que nos ha ocurrido cuando se dé cuenta de que no hemos llegado a Bergen?

—Lo peor. Que hemos muerto o que el enemigo nos ha capturado.

—¿Seguro?

—Sí —dijo Egil, y se bajó del poni.

Sacó su cuchillo de guardabosques y pisó fuerte frente a la señal del camino. A continuación se hizo un corte en la mano, cogió el guante de guardabosques y lo manchó con su sangre. Por último, lo tiró al pie de la señal.

—Eres la inteligencia personificada —dijo Lasgol haciéndole una reverencia.

Desmontó, acarició a Trotador y se situó junto a él. Pisó fuerte para dejar huellas claras. Luego cogió los guantes y, tal y como había hecho Egil, se hizo un corte en la palma de la mano. Los manchó de sangre y los arrojó a un lado.

—Creerá que no llegamos por motivos de fuerza mayor. No sospechará. No tiene razón para hacerlo y habremos ganado un tiempo crítico.

—Tienes una cabeza privilegiada.

—No tanto, pero al menos me sirve mejor que mi cuerpecito —dijo con una sonrisa de resignación.

—Tu cuerpecito es fibroso y duro. El entrenamiento de guardabosques te ha sentado muy bien.

—Sí, me ha convertido en un hombre, eso debo reconocerlo.

—Será mejor que llame a Camu y continuemos.

Egil asintió.

Lasgol tuvo problemas para convencer a la criatura de que debía volver a la alforja, pero al final esta cedió.

—Vamos, tenemos un largo camino por delante —dijo Egil.

Siguieron por el camino real, que conducía a la capital, hasta Norghania. Al seguir el gran camino que el rey mantenía en perfecto estado, pues era por donde él y sus hombres recorrían el reino, avanzaron mucho más rápido que entre bosques y montañas. Cruzaba ambos y les permitía entrar y salir con gran celeridad.

Se cruzaron con soldados y refugiados, pero nadie los detuvo, pues vestían como guardabosques. Por fortuna no se cruzaron con las huestes del Continente Helado.

Cabalgaron sin descanso, atentos a que las monturas no sufrieran demasiado. Por fin llegaron a las afueras de la capital. Salieron de un enorme bosque y lo que se encontraron los dejó con la boca abierta.

¡Norghania estaba siendo sitiada!

Detuvieron las monturas y observaron nerviosos e impresionados. Estaban sobre una pequeña colina y podían ver toda la explanada que daba a la enorme ciudad, capital del reino de Norghana.

Las fuerzas de la Liga del Oeste se habían situado al sur de la ciudad. Miles de hombres y tiendas de azul y negro formaban allí un gran rectángulo compacto. Lasgol usó su habilidad Ojo de Halcón. Distinguió congregaciones de hombres comandados por diferentes líderes. En el centro, pudo diferenciar a los Olafstone, con el grupo de soldados y tiendas más numerosos. Estaban practicando el combate en grupos. A la izquierda de estos, estaban las fuerzas del duque Erikson, muy ajetreadas con intendencias. A la derecha, las del duque Svensen, que preparaban armas. El conde Malason y los suyos estaban ocupándose de monturas recién llegadas al campamento. Más a la derecha se ubicaban las fuerzas del conde Bjorn y el conde Axel, que preparaban escalas, cuerdas con garfios y otras ayudas para el asalto a la muralla. Las fuerzas del conde Harald y varios señores menores estaban a la izquierda del campamento y preparaban arcos y flechas.

Lasgol miró al norte, más allá de la ciudad, y distinguió a las fuerzas de Darthor. Eran casi tantos como los de la Liga del Oeste. No podía verlos bien, estaban demasiado lejos, incluso usando el don. Pero acertaba a entrever a los arcanos de los glaciares en el centro. Darthor estaría con ellos, y Asrael y Azu también. A su derecha estaban los salvajes del hielo, inconfundibles por su enorme tamaño, y aún más sus líderes, los semigigantes que los acompañaban. A la izquierda se hallaban los pobladores de la tundra; detrás, troles de las nieves y otras bestias del Continente Helado. Lasgol habría deseado estar más cerca para verlas mejor, pero incluso desde allí, desde la distancia, resultaban aterradoras.

—¡Mira! ¡Por la puerta este! —indicó Lasgol, y señaló.

Egil entrecerró los ojos y consiguió ver una larga columna de soldados de rojo y blanco, los colores del rey, entrando en la ciudad.

Los cuernos de guerra sonaban en las almenas de la capital.

—Son los últimos refuerzos de Uthar. Creo que hemos llegado justo al comienzo de las hostilidades.

—Sí, eso parece. Las huestes del Continente Helado todavía están colocándose.

—Las de la Liga del Oeste también. Distingo movimiento entre sus rangos.

—¿Qué hacemos? —preguntó Lasgol.

—De momento, observar y estudiar la situación.

—No podemos acercarnos con ropas de guardabosques, nos atacarán en cuanto nos vean —dijo Lasgol.

—Tienes mucha razón. Y tendrán patrullas vigilando las inmediaciones —expuso Egil, y miró a su alrededor.

—Veo varias granjas al oeste. Veamos si podemos encontrar algo de ropa con la que pasar más inadvertidos.

—Buena idea.

Se dirigieron a las granjas. Estaban desiertas. Sus ocupantes habrían huido a la ciudad, como todos los de las zonas colindantes, al ver llegar al enemigo. En las dos primeras no encontraron nada que les sirviera, pero en las tres siguientes hallaron ropa. Se cambiaron de pantalones y capa. Mantuvieron las armas y los cinturones de guardabosques; esos los necesitarían.

—¿Qué tal? —preguntó Lasgol a Egil.

—No está mal. Pareces un campesino armado.

—¿Y yo?

—Tú pareces un cazador furtivo.

Egil sonrió.

—Estupendo entonces.

Salieron de las granjas y volvieron hacia el camino. Subieron hasta otra colina para ver mejor la ciudad y la situación de las fuerzas que la sitiaban.

—Mira, ya han rodeado la ciudad por completo —dijo Lasgol.

—Las huestes del Continente Helado controlan el norte y el este, y las de la Liga del Oeste, el sur y el oeste. Nadie podrá entrar ni salir de la ciudad.

—Y lo que es más importante, han cogido a Uthar desprevenido.

—Sí, eso creo yo también.

—Esperemos que nuestros amigos estén bien.

—Estarán.

La convicción con la que Egil lo dijo dejó a Lasgol tranquilo. De pronto aparecieron varios jinetes armados a su derecha. Los muchachos intercambiaron una rápida mirada y se llevaron las manos a los arcos. Los prepararon. La patrulla se acercó a ellos. Eran una docena de hombres con armadura ligera. Montaban caballos y vestían de azul y negro, los colores del Oeste.

—¿Quién va? —les preguntó el que parecía comandar el grupo.

—Dos cazadores —respondió Egil.

Los soldados los rodearon. Iban armados con hachas y escudos redondos. Un par llevaban lanzas.

El jinete en cabeza los observó de arriba abajo.

—¿Cazadores? A mí me huele a que vosotros sabéis luchar…
—dijo señalando los arcos.

Lasgol se percató de que el soldado era listo y sus atuendos no lo engañarían.

—Parece que la guerra ha llegado a la capital. —Egil señaló la ciudad con un gesto de cabeza.

—¿Y a vosotros qué?

—A nosotros nada. Me imagino que sois hombres del Oeste, no vestís los colores del rey, veo poco rojo y blanco en vosotros.

—¿Y vosotros de qué lado estáis? ¿Del Este o del Oeste?

Lasgol se percató de que los hombres se tensaron cuando su líder hizo la pregunta. Un descuido y podrían tener un disgusto, estaban muy inquietos.

—Del Oeste, por supuesto —aseguró Egil.

—¿Ah, sí? ¿Cómo os llamáis? ¿De dónde sois? ¿Qué hacéis aquí?

Egil dudó un momento, pero luego pareció reconocer algo en las sillas de los caballos.

—Yo soy Egil, del ducado de Olafstone, y mi amigo se llama Lasgol, del condado de Malasan.

—¿Ah, sí? Interesante, del profundo Oeste… ¿Y qué hacéis aquí, en el corazón del Este?

—Hemos venido a ayudar. Queremos unirnos a las tropas del Oeste.

Lasgol tragó saliva. Si se equivocaban y eran hombres del Este, iban a morir. Los rodeaban. Podrían ser hombres del Este haciéndose pasar por soldados del Oeste. En la guerra todo era válido.

El líder de la patrulla volvió a estudiarlos con detenimiento.

—Yo me llamo Eilarson. No sé si creer que sois quienes decís que sois.

—Si fuéramos del Este, ya estaríamos tras las murallas de la ciudad.

—El rey ha dejado patrullas en las afueras. Espías también.

—No somos espías.

—Quizá. Pero de momento tampoco puedo decir que no lo seáis. Bajad las armas y acompañadnos.

—¿Adónde?

El líder de la patrulla se giró hacia la ciudad.

—A uniros a las fuerzas del Oeste, como queríais —dijo con una sonrisa sospechosa—. Si sois del Este o espías, colgaréis de un árbol antes del anochecer.

Egil miró a Lasgol y le hizo una seña afirmativa, le indicaban que accederían.

—Muy bien. Os acompañaremos.

En ese momento, otra patrulla apareció a su izquierda con una veintena de hombres. Se acercaron.

Lasgol respiró hondo. Ahora sí que no podrían hacer nada de torcerse las cosas.

—¿Todo bien, Eilarson? —preguntó el líder de la segunda patrulla.

—Todo despejado. Solo hemos encontrado a estos dos en la zona. Los llevamos al campamento.

—Muy bien, yo barreré el camino real hasta la siguiente aldea.

—Nos vemos luego.

Todos se pusieron en marcha. Eilarson les hizo cabalgar al final, como retándolos a que intentaran escapar. Cuatro hombres no les quitaban ojo. Los dos muchachos siguieron a la patrulla sin rechistar.

Así llegaron al campamento de asedio de la Liga del Oeste. Habían levantado más de millar y medio de tiendas de colores azul y negro a unos mil pasos de la muralla de la ciudad. Lo bastante cerca para que Uthar y los suyos los vieran perfectamente, pero fuera del alcance de los arqueros.

El campamento era inmenso, ocupaba una enorme explanada frente a la ciudad y el bosque les protegía la espalda. Miles de hombres y mujeres vestidos de azul y negro, en clara contraposición al rojo y blanco de la Corona y los ejércitos de Uthar, trabajaban sin descanso en infinidad de tareas bélicas. No había nadie quieto o descansando. Parecían abejas revoloteando de un lado a otro creando un gran panal para su reina. Cada soldado llevaba marcado en el pecho el escudo de armas correspondiente al ducado o condado al cual pertenecían. Lasgol reconoció el escudo del conde Malasan en un grupo de hombres que portaba lanzas; su escudo, su condado.

Cerca de los árboles los oficiales enseñaban a la milicia, campesinos, pescadores y pastores reclutados a la fuerza, cómo luchar. Les mostraban el uso del hacha y la lanza, pues eran las armas más fáciles de usar. Los norghanos, grandes y brutos, eran perfectamente capaces de usar un hacha, y muchos la sabían manejar para cortar leña y arreglar cercas. Ahora los instruían para matar a un hombre con ella. Un fuerte golpe cruzado descendente a la altura del cuello o el hombro era suficiente. La lanza, por otro lado, era el arma más segura. Si alguien se acercaba, bastaba con un enérgico movimiento recto para acabar con un enemigo. Les enseñaban a clavarlas en los árboles con un golpe seco a dos manos. Pronto en lugar de árboles tendrían que clavarlas en hombres.

—Esos son los hombres del duque Erikson —dijo Egil.

—Así es, ¿cómo lo sabes? —le dijo Eilarson.

—Porque conozco al duque.

—Ya veo que tú no eres del Este, me decanto más por espía. Hoy colgarás.

—¿Y qué dirá tu señor, el conde Harald?

La cara del líder se puso seria.

—¿Cómo sabes quién es mi señor? ¡Contesta, espía!

—Por el escudo grabado en las sillas de vuestras monturas. Lo conozco.

—Sin duda, eres un espía —dijo, y desenvainó la espada.

—No, no lo soy. Pero sí soy Egil Olafstone, hijo menor de Vikar Olafstone y hermano menor de Austin y Arnold Olafstone.

—Te voy a atravesar por tal calumnia. Tú no eres un Olafstone.

Eilarson fue a atravesarlo cuando una voz profunda le gritó:

—¡Detente, insensato!

La espada no se movió. El soldado miró a quien había gritado.

—Mi señor, duque Erikson.

—Baja la espada. Ese es Egil Olafstone, si le tocas un pelo te colgarán de las pelotas.

Eilarson miró a Egil con los ojos como platos.

—Lo siento…, señor…, no lo sabía.

El duque se acercó hasta Egil y lo ayudó a desmontar.

—Qué alegría verte, Egil. Tus hermanos se alegrarán en el alma.

—Yo también de verlos a ellos.

—¿Vienes solo?

Lasgol desmontó.

—Yo lo acompaño.

El duque Erickson lo reconoció al momento.

—Lasgol. Por supuesto. Me alegro de verte también. —Y le ofreció la mano.

Lasgol la apretó.

—Parece que llegamos en buen momento —expuso Egil.

—Ya lo creo. Tenemos a esa rata de Uthar encerrada en su ciudad. El ataque será inminente.

—En ese caso, me gustaría saludar a mis hermanos.

—Desde luego. Te acompaño hasta la tienda de mando.

—¿No habría sido más fácil decirle a Eilarson quién eras? —le susurró Lasgol a Egil.

Egil sonrió.

—Nunca me habría creído y corríamos el riesgo de ser ejecutados como espías. En tiempos de guerra, las suspicacias y sospechas vuelan muy alto.

Lasgol asintió. Lo comprendía. Observó la gran ciudad al fondo con sus altas murallas y torreones. No sería nada fácil tomarla. Se derramaría mucha sangre.

Capítulo 37

E<small>L DUQUE</small> E<small>RIKSON LOS CONDUJO A TRAVÉS DE LAS TROPAS DE</small> la Liga del Oeste. Era un noble de cabellos dorados e intensos ojos azules, de mediana edad y complexión delgada. Su rostro era bello, de finos rasgos, casi femenino, algo muy poco habitual entre los hombres norghanos, que tendían a ser, en su mayoría, fuertes y de rostro muy varonil. Sin embargo, su porte y potente voz no dejaban lugar a duda sobre su estatus social. Los soldados se apartaban de inmediato al reconocerlo.

El movimiento de hombres, intendencias, armas, caballos y un sinfín de necesidades para el asedio era incesante. Lasgol, que lo observaba todo según se abrían paso, sintió que se mareaba con tanto vaivén.

«Quieto y no te dejes ver por nada en el mundo, estamos entre miles de soldados», le dijo a Camu, que iba sobre su espalda, adherido a ella con las manos y las patas. Lasgol no se explicaba cómo era capaz de adherirse a cualquier cosa, desde muros de piedra a personas, pero una vez que lo hacía, no se despegaba. Como Egil acostumbraba a decir, era una criatura fascinante.

Varios grupos de soldados que portaban flechas y lanzas pasaron junto a ellos. Necesitarían mucho de ambas para el combate que se avecinaba. Algo más adelante un centenar de soldados preparaba escaleras y escalas de madera y cuerda para tomar las murallas y las almenas. Requerirían de todo aquello y mucho más para escalar aquellos enormes muros. No sería empresa fácil, más bien todo lo contrario.

Lasgol podía sentir el peso de Camu a la espalda. No le molestaba demasiado, pero la criatura comenzaba a tener un tamaño que pronto le impediría llevarla a cuestas. Eso entristeció al muchacho. Apartó el pensamiento; se enfrentaría a ello cuando llegara el momento. Pero sería un momento muy triste para él, Camu era como su hermano pequeño.

—¡Abrid paso! —ordenó el duque, y los soldados se apartaron para dejarlos pasar.

Había soldados jóvenes y veteranos entre las fuerzas del Oeste. Estos últimos pertenecían a los ejércitos de los duques y condes, mientras que a los jóvenes los habían alistado de las ciudades, aldeas y granjas del Oeste, y no tenían la potestad para negarse o, de hacerlo, los ejecutarían al momento. Así eran las guerras. Nadie podía escapar a ellas. Lasgol podía ver el miedo en los ojos de los jóvenes, campesinos, pescadores y ganaderos en su mayoría. No sabían luchar ni empuñar un arma, pero tendrían que hacerlo y rezar a los dioses del hielo para salir con vida de allí. Muchos no lo lograrían. En momentos como aquel, Lasgol sentía que los dioses habían malgastado el don en él. Era una bendición divina, sin duda, pero ¿por qué se la habían concedido a él y no a alguien con un destino más importante? Austin, por ejemplo; el hermano mayor de Egil estaba predestinado a reinar y, si vencían, él podría usar el don que Lasgol en realidad no necesitaba. Pero como Ulf solía decir, «Que se me congele la barba si entiendo los designios de los cinco dioses». Lasgol tampoco los entendía ni comprendía por qué razón lo habían agraciado a él con aquel maravilloso don.

Daría cualquier cosa por evitar el derramamiento de sangre y las incontables muertes que estaban a punto de producirse. Sin embargo, por mucho que quisiera evitarlo, sabía que no podría, no estaba en su mano. Los dioses no interferían demasiado en los quehaceres de los humanos y su sufrimiento no parecía importarles. Tenían otras prioridades… Lasgol se preguntó cuáles serían.

Suspiró. No podría evitar la batalla. Aun matando o desenmascarando a Uthar, la batalla era inevitable. Llegado el caso, sus primos, el duque Thoran y su hermano Orten, asumirían el poder en el Este y, por lo que se decía de ellos, eran tan brutos y degenerados como el peor de los norghanos. El futuro de Norghana iría a malas manos si recaía en los sucesores del Este a la Corona. Por fortuna, había esperanza. Si vencía el Oeste, desenmascararían a Uthar y Austin reinaría. Por lo que Lasgol había visto del hermano mayor de Egil, y por lo que el propio Egil le había contado, el reino estaría en buenas manos. Lasgol deseó con todas sus fuerzas que el Oeste saliera vencedor con el mínimo derramamiento de sangre.

Llegaron hasta una enorme tienda de lona con varios escudos bordados en los laterales, los de los ducados y condados del Oeste que apoyaban a la Liga del Oeste. La tienda de mando se hallaba rodeada por más de un centenar de hombres armados hasta los dientes.

—Se presenta el duque Erikson con dos invitados; anunciadme —ordenó el duque al capitán de la guardia frente a la entrada de la tienda.

—Por supuesto, duque Erikson —dijo el capitán con una pequeña reverencia de reconocimiento y respeto. Se volvió y entró en la tienda.

Egil observaba con ojos ávidos todo cuanto sucedía en el campamento de guerra, intentando estudiar y aprender cuanto podía, como siempre hacía en cualquier situación nueva e interesante.

El capitán volvió a salir al cabo de un instante.

—Adelante, mi señor —dijo, y le hizo un gesto al duque para que pasara.

La docena de hombres apostados frente a la puerta de la tienda se apartaron y les dejaron paso.

El duque entró. Egil lo siguió y Lasgol cerró el grupo.

En la enorme tienda, alrededor de una gran mesa de roble, varios nobles discutían inclinados sobre mapas y planos sujetos con candelabros, copas de plata y dagas de acero. Lasgol reconoció a Austin y Arnold, los hermanos de Egil, que presidían la mesa. Junto a ellos estaban el duque Svensen, la viva imagen de un norghano: rubio, alto, fuerte, de hombros anchos y rostro de leñador, y el conde Malason, al que Lasgol conocía, pues era el señor de su condado. Con ellos se encontraban el conde Bjorn, el conde Axel y el conde Harald, además de varios señores menores. Eran todos los nobles del Oeste que habían jurado lealtad a la Liga.

—Mirad lo que traen los vientos del norte —anunció Erikson.

—¡Egil! —exclamó Austin sorprendido—. Pero ¿qué haces tú aquí? —preguntó, y se apresuró a abrazar a su hermano menor.

—¡Hermanito! —dijo Arnold, y se acercó a saludarlo con una enorme sonrisa.

—Nunca había estado en el asedio a una gran capital y he decido pasarme a estudiar cómo se hace —soltó Egil con una gran sonrisa.

Austin rio y abrazó con fuerza a su hermano.

—Cuánto me alegro de verte sano y salvo. He temido lo peor por ti, me tenía muy intranquilo que estuvieras entre los guardabosques de Uthar.

—El pequeñín sabe arreglárselas. —Arnold le dio otro gran abrazo lleno de cariño.

—De momento, he podido arreglármelas.

—Ahora estás a salvo entre nosotros —lo tranquilizó Austin.

Egil asintió.

—Hola, Lasgol, veo que seguís siendo inseparables —lo saludó Austin.

—Para sobrevivir hay que unir fuerzas con mentes brillantes —respondió Lasgol con una sonrisa.

Arnold soltó una carcajada.

—Ya lo creo. Bien dicho.

—Lasgol —saludó el conde Malasan con un gesto de la cabeza.

—Mi señor, conde —respondió este al saludo con el mismo gesto de respeto.

El resto de los nobles los saludaron de manera cortés. Lasgol y Egil devolvieron los saludos.

—Traemos noticias del Este —le dijo Egil a Austin.

—¿Qué nuevas hay?

Egil les relató todo lo sucedido en el paso y cuanta información pensó que sería relevante para su hermano.

Cuando terminó, se hizo el silencio. Los nobles del Oeste quedaron pensativos.

—Son noticias muy halagüeñas —dijo Austin.

—Sí, no sabíamos si el plan de Darthor tendría o no éxito.

—Lo ha tenido —expuso Egil—. El ejército de Uthar está atrapado al otro lado de las Montañas de Naciente.

—Eso nos da al menos dos semanas, si no más —expuso Arnold emocionado.

—Debemos aprovechar la ventaja —dijo Eriksen.

—Hay que acelerar los preparativos —propuso Svensen.

El resto de los nobles comenzaron a hablar y hacer planes a la vez.

Austin levantó los brazos para pedir calma.

—No debemos precipitarnos. En efecto, mi hermanito nos trae muy buenas noticias. El plan de Darthor era arriesgado, y que Uthar cayera en la trampa, todavía más difícil. Pero parece que lo ha conseguido. Eso nos da una ventaja sustancial durante un par de semanas, hasta que el ejército de Uthar regrese. Aun así, no debemos precipitarnos y lanzarnos al ataque como locos. Esa ciudad es casi inexpugnable y Uthar tiene a los Invencibles del Hielo con él.

—No podrán con nosotros —dijo Svensen.

—No con la ayuda de las huestes del Continente Helado —afirmó Erikson.

De nuevo los nobles comenzaron a hablar y proponer estrategias todos a la vez. Apenas se entendía lo que decía cada uno.

Austin volvió a pedir calma.

—Hermano, la información que nos traes bien vale una guerra. Te lo agradezco en el alma. Nos confirma el éxito de la trampa y el tiempo de ventaja del que disponemos. Es una información valiosísima. —Le dio una palmada de agradecimiento en la espalda.

Lasgol vio en los ojos de su amigo cuánto significaba aquel gesto para él. Le llenó el alma de una alegría rebosante recibir el reconocimiento de su hermano mayor frente a toda la plana mayor del Oeste.

—Vayamos a la mesa de estrategia y planifiquemos —dijo Austin a Arnold.

Los nobles se reunieron alrededor de la mesa y discutieron hasta llegar la noche. Egil y Lasgol se sentaron en unas sillas en un lado y escucharon. Por fortuna, les llevaron algo de comer y beber, y ellos aprovecharon para echar una cabezadita y descansar. Al fin, cuando la estrategia a seguir había quedado definida, se retiraron. Uno por uno los nobles fueron marchándose hasta que solo quedaron los Olafstone.

—Te daremos alojamiento en nuestra tienda —le dijo Austin a Egil.

—Será como cuando éramos pequeños, solo que estamos en medio de una guerra y todo el Este quiere matarnos —le explicó Arnold.

Egil sonrió.

—Gracias, hermanos.

—Faltaría más. Eres un Olafstone por sangre y por méritos —le reconoció Austin.

—Tienes que contarme todo lo que has hecho en los guardabosques este año, y lo que has aprendido —le pidió Arnold.

—Cenaremos y charlaremos tranquilamente en la tienda —propuso Austin.

—Será un placer —les dijo Egil, y Lasgol vio que estaba emocionado.

—Lasgol, tú dormirás con mi capitán de la guardia. Por lo que me dicen no ronca mucho y está en la tienda contigua a la nuestra —indicó Austin.

—Cualquier cosa que necesites solo tienes que pedirla —le comunicó Arnold.

Lasgol pensó en pedirles poder ir a ver a Darthor, pero de inmediato descartó la idea. Quedaría realmente raro y muy sospechoso que él, un norghano del Oeste y guardabosques, fuera a ver a Darthor cruzando todo el campamento de guerra de las huestes del Continente Helado. De hecho, era probable que no lo dejaran ni poner un pie allí, conociendo el carácter de los salvajes del hielo. Tendría que esperar para ver a su madre, no había otra opción. Y deseaba hablar con ella más que nada en el mundo. Para saber que estaba bien, entender sus planes y cómo salir de aquella situación tan dramática con vida. Seguro que ella tenía un plan, uno que les aseguraba la victoria. Debía conocer cuál era y asegurarse de que se llevaba a cabo. Quería disfrutar de una vida sin guerras y, sobre todo, quería disfrutar de la compañía y amor de su madre, que tanto había echado siempre de menos.

—Estaré bien —dijo Lasgol con una sonrisa de agradecimiento.

—Os daremos ropa más adecuada —les avanzó Austin al ver lo que llevaban.

—Y armas —propuso Arnold.

—No, las armas son las que hemos aprendido a usar, las necesitamos —le dijo Egil.

—Pero tú eres un noble de la familia más importante del Oeste, heredero a la Corona; tienes que llevar una espada a la cintura —le indicó Austin.

—No me serviría de nada. No sé usarla.

—Tiene razón, mejor que use las armas de guardabosques en caso de necesidad —admitió Arnold.

—Muy bien, que así sea. Pero bajo ningún concepto quiero que te acerques al combate, Egil.

—No lo haré, hermano —le aseguró.

Lasgol notó la vibración en el timbre de la voz de su amigo; no era una promesa firme.

—Muy bien, despachemos las órdenes para la noche y cenemos en mi tienda —ordenó Austin.

Lasgol prefirió dejar que Egil y sus hermanos hablaran de sus cosas y rechazó amablemente la invitación a cenar con ellos. Los Olafstone tenían mucho de qué hablar y él sería un estorbo. Se fue a la tienda del capitán de la guardia y cenó solo. Se acostó temprano. En efecto, el capitán no roncaba, pero, aun así, no consiguió quedarse dormido. Los ruidos del campamento eran muchos, incluso de noche, pues los preparativos para la batalla no cesaban. Pero eso no fue lo que le impidió conciliar el sueño, sino los cantares de los soldados norghanos alrededor de las hogueras. Cantaban canciones de victoria y gloria a pleno pulmón, con las gargantas mojadas por la cerveza, como marcaba la tradición norghana. Sin embargo, entonaban alto y mal, cosa que no sorprendía nada a Lasgol. Los norghanos eran tan brutos como malos cantantes, aun así les encantaba cantar, sobre todo cuando bebían o cuando la situación se ponía muy tensa, como era el caso.

Pensó en Ulf, en lo que habría dado por estar en aquella batalla. Días de gloria, como los llamaba él. Por desgracia, Lasgol sabía que también eran días de muerte, destrucción y horror. Los norghanos vivían por y para ello, eso también lo sabía. Quizá un día su pueblo dejara sus malas formas, pero para eso necesitaban un líder justo y sabio, y, de momento, no lo tenían. Sin alguien con principios y sabiduría liderando Norghana, sus gentes nunca cambiarían su forma de ser. Seguirían siendo unos brutos y unos matones hasta que las montañas nevadas dejaran de estarlo.

Pensó en su madre, para animarse. Pronto la vería. Y con aquel pensamiento agradable en medio de cánticos de gloria, saqueo y muerte, se durmió.

Despertó con los cuernos de llamada. El sol no había salido todavía y ya los despertaban. Las tropas se pusieron de inmediato a sus quehaceres mientras los oficiales les gritaban las órdenes que debían seguir. La cantidad de hombres y mujeres preparados para la batalla lo dejó sin aliento. Había varios millares organizados en diferentes secciones. Arqueros y lanceros eran la minoría. Infantería con hacha y escudo, la gran mayoría. No le extrañó, los norghanos nacían con el hacha bajo el brazo. No veía ni una unidad montada. Debían de estar vigilando la retaguardia y los flancos.

Lasgol se percató de que gran cantidad de hombres se dirigían hacia un bosque contiguo al campamento. Todos llevaban hachas. Los observó. Se pusieron a talar árboles. Se preguntó con qué fin.

—Son para construir armas de asedio —le dijo Egil, que apareció a su lado vestido como un noble del Oeste.

—¿Van a construir armas de asedio?

—Es parte del plan. En una semana, estarán listas y castigaremos las murallas sin descanso hasta abrir brecha.

—¿Crees que se pueden dañar? Parecen invencibles desde aquí.

—Tienen cuarenta varas de alto y diez de ancho. Costará mucho, pero se puede hacer. El problema no es ese.

—Entonces, ¿cuál es?

—Que, en efecto, es una muralla formidable y llevará mucho tiempo hacer brecha, tiempo del que no disponemos, pues en dos o tres semanas el ejército de Uthar estará aquí y nos atacará por la espalda.

—Ya veo…

—Pero, bueno, dejemos que quienes entienden de ciudades sitiadas, armas de asedio y estrategia militar se encarguen.

—Seguro que tú sabes de todo eso.

Egil se encogió de hombros y sonrió.

—Un poco.

—Ya sabía yo.

—Ponte esta ropa y la armadura, ahora eres un noble norghano del Oeste —le dijo Egil.

Lasgol sonrió.

—Y date prisa. Tenemos una reunión importante a la que asistir.

—¿Sí?

—Mis hermanos van a reunirse con Darthor y los suyos. Nos han invitado a ser parte de su comitiva.

Lasgol sintió que el corazón le latía fuerte.

—Al momento.

Capítulo 38

La comitiva la formaban Austin, Arnold, Erikson, Svensen, Malasan, a los que acompañaban Egil y Lasgol. La reunión sería en el lado este y a medio camino entre el norte y el sur, donde ambos ejércitos se tocaban. Por lo que Egil le había contado, la suspicacia y la tensión entre la Liga del Oeste y los pueblos del Continente Helado continuaba en estado crítico. Más ahora que estaban a punto de conseguir lo que tanto deseaban ambos.

—Mis hermanos dicen que Darthor está teniendo problemas para que los líderes de los pueblos del continente hagan honor al tratado jurado que hicieron.

—Pero lo juraron sobre el monolito blanco, no pueden echarse atrás ahora.

—El problema no es que quieran echarse atrás, sino todo lo contrario —le explicó Egil con voz preocupada.

—No entiendo.

—Ven la victoria en sus manos y no quieren esperar ni seguir ninguna estrategia, quieren lanzarse sobre la ciudad y arrasarla.

—Oh. ¿Y no atienden a razones?

—Parece que no. Y mis hermanos temen algo más…

Lasgol sospechó que sería algo malo.

—¿El qué?

—Que no se conformen con la victoria y quieran más.

—¿Más?

—Todo Norghana para ellos.

—Oh, no…

Egil asintió.

Llegaron a la reunión y, en efecto, la tienda se había levantado justo entre los dos ejércitos. La ciudad amurallada los observaba en silencio a más de mil pasos, si bien en sus almenas y torreones los soldados del rey Uthar esperaban un ataque inevitable.

Entraron ante la atenta mirada de las fuerzas de ambos bandos. La tienda estaba vacía a excepción de sus ocupantes. No había ni una silla ni una mesa. Lasgol reconoció a su madre en el centro. Al verlo, ella giró el yelmo en su dirección, pero no movió un músculo ni dijo nada. Lasgol tampoco esperaba que lo saludara en presencia de todos sus aliados. A la derecha de Darthor se hallaba Azur, chamán del hielo, líder de los arcanos de los glaciares. Junto a él Asrael, que lo saludó con la cabeza y le sonrió. A la izquierda de Darthor estaba Jurn, líder de los salvajes del hielo; a su lado, Sarn, líder de los pobladores de la tundra. Algo más retrasado se encontraba el arcano de los ojos violeta, Asuris, que era como la sombra de Darthor.

Austin se situó frente a Darthor; Arnold, frente a Azur; y el resto de los nobles, frente a los líderes de los pueblos del Continente Helado. Lasgol y Egil se situaron al fondo. Por un momento, nadie habló y la tensión era tal que se podía sentir en la piel como agujas. Los nobles norghanos vestían armaduras, capas, armas de muy buena calidad y hasta alguna joya sobre los cuerpos de blanca piel y cabelleras y barbas doradas. Los del Continente Helado eran seres mucho más primitivos, cubrían con pieles de animales sus cuerpos de un azul hielo sobrecogedor y pelaje helado, portaban armas básicas y huesos de animales como ornamentos.

—Austin, líderes del Oeste —saludó Darthor con su voz profunda y distorsionada por el yelmo. Hizo una pequeña reverencia de cortesía y respeto.

—Darthor, líderes de los pueblos del Continente Helado —devolvió el saludo Austin.

Si bien ambos líderes parecían dispuestos a hablar y negociar, los rostros del resto de los presentes no mostraban lo mismo. Ni los de un bando ni los del otro. Lasgol sintió un escalofrío.

—Nos encontramos ante un momento crítico —expuso Darthor—, tenemos a Uthar rodeado y sin escapatoria, parapetado tras los muros de su gran capital. Debemos acabar con él ahora de una vez.

—En eso estamos completamente de acuerdo —dijo Austin.

—No podemos desperdiciar esta oportunidad, no tendremos otra.

—Nos han informado de que tu plan ha funcionado en el este —indicó Austin señalando con el dedo pulgar a Egil y Lasgol.

—Sí, acabo de saberlo. Tenemos ventaja. Las fuerzas de Uthar tardarán de dos a tres semanas en llegar. Debemos aprovechar la ventaja y destruirlo, ahora o nunca.

—Hemos ideado una estrategia —le dijo Austin.

—Adelante, te escucho.

—Vamos a construir armas de asedio, varias catapultas, castigaremos la muralla con ellas. Si concentramos el ataque en un solo punto, podremos hacer brecha y entrar en la capital.

—Eso llevará demasiado tiempo —gruñó Jurn descontento.

—Si es que funciona. —Sarn negaba con la cabeza.

—Es un plan viable, pero, aunque funcione, llevará mucho tiempo entre construir las armas y castigar la muralla —secundó Azur poco convencido.

—Es la forma más segura de tomar la ciudad. —Arnold apoyó a su hermano.

—¿Segura? No estamos aquí para asegurarnos. Tomaremos las murallas atacando en masa y luego arrasaremos la ciudad —dijo Jurn.

—Acabaremos con todos ellos, nuestras lanzas los atravesarán por mucho que se escondan en las almenas. No podrán detener la furia del hielo —bramó Sarn.

—Esa opción costaría muchísimas vidas —repuso Austin—. Uthar tiene a los Invencibles del Hielo y a toda la milicia que haya conseguido reclutar. No permitirán que tomemos las murallas en un asalto frontal, eso puedo asegurároslo. Y nadie va a arrasar la ciudad, hay miles de inocentes refugiados. No sufrirán daño de nuestra mano.

—Habla por ti, norghano, no hables por nosotros —le espetó Jurn.

—Si queréis asaltar las murallas, podéis hacerlo, pero lo pagaréis muy caro. Se construyeron para soportar la carga de ejércitos poderosos.

—No podrán parar la marea del hielo. Tomaremos las murallas y la ciudad —dijo Sarn.

—No contéis con nosotros para un asalto a las murallas sin preparación —se negó Erikson.

—¿Acaso los norghanos tienen miedo? —se burló Jurn con tono desdeñoso.

El semigigante era tan grande y musculoso que los nobles norghanos del Oeste a su lado parecían niños.

—No tenemos miedo —expuso Svensen—, pero no somos idiotas.

—¿A quién insultas, norghano? —acusó Sarn.

—A ti, sucio salvaje sin cerebro —gritó Svensen.

—Siempre habéis sido una raza de cobardes y lo seguís siendo —acusó Jurn, que se golpeó el pecho con ambos puños.

—Aquí no hay cobardes, lo que sí hay es descerebrados que van a conducirnos a todos a la muerte. —Erikson señalaba a Jurn y Sarn.

La discusión subió de tono y comenzaron los insultos, las amenazas y los aspavientos entre unos y otros. La desconfianza y el odio entre ambos bandos eran tan fuertes que resultaba imposible mantener la más mínima discusión. Jurn se situó frente a Svensen como una enorme torre sobre un niño.

—¿Qué vas a hacer tú, pequeño norghano? —Lo miró fijamente con su único ojo.

—Te voy a cortar las pelotas, pues más alto no llego, pero creo que será suficiente para enseñarte una lección, montaña de músculos sin cerebro —le dijo Svensen, y se llevó la mano a la espada.

—Inténtalo y te parto el cráneo de un golpe.

Sarn discutía con Erikson y, aunque no parecía que fueran a llegar a las manos, muy lejos no andaban.

—¡Silencio todos! —dijo Darthor con voz potente y cavernosa, abriendo los brazos para separar a ambos bandos, que estaban a punto de derramar sangre.

Las discusiones cesaron. Todos se detuvieron y se volvieron hacia el Mago Corrupto del Hielo.

—Te escuchamos —dijo Austin.

—No habrá derramamiento de sangre entre nosotros. Todos hicimos un juramento sagrado, a él os debéis. Cumpliréis lo jurado —dijo, y señaló uno por uno a todos los líderes de ambos bandos—. La Liga del Oeste y los pueblos del Continente Helado se respetarán mutuamente. No es una petición, es una orden. Si hay alguien aquí hoy que no esté de acuerdo, puede marchar con los suyos o enfrentarse a mí. No permitiré que llegados hasta aquí zozobremos por odios, desconfianzas y codicia. No. Nos ha costado mucho llegar a este punto. Estamos a un paso de la victoria, de un nuevo comienzo, de un nuevo mundo. No dejaré que nadie lo eche a perder. Muchas y buenas personas han muerto para que estemos hoy aquí con Uthar a un paso de nuestras manos. Tendré a Uthar muerto a mis pies, nadie me lo negará. Ninguno de vosotros. ¡Nadie!

Lo dijo con tal rabia, fuerza y determinación que se hizo un silencio de muerte.

Darthor se situó en medio de la tienda y abrió los brazos. Murmuró algo bajo el yelmo y su cuerpo comenzó a desprender una neblina pesada que caía al suelo. Todos se apartaron de él. La neblina se deslizaba por su cabeza, hombros y extremidades, como si algo en su cuerpo la produjera, hasta rodearlo formando una circunferencia de dos pasos a su alrededor.

—¿Alguien quiere enfrentarse a mí? —dijo, y giró en redondo muy despacio, con los brazos abiertos.

Lasgol no podía ni respirar. Miró a Azur; si alguien podía ir en contra de su madre o traicionarla, era él. O quizá Jurn. No le gustaba ninguno de los dos, sobre todo Azur. El viejo chamán era peligroso, podía verlo en sus ojos. Los observó. Ninguno de los dos se movía. Estudiaban a Darthor sin decir nada. No dejaban ver sus intenciones.

—Este es el momento de dar un paso al frente. Si alguien quiere disputar mi liderazgo, ahora es el momento.

Lasgol miró a Austin. ¿Permitiría el rey del Oeste que Darthor tomara el mando en aquel momento decisivo para todos? ¿Se enfrentaría a Darthor por el poder? Tragó saliva, estaba nerviosísimo. Miró a Egil, que tenía una expresión sombría. Estaba tan preocupado como él, si no más. Sus dos hermanos se encontraban allí y se lo jugaban todo. ¿Aceptarían que Darthor tomara el liderazgo ahora?

Hubo un largo silencio mientras Darthor retaba a los presentes.

—¿Alguno de los líderes de los pueblos del Continente Helado quiere retarme?

Lasgol se mordió el labio con fuerza. Temía lo peor.

Darthor aguardó un momento.

Nadie se le enfrentó.

—¿Alguno de los líderes de la Liga del Oeste quiere retarme?

El silencio volvió a reinar.

Arnold hizo un gesto, pero Austin lo sujetó.

—No nos opondremos a tu liderazgo —dijo Austin—. Ahora necesitamos un único líder que nos garantice la victoria final, no dos bandos divididos y liderados por dos rivales. La Liga del Oeste seguirá a Darthor hasta la victoria —anunció Austin.

Los nobles a su lado intercambiaron miradas. No estaban muy convencidos. Arnold quiso protestar, pero su hermano no lo dejó.

—Es lo mejor para el norte —aseguró Austin a los suyos.

Los nobles se resignaron y aceptaron.

Darthor se giró hacia el bando contrario.

—Seguiremos tu liderazgo hasta la victoria final —dijo Azur.

Jurn y Sarn intercambiaron una mirada y, tras un momento, asintieron accediendo.

—Muy bien. Queda decidido. Yo seré el líder de guerra de aquí hasta la victoria —sentenció Darthor.

Todos asintieron.

—¿Y luego? —preguntó Arnold.

—Luego nos reuniremos como lo hemos hecho hoy y firmaremos un tratado de paz con nuestra sangre —anunció Darthor.

—¿Qué reparto de tierras y riquezas tendrá ese tratado? —quiso saber Azur.

Darthor dejó de verter neblina. Observó a ambos bandos.

—Austin será rey de Norghana y su reino llegará hasta las Montañas Eternas. Los pueblos del Continente Helado recuperarán las tierras del norte y mantendrán el Continente Helado. La capital no será destruida ni saqueada. Pasará a Austin y con ella sus riquezas.

El reparto no agradó ni a unos ni a otros. Las protestas y discusiones estallaron de nuevo. La Liga no quería ceder el norte de Norghana. Sus rivales no querían ceder la capital y sus riquezas.

Darthor se mantuvo impertérrito durante un buen rato mientras las discusiones continuaban.

De pronto habló:

—Los norghanos y los pueblos del Continente Helado firmarán un tratado y no habrá más derramamiento de sangre entre ellos. El odio y la desconfianza pasarán. Ambos pueblos se respetarán y vivirán en paz. Así será porque así lo juraremos quienes estamos aquí.

—Mucho nos pides —dijo Azur.

—Pido lo que es justo para ambos pueblos.

—Nos pides renunciar a parte de Norghana —expuso Arnold.

—Del mismo modo que les pido a ellos que renuncien a la capital. Uthar tiene escondido en ella todo el oro y la plata del reino. Toda la riqueza del reino. Creo que es justo. Ambos renunciaréis a una parte de la conquista, ambos salís ganando.

—¿Y qué pides tú? —le preguntó Jurn.

—Justicia. La vida de Uthar y paz para el norte; eso es lo que quiero, lo que persigo —dijo Darthor.

—Yo acepto los términos como rey del Oeste —dijo Austin—. Es justo y quiero la paz, como tú.

Los suyos murmuraron, pero nadie se opuso. Arnold tampoco. Darthor asintió.

Azur miró a Jurn y luego a Sarn, que asintieron a regañadientes.

—Los pueblos del Continente Helado aceptan —intervino Azur.

—En ese caso, queda decidido —anunció Darthor.

—¿Cuál es el plan? —le preguntó Austin a Darthor.

—Haremos como has propuesto. Atacaremos con armas de asedio. No nos lanzaremos contra las murallas hasta no tenerlas bien castigadas.

Jurn y Sarn protestaron, pero Azur los obligó a acatarlo.

—Volved a vuestros campamentos y preparad las armas de asedio —sentenció Darthor.

—¿Preparad? —dijo Austin mirando a Azur.

—Los pueblos del Continente Helado también tenemos armas de asedio —explicó Azur.

—¿Las tenéis? —preguntó Austin extrañado.

Azur se volvió hacia Asrael.

—¿Cuándo llegarán aquí?

—En algo más de una semana —dijo Asrael.

Austin se quedó sorprendido, pero no preguntó nada más.

—Pongámonos a ello —dijo, y con un saludo de respeto a Darthor y al resto de los líderes se marchó con los suyos.

Lasgol quiso quedarse con su madre, pero sabía que era imposible; podrían descubrirla y, viendo cómo estaban las cosas, le costaría la vida. Azur, Jur, Sarn y los demás líderes no lo entenderían. Lanzó una mirada a su madre y se marchó con el séquito de Austin.

Capítulo 39

Las fuerzas de la Liga del Oeste trabajaron día y noche, a relevos, talaban árboles y preparaban todo lo necesario para la construcción de las grandes armas de asedio. Arnold estaba al mando de la construcción y Egil no se despegaba de su lado. Por lo que Lasgol podía apreciar, Arnold también tenía algo de Egil en él, aunque fuera más guerrero que pensador. Tenía una buena cabeza y, por ello, Austin lo había puesto al mando de aquella operación crucial. Si no conseguían tener las armas listas en menos de una semana, el plan no funcionaría. Los ejércitos de Uthar llegarían y los atacarían por la retaguardia. Por desgracia, no se podía asediar una ciudad al mismo tiempo que defenderse de un ataque por la espalda, algo que todos sabían y temían.

Lasgol se había hecho amigo de Ilvarson, el capitán al cargo del cuidado de las monturas. Era del mismo condado que Lasgol y servía al conde Malason, con lo que no le resultó demasiado difícil entablar amistad, más aún cuando se había presentado voluntario para ocuparse de los animales. No había muchos, soldados o milicia, que aceptaran con gusto aquel trabajo. La cantidad de comida que necesitaban y excrementos que generaban varios miles de ponis y caballos norghanos era sobrecogedora y el olor era inmundo.

Pero a Lasgol no le importaba, además hacía el turno de noche por una razón: para estar con Camu. La criatura descansaba en la alforja de Trotador. Lasgol no se atrevía a llevarla al campamento de guerra, pues había miles de soldados por todos lados. No era buena idea. El gran corral que habían montado estaba algo apartado del campamento, al sur, para evitar los olores a los soldados. Jugaban por la noche hasta que los dos se quedaban dormidos junto a su poni. Por el mañana Lasgol regresaba con Egil y los nobles para ver qué sucedía con el asedio.

Al sexto día, como estaba previsto, y para gran satisfacción de Arnold y Egil, quienes lo habían dado todo en la construcción de las grandes máquinas de guerra, Austin anunció que estaban listas. Enviaron mensajeros al campamento de Darthor, al otro lado de la ciudad. Esperaron la respuesta. Todo el mundo estaba muy nervioso, hasta los nobles norghanos. Lasgol notaba que al dar las órdenes a sus hombres lo hacían con tono más brusco, más arisco. Después de una semana de tensa espera, el ataque estaba a punto de comenzar y todos debían estar preparados. Lo estaban.

Los mensajeros regresaron. Darthor ordenaba comenzar el castigo a las murallas.

—¡Atención! —gritó Austin levantando la espada al cielo.

Todo el campamento enmudeció. Los miles de norghanos del Oeste escucharon atentos.

El líder de la Liga del Oeste, el rey del Oeste, como lo llamaban los suyos, se acercó hasta sus hermanos Arnold y Egil. Frente a ellos había una veintena de enormes catapultas. Eran de unas dimensiones sobrecogedoras, robustas, gigantescas.

—¡Situadlas en posición! —ordenó Austin.

Arnold se volvió y comunicó la orden. Más de quinientos hombres comenzaron a tirar de las catapultas con cuerdas, sus enormes ruedas se resistían a girar, pero no podían evitarlo. Lasgol observó a los hombres; habían elegido a los norghanos más enormes y forzudos de todo el campamento. Las catapultas avanzaron hasta que alcanzar una marca que Egil había pintado sobre el suelo, a quinientos pasos de la gran muralla a salvo de los arqueros de Uthar, aunque lo bastante cerca para que las catapultas llegaran con sus proyectiles a la muralla y la zona baja de la ciudad.

—¡Orden de ataque! —dijo Austin a su hermano.

Arnold desenvainó la espada.

—¡Cargad! —ordenó levantando su acero.

Los hombres que manejaban las catapultas cargaron enormes proyectiles de piedra y madera que habían transportado desde una cantera cercana los días anteriores. La montaña de rocas que tenían preparada como munición era gigantesca.

—¡Tirad! —gritó Arnold, y bajó la espada con un movimiento seco.

Las catapultas chirriaron y los proyectiles salieron despedidos por los aires con un extraño sonido sibilante. Lasgol los observó volar y se preguntó qué sucedería a continuación. Todo aquello era algo que ni siquiera se había imaginado. Lo que sucedió lo dejó sin habla. Las enormes rocas golpearon contra la muralla, las almenas y las torres defensivas de la capital llevando muerte y destrucción. La muralla aguantó el castigo, los proyectiles que chocaron con ella no hicieron mella; no así las almenas: grandes pedazos de roca salieron despedidos al contacto de los proyectiles. Las destrozaban y también a los soldados que se parapetaban tras ellas.

Los soldados lanzaron a plena voz gritos de victoria y júbilo al ver el castigo que el enemigo comenzaba a recibir.

—¡Calibrad las catapultas! Hay que demoler las almenas —les dijo Arnold a sus hombres.

Lasgol vio que cargaban nuevos proyectiles con la ayuda de poleas y caballos de tiro. Los hombres que manejaban las catapultas accionaron levas y ruedas que Lasgol dedujo que eran para calibrar el tiro de aquellas enormes armas.

Arnold esperó a que todas se hubieran cargado y calibrado. Llevó un rato en el que todo el ejército observaba lo que pasaba tan absorto como Lasgol.

—¡TIRAD! —ordenó bajando su espada.

Los proyectiles volvieron a salir despedidos uno tras otro en toda la línea de tiro. Acortaban la distancia preludiando horror y destrucción. Lasgol pensó cómo sería estar en las almenas y ver aquellos monstruos de roca descender sobre ellos buscando matar y destruir todo al impactar. Se le puso la carne de gallina y tuvo que sacudir un escalofrío.

Los proyectiles volvieron a alcanzar almenas y murallas. Nuevos estallidos de roca y piedra destruyeron parte de las almenas mientras la muralla aguantaba el castigo sin inmutarse por los terribles impactos.

—Es increíble el poder destructor de esas máquinas —le dijo Lasgol a Egil, que se había acercado a su lado.

—Son devastadoras. Había leído sobre ellas, pero nunca las había visto en acción.

—¿Crees que Uthar se rendirá al ver el poder de las máquinas?

—Lo dudo —respondió Egil negando con la cabeza.

—¿Por?

—Sabe que la muralla aguantará. Necesitaríamos meses de castigo continuo para conseguir hacer brecha en ella.

—¿Tan fuerte es?

—Según mis cálculos, sí. Necesitaríamos maquinaria de guerra más potente para derribarla.

—¿Esta no es lo bastante potente? —dijo Lasgol sin poder creerlo.

Egil sonrió.

—No, no lo es. Los norghanos no somos reconocidos en Tremia como grandes constructores y pensadores. Las máquinas que hemos fabricado son muy básicas, rudimentarias.

—A mí me parecen enormes y potentísimas.

Egil volvió a sonreír.

—Las hay mucho más. El Imperio noceano o la Confederación de Ciudades del Este las tienen. Ellos sí están avanzados en su construcción. Hasta los rogdanos de los llanos del oeste tienen mejores armas de asedio que nosotros.

—Oh…

—Pero creo que harán su función. Debilitarán las defensas de Uthar y podremos entrar.

—¿Tú crees?

—Esperemos que sí.

—¿Y ellos no tienen armas de asedio? —preguntó Lasgol a su amigo.

—Las tienen, pero son de menor alcance. Es la desventaja de estar dentro de la ciudad. La muralla no es lo suficientemente amplia para montar armas de asedio sobre ella.

—Entiendo.

—Pero cuando nos acerquemos, nos atacarán con ellas, estate seguro. Por eso, cuanto más castiguemos sus almenas y el interior de la ciudad, menos castigo recibiremos nosotros al intentar penetrar. Y déjame decirte que será un castigo muy duro, muchos morirán.

—¿Al tomar la muralla?

Egil asintió.

Lasgol miró alrededor a los hombres y mujeres que gritaban enardecidos por la victoria que esperaban lograr y sintió una pena enorme por ellos. Muchos iban a morir a manos de sus propios hermanos, de norghanos. Era algo que su alma no podía concebir, norghanos matando norghanos. Negó con la cabeza. Solo deseaba que todo terminara pronto y con el menor derramamiento de sangre posible.

Austin ordenó a su hermano que continuara el ataque día y noche, sin descanso. Así lo hicieron. Utilizaron otro aliado destructor, uno que no respetaba amigos ni enemigos y destruía todo cuanto pudiera alcanzar y al que los hombres temían más que a la muerte: el fuego. Durante la noche, intercambiaban proyectiles de roca con otros de flamas. Las enormes bolas en llamas volaban para estrellarse y propagar el fuego a cuanto alcanzaran. Lasgol observaba descorazonado cómo toda la parte sur de la ciudad ardía, muralla, almenas y los barrios más al sur. Egil le había explicado que usaban madera, paja y sebo. Las llamas consumían a hombres, animales y edificios por igual. Era horrible. Era la guerra.

Al cuarto día de ataque continuo llegó la orden de Darthor de tomar las murallas. Tres enormes salvajes del hielo llevaron el mensaje al campamento. Austin lo leyó con detenimiento. Reunió a los suyos y les transmitió la orden. El ejército de Uthar estaba a menos de tres jornadas. Debían tomar las murallas ya o sería demasiado tarde. Había llegado el gran momento.

Austin salió frente a sus hombres, que formaban en líneas, armados y listos para la ofensiva. Portaban escalas, cuerdas, largas escaleras de madera y lanzas. Junto a Austin iba su hermano Arnold. Tras ellos se situaron los duques Svensen y Erikson, también los condes Malason, Bjorn, Axel y Harald. Algo más atrás, varios señores de casas menores.

—¡Ha llegado el momento! —anunció Austin a los suyos mientras caminaba frente a ellos.

Todos los hombres y mujeres del Oeste escuchaban ansiosos, tensos, con ojos de mirada intensa y mandíbulas apretadas.

—¡Hoy tomaremos Norghania para el Oeste! ¡Hoy recuperaremos la Corona para los verdaderos norghanos!

El ejército del Oeste clamó y vitoreó a su líder.

—¡Hoy el rey del Oeste será rey de toda Norghana!

—¡Por el Oeste! —clamaron las fuerzas de Austin.

—¡Por el legítimo rey de Norghana! —exclamó el duque Erikson.

—¡Por una Norghana unida y fuerte! —exclamó el duque Svensen.

—¡Que suenen los cuernos! ¡Que Uthar sepa que su funesto reinado ha llegado a su fin! —dijo Austin.

Los cuernos sonaron al viento.

—¡Adelante! ¡Por Norghana! ¡Por el legítimo rey! —dijo Arnold.

Austin señaló la ciudad con la espada.

—¡Por el trono!

Los ejércitos del Oeste comenzaron a avanzar. Cada noble se situó con sus hombres y empezaron a avanzar bajo el estruendo de los cuernos y los vítores de las fuerzas enardecidas.

Arnold se volvió hacia Egil.

—Tú no te unirás a la lucha —le prohibió.

—Pero debo estar con vosotros, es mi deber como Olafstone.

—Tú ya has hecho más que suficiente, hermano; te quedarás en el campamento. No permitiré que te ocurra nada en la batalla.

—Ya no soy el debilucho indefenso que era. He sido entrenado como guardabosques, puedo cuidar de mí mismo.

—No lo dudo, aun así, no irás a la batalla. Si Austin y yo caemos, tú debes salvarte, eres el último de nuestra estirpe.

—No caeréis, sois grandes guerreros, líderes natos.

—Nada es seguro en la batalla y esta será una muy dura y sangrienta.

—Arnold, déjame participar…

—No, y no se hable más. Te haré llamar cuando tengamos a Uthar.

Egil miró a Austin, que avanzaba en cabeza sobre un corcel blanco, con sus hombres cantando una oda a la victoria.

—Son sus órdenes —le dijo Arnold—. No puedes desobedecer a tu rey.

Egil suspiró.

—Está bien —admitió sin mucho convencimiento.

—Así me gusta —respondió Arnold, y se subió a un semental rogdano de pelaje negro—. Nos vemos en la celebración de la victoria —le anunció, y cabalgó hasta unirse a su hermano.

Lasgol observaba a Egil. La resignación era evidente en el rostro de su amigo.

—Lo hacen por protegerte.

—Lo sé, pero ya no soy quien era. Ya he estado en batalla.

—Y has ayudado a salvar a tus hermanos de Uthar.

—Cierto. Debería habérselo dicho a Arnold.

—No habría cambiado nada.

—Lo sé, son órdenes de Austin.

—Míralo así, ellos no quieren que te suceda nada. Te protegen.

—Pero es mi deber luchar por los míos.

—¡Tirad! —llegó la orden del capitán al mando de las catapultas.

Las catapultas tiraron.

Lasgol se sobresaltó.

—¿Por qué tiran? Los nuestros avanzan, los alcanzarán.

Egil observó los proyectiles sobrevolar las tropas en su avance y estrellarse contra las almenas y las torres.

—Protegen el avance. Las fuerzas de Uthar subirán a las almenas a causar tantas bajas como puedan mientras los nuestros se aproximan. Las catapultas retrasarán todo lo que puedan a los arqueros y balistas enemigos.

—Oh..., ya entiendo...

—Lo cual no quiere decir que algunos proyectiles no alcancen de forma accidental a nuestras fuerzas mientras avanzan. No son precisamente armas de enorme precisión.

Bajo el estruendo de los cuernos de guerra, los cánticos norghanos de victoria y el estruendo de las máquinas de asedio, las fuerzas del Oeste avanzaban hacia la muralla sur.

De pronto se oyeron rugidos estremecedores, gritos guturales, bestias bramando procedentes del norte, del otro lado de la ciudad. Las fuerzas de Darthor avanzaban a tomar la muralla norte de la ciudad.

«Suerte, madre. Ten cuidado», deseó Lasgol, y al igual que su amigo Egil se sintió inservible, allí, en medio de una de las mayores batallas en la historia reciente en el norte del continente.

Capítulo 40

L A MAREA AZUL Y NEGRA DE LAS FUERZAS DEL OESTE ROMPIÓ contra la muralla sur como el gélido y bravo mar en una tormenta golpeaba los acantilados de la costa del norte. Desde las castigadas almenas los defensores tiraron contra ellos. Miles de flechas cayeron sobre las huestes del Oeste buscando acabar con quien intentara tomar la muralla.

—¡Escudos! —gritó Austin a sus hombres.

Una multitud de escudos redondos se levantó sobre las cabezas de los atacantes. Las flechas se clavaron en escudos, armaduras y carne. Muchos cayeron heridos o muertos.

—¡Manteneos juntos, cubríos con los escudos! —gritó Arnold.

Las flechas volvieron a llover desde la muralla y las torres defensivas que, casi en ruinas, todavía aguantaban, y los soldados de Uthar se parapetaban en ellas como podían. A las flechas siguieron jabalinas que los defensores lanzaron contra los hombres al pie de la muralla.

De pronto dos balistas tiraron sobre los atacantes. Se produjeron sendos tremendos estallidos de madera y sangre cuando los enormes proyectiles, casi del tamaño de un pino, golpearon contra los soldados. Varias decenas murieron al momento y otros tantos quedaron heridos.

—¡Hay que tomar la muralla! —dijo Austin a su hermano.

—¡Erikson, escalas! —ordenó este.

El duque asintió y dio la orden. Sus hombres se lanzaron contra la muralla llevando escalas de madera en la zona más al oeste.

—¡Svensen, cuerdas y arpones!

El duque envió a sus hombres a tomar la sección más al este.

—Hay que dividirlos, que no defiendan a una —dijo Austin.

—¡El resto de las fuerzas, por el centro! —ordenó Arnold.

Miles de hombres se lanzaron a tomar la muralla entre gritos descarnados.

Desde la parte superior los acribillaban con flechas, jabalinas, rocas y piedras que caían sobre ellos sin piedad.

Los soldados del Oeste se protegían con escudos mientras intentaban subir por escalas y cuerdas.

De pronto, en la parte central de las almenas aparecieron varios calderos. Los soldados escalaban, ya estaban casi arriba.

Austin se percató de lo que eran.

—¡Cuidado! ¡Aceite hirviendo! —gritó.

Los hombres a punto de alcanzar las almenas vieron cómo les vertían el aceite hirviendo. Cayeron entre estremecedores gritos de horror.

—¡Maldición! —gritó Austin.

—Hemos perdido al conde Bjorn y a muchos de sus mejores hombres —informó Arnold.

En la sección oeste, los hombres de Erikson conseguían llegar a las almenas subiendo por las escalas; sin embargo, arriba los esperaba algo peor que las flechas y el aceite. Varias centenas de hombres, no muy altos ni muy fuertes, con cascos alados y vestimentas completamente níveas. Espada en una mano, escudo blanco en la otra.

¡Los Invencibles del Hielo!

Los soldados se lanzaron contra ellos con hachas y lanzas. Los Invencibles comenzaron a matarlos con la eficiencia de un asesino entrenado. Los hombres de Erikson no eran rival para tan magníficos espadachines. Por cada invencible que conseguían matar a base de fuerza bruta y coraje norghano, ellos mataban una decena de atacantes del Oeste.

—Uthar ha enviado a los Invencibles a defender la muralla —le dijo Austin a Arnold.

—Va a ser muy difícil tomarlas con ellos defendiéndolas.

—No pueden estar todos defendiendo el sur —dijo Austin—. Las fuerzas de Darthor estarán ahora mismo tomando la muralla norte.

—Esperemos —dijo Arnold.

Y Austin no se equivocaba. En aquel mismo momento, una horda de salvajes del hielo escalaba por la muralla norte usando cuerdas con garfio y escaleras rudimentarias mientras desde la base de la muralla los pobladores de la tundra los protegían lanzando jabalinas contra los defensores en las almenas.

Jurn, al mando de los semigigantes y los salvajes del hielo, dirigía la ofensiva entre gritos estruendosos a los suyos en el extraño idioma del Continente Helado. Eran tan grandes y poderosos que escalaban la muralla con facilidad. Arriba los esperaban la milicia y los Invencibles del Hielo de Uthar. Los primeros caían descuartizados y muertos de miedo en instantes. Los segundos oponían una fiera resistencia.

Sarn protegía a los salvajes con sus pobladores, que lanzaban jabalinas a los Invencibles con una fuerza y precisión pasmosa. Gritaba órdenes a diestro y siniestro mientras gesticulaba con todo su ser. Las bestias del Continente Helado, los troles, los ogros de las nieves y criaturas no identificadas aguardaban entre rugidos y bramidos que helaban la sangre de los defensores. Los arcanos de los glaciares, que los dominaban, estaban tras ellas.

Dos magos del hielo atacaron a las fuerzas sobre las almenas con conjuros del hielo y escarcha. No consiguieron matar a los salvajes por la resistencia innata de sus cuerpos azules al frío, pero sí ralentizarlos impidiéndoles luchar, dando así una ventaja a los Invencibles.

Azur, líder de los arcanos de los glaciares, se percató de ello. Llamó a Asrael y Asuris. Entre los tres conjuraron sobre la muralla en el punto donde se hallaban los dos magos del hielo. Estos se dieron cuenta y levantaron esferas protectoras. Se volvieron y atacaron desde las almenas a los tres chamanes. Estos se defendieron a su vez protegiéndose con esferas antimagia.

Los magos lanzaron proyectiles de hielo y rayos helados contra Asrael y Asuris. Sus esferas defensivas aguantaron el ataque y los dos chamanes las reforzaron enviando más energía para que no cayeran. Los magos intensificaron el ataque. Tridentes glaciares se precipitaron sobre ellos. Les siguieron estacas de cortantes de hielo que surgían del suelo. Las defensas de los chamanes se debilitaban ante la potencia de los conjuros de los magos norghanos.

Azur se percató de las dificultades. Se giró y llamó a una veintena de arcanos de los glaciares para que los apoyaran. Un momento más tarde, los arcanos conjuraban contra las esferas protectoras de los magos mientras estos seguían castigando a Asrael y Asuris, que apenas podían mantener sus defensas y caerían en breve.

Los arcanos conjuraron a una y crearon un enorme monstruo de las cavernas heladas sobre las almenas. La criatura atacó a los magos con enormes dentelladas de dientes cristalinos en unas fauces gigantescas. Los magos del hielo se defendieron. Atacaron a la criatura, pero, para su sorpresa, sus conjuros no tuvieron efecto sobre ella; era como si no estuviera allí. Sin embargo, los mordiscos del ser les sacudían todo el cuerpo y debilitaban sus defensas. Los arcanos, todos a una, enviaron más energía a la criatura. Los magos del hielo se defendieron, pero no pudieron soportar la presión del ataque. Sus esferas protectoras fueron debilitándose hasta caer. Los dos magos murieron devorados por el monstruo de hielo. Un momento después la criatura se desvanecía.

Y fue el principio del final para los defensores de las murallas.

Entre gritos bestiales de los salvajes la muralla norte caía en manos de la hueste de hielo.

Un momento más tarde caía la muralla sur a manos de la Liga del Oeste.

Capítulo 41

EGIL Y LASGOL CONTEMPLABAN LA BATALLA DESDE LA RETAGUARDIA. El espectáculo era horripilante; gritos, dolor, sangre y terror les llegaban con tal fuerza que les bloqueaban los sentidos. Aun así, ambos deseaban unirse a la acción.

—Lo siento —le dijo de pronto Egil a Lasgol.

—¿Qué vas a hacer?

—No puedo quedarme aquí viendo a los míos perecer sin hacer nada. Tengo que intentar ayudar.

—Pero ya has oído a tus hermanos…

Los cuernos de ambos bandos sonaron por encima de los gritos del combate.

—Han abierto brecha, no puedo quedarme aquí; voy a ir e intentar ayudar a Austin y Arnold.

—No sabía que eras todo un valiente que se lanza a la batalla en el peor momento —le dijo Lasgol con una sonrisa.

—Te aseguro que no lo soy, pero, si me quedo aquí y algo les ocurre a mis hermanos, nunca me lo perdonaré.

—Te entiendo. Yo me siento igual. Si algo le ocurre a mi madre…

—Entonces, ¿vienes?

—Por supuesto.

—Mira quién es el valiente ahora.

Lasgol soltó una carcajada nerviosa.

—De valiente tengo tanto como tú.

—Entonces, estamos apañados.

Los dos sonrieron y se decidieron. Irían al combate.

—Mejor armarnos —propuso Lasgol.

Fueron hasta las tiendas y cogieron sus armas.

Lasgol tuvo una charla con Camu. No podía llevarlo a la batalla, era demasiado peligroso, así que le dijo que tenía que quedarse en la tienda descansando. La criatura no estaba nada de acuerdo y negaba con la cabeza. Lasgol no estaba muy seguro de si Camu entendía la gravedad de la situación, probablemente no, por mucho que él intentara transmitírselo. No podía arriesgarse a que la traviesa criatura decidiera seguirlo, ya lo había hecho antes, así que usó su don para ordenarle que se quedara. Pareció funcionar, o eso esperaba Lasgol. Acarició una última vez a Camu y se dispuso a partir.

—Espera —le dijo Egil a Lasgol cuando iban a salir—. Cojamos los pañuelos de guardabosques.

—¿Para ocultar nuestro rostro?

—Exacto, así los hombres de confianza de mis hermanos no nos detendrán.

—¿No resultará sospechoso?

—No lo creo, parte de la ciudad arde y habrá muchos que se protejan del humo con pañuelos. Seremos dos soldados del Oeste más protegiéndonos del humo.

—De acuerdo.

Los dos amigos marcharon hacia la muralla. Siguieron a los últimos refuerzos que las fuerzas del Oeste enviaban a asegurarla. Según avanzaban y esta se hacía más inmensa frente a ellos y el estruendo de la batalla más cercano, Lasgol sintió que el estómago se le volvía de piedra. Intercambió una mirada con su amigo, cuyo rostro reflejaba el nerviosismo que sentía. Se dirigían a la batalla, a la muerte. De repente se hizo todo muy real.

Se encontraron de frente con el espanto y el sufrimiento de la guerra. Tuvieron que pasar entre los cuerpos de los caídos en la toma de la muralla hasta llegar a la base de la gigantesca estructura de piedra. Los heridos aún con vida pedían socorro entre gritos desesperados de dolor y agonía, pero los refuerzos no se detenían; debían llegar a la parte superior de la muralla y asegurarla, pues el resto de las fuerzas del Oeste ya avanzaban hacia el castillo. Saltaban por encima de muertos y heridos o los esquivaban como mejor podían, lo cual era difícil, ya que la explanada estaba llena de ellos.

Lasgol echó la cabeza atrás y vio que los camilleros y sanadores se apresuraban a atender a los heridos. Se sintió algo mejor. Subieron por cuerdas y escaleras de madera que ahora colgaban a lo largo de gran parte de la muralla en su cara sur hasta las almenas destrozadas. Llegaron arriba y descubrieron otra imagen que afectó mucho a los dos amigos. Las almenas, lo que quedaba de ellas y la parte superior de la muralla se hallaban cubiertas de sangre y cadáveres. Miles de hombres muertos yacían a lo largo de la muralla y a ambos lados de esta, tanto en la explanada como en el interior de la ciudad. Una desesperanza enorme los invadió. La guerra era algo realmente horrible por mucho que se persiguieran fines honorables, por mucho que poetas y bardos la disfrazaran de actos de valentía y heroísmo en sus odas y cantos.

—Tomad posiciones. Hay que proteger el acceso —dijo el oficial al mando, un noble menor que Lasgol no conocía.

Egil observaba el castillo en medio de la ciudad. La fortaleza amurallada estaba sobre un cerro y se erguía regia y magnificente. Lo rodeaban miles de casas de piedra con tejados pronunciados y otros edificios de diferentes tamaños. Desde la altura que les proporcionaba la muralla, podían distinguir las diferentes zonas de la ciudad con sus barrios, plazas y callejas. La zona sudoeste, la más pobre, ardía, y grandes columnas de fuego se alzaban a los cielos. La zona norte, los barrios de los nobles con sus palacetes y mansiones, no ardía, sino que estaba cubierta de una extraña escarcha con vetas negras, como si el hielo se hubiera corrompido. Era obra de Darthor y los arcanos de los glaciares en su avance hacia el castillo. No parecía que el contacto con la sustancia trajera nada bueno.

—Nos descolgaremos e iremos hacia el castillo —le indicó Egil a Lasgol con disimulo.

Este asintió. Esperaron a que el oficial estuviera distraído y se dejaron caer por dos sogas. Cuando llegaron abajo, al interior de la ciudad, avanzaron entre los muertos y tomaron una calle principal donde un grupo de soldados del Oeste se dirigía hacia el centro.

El combate en aquella zona de la capital ya había acabado, las fuerzas del Este se replegaban hacia el castillo real para una última defensa desesperada, mientras que las del Oeste desde el sur de la ciudad y las de Darthor desde el norte se acercaban al castillo. En las calles, la gente intentaba huir de las zonas en las que aún se combatía y en las que el fuego estaba descontrolado.

—El pañuelo —le indicó Egil a Lasgol con el dedo índice.

El muchacho asintió y se lo puso tapándose la boca y la nariz de forma que solo le quedaran visibles los ojos. Egil hizo lo mismo. Llevaban los arcos en la mano izquierda y varias flechas en la derecha por si los atacaban y habían de defenderse. Ninguno de los dos deseaba luchar, pero, si se encontraban en una situación en la que no les quedase otra salida, lo harían. Lasgol deseó que no sucediera.

Según avanzaban, veían más personas intentando huir del combate y el fuego. Se refugiaban donde podían, pues las salidas de la ciudad se hallaban cerradas; no conseguirían salir, estaban atrapados dentro de la muralla que ahora controlaban las fuerzas del Oeste y las de Darthor.

De pronto, se oyeron gritos a la izquierda y Lasgol y Egil se giraron armando los arcos. Varios soldados de Uthar en retirada intentaban abrirse paso hacia el castillo luchando contra hombres del duque Erikson. Lasgol y Egil cruzaron una mirada. Los tenían a tiro, a menos de cincuenta pasos. Podían acabar con ellos. Más hombres del duque se lanzaron contra ellos y se interpusieron en su línea de tiro. Los dos amigos bajaron los arcos. Resoplaron.

Tomaron la avenida de las Nieves, la vía mayor de la ciudad, y continuaron subiendo. Los conduciría a las puertas del gran castillo. Pasaron cerca de varias escaramuzas más, pero no intervinieron. Dejaron que los soldados de ambos bandos lucharan y avanzaron. Encontraron más y más fuerzas del Oeste, y fueron abriéndose paso con disimulo.

Pasaron entre los hombres del conde Malasan y de pronto el gran castillo real apareció ante ellos. Al hallarse situado sobre un pronunciado cerro, solo podía accederse a él a través de una rampa muy empinada que daba acceso a una puerta con rastrillo.

—¡Rodead el castillo! —ordenó el duque Erikson a sus hombres.

—¡Manteneos fuera de tiro! —indicó Svensen a los suyos, que se situaban en posición.

Lasgol vio a Austin y Arnold estudiando la rampa y la puerta del palacio. No parecían decididos a lanzar un ataque frontal; costaría gran cantidad de vidas. Las fuerzas restantes de Uthar estaban en las torres y las almenas con arcos y aceite hirviendo preparados para la defensa final. Necesitarían un ariete para echar la puerta abajo, y llevaría tiempo. Lasgol había visto al menos dos arietes entre las armas de asedio que habían construido, pero no sabía si habían sobrevivido al ataque a las puertas de la muralla.

Egil se situó tras sus hermanos, a una distancia prudencial, en un intento por escuchar lo que debatían. Lasgol lo siguió.

—Uthar no se rendirá —dijo Austin.

—No tiene escapatoria, está rodeado —indicó Arnold.

—Esperará escondido en la fortaleza a que lleguen sus ejércitos.

—Debemos acabar con él ahora, no tendremos otra oportunidad.

—Esa puerta aguantará incluso el ataque de uno de nuestros arietes, me temo.

—He mandado que traigan el que nos queda. Está bastante dañado...

—En ese caso, la situación se complica.

—No necesitaremos el ariete —dijo una voz profunda y disonante.

Lasgol la reconoció al instante. Darthor.

Austin y Arnold se volvieron hacia el norte. Darthor avanzaba en dirección a ellos. Con él iban el semigigante Jurn, de los salvajes del hielo; Sarn, de los pobladores de la tundra; y Azur, de los arcanos de los glaciares. Algo más retrasados estaban Asrael y Asuris. Los seguían las huestes del hielo.

La presencia de los líderes del hielo era tan impresionante que los soldados del Oeste se apartaban para dejarlos pasar. Los duques Erikson y Svensen, así como el conde Malasan, se acercaron raudos a escoltar a sus señores. Austin y Arnold permanecieron tranquilos y dejaron que Darthor y los otros líderes se aproximaran.

—¿Cómo entramos entonces? —preguntó Austin—. El tiempo apremia y nuestras armas de asedio están en el campamento o dañadas.

—Olvídalas, tardaríamos demasiado con ellas. Tengo una solución mucho más efectiva —dijo Darthor.

—Muy bien, adelante —cedió Austin.

Darthor hizo una seña a Azur y Asrael. Los chamanes cerraron los ojos y se concentraron. Entonaron una letanía en un lenguaje incomprensible mientras movían los cayados frente a ellos.

De pronto el suelo tembló. Un temblor como si un gigante pisara con fuerza ante ellos. Algo se acercaba. Con cada paso la sacudida aumentaba. Algunos perdieron el equilibrio e incluso se fueron al suelo. Lasgol comenzó a recordar que ya había vivido algo así antes. Las sacudidas se intensificaron y el rostro de Austin se ensombreció.

—¿Qué es esto? ¿Qué sucede?

—Tranquilo, ahora lo verás, rey del Oeste —le dijo Darthor.

La sacudida se volvió intensísima y Lasgol recordó dónde la había sentido: en el Paso de las Montañas de Naciente.

De pronto, frente a Darthor la tierra comenzó a salir despedida por los aires. Un enorme agujero empezó a formarse y a las sacudidas les siguieron grandes volúmenes de tierra y piedra que salían propulsados hacia el cielo. Los soldados del Oeste se asustaron, incluidos los nobles.

—Tranquilos todos —ordenó Darthor.

Y del agujero apareció una criatura sorprendente. Unos ojos blancos, ciegos, sobre una enorme boca precedían a un tronco enorme de forma reptiliana. Era descomunal. Tenía el cuerpo recubierto de escamas blancas y cristalinas. Emitió un grito que pareció más un chirrido agudo.

—Este es Gormir; es nuestro aliado, y abrirá camino —dijo Darthor.

—¿Ese ser? —preguntó Austin sorprendido.

—Sí, él —indicó Darthor, y dio la orden—. Adelante, amigo, ábrenos camino.

Azur y Asrael entonaron otra letanía y señalaron la puerta del castillo.

Gormir comenzó a avanzar hacia la pendiente con sus cuatro patas cortas. Todos observaban intrigados.

Desde el castillo llegó la orden de abatirlo. Cientos de flechas cayeron sobre la criatura, pero, para sorpresa de todos, no consiguieron herirlo.

—Su piel es tan dura como el diamante —dijo Darthor a Austin.

Los soldados de Uthar tiraron contra la criatura, que avanzaba muy despacio pendiente arriba. No parecía sentir las flechas, tampoco las rocas que le lanzaron cuando se acercó más al portón.

—¿Nada puede dañarlo? —Arnold estaba atónito.

—Todo ser tiene debilidades, no hay ninguno invulnerable —contestó Darthor.

En ese momento, atacaron a Gormir con flechas de fuego, y estas sí las sintió. Rugió con el extraño sonido chirriante que emitía. A unos pasos de la puerta, con el rastrillo bajado, desde la muralla, vertieron aceite hirviendo. Gormir volvió a chillar cuando el aceite lo alcanzó.

—Protégete —le dijo Darthor.

La criatura comenzó a cavar un agujero con su enorme boca y los temblores volvieron a toda la zona. Mientras cavaba el agujero, los soldados de Uthar prendieron el aceite y toda la rampa empezó a arder. Gormir chilló de dolor.

—Vamos, amigo, protégete —le dijo Darthor.

Gormir desapareció en el agujero que había cavado y los temblores continuaron cada vez con mayor fuerza.

—¿Qué hace? —preguntó Austin.

—Protegerse del fuego.

Los temblores continuaron y un agujero comenzó a formarse debajo de la gran puerta del castillo. De pronto, la puerta estalló en mil pedazos. La cabeza de Gormir apareció bajo ella y emitió un chirrido agudo, uno de triunfo.

—La puerta ha caído. Es hora de tomar el castillo y acabar con Uthar de una vez —dijo Darthor.

Capítulo 42

Darthor dio la señal y las hordas del Continente Helado se lanzaron hacia la entrada del castillo. Desde las almenas y las torres, los defensores intentaron detenerlos con una lluvia de flechas y jabalinas.

—Arcanos, enviad las bestias —ordenó Darthor.

Azur y los suyos así lo hicieron. Comandaron a las bestias del Continente Helado y estas atacaron entre rugidos ensordecedores. Enormes ogros y troles de las nieves se lanzaron al ataque, seguidos de otras criaturas tan horribles como poderosas que Lasgol desconocía. Subieron por la rampa y recibieron el castigo de muerte desde las almenas. Pero eran tan fuertes y poderosos que los defensores no consiguieron matarlos. Subían corriendo de uno en uno, como seres de una pesadilla enviados a tomar la fortaleza. Siguieron adelante con saetas y lanzas clavadas en el cuerpo, buscando dar muerte a los que les causaban dolor. Los rugidos de dolor y rabia de las bestias ponían la carne de gallina. Ninguno se detuvo, todos entraron a descuartizar a los defensores que les cerraban el paso.

Los salvajes del hielo se unieron al asalto a continuación. Subían por la rampa entre rugidos guturales. Recibieron las saetas y rocas, y muchos cayeron muertos o heridos; pese a ello, avanzaban como las imparables bestias que los precedían.

Jurn y sus semigigantes esperaban abajo; eran demasiado grandes para subir por la estrecha rampa, causarían un atasco mortal de hacerlo. Esa era la esperanza de los defensores, pero Darthor se aseguró de que no sucediera.

—Jurn, tú y los tuyos seréis los últimos en subir —le dijo.

Este gruñó de rabia.

—Tengo que liderar a los salvajes, es mi deber.

—Yo soy el jefe de guerra y harás como digo.

Jurn cerró las enormes manos en puños y rugió, pero hizo como Darthor le ordenaba.

—Semigigantes, conmigo —les dijo a los suyos, y se retrasaron.

—Sarn, envía a los tuyos a ayudar a los salvajes y que tomen las almenas y torres o seguirán acribillándonos en la subida.

El líder de los pobladores de la tundra hizo una pequeña reverencia de respeto a Darthor y dio la orden. Los pobladores se lanzaron al ataque entre rugidos de guerra, con las jabalinas y los cuchillos listos para acabar con el enemigo.

Desde las torres y sobre el portón, los hombres de Uthar comenzaron a lanzar rocas y aceite hirviendo. La subida se convirtió en un infierno de muerte espantosa, aunque la horda no se detuvo; prosiguió pese a las bajas, rugiendo como bestias salvajes.

Darthor se volvió hacia Azur.

—Protegedlos —le ordenó.

Azur asintió. Hizo una seña a los suyos y los arcanos de los glaciares avanzaron hacia el castillo. Comenzaron a conjurar formando una larga línea. Desde las torres los vieron, estaban a menos de doscientos pasos y tiraron contra ellos. Desprotegidos como estaban, fueron alcanzados y varias decenas cayeron muertos o heridos.

De pronto, una niebla azulada apareció sobre las almenas y cubriendo las torres del castillo real. Los hombres de Uthar dejaron de tirar.

—Está hecho —anunció Azur—. Ahora nos ven como a uno de los suyos.

—Muy bien hecho —dijo Darthor.

Los primeros salvajes consiguieron entrar en el castillo. Los esperaban los últimos Invencibles con sus blancas vestimentas formando un muro defensivo. Los salvajes empuñaron sus hachas de hielo azul y cargaron contra el muro.

Sarn guio a los pobladores de la tundra, que evitaron el combate en la puerta y subieron hacia las murallas y torres para acabar con las últimas fuerzas que defendían la entrada e impedían al resto de sus fuerzas continuar.

—Ahora vuestras fuerzas —le dijo Darthor a Austin—, entrad y asegurad el patio de armas y las barracas.

—Ya habéis oído, hombres del Oeste. ¡Adelante! —ordenó Austin señalando la puerta con su espada.

Las fuerzas del Oeste subieron por la rampa cubierta de cadáveres y entraron en el castillo.

Lasgol estaba tan nervioso que parecía Nilsa. Intentaba mantener la calma, pero la situación era demasiado intensa para conseguirlo. La batalla entraba en su fase final y su estómago estaba tan revuelto como el mar del Norte en medio de una tormenta invernal. Egil observaba el ataque y se hallaba tan pálido como Gerd. Lasgol se preguntó cómo estarían sus amigos. «Estarán bien, son fuertes y listos. Sí, seguro que no les ha sucedido nada malo», se dijo. Pensar en ellos por lo general lo tranquilizaba, pero en aquel momento, entre los gritos del combate y la muerte rodeándolo, nada conseguía calmarlo.

El resto de las tropas del Oeste y el Continente Helado entraron en el castillo y el combate se expandió por toda la fortaleza en un abrir y cerrar de ojos. La batalla era desesperada, los defensores sabían que estaban perdidos, pero no cedían. Las huestes del hielo eran brutales, y sus bestias, hachas y lanzas llevaban la muerte a quien se pusiera frente a ellos. Pero los Invencibles aguantaban, su maestría con la espada y el escudo hacía estragos entre las fuerzas asaltantes.

Darthor hizo una seña a Austin.

—Es el momento de tomar la sala del trono.

—¿Uthar estará parapetado allí?

Darthor asintió.

—Es el lugar más seguro, en el corazón de la fortaleza.

—Entonces, tomémosla y acabemos con esto —dijo Austin.

Lasgol miró a Egil y le hizo un gesto interrogativo.

Egil no dudó. Le indicó con la cabeza que siguieran a Darthor y Austin. Lasgol asintió. Con cuidado de no levantar sospechas, siguieron al grupo donde avanzaban los dos líderes. Con ellos iban los nobles del Oeste y los líderes de las huestes del hielo.

El combate en el interior de la enorme fortaleza de fría roca negra era caótico y desesperado. El grupo de Darthor y Austin no se detuvo a combatir, avanzó hasta la sala del trono. La hallaron con la puerta atrancada desde el interior.

Darthor llamó a Jurn.

—Ahora es vuestro turno —le dijo al semigigante—. Destrozad esa puerta. Uthar y los suyos se esconden tras ella.

Jurn sonrió de oreja a oreja y su único ojo brilló con el destello de la victoria.

—Tirad la puerta abajo —ordenó a los suyos.

Varios semigigantes se abalanzaron contra ella y comenzaron a destrozarla con sus enormes hachas de dos filos. Los golpes eran demoledores. La puerta era sólida, reforzada y estaba atrancada, pero no pudo aguantar los terribles hachazos y golpes de los semigigantes. Con el sonido de madera quebrada se partió y quedó destrozada. Los semigigantes rugieron de júbilo.

—¡Acabemos con Uthar! —exclamó Darthor, y dio la orden de entrar.

Los semigigantes entraron entre rugidos dispuestos a acabar con todo cuanto hubiera dentro. Los recibieron saetas que acertaron a los primeros en entrar. En el interior de la enorme sala del trono, Gatik, guardabosques primero del reino, y sus guardabosques reales guardaban la entrada. Uthar se hallaba junto al trono. A su derecha estaba el mago Olthar, y junto a él, otro mago del hielo. El rey se resguardaba tras la guardia real, que formaba una línea frente a él. A un lado estaban los nobles fieles al monarca: sus primos Thoran y Orten, el conde Volgren y otra treintena de duques y condes del Este. Todos armados y con lujosas armaduras, con capas rojas y blancas, preparados para luchar hasta el final. Los acompañaban sus escoltas personales.

—¡Ha llegado la hora! ¡A la victoria! —clamó Darthor.

Su grupo entró tras los semigigantes. Una nueva volea de saetas alcanzó a los primeros en entrar.

—¡Sarn, acabad con los guardabosques reales! —ordenó Darthor.

Sarn y los pobladores de la tundra cargaron contra los guardabosques reales. Estos volvieron a tirar y muchos de los pobladores cayeron por los certeros tiros.

—¡Malditos, moriréis todos! —gritó Sarn.

Antes de que los guardabosques reales pudieran volver a tirar, los pobladores les lanzaron sus jabalinas a la carrera. Los guardabosques reales, cogidos por sorpresa por el movimiento, cayeron atravesados por las puntas de hielo azul, que podían penetrar armaduras. Los pobladores cargaron con cuchillos y los guardabosques sacaron las hachas cortas y los cuchillos.

—¡Jurn, la guardia real! —le dijo Darthor al semigigante.

—¡Seguidme a la victoria, salvajes! —gritó, y cargó contra la guardia real.

Los semigigantes eran tan grandes y aterradores que habrían intimidado al más valiente de los norghanos, pero los hombres de la guardia real eran los mejores de entre todos los norghanos, fuertes, grandes y muy bien adiestrados en el manejo de las armas.

—Austin, Arnold, encargaos de los nobles —dirigió Darthor.

—Será un placer —dijo Arnold.

—¿Y Uthar? —preguntó Austin.

—Uthar es mío. Yo me encargo de él —le indicó Darthor con una voz tan profunda, fría y distorsionada que Austin no tuvo duda de lo que esperaba a Uthar.

—Muy bien. Seguidme, nobles del Oeste; enseñemos a nuestros rivales del Este lo que es un verdadero norghano.

Los nobles de ambos lados se enzarzaron en un combate descarnado. Thoran y Orten luchaban juntos, codo con codo; eran tan grandes y brutos como feos. Austin y Arnold se enfrentaron a ellos. Erikson y Svensen hicieron frente al conde Volgren y los otros nobles. El conde Malasan los apoyaba con otros señores del Oeste. Todos luchaban con espada y escudo o espada y hacha, al estilo norghano. El combate se volvió encarnizado en un abrir y cerrar de ojos. Los nobles sabían luchar, todos, y lo hacían con fiereza. Los escoltas y oficiales intentaban proteger a sus señores.

—¡Uthar! ¡Ríndete ahora que todavía estás a tiempo! —le gritó Darthor sobre el estruendo del combate.

—¿Rendirme? ¡Nunca! ¡Tendré tu cabeza!

—¡Estás perdido! ¡Detén esto y ríndete!

—Te equivocas. Mis ejércitos están a punto de llegar. Cuando lo hagan, os pasarán a todos por la espada.

—No llegarán a tiempo.

—Lo veremos. Aún no me tienes y ya casi están en la ciudad.

Darthor levantó la espada y apuntó a Uthar, que estaba a veinte pasos, con ella.

—¡Clava la rodilla y ríndete!

—¡Nunca! ¡Antes la muerte!

—¡Si eso deseas, eso tendrás!

Uthar se giró hacia Olthar y el otro mago del hielo.

—¡Acabad con ellos!

Darthor hizo un gesto a Azur y Asrael.

—¡Preparaos!

De inmediato Olthar y el mago del hielo levantaron dos esferas protectoras, una antimagia translúcida y otra recubierta de hielo y escarcha para defenderse de ataques físicos.

Darthor alzó una esfera protectora blanquecina con vetas negras. Parecía recubierta de hielo, pero corrompida por la negrura de su poder de dominación. Las vetas negras se desplazaban por la esfera, semejaban tener vida propia. De ahí le venían los apodos de Señor Negro del Hielo y Mago Corrupto del Hielo. Azur y Asrael levantaron dos esferas protectoras de un color azul blanquecino muy claro. Se prepararon para el combate.

Olthar y el mago del hielo, con sus níveas vestimentas y usando sus varas blancas, comenzaron a conjurar mientras entonaban frases de poder.

Darthor fue el primero en atacar, era el más poderoso de todos y el más rápido. Conjuró. Una runa dorada apareció en la mano de Darthor y la proyectó hacia el pecho de Olthar. Era una runa de dominación con los bordes dorados y el interior negro. Según avanzaba por el aire hacia el mago, dejaba tras de sí una estela negra hasta la mano de Darthor que la dirigía. Pero, antes de llegar a Olthar, golpeó contra la esfera protectora. No pudo llegar. Darthor lo esperaba, tendría que perforar la esfera. Se concentró y envió más poder a través de la estela negra hasta la runa, que comenzó a grabarse en la esfera protectora de Olthar.

A su vez, Olthar terminó de conjurar. Sobre Darthor, Azur y Asrael creó una letal tormenta invernal. De súbito la temperatura comenzó a descender drásticamente a su alrededor y vientos huracanados y gélidos los azotaron. Todo se congelaba. Varios salvajes del hielo que estaban tras ellos murieron congelados en un instante. El poder de Olthar era impresionante.

Azur y Asrael enviaron poder a reforzar sus esferas protectoras para no acabar como los salvajes del hielo. Las esferas atenuaban los azotes de los vientos de la tormenta; aun así, sentían los golpes en el cuerpo y se sacudían dentro de su protección. Si no tenían cuidado, un azote podía romperles el cuerpo; sentían los golpes de los vientos huracanados como si un gigante golpeara sobre sus esferas.

El mago del hielo junto a Olthar dejó su vara en el suelo tras conjurar y con las manos creó dos rayos de hielo y los dirigió a las esferas de Azur y Asrael. Los mantuvo sobre ellas incrementando el poder. Los rayos intentaban perforar las esferas defensivas; si lo consiguieran, matarían a sus ocupantes atravesándolos como una espada de hielo.

Azur levantó una mano y envió poder a reforzar su esfera mientras intentaba mantener el equilibrio y recibía el castigo de las sacudidas de la tormenta sobre su enjuto cuerpo. En la otra mano, hizo girar su cayado de hielo azul y conjuró sobre el mago del hielo. Formó una nube azulada alrededor de la esfera del mago. Esta comenzó a corromper las esferas defensivas del mago como si a su contacto se infectaran con un antiquísimo poder arcano de los abismos de los glaciares.

Uthar aprovechó el combate entre los magos y corrió con la espada alzada a acabar con Asrael gritando como un loco.

—¡Os mataré!

Asrael conjuró sobre él un conjuro antiguo, rápido, eficaz. Las piernas de Uthar se congelaron donde estaban. De pronto Uthar no podía moverse; tenía los pies pegados al suelo en dos grandes bloques de hielo.

—¡Maldito! —gritó intentando liberarse sin conseguirlo.

—¡Es una ilusión, majestad! —le gritó Olthar.

—¡Me ha congelado los pies!

—¡Está solo en su mente, majestad! ¡No les pasa nada a sus pies!

Asrael volvió a conjurar sobre Uthar, que intentaba llegar hasta él sin conseguir mover los pies. Donde Uthar veía bloques de hielo, en realidad no había nada.

—¡Me sube por las piernas! —gritó Uthar con ojos desorbitados.

Darthor aprovechó que Olthar estaba distraído y envió más poder a su runa de dominación. Como si fuera de hierro candente, comenzó a traspasar la esfera de hielo de Olthar, la más exterior. Olthar se percató y mandó un poder mayor a la tormenta sobre Darthor, Azur y Asrael. Los tres la notaron. No solo estaba afectándoles dentro de sus esferas, sino que estas estaban debilitándose. La tormenta estaba destruyéndolas. Azur y Asrael se concentraron en enviar más poder a sus defensas. Darthor siguió atacando con todo su poder, obviando el peligro, en un todo o nada.

El mago del hielo intensificó los rayos de hielo sobre las defensas de Azur y Asrael. Iban a ceder bajo el ataque combinado de la tormenta y el rayo. Asrael sufrió una gran sacudida y estuvo a punto de irse al suelo. La victoria parecía de los magos de Uthar.

Y la balanza de poderes se decantó.

La esfera de Asrael no aguantó el castigo y se destruyó. Una fuerte sacudida de viento gélido se llevó a Asrael por los aires y quedó tendido en medio de la sala. No se levantó.

—¡La victoria es nuestra! —gritó Uthar al ver caer a Asrael.

Y en ese momento las esferas de Olthar fueron traspasadas por la runa de poder de Darthor, que atacaba con todo su ser.

—¡Noooo! —gritó Olthar.

Darthor proyectó la runa sobre el pecho del mago y lo marcó en la carne como si fuera con hierro candente. Olthar chilló de dolor. Intentó conjurar, pero el dolor se lo impidió. Darthor conjuró sobre la runa. Olthar se quedó quieto, con los ojos desorbitados, mirando al frente.

—Acaba con tu vida —le ordenó Darthor.

—¡No! —gritó Uthar.

Olthar conjuró sobre sí mismo.

—¡Detente, no lo hagas!

Una estaca de hielo apareció frente a Olthar, pero en lugar de lanzarla hacia Darthor, la envió contra sí mismo. La estaca lo atravesó y cayó muerto al suelo.

Azur envió sus últimas gotas de poder a su nube sobre el mago del hielo, y la defensa del mago se vino abajo. La nube lo envolvió.

—Duerme —le dijo Azur, y el mago cayó al suelo.

Darthor miró a Uthar.

—¡No! ¡No! —gritaba Uthar.

Azur fue hasta donde yacía Asrael y lo ayudó a levantarse. El viejo chamán consiguió recuperarse y miró a Uthar.

—Asrael, déjalo ir —le pidió Darthor.

—¿Estás seguro, mi señor?

—Sí, será un combate limpio. Tendrá una oportunidad.

Asrael asintió.

—Como desees —dijo, y detuvo el conjuro sobre Uthar.

Uthar se sintió liberado y sacudió brazos y piernas para cerciorarse. Ya no había hielo que lo aprisionara. Atacó a Darthor. Se abalanzó sobre él con la espada en una mano y la daga en otra. Darthor lo esquivó y bloqueó la espada con su vara, pero Uthar era tan grande y fuerte que lo desestabilizó y estuvo a punto de irse al suelo. Uthar le lanzó un tajo al cuello con la daga. Darthor echó la cabeza atrás y esquivó la daga que buscaba degollarlo. Dio un paso atrás y, antes de que Uthar pudiera volver a atacar, entonó unas palabras de poder. Un conjuro salió de su mano como un hilo espeso de negrura y se dirigió al pecho de Uthar, que alzaba su espada para golpear. El hilo sombrío le alcanzó el pecho y una runa dorada y negra se marcó en él. Uthar se miró el torso. La runa había atravesado su armadura y se había grabado en la carne; gritó de dolor.

—Detente —le ordenó Darthor.

Uthar intentó culminar el ataque con la espada, pero no pudo. Apretó la mandíbula realizando un esfuerzo inmenso para liberarse.

—Estás dominado, me perteneces.

—No…, aghhh…

—Suelta las armas.

Uthar negó con la cabeza, aunque las manos se abrieron y sus armas cayeron al suelo.

—¡Maldito!

—Podría poseer toda tu mente, pero quiero que seas consciente de tu derrota, de tu final.

—¡Déjame, maldito ser de los abismos!

—Quiero que sepas quién soy y por qué vas a morir.

—Déjame… ir… Agghhh…

—¡De rodillas, escoria! —le ordenó Darthor.

—¡Nunca! —se resistió Uthar.

Darthor giró la mano enguantada. La runa destelló en negro. Uthar gritó de dolor.

—¡De rodillas!

El otro se arrodilló entre gruñidos de dolor.

—¡Revélate!

—¡No! ¡Aghhh!

Lasgol no podía creer lo que estaba contemplando. Su madre tenía a Uthar de rodillas a sus pies. Estaba vencido, a punto de revelar su verdadera identidad. Todo iba a terminar y, por fin, se detendría aquella matanza sin sentido. Todo se solucionaría, iban a ganar. ¡Al fin! La victoria era suya. Una sensación de alivio, de júbilo lo asaltó. Resopló. La pesadilla terminaba y acababa bien para ellos. Su madre vencía, la familia de Egil gobernaría y la paz reinaría con los pueblos del Continente Helado. Norghana volvería a ser un reino unido bajo un liderazgo fuerte y honesto. Apenas podía creerlo.

Darthor retorció la mano una vez más. La mancha negra en el pecho de Uthar brilló con un destello negruzco.

El rey gritó:

—Soy Uthar, el verdadero rey.

—No lo eres, revélate —dijo Darthor, y fue a girar la mano para obligarlo a hacerlo.

Asuris se situó detrás de Darthor. Los ojos violetas le refulgieron con un extraño brillo.

Lasgol se percató y sintió un escalofrío. Algo no iba bien. Miró las manos de Asuris. Empuñaba dos dagas de hielo azul. «¿Qué va a hacer?». Algo iba realmente mal.

Asuris, sin mediar palabra, con un movimiento fulgurante clavó una daga en la espalda de Darthor hasta la empuñadura.

Lasgol exclamó de espanto.

Darthor se arqueó. La daga había atravesado la armadura. Se volvió.

—Asuris…

El chamán de los glaciares le hundió la segunda daga en el pecho.

—Traición…

—Es hora de un nuevo liderazgo, uno joven y fuerte —dijo Asuris.

Darthor se fue al suelo.

Capítulo 43

—¡NOOOOOOOO! —gritó Lasgol con ojos desorbitados, y corrió hasta su madre.

Egil armó el arco para cubrir a su amigo.

—¡Madre! ¡Noooooooooo! —gritó Lasgol desesperado, y se arrodilló junto a ella. Le puso la cabeza sobre sus piernas.

—Lasgol…, hijo…

—¡Madre, no puedes morir, no!

Oyó que su madre no podía respirar con el yelmo, su respiración era entrecortada, le faltaba aire.

—Me… ahogo…

Lasgol buscó con los dedos bajo el yelmo, en el cuello, hasta encontrar el cierre. Lo abrió y se lo quitó para que consiguiera respirar. Le sujetó la cabeza y la melena rubia se le enredó entre los dedos. La miró y vio la muerte en sus ojos, llegaba, ineludible. Lasgol sintió que le arrancaban el corazón y lo estrujaban causándole un sufrimiento inmenso.

Mayra respiró varias veces de forma entrecortada.

—Gracias…

Su rostro estaba ceniciento, tenía sangre en los labios.

Lasgol le acarició la cabeza y la besó en la frente.

—Aguanta, madre. —Levantó la cabeza hacia Azur y Asrael, que contemplaban la escena como en trance.

—Has sido tú —acusó Lasgol a Azur.

El chamán negó con la cabeza.

Lasgol miró a Asrael.

—Si eres nuestro amigo, defiende a tu señor —dijo con la vista puesta en su madre.

—¡Qué has hecho, loco! —le espetó Asrael a Asuris.

—¿Acaso te engañan los ojos? ¿Acaso la vejez no te permite ya razonar, viejo chamán? —le contestó Asuris, que señalaba a Mayra en el suelo con una de sus dagas.

—Veo a nuestro líder —le dijo Asrael.

—Yo veo a una mujer, una norghana, nada menos. —Negaba con la cabeza de forma ostensible—. No veo a un poderoso hechicero de lejanas tierras que vino a ayudarnos contra los norghanos, como nos habías hecho creer.

—Es la misma persona.

—Para ti, quizá; para mí no. Para mí es una farsante y una traidora.

—Nos ha conducido a la victoria, como prometió.

—Entablando una alianza con los norghanos del Oeste que ni necesitábamos ni la mayoría de nosotros deseaba. Mírala bien, es una mujer norghana, con un hijo norghano, uno de los guardabosques del rey —dijo señalando ahora a Lasgol—. Nos ha mentido y nos venderá a los norghanos del Oeste antes de que el día acabe. Tú no lo ves, viejo, pero yo sí.

—Nunca nos traicionaría.

—Ya lo ha hecho. La vi hablando con su hijo en los bosques norghanos. Yo nunca me fie. Ni de Darthor ni de nadie.

—Aun así, no nos traicionó.

—Eres un viejo confiado, los jóvenes somos más agudos

—dijo Asuris, y le lanzó una de las dagas por sorpresa. Alcanzó a Asrael en el hombro antes de que pudiera defenderse. Se desplomó al suelo.

—¡Detente, esta no es la forma de alcanzar la victoria para nuestro pueblo! —le dijo Azur.

Asuris se volvió hacia su líder.

—Tu tiempo ha pasado, es tiempo para un líder joven, con cabeza y visión.

—¿Me desafías? ¿Vas a dirigir tú a los chamanes de los glaciares?

—Así es, viejo.

—No lo permitirán, yo soy el líder de los chamanes y, tras Darthor, de todas las fuerzas del Continente Helado. Pagarás tu osadía.

—¿Quién va a detenerme? ¿Tú? —le dijo Asuris desafiante.

Azur negó con la cabeza.

—No, yo no me ensuciaré las manos con un traidor. ¡Jurn, líder de los salvajes del hielo! ¡Sarn, líder de los pobladores de la tundra! —llamó Azur.

Los dos líderes, que habían dejado de luchar para observar lo que sucedía con Darthor, se acercaron.

—Acabad con el traidor Asuris —les ordenó Azur.

Jurn levantó su poderosa hacha de dos cabezas.

Asuris dio un paso atrás y comenzó a recitar un conjuro.

Sarn alzó la lanza.

—Matadlo —sentenció Azur.

Jurn dio un paso hacia Asuris, se giró de medio cuerpo, y, en lugar de bajar el hacha sobre el chamán de ojos violeta, lo hizo sobre Azur.

Lo partió en dos.

Lasgol se quedó de piedra. Horrorizado. No pudo ni gritar ni reaccionar. No podía creer lo que estaba sucediendo.

Sarn lanzó su jabalina de punta de hielo azul. La lanzó con todo su ser.

Egil la siguió con la mirada. Vio que se dirigía a gran velocidad hacia los nobles norghanos que luchaban y no se habían percatado de lo que sucedía. Y se dio cuenta de hacia quién iba dirigida en un instante de claridad aterradora.

—¡Austin! —gritó Egil desesperado.

La lanza alcanzó a su hermano en la espalda. Atravesó la armadura y se clavó profunda.

—¡Noooooooo! —clamó Egil, y corrió hacia su hermano.

Austin dio dos pasos vacilantes hacia atrás y se llevó la mano a la espalda. No alcanzó la lanza.

Thoran vio la oportunidad y se lanzó a rematarlo.

—¡Austin! —chilló Arnold, que se dio cuenta de que algo iba mal.

Orten se cruzó frente a Arnold impidiendo que socorriera a su hermano.

—Tendrás que matarme primero —dijo el gigantón.

—Lo haré —dijo Arnold, y le soltó una estocada que Orten desvió.

Egil tiró mientras corría hacia su hermano. La flecha alcanzó a Thoran en el hombro. Atravesó la cota de escamas y se clavó. Thoran se miró el hombro, maldijo y lanzó un tajo salvaje a Austin. Este lo bloqueó, pero las piernas le fallaron. Cayó de rodillas. Tenía la mirada perdida.

—¡No! ¡Austin! —gritó Egil, y volvió a tirar.

Alcanzó a Thoran en la muñeca. El noble gruñó de dolor y abrió la mano. La espada se le cayó al suelo.

Egil estaba ya a dos pasos.

Con la mano izquierda, Thoran le clavó una daga a Austin en el cuello.

—¡Noooooo! —Egil llegó hasta su hermano.

Austin se fue al suelo.

Thoran sonrió y recogió su espada. Fue a atacar a Egil, pero los salvajes del hielo atacaron a los nobles norghanos del Este y del Oeste por igual.

—¡Acabad con todos los norghanos! —ordenó Jurn.

—¡Todos, da igual de qué bando sean! —aclaró Sarn.

—¡Traición! —gritó Arnold.

Los nobles del Oeste se volvieron hacia él.

—¡Los Pueblos del Hielo nos traicionan!

El caos se adueñó de la sala del trono. Todos luchaban ahora contra todos.

Egil se arrodilló junto a su hermano mayor.

—Protege… a Arnold…

—Hermano, tienes que vivir.

—No lo conseguiré, pero Arnold tiene que sobrevivir… Él es ahora el heredero a la Corona…

—Lo protegeré, te lo prometo —le dijo Egil mientras se secaba las lágrimas.

—Por padre…, por los Olafstone…, por Norghana… —dijo Austin, y exhaló el último aliento.

Egil se quedó llorando a su hermano mayor un instante, con un dolor terrible en el corazón. Los gritos del combate a su alrededor lo devolvieron a la realidad. Buscó a Arnold con la mirada. Estaba en apuros, el bruto de Orten lo tenía contra la pared. Thoran luchaba con un salvaje del hielo, cada cual golpeando con mayor brutalidad. Egil cargó una Flecha de Aire, apuntó a la espalda de Orten y tiró. La flecha explotó contra la armadura de escamas de Orten y se produjo una descarga eléctrica. Orten la sintió y se fue hacia atrás sacudiendo todo el cuerpo de forma incontrolada.

—¡Arnold! ¡A mí! —llamó Egil a su hermano.

Arnold lo vio y corrió hacia él. Un poblador de la tundra le salió al paso y Egil acabó con él con una flecha de fuego que explotó en una llamarada sobre su corazón.

Arnold agradeció la ayuda a su hermano con un gesto. Llegó hasta él.

—Hay que reagruparse —le dijo Egil a Arnold.

Arnold miraba el cadáver de su hermano tendido en el suelo con el rostro contraído por el dolor y la pena.

—¡Vamos, Arnold! ¡Hay que reagruparse o estamos perdidos! —Señaló a Jurn y Sarn, que repartían muerte entre los norghanos como dos dioses del hielo.

Arnold asintió. Volvió a la realidad y apartó su pena.

—¡Norghanos del Oeste! ¡Conmigo!

El conde Malasan lo oyó y avisó a Erikson y Svensen, ellos luchaban ahora contra salvajes y pobladores. Todos se retiraron para reagruparse alrededor de Arnold. Los nobles del Este se las veían y deseaban para contener a los salvajes y los pobladores.

—Escucha, Lasgol… —le dijo Mayra a su hijo.

El chico sentía un dolor insondable que le horadaba el alma; las lágrimas le caían por las mejillas.

—Sí, madre.

—Toma esto. Es importante. Quiero que lo tengas.

Vio que se llevaba la mano a un colgante con una extraña joya azul hielo que llevaba en el cuello. Mayra se lo quitó de un tirón y se lo ofreció.

Lasgol cogió la joya.

—¿Qué es?

—Ya lo descubrirás. No lo pierdas.

—No lo haré.

—Prométeme que no buscarás venganza…

—Te han traicionado, te han asesinado por la espalda. Merecen morir mil muertes horribles —dijo Lasgol.

—La venganza es un sendero que no debes tomar, conduce al sufrimiento…, a la muerte. Prométemelo.

—No sé si puedo, madre.

—Hazlo… Quiero que seas feliz…

Lasgol no quería negarle aquello a su madre.

—Está bien, lo prometo.

—Ese es mi chico… Estoy muy orgullosa de ti…, mucho… Tu padre también lo estaría…

—Madre, te quiero —le dijo Lasgol, y las lágrimas le inundaron los ojos.

—Y yo a ti…, mi hijo valiente.

—No me dejes… No hemos podido disfrutar de un tiempo juntos, de conocernos…

—Mi hora ha llegado… Hemos compartido momentos intensos…, recuérdalos con cariño y recuerda que yo siempre te quise y siempre te querré.

—Madre… —Lasgol no pudo hablar, tenía un nudo en la garganta y el alma le sangraba.

Mayra le sonrió. Le acarició la mejilla.

Murió.

El muchacho rompió a llorar. Su dolor era inconmensurable.

En medio de la confusión, Gatik llegó hasta Uthar y lo ayudó a levantarse. Este gruñó de dolor, no podía andar. Gatik se lo llevó a rastras hacia el trono.

—¿Dónde está? —le preguntó a Uthar con urgencia.

Uthar miró sin comprender.

—El pasaje secreto, sé que hay uno aquí, pero no sé dónde.

—Aquí —dijo Uthar, y presionó una piedra en la pared detrás del trono.

Se escuchó un clac seguido del sonido de roca al arrastrarse sobre roca. Se abrió un pasadizo secreto.

—¡Thoran! ¡Orten! —llamó Gatik, y señaló el pasadizo abierto.

Los primos del rey vieron el pasadizo y entendieron.

—Volgren, nos retiramos —llamó Thoran al conde del Este.

Los nobles del Este supervivientes se retiraron hacia el pasadizo siguiendo a sus señores.

—¡Que no escapen! —gritó Asuris.

Jur, Sarn y los suyos se lanzaron contra ellos.

Asuris comenzó a conjurar. Señalaba con su daga a Uthar.

Gatik dejó caer al rey y, en un movimiento rapidísimo, armó el arco. Antes de que Asuris terminara de conjurar, Gatik tiró.

Asuris vio la flecha dirigirse a su corazón. Se lanzó a un lado. La flecha le alcanzó en el costado. Cayó al suelo maldiciendo.

Gatik fue a rematarlo, pero un salvaje se le vino encima. Lo despachó de una flecha al corazón. Cogió a Uthar y lo arrastró al interior del pasadizo.

—Hay que retirarse ahora —le dijo Egil a Arnold.

—Pero Uthar escapa.

—Si nos enfrentamos a los salvajes, nos harán pedazos.

—Tienes razón, hermano.

—¡Retirada! —llamó Arnold.

Egil corrió hasta donde estaba Lasgol.

—Vamos, amigo, hay que salir de aquí.

Lasgol levantó la mirada. No quería dejar a su madre.

—Quedarse es morir —le aseguró Egil.

Lasgol asintió, los salvajes y semigigantes estaban haciendo estragos. Miró una última vez a su madre.

—¡Vamos! —lo apremió Egil.

Los nobles del Oeste salieron por la puerta al exterior. Lasgol y Egil los siguieron.

En la puerta, Lasgol echó una mirada atrás y vio que el pasadizo se cerraba y los salvajes no daban caza a Uthar ni los suyos.

—¡Tocad retirada, nos replegamos al campamento de guerra! —dijo Arnold.

Varios ogros y troles de las nieves se acercaban a la carrera rugiendo enfurecidos.

Todos corrieron.

Los cuernos del Oeste sonaron mientras se retiraban hacia la muralla sur.

Capítulo 44

LLEGARON AL CAMPAMENTO DE GUERRA A LA CARRERA. LOS cuernos sonaban en toda la explanada llamando a retirada. La traición se había extendido a toda la capital y las fuerzas del Continente Helado mataban a cualquier norghano que encontraban.

—Recoged a los heridos —ordenó Arnold a los suyos.

Dos jinetes llegaron a galope tendido. Desmontaron y reportaron.

—Mi señor, los ejércitos de Uthar están a media jornada. Llegarán a la caída del sol.

Arnold se quedó pensativo.

—Reagrupémonos y preparemos la defensa —dijo Erikson.

—¿Quieres hacerles frente?

—Todavía tenemos una oportunidad.

—¿Qué piensas tú, Svensen?

—Estamos muy mermados…

—Y en campo abierto… —apuntó Malasan.

Arnold miró a su hermano.

Egil no quería que su hermano pareciera débil delante de los nobles, así que no dijo nada, pero le hizo un gesto negativo con la cabeza.

Arnold suspiró.

—Tan cerca, casi lo teníamos… Nos retiramos a Estocos, nuestra capital en el Oeste.

—Señor…, podemos seguir luchando —insistió Erikson.

—No estamos en condiciones y tenemos que hacer frente a dos enemigos sin una posición ventajosa. No, no es el momento de sacrificar más vidas. Nos retiramos.

—Muy bien, vos sois el rey del Oeste ahora —admitió Erikson aceptando las órdenes.

—Recogeremos el campamento, prepararemos a los heridos y nos retiraremos —ordenó Arnold.

—¡Ya habéis oído! —dijo Svensen.

Mientras las órdenes se llevaban a cabo, Egil, Lasgol y Arnold se quedaron mirando la gran ciudad. Había gran pena y dolor en los corazones de los tres.

—Mejor si os preparáis para el viaje —les dijo Arnold.

—Yo no iré contigo, hermano —le indicó Egil.

—¿Cómo que no vendrás?

—Me quedo a esperar al ejército de Uthar.

—Pero ¿qué tontería es esa? Te colgarán.

—No, me pondré la ropa de guardabosques y me uniré a ellos, vendrán con el ejército, incluidos nuestros compañeros.

—Pero has participado con nosotros en la batalla, has espiado, luchado contra ellos.

—Pero ellos no lo saben. Ahí dentro no era más que un soldado del Oeste y llevaba el rostro cubierto por el pañuelo —dijo, y se lo mostró.

—Aun así, es demasiado peligroso. Alguien puede haberte reconocido.

—Tranquilo, hemos sido cuidadosos.

—¿Por qué quieres hacer eso, unirte a ellos? No lo entiendo.

—Porque Uthar ha escapado. Porque Gatik está con él y mató a nuestro padre. Porque quiero saber qué sucede y vengarlo.

—Yo también quiero vengarlo, pero esta no es la forma, te arriesgas demasiado.

—La única forma de saber qué sucede es estar aquí ahora. Es un momento crucial. Las huestes del hielo lucharán contra los ejércitos de Uthar. Quiero estar presente.

—Deberían retirarse, como nosotros.

—Pero no lo harán. Sus líderes son jóvenes, fogosos, traicioneros, pero no saben de estrategias. Lucharán.

—¿Estás seguro?

—Lo estoy.

—No seré yo quien no desee que luchen y se maten entre ellos. ¿Quién saldrá victorioso?

—Las fuerzas de Uthar.

—Sea como sea, quien gane quedará muy debilitado.

—Tanto como lo estamos nosotros —dijo Egil señalando la enorme cantidad de heridos.

—Cierto.

—¿Estás seguro de que quieres quedarte, hermano?

—Lo estoy.

—Muy bien. No me negaré.

—Gracias, mi señor rey.

Arnold sonrió, pero fue una sonrisa triste.

—Ojalá Austin estuviera aquí, él era el verdadero rey.

Egil suspiró.

—Lo era.

—¿Qué harás tú, Lasgol? —le preguntó Arnold.

Lasgol lo meditó un momento.

—Me quedaré con Egil.

—Lo suponía —le dijo Arnold con una sonrisa—. Cuida de él.

—Lo haré, mi señor.

Arnold dio un sentido abrazo a Egil. Por un momento, los dos hermanos permanecieron abrazados, sin decir nada, sintiendo el amor y el respeto que se profesaban.

—Suerte —les deseó Arnold, y partió.

Con la caída del sol, las fuerzas del Oeste abandonaban el campamento en una larga columna.

Egil y Lasgol los contemplaron marchar. Ya vestían de guardabosques y Camu jugueteaba a sus pies emitiendo chillidos de alegría por tenerlos de vuelta con él.

—Al menos él está contento —dijo Egil con una media sonrisa.

—Sí, hay muchas veces que me gustaría cambiarme por él —observó Lasgol, que se agachó a acariciarlo.

—Una criatura sorprendente y encantadora, mágica —indicó Egil.

—Lo es.

—¿Listo para lo que tenemos que afrontar ahora?

El otro asintió.

Aguardaron con paciencia entre los árboles. No tuvieron que esperar mucho, las primeras avanzadillas montadas de los ejércitos de Uthar llegaron a galope tendido. Entre ellos vieron un grupo de guardabosques que incluía a Isgord. Las avanzadillas estudiaron la zona y volvieron para reportar. Los ejércitos aparecieron al este y avanzaron hasta situarse a cuatrocientos pasos de la castigada muralla de la ciudad. El comandante Sven se situó al frente y aguardó.

—Más avanzadillas peinando el área. —Egil señaló a la retaguardia del ejército.

Lasgol no podía distinguirlos bien, estaban lejos. Usó su don e invocó la habilidad Ojo de Halcón. Reconoció un rostro al instante y el estómago le dio un vuelco. Era Astrid con su grupo.

—Búhos —le dijo a Egil.

—¿Y ese grupo que rastrea al sur de la ciudad?

Lasgol entrecerró los ojos y los distinguió claramente. Sonrió.

—Panteras de las Nieves.

—¿Están todos?

—Veo a Ingrid, Nilsa, Gerd, Viggo y también a Molak. Siguen con Nikessen, que va en cabeza.

—Entonces están bien. ¡Qué buenas noticias! —se alegró Egil.

—Vayamos a su encuentro.

—Vamos.

Los dos amigos salieron del bosque y cabalgaron hacia sus compañeros. Nikessen los vio y ordenó a los suyos que prepararan las armas.

—¡No tiréis, somos nosotros! —les gritó Lasgol, que no deseaba que lo alcanzara una flecha de Nikessen o Viggo, este último era muy dado a tirar primero y preguntar después.

Nikessen levantó el puño.

Egil y Lasgol llegaron hasta ellos.

—No pensaba encontraros de una pieza —les dijo Nikessen.

—¡Lasgol, Egil! —Nilsa desmontó de un salto para ir a abrazarlos.

Egil y Lasgol desmontaron y recibieron un efusivo saludo por parte de la chica.

Gerd les dio un abrazo de oso mientras reía de júbilo. Ingrid los saludó agarrándolos de los hombros y les sonrió de oreja a oreja, cosa poco común en ella. Molak les dio un abrazo, también sonriente. El único saludo discordante fue el de Viggo, que ni desmontó. Los saludó con la cabeza y les puso mala cara.

—¿Qué hacéis aquí? ¿Qué os ha pasado? —les preguntó Nikessen.

—Fuimos capturados por fuerzas del Oeste en el cruce de Bergen —mintió Lasgol tan bien como pudo. No le tembló la voz, así que sonó bastante convincente. O eso le pareció a él.

—Eso me imaginé. ¿Estáis bien?

—Sí, solo nos zarandearon un poco en busca de información —dijo Egil—. Como no teníamos mucha que darles, nos dejaron en paz. Hemos estado prisioneros en el campamento de las fuerzas del Oeste. —Señaló la explanada.

—Hemos conseguido escapar cuando se han retirado y nos hemos escondido —dijo Lasgol.

—¿Se han retirado? —preguntó Nikessen muy interesado.

Egil asintió.

—Vuelven a su feudo, al Oeste.

—Pero tenían la victoria en las manos. No lo entiendo.

Lasgol y Egil intercambiaron una mirada. No estaban seguros de cuánto contar. Sus compañeros los miraban atentos a cada palabra.

—Hemos oído gritos de traición —dijo Egil.

—¿Traición?

—Creemos que las huestes del hielo han traicionado a la Liga del Oeste.

—Esas son noticias francamente interesantes. ¿Estáis seguros?

—Es lo que hemos oído, y las fuerzas de la Liga ya no ocupan la explanada —continuó Egil.

—He de llevar esta información al comandante Sven de inmediato. Molak, conmigo. El resto esperad mi regreso y vigilad que no regresen las fuerzas del Oeste. Si lo hicieran, dirigíos a informar.

—Muy bien, señor, así se hará —dijo Ingrid.

Nikessen y Molak partieron a galope tendido. En cuanto estuvieron fuera de alcance, Ingrid se volvió hacia Lasgol y Egil.

—Contadnos ahora mismo todo lo que ha pasado.

—¡Eso! —Nilsa estaba encendidísima.

Egil y Lasgol les contaron todo lo sucedido con el máximo de detalle posible. Cuando terminaron, se hizo un silencio.

—Lo siento muchísimo. —Gerd fue el primero en hablar, y les dio un enorme abrazo a cada uno.

—Mi pésame —les dijo Ingrid, ella también los abrazó con fuerza.

Nilsa lloraba.

—Lo siento tanto… —Y también los rodeó con los brazos.

Viggo bajó del caballo y se acercó hasta ellos.

—No iba a perdonaros lo del veneno. Pero después de oír lo que ha sucedido…, queda todo olvidado. —Y los ciñó en un fuerte abrazo.

Lasgol y Egil se emocionaron por el apoyo y cariño de sus compañeros.

—Gracias… —balbuceó Lasgol intentando no romper a llorar.

—De corazón… —terminó Egil, que tenía los ojos húmedos.

—La batalla debe de haber sido impresionante. —Ingrid miraba la planicie cubierta de cadáveres y cómo ardía la ciudad al fondo.

—Y horrible —apuntó Gerd.

—Sí, ambos —admitió Lasgol.

—Una experiencia que no olvidaremos jamás, eso puedo asegurároslo —indicó Egil negando con la cabeza.

Nikessen y Molak no tardaron en regresar.

—El propio comandante Sven me ha agradecido la información. No estaban seguros de a qué se enfrentaban. Ahora tienen una mejor oportunidad.

—¿Atacarán la ciudad? Las huestes del hielo siguen en el interior —dijo Egil.

—Están intentando localizar al rey y los suyos. Hay rumores de que consiguieron escapar.

Lasgol y Egil callaron, y sus compañeros, que ahora sabían lo ocurrido, también.

De pronto, vieron un grupo numeroso de hombres armados salir a caballo por la puerta sur, la que había estado bajo control de la Liga del Oeste; estaba ya demasiado oscuro para discernir gran cosa.

Nikessen observaba muy atento, intentando ver quiénes eran y si había peligro. No lo consiguió.

—Montad y preparaos. Se aproximan —ordenó.

Obedecieron y cargaron los arcos. Lasgol usó su don y de inmediato distinguió a Gatik, Thoran y Orten. Llevaban a un hombre atado a un caballo para que no se fuera al suelo. Lo guiaba el conde Volgren. El hombre atado era Uthar. Los protegían otros nobles del Este. Habían logrado salir de la ciudad.

Lasgol pensó en la rabia que sentiría Asuris al ver cómo Uthar se le escapaba de entre los dedos, y se regocijó. Era una pequeña victoria; no mucho, pero le hizo sentirse bien.

El grupo se aproximó a ellos. Desenvainaron las armas.

—¡Guardabosques reales! —anunció Nikessen a pleno pulmón con intención disuasoria.

Los jinetes detuvieron el galope y se acercaron lentamente.

Lasgol y Egil aguardaron en tensión.

—¿Dónde se encuentra el ejército del rey? —preguntó Gatik.

Nikessen los reconoció entonces.

—Guardabosques primero, señor; mi señor Thoran; majestad, vuestro ejército está a la espera al este de la ciudad. El comandante Sven espera noticias vuestras para atacar —dijo el guardabosques real.

Lasgol pensó en tirar sobre Uthar. Lo tenía allí, atado a su montura, inválido, apenas mantenía la consciencia. Podía hacerlo. No fallaría a esa distancia, ni siquiera con la oscuridad cayendo sobre ellos. Miró a Egil. Los ojos de su amigo brillaban. Egil estaba pensando en tirar contra Gatik. Los tenían allí, ante sus propios ojos; solo había un problema, uno bien grande: si lo hacían, condenaban a sus amigos. Los colgarían a todos. No podrían contra todo el grupo de nobles más Nikessen y Molak, que eran leales al rey; eran demasiados.

El viento acarició el rostro de Lasgol. No podía hacerlo. No podía ponerlos a todos en peligro de aquella forma y sin previo aviso, no por venganza, no sin un plan que les diera una oportunidad de salir con vida. Lasgol había visto luchar a aquellos nobles y los destrozarían. No atenderían a razones.

Egil tenía el arco ligeramente levantado en dirección a Gatik. Miró a Lasgol. Le hizo un gesto negativo a su amigo. Egil dudó, sus ojos se entrecerraron y apretó la mandíbula. Lasgol insistió y le hizo un nuevo gesto negativo, disimulado y corto. Egil bajó el arco suavemente. Lasgol resopló.

—¿Las fuerzas de la Liga del Oeste? —preguntó Thoran.

—Se han retirado a sus dominios.

—¡Cobardes! —espetó Thoran—. Eso nos da ventaja; todavía podemos ganar esta batalla.

—¿Estás seguro, guardabosques? —preguntó Orten.

—Lo estoy. —Nikessen miró de reojo a Lasgol y Egil.

—¡En marcha entonces! —dijo Thoran.

El grupo partió al galope a reunirse con el comandante Sven y los tres ejércitos del rey.

Lasgol y Egil los vieron marchar con impotencia. Habían estado tan cerca, tanto…, y se les habían escapado.

—Eran el rey y los nobles —dijo Nikessen pasmado.

—¿Qué hacemos? —preguntó Molak.

—Seguimos las órdenes. Vigilaremos esta zona —decidió Nikessen.

—¿Atacarán la ciudad ahora que el rey ha escapado? —preguntó Ingrid.

—En esta oscuridad, lo dudo. Pronto será noche cerrada. Esperarán al amanecer.

Y Nikessen no se equivocó.

Con la primera luz, los cuernos de guerra norghanos sonaron y el ejército se dispuso a recuperar la capital que habían perdido.

El grupo observaba desde su posición. No habían recibido nuevas órdenes, así que siguieron las que tenían.

Frente a la muralla este se había dispuesto la horda del hielo con Asuris, que seguía vivo, y sus arcanos de los glaciares en medio. Frente a ellos, troles de las nieves, ogros y otras bestias que los arcanos controlaban y que desconocían lo que eran.

Jurn y los semigigantes lideraban a los salvajes del hielo a la derecha de los arcanos. A la izquierda, estaban Sarn y los pobladores de los glaciares.

—¿Por qué han salido del interior de la ciudad? —preguntó Ingrid—. Pierden la ventaja de las murallas, ¿no?

—Muy cierto —dijo Nikessen—. No entiendo por qué lo han hecho. Lo lógico habría sido esperar el asalto dentro y defenderse.

—Se debe a dos razones —explicó Egil con voz seria mientras contemplaba cómo los ejércitos se ponían en movimiento—. La primera es que su líder no tiene la suficiente experiencia para una batalla como esta. La segunda, son una horda, no saben pelear más que en abierto, no luchan bien en espacios cerrados. No sabrían mantener la muralla ni luchar dentro de la ciudad entre casas y calles estrechas.

Todos miraron a Egil como si fuera un general experimentado.

—¿Entonces vamos a ganar? —preguntó Molak.

—No he dicho eso. La horda sigue siendo muy poderosa. La victoria no está asegurada, si bien ahora las fuerzas de Uthar tienen más posibilidades. Son más y con mejor preparación militar.

—Estoy seguro de que saldremos victoriosos —afirmó Nikessen, pero sonó más a un deseo que a otra cosa.

—Pronto lo descubriremos. —Egil señaló el campo de batalla. Ambos ejércitos se lanzaban al ataque.

Sven dirigió la carga mientras Uthar y los nobles del Este se quedaban en la retaguardia. El Ejército del Trueno abrió camino, como era su lema. Lo seguía el Ejército de las Nieves. Cerraba la punta de ataque el Ejército de la Ventisca. Atacaron en formación compacta de punta de flecha. No había demasiadas alternativas de estrategia para hacer frente a la hueste del hielo que avanzaba a una a la carrera.

El choque fue bestial. Los soldados del Trueno se encontraron con los troles, los ogros y las bestias que los arcanos de los glaciares dominaban. Lucharon como posesos, intentando sobrevivir a los monstruos que con una ferocidad inusitada los destrozaban a golpes, mordiscos o simplemente los partían en dos. El Ejército del Trueno estaba formado por enormes norghanos, fuertes y bravos, que luchaban con hacha y escudo, pero frente a las bestias y a los semigigantes parecían niños.

Los salvajes del hielo y pobladores de la tundra se lanzaron contra el Ejército de las Nieves. El combate se volvió desesperado y brutal. Los norghanos estaban sufriendo muchas bajas frente a las fuerzas del hielo, mucho más fuertes y brutales.

Pero tenían una ventaja: los números. Los norghanos tenían al Ejército de la Ventisca, ágil y rápido, que comenzó a atacar a los troles y ogros en grupos de a diez moviéndose con rapidez y causando bajas.

Sven repartía órdenes y parecía que la contienda comenzaba a decantarse de su lado. Los números y la movilidad comenzaban a imponerse. El estruendo de la batalla y los gritos de bestias y hombres llenaban el campo de batalla y se alzaban a los cielos como una enorme y letal tormenta a ras de suelo.

Fue cuando Asuris actuó. Ordenó a los arcanos de los glaciares que conjuraran contra los soldados de la Ventisca. Grupos de ellos comenzaron a actuar de forma extraña. Desorientados y confundidos, atacaban a quien tuvieran cerca, fuera amigo o enemigo. La ventaja que tenían comenzó a convertirse en desventaja.

Viendo que ninguno de los dos bandos conseguía vencer al otro y las bajas aumentaban de forma desproporcionada, Asuris llamó a los suyos y Sven hizo lo propio. Ambos bandos retrocedieron. Las fuerzas norghanas se reagruparon al este y las hordas del hielo se reagruparon al norte del campo de batalla.

Lasgol observaba con el alma en vilo. ¿Qué sucedería ahora? El combate había sido brutal y encarnizado. ¿Volverían a enfrentarse? ¿Se retirarían?

La horda comenzó a marchar en dirección norte.

—¡Se retiran! —exclamó Molak.

—¿Los perseguirán? —preguntó Gerd con tono preocupado.

Nikessen negó con la cabeza.

—El castigo a nuestras fuerzas ha sido demasiado. No podrían seguirlos y, sinceramente, dudo que quieran.

Lasgol resopló. No había vencedor ni vencido. Y tal y como Egil había previsto, ambos bandos habían desgastado sus fuerzas, lo que salvaba a su hermano. No podrían atacar a Arnold, al menos no en algún tiempo. Arnold había hecho bien en retirarse. Lasgol agradeció a los cinco dioses del hielo tener un amigo tan inteligente como Egil.

La batalla finalizó y todo lo que quedó fue el lamento de los heridos y el silencio de aquellos que nunca volverían a levantarse.

—Es hora de ir a ayudar —indicó Nikessen.

—Vamos, echemos una mano en lo que podamos —propuso Gerd.

Durante seis semanas ayudaron con los heridos, la reconstrucción de la ciudad y las incontables tareas que Nikessen fue ordenándoles. De vez en cuando veían a otros equipos y charlaban con ellos, aunque de inmediato los ponían a trabajar de nuevo. Había mucho que hacer y el tiempo era oro. Por las noches, tras trabajar toda la jornada, estaban tan cansados que caían redondos y ni siquiera tenían tiempo para hablar entre ellos. Fueron días de trabajo duro, pero, al mismo tiempo, les llenaron el corazón, pues en lugar de luchar y destruir ayudaban y reconstruían la capital.

Al fin les dieron permiso y regresaron al campamento de los guardabosques. Nikessen los guio hasta allí más como un viaje de despedida que porque realmente necesitaran de él. Al cruzar las puertas del campamento, Nikessen se despidió.

—Ha sido todo un honor y un placer haber compartido este tiempo con vosotros. Sois un grupo magnífico y no tengo la más mínima duda de que todos lograréis graduaros como guardabosques.

Tal reconocimiento del guardabosques real les llegó al corazón. Nilsa le saltó al cuello y le dio dos besos. Nikessen se sonrojó por completo.

—Gracias, guardabosques real; el honor es todo nuestro. Ha sido un privilegio servir a su mando —le dijo Ingrid.

Nikessen lo agradeció con una pequeña inclinación de cabeza, al estilo militar.

Se despidieron con abrazos y risas, y Nikessen regresó a la capital. Debía servir al rey, más ahora que muchos de los guardabosques reales habían muerto.

Lasgol lo vio marchar y sintió pena de que se fuera. Era un buen hombre y un gran guardabosques.

Capítulo 45

E L INSTRUCTOR MAYOR ODEN LOS RECIBIÓ EN LOS ESTABLOS con su acostumbrada falta de amabilidad y los informó de que Dolbarar y los guardabosques mayores estaban extremadamente ocupados en temas relacionados con la guerra y no debían molestarlos. También les dijo que había varios equipos que aún no habían regresado y que él les comunicaría cuando la instrucción se reanudara. Viggo preguntó, no sin sarcasmo, si toda la experiencia acumulada en la guerra no convalidaba lo que les faltaba de año. Por los gritos y lindezas que recibió de la boca de Oden quedó claro que no, que tendrían que terminar el año de instrucción. No les extrañó, pues así era el sendero del guardabosques; arduo.

La primera noche de vuelta en el campamento fue extraña. Por un lado, reconfortante por estar de vuelta en lo que era ya su hogar, y por otro, desconcertante por todo lo que habían vivido. Al calor del fuego en la cabaña los seis amigos se reunieron para cenar algo y hablar.

—Resulta raro estar aquí de vuelta después de todo lo que hemos pasado —dijo Nilsa, tal y como lo sentía.

—Sienta muy bien —opinó Gerd estirando sus poderosos brazos y torso.

Camu soltó varios chilliditos de alegría y correteó por toda la cabaña.

—Dile al bicho que se esté quieto —le pidió Viggo a Lasgol.

—No lo llames bicho —lo regañó Egil—, es una criatura fascinante.

—Ya, y yo soy un príncipe encantado.

—Quién sabe, con todos los secretos que tienes igual lo eres —le dijo Nilsa.

—¿Ese? Ni en sueños —rio Ingrid.

Viggo cruzó los brazos sobre el pecho.

—Yo tengo muchas sorpresas. Ya veréis.

Nilsa soltó una risita.

—¿Qué creéis que va a pasar ahora con la guerra? —preguntó Gerd.

Todos se volvieron hacia Egil. Era el más cualificado para una valoración política y estratégica de la situación del reino.

—Ahora habrá una calma tensa y las tres facciones se reagruparán e intentarán hacerse fuertes.

—No me queda claro quién ha ganado la guerra —dijo Nilsa, que se mordía las uñas.

—Nadie ha ganado la guerra *per se* —explicó Egil—, pues no ha habido un claro vencedor o una batalla que haya decantado la balanza de un lado por completo.

—Entonces, seguimos metidos en el mismo lío —replicó Viggo.

—Un embrollo muy similar, sí.

—Pero después de todas las batallas uno de los bandos tiene que haber quedado más fuerte —dijo Nilsa.

—Analizando lo sucedido y la situación actual, ese bando sería el de Uthar —concluyó Egil.

—¡Pues qué bien! —protestó Viggo con un aspaviento.

—¿Uthar es el más poderoso ahora? —preguntó Ingrid.

Egil asintió.

—La Liga del Oeste está muy tocada y eran los que menos efectivos tenían. Los pueblos del Continente Helado están en desventaja en Norghana; me imagino que cruzarán el mar del Norte y volverán al Continente Helado. Podrían quedarse en el norte de Norghana, tras las grandes montañas, pero lo veo arriesgado. Eso deja a Uthar como el mejor situado. Controlará el este y parte del oeste, así como el norte de Norghana. —Hizo una pausa razonando sus teorías—. Puede que me equivoque; no obstante, eso creo que sucederá.

—Tú rara vez te equivocas, y menos en estos temas —le dijo Ingrid.

—¿Y nuestra situación? ¿Cómo nos deja esto? —preguntó Nilsa.

—Nada bien —reconoció Viggo antes de que Egil pudiera responder.

—En efecto, nada bien. Estamos en una situación muy comprometida, más aún que al comienzo del año.

—Porque alguien sabe nuestro secreto, alguien del campamento —dijo Viggo.

—Correcto, y eso nos pone a todos en peligro de muerte pase lo que pase entre las tres facciones, pues nuestros hechos pasados se interpretarán como traición y nos colgarán —expuso Egil.

—Astrid… —dijo Ingrid.

Todos callaron por un momento y pensaron en lo sucedido.

—Deberíamos matarla, que parezca un accidente —propuso Viggo con total normalidad, como si tal cosa.

—¡Viggo! —lo regañó Nilsa indignada.

—No vamos a matarla, ¿verdad? —quiso saber Gerd, pálido como la nieve.

—¡Por supuesto que no vamos a matarla! —dijo Ingrid.

—Yo no veo por qué no, ella es una y nosotros seis. ¿Qué es mejor, una muerte o seis? Porque al final va a ser eso, y dejadme aseguraros que yo prefiero vivir a morir, y más si los números me dan la razón.

—¡Aquí no va a morir nadie! —gritó Ingrid.

—Viggo tiene algo de razón… —dijo Egil.

Todos lo miraron entre asustados y extrañados.

—¿¡Cómo dices eso, Egil!? Tú, que siempre eres el más racional… —replicó Nilsa.

—Precisamente por eso. Lo racional es salvar a seis y no a uno. Si Astrid nos delata, nos colgarán a todos. Puede hacerlo en cualquier momento; de hecho, no sé por qué no lo ha hecho ya.

—Por él. —Viggo señalaba a Lasgol.

Todos miraron al chico.

—¿Por… mí?

—Pues claro, porque está enamorada de ti y no quiere que te cuelguen.

—Oh…

—Pero los enamoramientos en muchos casos son pasajeros —dijo Egil—, o con tendencia a disputas y rupturas, en cuyo caso… moriríamos.

—Estoy segura de que Lasgol se va a portar como un enamorado perfecto con Astrid —indicó Nilsa.

—¿Este? Si no sabe por dónde le pega el viento —se quejó Viggo—. Mejor si no dejamos nuestra suerte en manos de la fortuna.

—Todo lo que tienes que hacer es ser el novio perfecto y no hacerla enfadar —explicó Nilsa.

—¿Yo? ¿Novio perfecto? ¡Pero si no me habla!

—Mejor, menos posibilidades de confrontación —expuso Egil.

—Eso, mantente alejado de ella, ni la mires —propuso Ingrid.

—Hombre, eso tampoco; si la ignora, se enfadará más todavía y… —indicó Nilsa.

—Yo creo que lo mejor es que le hagas regalos —dijo Gerd.

Todos lo miraron.

—¿Qué? En mi aldea cuando uno corteja a una chica guapa le lleva regalos. Un cerdo, por ejemplo, o una cabra.

—Sí, perfecto, llévale animales de granja —dijo Viggo, y comenzó a hacer aspavientos y poner los ojos en blanco.

—No olvidemos un tema añadido —agregó Egil—. Hay que desenmascarar al rey y somos los únicos que sabemos que es un cambiante. Si morimos, triunfará y todo el norte sufrirá. Astrid no puede ser la causa de que tal tragedia se consume. Debemos liberar a Tremia de Uthar, y eso está por encima de la vida de Astrid.

Lasgol miró a Egil en *shock*; no podía creer que estuviera hablando en serio.

—Nadie va a sacrificar la vida de Astrid —dijo muy serio—. Si algo le sucede, mataré a quien sea responsable. Os lo juro.

Se hizo un silencio y todos recapacitaron.

—Nadie va a matar a Astrid —siguió Ingrid—. Pero tienes que convencerla para que no nos delate. Nos jugamos la vida —le pidió a Lasgol.

El muchacho asintió.

—Hablaré con ella.

—Mejor si le cantas una serenata amorosa —le propuso Viggo.

Todos rieron y la tensión se rebajó un poco. Volvieron a charlar de sus cosas y las risas regresaron a la cabaña. Reinaron el compañerismo y la amistad.

Sin embargo, Lasgol no reía, estaba muy preocupado por Astrid y por ellos.

Los siguientes días pasaron con normalidad. No sucedía nada. No había rastro de los líderes del campamento y Oden los dejaba tranquilos. Lasgol decidió que no podía esperar más y buscó la oportunidad para hablar con Astrid. Aguardó a que se encontrara sola junto a los caballos y se le acercó.

—Hola, Astrid —la saludó con voz tenue.

La chica se volvió hacia él como el rayo. Le clavó sus enormes ojos verdes y brillaron de odio.

—No te atrevas a dirigirme la palabra —le espetó.

—Astrid…

—Ni una palabra. Si vuelves a hablar conmigo tú o alguno de los Panteras, te juro que iré directa a buscar a Dolbarar para delataros por traición.

Lasgol se quedó sin saber cómo reaccionar. Esperaba que Astrid hubiera recapacitado, visto la luz, pero era demasiado pedir. Todas las evidencias apuntaban en su contra y la muchacha seguía pensando lo mismo que en la tienda cuando eran prisioneros.

—No somos traidores, eso puedo asegurártelo.

—Pues desde donde yo estoy, te aseguro que lo sois, todos.

—Entiendo que lo veas así, pero un día cambiarás de opinión.

—No cambiaré de opinión. Yo soy leal a la Corona norghana, al rey.

—Aunque no lo creas, nosotros también.

—La única razón por la que no os he entregado a Dolbarar para que os cuelgue es que debéis estar todos bajo algún tipo de hechizo que os impide actuar de manera racional. Tiene que ser eso y espero que el hechizo pase, todos los conjuros tienen un límite de tiempo, como nuestras pociones, por lo que Eyra nos ha explicado. Eso creo, estáis hechizados; no encuentro otra explicación. Eso quiero creer. Y por eso no habéis sido juzgados y colgados… todavía.

—Gracias…

—No me des las gracias. Os vigilo; como vea alguna acción vuestra que interprete como traición, os entregaré. ¿Está claro?

Lasgol asintió.

—No te preocupes, no la habrá.

—Más os vale. Díselo a tus compinches.

—Lo haré.

—Y recuerda: no vuelvas a dirigirme la palabra. —Entonces le lanzó tal mirada que atravesó al chico.

—Descuida… —dijo él, cuyo corazón se había partido; un dolor intenso le comprimía el pecho.

—Ahora vete —le dijo Astrid, señalaba con el dedo hacia el centro del campamento.

El joven se despidió con una ligera inclinación de cabeza y se marchó. Estaba seguro de que dejaba tras de sí un rastro de sangre de su corazón quebrado.

Una semana después de la conversación con Astrid, Oden se presentó una mañana con la salida del sol y los hizo formar a todos.

—¡Se acabó hacer el vago! —les comunicó tras hacerlos formar frente a las cabañas—. A partir de hoy se reanuda la instrucción hasta nueva orden. Seguiremos el programa establecido: entrenamiento físico por la mañana e instrucción de maestría por las tardes.

—Qué bien nos lo vamos a pasar —susurró Viggo.

—A mí me gusta que volvamos a la normalidad —dijo Gerd.

—A mí también —reconoció Nilsa encogiéndose de hombros.

—Eso es porque no recordáis lo que sufrimos; pronto lo haréis.

—Adicionalmente —continuó Oden—, habrá ciertas misiones en las que podréis demostrar vuestra valía y obtener las Hojas de Roble que necesitáis para graduaros a final de año.

—Cada vez me gusta más esto —comentó Viggo.

—Calla, chorlito —le dijo Ingrid.

Oden ladró para que todos se callaran.

—En cuanto a la guerra, que sé que es vuestro tema principal de cuchicheo, os diré que nuestro señor, el rey Uthar, se ha recuperado de las heridas sufridas en la batalla y gobierna Norghana de nuevo con brazo firme. No tenéis nada de qué preocuparos, excepto de servirle bien.

Lasgol y Egil se miraron. No estaban seguros de cuánta verdad había en aquello, pero no eran buenas noticias.

—¡Y ahora, a comenzar la instrucción! —les mandó Oden.

El entrenamiento y la instrucción se volvieron de nuevo muy intensos. Los días volaban, pues, como ya esperaban, el entrenamiento de la última parte del año fue enriquecedor y agotador. Entrenar, aprender, dormir y repetir podía haber sido el lema del otoño. La estación pasó con una velocidad inusitada y apenas pudieron disfrutarla.

Descubrieron pronto a qué se refería Oden con misiones para demostrar la valía. Los enviaban por equipos a rastrear para asegurarse de que las huestes del hielo habían partido y no regresarían. Los Panteras descubrieron que Egil tenía razón: las huestes se habían retirado al Continente Helado. No había rastro de ellas en el norte de Norghana. Rastrearon bien la costa y no hallaron rastro alguno. Se habían ido. Aun así, los enviarían más veces para cerciorarse, sobre todo en invierno: era menos probable que cruzaran entonces, por lo tanto, menos esperado, y podrían aprovecharlo y arriesgarse.

Lasgol disfrutaba con la instrucción, estaba aprendiendo muchísimo y siempre que podía visitaba las otras maestrías para aprender lo que pudiera observando sus entrenamientos y formación. Eso lo mantenía muy ocupado, lo cual era bueno para su alma, ya que había perdido a su madre y a Astrid, y notaba un boquete abierto donde antes se encontraba su corazón. Durante las noches era cuando peor lo pasaba, pero, por fortuna, tenía a Camu, que siempre quería jugar con él y le hacía olvidarse de todas sus penas con aquella sonrisa eterna y espíritu juguetón incansable.

El invierno cubrió todo de blanco y, si bien era espectacular a la vista, no lo era para sus cuerpos exhaustos, que sufrían horrores con la nieve y el gélido viento cortante. Los enviaron en dos misiones al norte y lo pasaron fatal; por suerte no tuvieron que lamentar ningún accidente ni tampoco encuentros indeseados con salvajes del hielo, ogros de las nieves u otras bestias. Al regresar les concedieron Hojas de Roble a los seis.

—No vamos nada mal —se alegró Nilsa, a la que la hoja se le cayó de las manos mientras jugueteaba con ella.

Gerd sonrió ante la torpeza de su amiga.

—Yo estoy contentísimo, y no hemos tenido ningún susto raro ni más líos.

—No lo digas muy alto, que, con la suerte que tenemos, nos pasará algo —le dijo Viggo.

—No seas gafe —protestó Ingrid.

—No adelantemos acontecimientos, nos falta muy poco para terminar, así que mantengámonos unidos y atentos —propuso Egil, que tampoco se fiaba mucho de que fueran a conseguirlo.

A una semana de terminar la instrucción, Lasgol estaba practicando con el arco en un paraje tan blanco como gélido, tirando contra un árbol a trescientos pasos.

—¿Cómo va esa puntería? —le preguntó una voz femenina que se acercaba.

Lasgol se giró. La chica llevaba una capa verde de tercer año cubierta de nieve.

—Hola, Val; intentando mejorar.

Ella llegó hasta él y se quitó la capucha dejando ver su cabello dorado y sus preciosos ojos azules.

—¿Y lo consigues?

Lasgol sonrió.

—No mucho. El arco siempre se me ha resistido.

—A mí se me da bastante bien. Las trampas no tanto.

—Apuesto a que el combate con cuchillo y hacha también se te da bien.

—Así es, ¿cómo lo sabes?

—Se te ve. —Sonrió Lasgol.

—¿Y de animales qué tal voy?

—Yo diría que regular.

—¡Correcto! —exclamó la chica con una risa melódica.

El muchacho se encogió de hombros.

—A ver, la última. ¿Pericia?

Lasgol la observó un momento. Era demasiado radiante y bella para pasar inadvertida.

—Yo diría que no muy bien.

—¡Premio! —dijo ella, y se le lanzó a los brazos.

Los dos se quedaron abrazados, mirándose a los ojos. Lasgol no podía evitar sentirse atraído por ella; era bellísima y fascinante, la chica más popular del campamento, inalcanzable para todos excepto para él, y lo sabía.

Val acercó los labios a los de él y lo besó. Lasgol sintió el suave y cálido beso y experimentó una sensación tan agradable, excitante y narcótica que estuvo a punto de dejarse llevar, pero se controló. Suavemente apartó a Val.

—No puedo…

—¿Es por la morena? —le preguntó ella sin rencor por el rechazo.

—Sí, es por ella.

—Todos saben que ya no estáis juntos, ni te habla. No sé qué ha ocurrido entre vosotros y tampoco me interesa, pero no estáis juntos, eso lo sé.

—No, no estamos juntos —reconoció Lasgol bajando la cabeza.

—En ese caso…, nada impide que estés con otra. Una rubia, por ejemplo —dijo Val, y lo hizo con sensualidad y con una sonrisa que encandilaría a cualquiera.

El chico suspiró. No era que no le gustara Val, le gustaba, no solo físicamente, también su personalidad y espíritu. Pero no podía, su corazón estaba roto.

—No es el momento…

—¿Estás seguro? Estos momentos rara vez ocurren y, una vez que pasan, se pierden.

Lasgol captó la indirecta al momento. Asintió un par de veces sin mirarla.

—Lo estoy, no es el momento.

—Esa morena te ha embrujado bien —dijo ella con una sonrisa.

—Eso parece.

Val se acercó a él. Se llevó el dedo índice a los labios y luego a los de él.

—Yo tengo una pócima que curará tus heridas y te librará de embrujos.

Lasgol sonrió.

—No lo dudo.

—Cuando sea el momento, beberemos ambos de ella. ¿Trato?

Lasgol asintió, no podía negárselo.

—Trato.

Val le guiñó el ojo, lo besó en la mejilla y se marchó.

El chico se quedó mirando cómo se alejaba, con el corazón roto y un sentimiento de confusión.

Y en medio de una tormenta de nieve que duraba ya varias jornadas, llegó el día que todos esperaban desde hacía cuatro años, el día más importante en sus jóvenes vidas, el final del cuarto año de instrucción. Dolbarar los hizo llamar para que formaran frente a la Casa de Mando.

Salieron de las cabañas temblando, no por el frío o por la nieve, sino por la posibilidad de no conseguirlo.

Gerd y Egil mostraban un aspecto muy preocupado; no lo habían hecho mal en la segunda mitad del año, pero los dos sabían que tenían pocas probabilidades. Viggo protestaba, como siempre, pero él lo había hecho muy bien. Ingrid no tenía duda de que lo conseguiría. Nilsa estaba tan nerviosa que ni pensaba y no sabía si lo lograría o no.

Los equipos comenzaron a pasar frente a ellos en dirección a la Casa de Mando. Los Búhos, con Astrid a la cabeza, pasaron, y Lasgol la miró; sin embargo, ella, como llevaba haciendo desde el verano, lo ignoró por completo. Lasgol suspiró. Entonces pasaron los Águilas con Isgord. Este iba tan tieso como un arco tensado. Lo miró y con aire de superioridad comentó a su equipo:

—Aquí están los perdedores de los Panteras, me juego lo que queráis a que no pasan ni dos.

Sus compañeros rieron la gracia.

A Ingrid no le hizo ninguna.

—Sigue andando o vas a llegar a la Casa de Mando sin nariz —le dijo mostrándole el puño enguantado.

—Nos vemos allí, perdedores.

—Lo mato —indicó Ingrid.

—No querrás que te expulsen el último día por romperle la nariz a un idiota —la frenó Viggo.

—Tienes razón…, mejor me calmo.

Viggo le sonrió.

—Vayamos, y que los dioses del hielo sean misericordiosos.

Dolbarar y los cuatro guardabosques mayores los esperaban; no vestían de ceremonia, lo cual sorprendió a Lasgol.

—Bienvenidos, todos —les dijo Dolbarar abriendo los brazos como un padre recibiendo a sus hijos.

Llevaba *El sendero del guardabosques* en una mano y su vara en la otra.

El nerviosismo y la inquietud flotaban en el aire. El sentimiento general era de duda, ¿se graduarían?, ¿los expulsarían?, ¿los obligarían a repetir el último año? En algunos casos los líderes se decantaban por esa opción cuando la persona tenía potencial, pero no había conseguido convencerlos con su comportamiento en el último año para que le permitieran graduarse.

—Soy consciente de que todos estáis nerviosos. Ha llegado el día que tanto habéis esperado. Y tengo buenas noticias, unas que estoy seguro de que os van a llenar de alegría.

—Esto se va a torcer en un momento, veréis —dijo Viggo.

—Calla, gafe, más que gafe —le espetó Ingrid.

Dolbarar sonrió lleno de orgullo.

—Este año la ceremonia de Aceptación de los de cuarto año se celebrará no hoy y aquí, sino en una semana en la capital, frente al rey. Su majestad Uthar quiere presidir la ceremonia y así lo ha requerido. Desea agradecer en persona la magnífica labor que sus guardabosques han realizado durante la contienda. Quiere hacernos esta deferencia, es todo un honor y un orgullo —explicó Dolbarar muy contento.

Todos comenzaron a gritar de júbilo, a reír, a jalear el nombre del rey, excitados, encantados. Todos menos seis. Los Panteras no reían; muy al contrario, estaban serios como un muerto.

Capítulo 46

—Eres lo más gafe que camina sobre la tierra nevada del norte —le dijo Ingrid a Viggo, y le lanzó una mirada como puñales.

—No es culpa mía que tenga un sentido extra para estas cosas —respondió, y azuzó el fuego bajo de la cabaña.

Gerd miraba hacia el exterior por la ventana. Nevaba y era de noche.

—No puedo creer que nos pase esto —soltó perdido en sus pensamientos.

Nilsa deambulaba rápidamente de un lado a otro de la cabaña. Camu la seguía pensando que era un juego.

—Nos vamos a meter en la boca del lobo —se lamentó, y siguió caminando aún más rápido. Camu la perseguía, corría detrás a un paso, contento.

—Y hay muchas posibilidades de que la cierre y nos devore —expuso Egil añadiendo al dicho.

—¿Crees que corremos peligro? —le preguntó Lasgol preocupado.

—Estoy seguro —dijo Egil—. Incluso iría más allá, afirmaría que esto podría ser una trampa.

Todos se volvieron hacia él.

—¿Una trampa? Explícate —pidió Ingrid cruzando los brazos sobre el pecho.

—Me resulta curioso que Uthar quiera celebrar nuestra ceremonia de Aceptación en su castillo; más aún, ¿por qué solo la nuestra?

—Porque somos el último curso —contestó Ingrid.

—O porque sabe quiénes están en este curso.

—Vosotros dos. —Viggo señaló a Egil y Lasgol con su daga.

—¿Os reconoció en la sala del trono? —preguntó Gerd asustadísimo.

Egil suspiró.

—No lo sé. Podría ser.

—Llevábamos los pañuelos puestos y no nos los quitamos —le recordó Lasgol a Egil.

—Cierto, pero no sé si eso fue suficiente para que no nos reconociera, estuvimos a dos pasos de él.

—Haberlo matado y listo —dijo Viggo.

—De haber podido, lo habríamos hecho —le aseguró Egil.

—La situación no se presentó… —dijo Lasgol con tristeza al recordar lo que sucedió.

—¿Y qué hacemos? —preguntó Ingrid.

—Vosotros no creo que corráis peligro, no estabais allí, no sospechará de vosotros —indicó Egil—. Somos Lasgol y yo los que podríamos terminar colgados.

—También hay que recordar que ambos tenéis cierta historia pasada con Uthar —rememoró Viggo.

—No entiendo, ¿qué historia? —dijo Gerd.

—Historia familiar. Recuerda quiénes son sus padres y lo sucedido.

—Oh, cierto.

—No vayáis, podemos envenenaros y que enferméis —pidió Nilsa—; con Nikessen funcionó.

—Buena idea —secundó Ingrid—, o también podemos romperos algo, como si os despeñarais o así.

—Eso me gusta más, muy sutil —dijo Viggo.

—Calla, merluzo.

Egil y Lasgol se quedaron pensativos.

—Hemos de ir —dijo de pronto Egil con tono serio.

Lasgol lo miró. Él también sentía que debían ir, pero tenía dudas.

—Pero os arriesgáis a morir.

—Hemos llegado hasta aquí, quiero verlo terminar —admitió Egil.

—Igual termina muy mal —advirtió Viggo.

—Yo iré y me graduaré. He pasado los cuatro años, he sufrido y luchado mucho por lograrlo, por llegar hasta aquí. No voy a rendirme en el último paso, después de haber caminado todo el largo sendero.

—Yo estoy con Egil —apoyó Lasgol—. Iremos.

—Estáis locos —les reprochó Viggo con un gesto de la mano.

—Pensadlo bien —les dijo Gerd—, es muy peligroso, temo por vosotros.

—Yo os apoyo —indicó Ingrid.

—Yo no sé. Sí…, pero no, no sé —dudó Nilsa, que continuaba dando vueltas como una maniaca para deleite de Camu, que la seguía como un perrito faldero.

—¿Y si es una trampa? ¿Y si Uthar os espera para colgaros? —preguntó Viggo.

—Entonces prepararemos un plan para contrarrestarlo —propuso Egil con tono decidido, convencido.

—Eso es. —Lasgol apoyó a su amigo.

—Estáis para atar —dijo Viggo levantando las manos al cielo.

—¿Tengo vuestro apoyo para un contraplán? —quiso saber Egil.

—Cuenta conmigo —se ofreció Ingrid.

—Yo estoy muerto de miedo por lo que pueda pasar, pero cuenta conmigo —siguió Gerd.

Nilsa se detuvo de pronto. Camu se golpeó contra su pierna.

—Contad conmigo —dijo, y se puso a andar otra vez.

—¿Viggo? —preguntó Egil.

—Nos vais a matar a todos —se quejó.

—¿Eso es un sí? —le preguntó Ingrid.

Viggo miró a la rubia.

—Es un sí.

El viaje hasta la capital resultó algo incómodo, el tiempo no era favorable y la compañía imponía. Los contendientes viajaban acompañados de Dolbarar, los cuatro guardabosques mayores y una docena de guardabosques de escolta. Viajaban de día bajo la nieve, que no cesaba de caer. Por fortuna no tuvieron que soportar ninguna tormenta fuerte. Por las noches hacían fuegos de campamento y descansaban alrededor de ellos. Evitaron en todo momento aldeas y ciudades. Viggo estaba furioso; no entendía por qué no podían descansar en una buena posada con comida y cama calientes. Pero, según Dolbarar les había dicho, *El sendero del guardabosques* marca que uno debe buscar siempre el bosque y no la aldea o ciudad cuando viaja. A Viggo le sentó fantásticamente bien el comentario y más cuando le dieron sopa fría en la cena.

Al fin llegaron a la capital un amanecer, con el sol despuntando. La ceremonia tendría lugar al mediodía en la sala del trono. Darse cuenta de que sería allí puso a Egil y Lasgol muy nerviosos. El riesgo era cada vez mayor y no pintaba nada bien para ellos.

Entraron a la gran ciudad por la entrada este; las marcas de la batalla eran todavía visibles en la muralla y en los edificios más cercanos a esta. Las labores de reconstrucción continuaban y la urbe tenía mucho mejor aspecto que la última vez que la habían visto.

Subieron hasta el castillo y los soldados les dejaron pasar una vez que Dolbarar se hubo presentado. Los acompañaron hasta los establos reales y dejaron allí las monturas. Lasgol se despidió de Trotador; tenía la sensación de que sería la última vez que lo viera. Intentó tranquilizarse. «Todo va a salir bien. Ya has estado aquí, en una situación más complicada, y todavía respiras», se recordó. Sin embargo, sentía una angustia en el pecho que no lo abandonaba.

Los condujeron al interior del castillo. Estaba fuertemente vigilado por soldados de la guardia. A Lasgol no le extrañó dadas las circunstancias. Los condujeron a través de varios pasillos y escaleras hasta llegar a una gran sala. En ella los esperaba Gondabar, líder de los guardabosques. Dolbarar y los cuatro guardabosques mayores lo saludaron con gran respeto. Gondabar pidió conocer a los contendientes y Dolbarar se los presentó uno por uno. Lasgol estrechó la mano del líder y, al mirarlo a los ojos, no sintió una amenaza, más bien lo contrario; le dio la impresión de que era un hombre de buen corazón, aunque, por otro lado, ya se había equivocado antes al evaluar a la gente.

Cuando terminaron con las presentaciones, les llevaron comida.

—La última comida del reo —dijo Viggo.

—Come y calla. Eres imposible —le espetó Ingrid.

A Gerd se le quitó el hambre.

Nilsa devoró su plato y el de Gerd. Comía por dos, debido a la ansiedad, sin duda.

Tuvieron un momento para descansar. Dolbarar conversaba junto a la ventana con Gondabar mientras la nieve no cesaba de caer. Aquello le daba a Lasgol muy mala espina.

—Tranquilo, lo conseguiremos —le dijo Egil como si pudiera leer lo que sentía.

—¿Tan mala cara tengo?

—Bastante, sí. Intenta disimular.

—Lo estoy intentando.

—Pues no lo estás consiguiendo.

—Gracias —dijo Lasgol con un gesto cómico.

—Mejor. ¿Todo listo?

—Sí —admitió Lasgol, y apuntó a su espalda con el dedo pulgar.

—Saldrá bien, es un buen plan —le aseguró Egil.

—Yo siempre confío en tus planes e ideas.

—Entonces solo nos queda ejecutarlo.

—¿No podías usar otra palabra? ¿Tiene que ser *ejecutar*?

—Tienes razón, ¿qué tal *seguir el plan*?

—Mucho mejor.

Egil sonrió. Quiso transmitir calma y confianza, aunque sin conseguirlo.

—Escuchadme, contendientes —anunció Gondabar—. Ha llegado el momento de celebrar la ceremonia de Aceptación; seguidme a la sala del trono, el rey Uthar y los nobles del reino aguardan.

Lasgol tragó saliva. Tenía un nudo en el estómago del tamaño de un melón. Ingrid les hizo una seña para que se acercaran a ella.

—Tranquilos, saldremos de esta. Somos los Panteras de las Nieves, sobreviviremos y venceremos —les susurró con mirada de determinación.

Se miraron entre ellos y asintieron.

Lasgol agradeció las palabras de Ingrid; sabía que sus compañeros también.

Entraron en la sala del trono por la misma puerta que los semigigantes habían derribado, ya repuesta. Lo hicieron en fila de a dos siguiendo a Gondabar, quien encabezaba la comitiva. El líder de los guardabosques avanzaba con paso solemne. Tras él iba Dolbarar. Al líder del campamento le seguían los cuatro guardabosques mayores. Ivana y Eyra primero, seguidas de Esben y Haakon. Todos vestían ropajes de guardabosques de gala que mostraban su rango. Los Águilas los seguían con Isgord y Marta a la cabeza, Jared y Aston detrás. Tras ellos, Alaric y Bergen. A los Águilas los seguían los Búhos, con Astrid y Leana delante. Asgar y Borj iban detrás, Oscar y Kotar cerraban el equipo. El resto de los equipos avanzaban en orden. Los Panteras se habían situado los últimos y avanzaban por el largo pasillo. Ingrid y Nilsa iban en cabeza. Gerd y Viggo los seguían con Egil y Lasgol cerrando el grupo y la comitiva.

Apostados en la puerta a lo largo del pasillo y detrás del trono había soldados de guardia que pusieron a Lasgol nervioso. La sala del trono estaba repleta de gente. Toda la corte se encontraba allí: los nobles del Este, duques, condes, señores menores y sus familias. Todos portaban elegantes vestimentas. Los hombres en armaduras de gala con pesadas capas que les caían hasta el suelo y espadas forjadas por los mejores artesanos del norte con empuñaduras decoradas con alguna joya. Las mujeres con vestidos largos de vivos colores rojos y verdes, abrigos de pieles oscuros con cuellos y puños de visón o marta, típicos del norte. Llevaban joyas en el cuello y en las manos, si bien no eran muy ostentosas, pues los norghanos preferían trabajos en oro y plata con pocas piedras llamativas, como rubíes o esmeraldas. Como era costumbre en el norte, algunas mujeres también llevaban cuchillos a la cintura, solo que al ser nobles eran dagas de delicado diseño. A Lasgol todo aquel lujo lo dejaba boquiabierto. Sin embargo, según le había contado Egil, los lujos del norte eran irrisorios si se comparaban a los del este de Tremia y sobre todo a los del sur, donde dominaba el Imperio noceano. Egil le había dicho que los noceanos consideraban a los nobles del norte brutos y sin ningún gusto, que vestían con pieles animales sin curtir. Unos burdos ignorantes. Los lujos del Imperio noceano eran de ensueño e impensables para alguien del norte.

Gondabar llegó hasta Uthar y se detuvo. El rey parecía completamente recuperado. Vestía una armadura radiante de escamas de oro y en la cabeza portaba la corona de Norghana. Descansaba contra el trono, a su derecha, una imponente espada y, a su izquierda, un escudo norghano. El rey tenía a su derecha al comandante Sven y al guardabosques primero Gatik. Un joven ataviado con una larga túnica blanca estaba junto ellos. Lasgol, que observaba con disimulo usando su don desde el final de la hilera, dedujo que sería un mago del hielo, aunque, por lo joven que era, parecía recién sacado de una escuela. Lasgol recordó que Uthar había perdido a Olthar y a sus magos del hielo luchando contra los arcanos de los glaciares, y entendió que había hecho llamar a un mago nuevo. Teniendo en cuenta lo escaso que era el don, reemplazar a magos caídos no le iba a resultar nada sencillo.

Gondabar se inclinó en una larga reverencia. El resto de la comitiva clavó rodilla en el pasillo como les habían dicho que debían hacer cuando se presentaran ante el rey de Norghana. Lasgol vio que a la izquierda del rey estaban sus primos, Thoran y Orten, y, algo más apartado, el conde Volgren y todos los nobles de confianza del rey. Tras el trono se encontraban los supervivientes de la guardia real y de los guardabosques reales. A Lasgol se le secó la garganta y el ácido le subió del estómago hasta la boca. La situación pintaba muy mal.

—Majestad, se presentan los guardabosques para la ceremonia de Aceptación —presentó Gondabar todavía inclinado mostrando respeto.

—¡Bienvenidos todos! —dijo Uthar con voz potente—. Vuestro rey agradece que atendierais a su petición para celebrar la ceremonia de graduación aquí, en la corte.

—Es un honor y un privilegio —respondió Gondabar sin levantar la mirada.

—Me habría gustado ir hasta el campamento, como suelo hacer los años que puedo, pero este me era imposible; he estado muy ocupado encargándome de darles su merecido a salvajes del hielo y los traidores del Oeste.

Al comentario del rey los nobles reaccionaron con vítores.

—Hay que pasarlos a todos por la espada —dijo Thoran.

—Mejor destriparlos, que sufran —propuso su hermano Oden.

Los nobles gritaban y ensalzaban el nombre del rey mientras pedían matar a todos los traidores a la Corona. La sala del trono era enorme, pero estaba abarrotada y el estruendo de las voces discordantes rebotaba en las paredes de piedra negra. Lasgol notó un escalofrío bajarle por la espalda y lo sacudió. Los nobles querían sangre, venganza y no atenderían a razones. El ambiente era hostil. Sintió que la situación se complicaba cada vez más y tuvo el presentimiento de que, para salir de allí de una pieza, necesitarían mucha calma, audacia y coraje.

Uthar dejó que los nobles expresaran sus opiniones a gritos. Sonreía, le gustaba el baño de odio, rabia y elogios que estaba recibiendo de sus nobles. Todos habían perdido familiares en la guerra y sus sentimientos eran comprensibles. Uthar los utilizaría para sus planes y ganancia personal.

—Vuestro rey os escucha y entiende. —Uthar se dirigió a la corte con rostro de estar preocupado por ellos.

Lasgol, que lo observaba sin perder detalle, sabía que era un falso sentimiento, teatro para convencer a los suyos.

—Tendréis la justicia que buscáis, la que se os debe; vuestro rey se encargará de que así sea. Los enemigos de Norghana serán destruidos, sean internos o externos, ambos por igual.

La corte aplaudió las palabras del rey entre gritos y vítores. Los norghanos no eran precisamente el pueblo más educado y de temperamento templado, más bien todo lo contrario. En cualquier momento podían sacar el hacha y golpear con ella a alguien en la cabeza, nobles incluidos.

Uthar hizo señas con las manos para que aplacaran sus sentimientos y demostraciones. Los nobles fueron calmándose y la sala se quedó de nuevo en silencio. Uthar sonrió. Los tenía controlados, como si fueran títeres a su servicio.

—Hoy honramos a los guardabosques, que tan fielmente me han servido en el pasado y de forma especial durante la actual contienda. Quiero honrarlos, por eso los he invitado hoy aquí. Que todo el reino sepa de la increíble labor que realizan por su rey. Sin los guardabosques es más que probable que no estuviéramos hoy aquí, sino en una fosa. Así de importante es la labor que desempeñan para el reino. Por ello quiero agradecerle a su líder, Gondabar, su magnífica labor, y a Dolbarar, su entrega y sacrificio en formar a las nuevas generaciones para que sirvan al reino.

Gondabar y Dolbarar dibujaron una reverencia agradeciendo el reconocimiento del rey.

Egil miró a Lasgol. No hacía falta que hablara, Lasgol sabía qué pensaba, que Uthar era un manipulador excepcional. Se estaba ganando a los nobles y a los guardabosques con aquella farsa.

—Los guardabosques me llenan de orgullo —dijo Uthar.

—Servimos al reino con lealtad y discreción —contestó Gondabar.

—Y yo reconozco esa labor fiel. Adelante con la ceremonia. La presidiré.

—Será un honor —reconoció Gondabar, y cedió la palabra a Dolbarar.

El líder del campamento se situó a la derecha del rey, a un paso del trono.

—Guardabosques mayores —pidió, entonces los cuatro se situaron a la izquierda del rey—. Majestad, si sois tan amable —dijo Dolbarar.

—En pie —anunció el rey.

Los contendientes se pusieron en pie.

—Esta es la ceremonia más importante de los guardabosques —dijo Dolbarar—. Es el momento en el que la nueva sangre reemplaza a la ya derramada por el reino de Norghana. Hoy os convertís en guardabosques y serviréis al reino con valentía, honor, lealtad y en secreto, pues esa es nuestra forma de entender la defensa de nuestras tierras y así lo marca *El sendero del guardabosques*. —Les mostró el tomo que siempre lo acompañaba—. Guardabosques mayores, los tomos de las maestrías, por favor.

Eyra, Ivana, Esben y Haakon sacaron un tomo cada uno. En las cubiertas, estaba representado el símbolo de cada maestría.

—Abridlos y que los nuevos guardabosques entren a formar parte de nuestra historia. Iré llamando a cada uno por su nombre —anunció Dolbarar mirando ahora a los contendientes—. Quienes se gradúen verán inscrito su nombre en el libro de la maestría a la cual pertenecen.

Dolbarar dirigió la mirada a Uthar. El rey asintió concediendo permiso.

—Que se presente el contendiente Isgord Ostberg.

Isgord se puso tan tieso como pudo, alzó la barbilla y avanzó hasta situarse delante del rey. Hizo una pronunciada reverencia. El rey asintió. Isgord se volvió hacia Dolbarar. Este formuló la pregunta fatídica que todos temían:

—Guardabosques mayor Ivana, ¿es Isgord Ostberg merecedor de graduarse hoy aquí como guardabosques de la maestría de Tiradores?

Ivana asintió.

—Lo es.

Isgord resopló. Parecía que no estaba tan seguro de conseguirlo como quería aparentar ante todos.

—Que entre en el tomo de la maestría de Tiradores —dijo Dolbarar a Ivana, y escribió el nombre en él.

—Isgord, desde este momento pasas a formar parte de la maestría de Tiradores —anunció Dolbarar en tono enfático—. El medallón, por favor.

Ivana se acercó hasta Isgord. Le presentó el medallón de Tiradores.

Isgord se hinchó como un pavo real.

—Desde este momento pasas a convertirte en un guardabosques de la maestría de Tiradores por derecho propio. Dame tu mano derecha —le pidió Dolbarar.

Isgord se la dio y el jefe la puso sobre *El sendero del guardabosques*.

—Honrarás a los Guardabosques hasta el día de tu muerte. Respetarás las leyes que nos rigen. Defenderás el reino de todo enemigo interno y externo. Te guiarás siempre por *El sendero del guardabosques*. Jura con honor por tu nombre y por tu alma.

—Lo juro —dijo Isgord.

Dolbarar asintió.

—Ya eres un guardabosques. Camina el sendero con orgullo.

Isgord hizo una reverencia ante Ivana y Dolbarar. Luego otra ante Uthar.

—Tu rey te reconoce como guardabosques del reino de Norghana.

Isgord se apartó a un lado; iba a estallar de autocomplacencia.

—Que se presente la contendiente Marta Iskbarg —llamó Dolbarar.

La ceremonia continuó y uno por uno fueron pasando por el mismo ritual en presencia de toda la corte. Quienes se graduaban se situaron al lado derecho, y quienes no, al izquierdo. Con cada equipo que pasaba, más se acercaban los Panteras al trono, a Uthar.

Lasgol pasó un momento muy malo que requirió toda su calma y fuerza de voluntad. Cuando los Jabalíes estaban frente al rey, Lasgol se encontró con que estaba pisando el lugar donde había muerto su madre. Los ojos se le humedecieron, sintió un dolor insondable en el corazón y a punto estuvo de perder el control. Egil lo agarró por la muñeca, lo miró fijamente y le hizo un gesto de ánimo, el mismo que Ingrid llevaba haciendo cuatro años. Lasgol consiguió controlarse. Le devolvió la mirada a su amigo, pues bien sabía que este pasaba por lo mismo, y lo observó con la vista dirigida a un lado, donde su hermano había perdido la vida. Egil estaba demostrando ser el más fuerte de todos, la persona con el cuerpo más débil, pero el carácter y espíritu más fuertes. Lasgol se enorgulleció de su amigo.

Pasaron el mal momento y ambos se recompusieron. Quedaba un equipo y les tocaba. Lasgol se alegró por Astrid y los Búhos; todos pasaron. No le extrañó, eran un buen grupo, al igual que los Lobos, bajo el liderazgo de Luca.

Y así llegó el momento, el turno de los Panteras. Había tanto en juego que todos hacían un esfuerzo terrible por contener los nervios y controlarse. Ingrid miró a Nilsa, luego a Gerd y Viggo, y finalmente a Egil y Lasgol. En sus ojos brillaba la determinación. Nadie podría con los Panteras, ni siquiera el propio rey Uthar.

—Que se presente la contendiente Ingrid Stenberg.

La capitana avanzó con paso firme hasta situarse delante del rey. Hizo una reverencia no muy pronunciada. Uthar asintió y la observó de arriba abajo. Ingrid se volvió hacia Dolbarar.

—Guardabosques mayor Ivana, ¿es Ingrid Stenberg merecedora de graduarse hoy aquí como guardabosques de la maestría de Tiradores?

Ivana asintió.

—Lo es.

La muchacha suspiró.

—Que entre en el tomo de la maestría de Tiradores —le dijo Dolbarar a Ivana, y escribió el nombre en el tomo.

—Ingrid, desde este momento pasas a formar parte de la maestría de Tiradores —anunció Dolbarar con tono enfático—. El medallón, por favor.

Ivana se acercó hasta ella. Le presentó un medallón de Tiradores. Ingrid lo observó. Era un medallón idéntico al que Ivana portaba con la representación de un arco en el centro, solo que era más pequeño. Ingrid se emocionó, pero no dejó que se le notara. Levantó la barbilla. Ivana le colocó el medallón al cuello.

—Bienvenida a la maestría de Tiradores —le dijo.

Ingrid observó el medallón.

—Gracias, significa tanto…

Ivana asintió y sonrió, algo raro en ella, cuyo gélido rostro rara vez dejaba entrever emoción alguna.

—Desde este momento pasas a convertirte en guardabosques de la maestría de Tiradores por derecho propio. Dame tu mano derecha —le dijo Dolbarar.

Ingrid lo hizo y Dolbarar la situó sobre el tomo.

—Honrarás a los guardabosques hasta el día de tu muerte. Respetarás las leyes que nos rigen. Defenderás el reino de todo enemigo interno y externo. Te guiarás siempre por *El sendero del guardabosques*. Jura con honor por tu nombre y por tu alma.

—¡Lo juro! —dijo Ingrid.

Dolbarar sonrió de oreja a oreja.

—Ya eres una guardabosques. Camina el sendero con orgullo.

Ingrid estaba tan contenta que apenas pudo contenerse. Cerró los dos puños con fuerza en señal de triunfo.

—Puedes retirarte —le dijo Dolbarar.

Los compañeros miraban a Ingrid llenos de orgullo y felicidad. Lasgol nunca había tenido ninguna duda de que ella lo lograría. Era la mejor de todos, muy probablemente la mejor de todo el cuarto año. Y para él era la mejor capitana y compañera.

Ingrid saludó con respeto a Ivana y Dolbarar. Luego se volvió y se inclinó ante Uthar.

—Tu rey te reconoce como guardabosques del reino de Norghana.

Ingrid lo estudió un instante con una mirada profunda, como si quisiera comprobar si realmente aquel era Uthar o había alguien en su interior.

—Que se presente la contendiente Nilsa Blom.

Esta, más que un paso, dio un brinco hacia delante y estuvo a punto de perder el equilibrio y caer, pero se rehízo y se irguió. Hizo dos reverencias a todos en lugar de una. Los nervios la consumían.

—Guardabosques mayor Ivana, ¿es Nilsa Blom merecedora de graduarse hoy aquí como guardabosques de la maestría de Tiradores?

Ivana asintió.

—Lo es.

Nilsa levantó los brazos al aire y dio un brinco. No podía estarse quieta de la alegría.

Ivana y Dolbarar se acercaron e hicieron los honores. A Nilsa se le cayó el medallón al suelo cuando Ivana se lo presentó. Hubo una mirada de Ivana que casi parecía estar diciendo que iba a cambiar de opinión. Con la velocidad de un rayo, Nilsa se colocó el medallón al cuello y sonrió a la instructora. A la hora de realizar el juramento, la mano derecha de Nilsa temblaba tanto que casi tiró *El sendero del guardabosques*. Dolbarar se vio obligado a sujetar el tomo con las dos manos.

Nilsa se apartó con Ingrid a un lado e hizo un zapateado en el sitio de la alegría que tenía.

—Que se presente el contendiente Gerd Vang.

Gerd se acercó al trono y al estar frente a Uthar le temblaron las rodillas. Sin embargo, haciendo un esfuerzo sobrehumano para él, consiguió mantener la compostura. Realizó los saludos y aguardó a la pregunta fatídica. La mano derecha le temblaba, pero de alguna forma conseguía soportar el miedo que su corazón sentía.

—Guardabosques mayor Esben, ¿es Gerd Vang merecedor de graduarse hoy aquí como guardabosques de la maestría de Fauna?

Esben asintió.

—Lo es.

Gerd dio tal resoplido que se le movió la melena a Dolbarar. El muchacho realizó el juramento y sonrió como hacía tiempo que no lo hacía, con toda su alma. Cuando terminó y Dolbarar le dijo que volviera a la línea, se hizo tan grande como realmente era, un gigante. Cogió el medallón con la efigie del oso y lo acarició como si fuera un tesoro valiosísimo. Era el norghano más feliz sobre la faz del norte en aquel instante.

El siguiente en ser llamado fue Viggo.

Viggo había adoptado una pose como si aquello no le importara lo más mínimo. Rayaba en la falta de respeto hacia los líderes y se percató de ello. Lasgol sabía que Viggo era listo, mucho. La reverencia a Uthar la hizo muy elaborada y, al igual que Ingrid, aprovechó que tenía al rey a un paso para observarlo en detalle.

Y llegó la pregunta de Dolbarar.

—Guardabosques mayor Haakon, ¿es Viggo Kron merecedor de graduarse hoy aquí como guardabosques de la maestría de Pericia?

Haakon asintió.

—Lo es.

Viggo se quedó como en *shock*. Siempre había pensado que no lo conseguiría, no él, un despojo de las cloacas. Cuando Haakon y Dolbarar se acercaron hasta él, reaccionó. Se volvió hacia ellos y, por primera vez desde que estaba en el campamento, su rostro lució una sonrisa verdadera, desde el fondo de su corazón, sin ironía, sin sarcasmo, sin sufrimiento; solo alegría, una sonrisa pura de total gozo.

Viggo hizo el juramento y pasó a formar parte de la maestría de Pericia, la más difícil de todas, por derecho propio. Se giró hacia Ingrid y le sonrió. Ella le devolvió la sonrisa y le brillaron los ojos.

Entonces llegó el momento de la verdad. Egil y Lasgol avanzaron un paso y se situaron a dos del rey. Esperaron a ser llamados. Lasgol observaba a Uthar con mirada intensa y Egil a Gatik, a su lado. Uthar y Gatik les devolvieron las miradas, penetrantes, sombrías.

«Si salimos de aquí con vida, será un milagro», pensó Lasgol, y se encomendó a los dioses del hielo.

Capítulo 47

—Q UE SE PRESENTE EL CONTENDIENTE EGIL OLAFSTONE —llamó Dolbarar.

Egil respiró hondo antes de dar el primer paso. Sabía que su vida pendía de un hilo, que se dirigía a una trampa, a la muerte, pero no se echó atrás. Sacó fuerza del dolor de la muerte de su padre Vikar y su hermano Austin. Egil se acercó al trono manteniendo la calma, sereno de mente; la necesitaría para sobrevivir a aquel momento. Se situó frente a Uthar y trazó una reverencia.

—¿Eres tú el pequeño de los Olafstone? —preguntó Uthar de pronto.

Egil se irguió. Había llegado el momento de la verdad.

—Lo soy.

—Lo soy, majestad —corrigió Uthar—. ¿O acaso eres un sucio traidor como el resto de tu familia y por ello no me muestras el respeto que me debes como tu rey y señor?

Los nobles exclamaron al darse cuenta de quién era.

—¡Apresad al traidor! —gritó Thoran.

—¡Matadlo! —clamó Orten.

La guardia real se apresuró a rodearlo.

—Majestad, es un contendiente; os ha jurado lealtad, tiene mi aprobación. Es leal a la Corona —lo defendió Dolbarar.

—¡Que cuelgue él y toda su familia! —gritó otro noble.

Ingrid miró a sus compañeros, la cosa se ponía muy fea.

Uthar levantó la mano.

—Silencio, por favor, quiero oír qué tiene que decir.

Egil miró a Gatik, luego a Uthar.

—He jurado lealtad al rey de Norghana. Soy leal al trono.

—Interesante —dijo Uthar—. ¿Y mantendrás esa lealtad cuando finalmente derrote a tu hermano Arnold y lo ejecute?

Egil inspiró hondo de nuevo y debatió en su interior la respuesta. Lasgol lo observaba muerto de miedo por la suerte que correría su amigo. Esperaba que respondiera con cabeza o perdería la vida.

—Yo soy un norghano; cuando un norghano da su palabra, la mantiene. Mantendré mi juramento pese a todo.

Uthar rio.

—Me gustaría creerte. De verdad que me gustaría. Sin embargo, no me fío. Además, di orden de matarte en el Continente Helado, ¿verdad, Gatik?

Este bajó la cabeza.

—Sí, señor.

—¿Y qué sucedió? —preguntó el rey a Gatik.

—El duque Olafstone tomó la flecha por él.

—¿La flecha que le quitó la vida?

—Sí, majestad.

—¿Eso también me lo vas a perdonar por lealtad? —le preguntó Uthar a Egil.

El muchacho apretó los puños y la mandíbula.

—No es mi prerrogativa cuestionar las decisiones de mi rey.

Uthar soltó una carcajada.

—Es listo el chico, muy listo. Buena respuesta. Es una lástima que yo sea más listo que tú, pequeña comadreja. No, no te creo. Gatik, aprésalo. Colgará al amanecer. Y esta vez no me falles.

—Sí, mi señor —dijo Gatik, y sujetó a Egil por los hombros. El chico no se resistió.

Ingrid fue a actuar, pero Egil se llevó la mano al pelo. Era la señal para dejar que los acontecimientos siguieran su curso. Su compañera se detuvo.

—Una pregunta, querido Dolbarar. La pequeña comadreja ¿había logrado graduarse?

—Sí, majestad.

—Curioso. ¿Qué maestría?

—Naturaleza.

—Tiene sentido. Seguro que estaba tramando envenenarme. —Gatik fue a llevarse a Egil, pero Uthar añadió—: Deja que contemple el final de la ceremonia, todavía queda una parte interesante que quiero que presencie.

Aquello no gustó nada a Lasgol. Uthar tramaba algo. Algo referente a él.

Dolbarar llamó a Lasgol, que se armó de valor. La situación no era nada esperanzadora, pero había llegado hasta allí y tenía que seguir adelante; no por él: por Egil, por su madre, por la familia de Egil, por el norte. No podía fallar ahora. Inspiró hondo. Usó su don y miró al mago del hielo. Era aproximadamente de su edad, no lo bastante avanzado para captar a otros usando el don. O eso esperaba. El mago no pareció darse cuenta. En los dos pasos que dio, invocó todas las habilidades que había desarrollado. No sabía qué le esperaba, así que las invocó todas. Los destellos verdes le recorrieron el cuerpo.

Se detuvo frente a Uthar y trazó una reverencia.

—A ti te conozco bien —dijo Uthar.

Lasgol levantó la mirada.

—A ti te debo mi vida, Lasgol, hijo de Dakon Eklund —continuó el rey.

—Majestad —respondió él intentando prever qué planeaba Uthar.

—Estoy seguro de que tú sí te has graduado. ¿Me equivoco, Dolbarar?

—No, majestad. Lasgol se gradúa en la maestría de Fauna.

—¿Fauna? —exclamó Uthar sorprendido—. Te hacía más en Tiradores o Pericia. Me sorprendes.

—Es mi maestría favorita —expuso Lasgol.

—Sobresale en todas, es un caso especial —informó Dolbarar.

—Mira por dónde —dijo Uthar—. Igual que tu padre. De tal palo tal astilla, dicen, y veo que no se equivocan con el refrán.

Lasgol no supo qué contestar. ¿Qué buscaba Uthar con aquello?

—Yo conocía muy bien a tu padre, Dakon. Lo quise como a un hermano. Su muerte fue una tragedia. Gatik es muy bueno, pero déjame decirte que tu padre era tres veces mejor, en todo. —El comentario no gustó a Gatik, que arrugó el entrecejo—. Y fíjate, después de todo lo que pasó, después de pensar que era un traidor, después de limpiar su nombre, que lo hiciste tú, por cierto, y muy bien, he de decir que algo no termina de encajar del todo en esta historia…

Y Lasgol supo en aquel instante que Uthar lo había descubierto. Sabía la verdad. Estaba muerto.

—¿Sabes qué no encaja?

—No, majestad —respondió aguantando como podía.

—Que en esta misma sala del trono, hace unos días, descubrí algo que me dejó perplejo, algo que jamás habría imaginado, algo que no tenía sentido. Pero ahora por fin lo tiene. ¿Quieres saber qué es?

Lasgol no quería saberlo. Habría deseado que un rayo fulminara a Uthar donde estaba, pero no iba a tener aquella fortuna.

—Por supuesto, majestad.

—Te lo contaré. Os lo contaré a todos. Descubrí que Darthor, Señor Corrupto del Hielo, no era un gran mago o hechicero, como todos pensábamos; era en realidad una hechicera, una bruja, era una mujer. —Los nobles comenzaron a exclamar, no podían creerlo—. ¿No es así, primos? —Miraba a Thoran y Orten—. Vosotros examinasteis el cadáver.

—Era una hechicera —confirmó Thoran.

—Increíble, ¿verdad? Una mujer, una hechicera, estuvo a punto de conquistar toda Norghana. Pero hay más, yo conocía a esa mujer. —Las exclamaciones llenaron la sala de entre los nobles de nuevo—. Sí, la conocía, ¿y sabéis quién era? Esto sí que os va a sorprender a todos —dijo Uthar con una gran sonrisa—. No era otra que la esposa de mi querido amigo Dakon, guardabosques primero.

Toda la sala explotó en comentarios ultrajados.

—Y ahora te pregunto, Lasgol, si Darthor era la esposa de Dakon, eso la convierte en tu…

Lasgol sabía que ya no había escapatoria. Uthar lo sabía todo.

—En mi madre —respondió Lasgol.

—Correcto. ¿Y no te parece extraño que siendo Darthor tu madre resulte que tu padre no fuera un traidor?

—No lo sé, majestad.

—Lo he meditado mucho y he llegado a la conclusión de que Dakon sí fue un traidor, como inicialmente pensamos. Estaba compinchado con Darthor, su esposa, e intentaron matarme y hacerse con el reino. —Las exclamaciones ahora eran gritos de traición y ultraje. Uthar levantó la mano para que le permitieran continuar—: Y si Dakon y Darthor eran traidores… Si tus padres eran traidores, ¿qué crees que eres tú?

—Yo soy Lasgol, hijo de Dakon y Mayra.

—¡Exacto! Y, por lo tanto, un maldito traidor como ellos. No creas que no te reconocí cuando llorabas a tu madre muerta, porque sí lo hice.

Lasgol supo que estaban condenados.

Era el final.

—Sven, detenlo; colgará con su compañero al amanecer.

El comandante fue a sujetar a Lasgol.

Egil dio la señal: les mostró seis dedos.

De súbito, Ingrid dio dos pasos y con todo su ímpetu se lanzó sobre Sven. El comandante e Ingrid rodaron por los suelos alejándose de Lasgol.

Egil golpeó a Gatik en las partes bajas con un codazo tremendo. El guardabosques primero se dobló de dolor.

Nilsa salió corriendo y se estampó contra el mago del hielo, que cayó de espaldas.

Gerd se lanzó con todo su cuerpo contra los guardias reales, que reaccionaron al ataque, y se los llevó por delante.

Viggo se puso a la espalda de Lasgol, cubriéndola con el cuerpo, y sacó su daga para protegerlo.

—¿Qué es esto? —exclamó Uthar, y se puso de pie frente al trono.

Toda la corte miraba.

Los guardias y guardabosques corrieron a proteger a su señor. Los nobles gritaban.

En medio del caos creado llegó el momento más importante del plan. El momento crucial.

Lasgol usó su don y se comunicó con Camu.

«Ahora, crea la esfera antimagia», le pidió.

La criatura se hizo visible a la espalda de Lasgol, aunque Viggo la cubría con su cuerpo. Se puso rígida y apuntó con la cola a Uthar.

Comenzó a destellar con pulsaciones doradas. Una esfera translúcida de cinco pasos de alcance se formó con Camu como origen; solo aquellos con el don podían verla, para el resto no estaba allí.

«Muy bien, lo estás haciendo muy bien. Mantenla», le solicitó Lasgol.

Thoran y Oden desenvainaron y avanzaron hacia Lasgol.

Nadie atacaba a Uthar, con lo que la guardia y los guardabosques reales estaban confundidos. Se centraron en Ingrid, Nilsa y Gerd, a los que redujeron con facilidad, ya que no iban armados.

—¡Vais a pagar por este ultraje! —dijo Uthar furioso de que hubieran intentado algo.

Thoran y Orten llegaron hasta Lasgol y fueron a matarlo.

Lasgol señaló a Uthar con el dedo índice.

—Mirad a vuestro primo, el rey —les dijo.

Los dos nobles se giraron y lo que vieron los dejó atónitos.

—¡Matad a ese traidor! —les gritó Uthar a sus primos.

Pero los dos nobles miraban a Uthar con ojos desorbitados.

De pronto, el caos y los gritos cesaron. Todos miraban a Uthar. Toda la corte conmocionada.

El silencio se eternizó.

—¡A qué esperáis! ¡Matad a ese traidor! —gritó el rey.

Entonces se percató de que todos en la sala lo miraban.

—¿Por qué me miráis? ¡Matadlo!

Thoran dio un paso hacia Uthar. Orten lo siguió.

—¿Quién eres tú? ¿Dónde está Uthar? —dijo señalándolo con su espada.

Uthar no comprendía lo que sucedía.

—¿Qué has hecho con Uthar? —le preguntó Orten.

Uthar señaló a Lasgol, al hacerlo, vio algo diferente. Su mano y su brazo no eran del blanco pálido de los norghanos; eran del color tostado de la tierra de los desiertos.

—¿Qué me sucede? —se dijo al ver que había perdido la forma de Uthar y había vuelto a recuperar la suya propia.

Thoran dio otro paso hasta él.

—Tú no eres mi primo Uthar. ¿Qué has hecho con él?

—Sí, sí lo soy —dijo el falso monarca e intentó convertirse en Uthar, sin éxito al estar dentro del área de efecto de la esfera antimagia que Camu estaba generando.

Lo intentó de nuevo, desesperado. Su rostro tostado y sus ojos verdes mostraban el miedo y desesperación que sentía. Había perdido la forma en presencia de toda la corte. Aquello era imposible. Su pozo de poder estaba a medias, aún le quedaban reservas para seguir transformado días, ¿qué estaba sucediendo allí? Entonces se dio cuenta y señaló a Lasgol.

—Eres tú, ¿verdad? ¿Cómo estás haciéndolo? Tú no tienes ese poder. Se necesita uno inmenso para contrarrestar la magia de otros. ¿Cómo lo estás haciendo?

Lasgol calló. Todos los ojos estaban clavados en el falso Uthar.

—Te he preguntado qué has hecho con Uthar —le dijo Thoran amenazándolo con su espada.

—Nada, os lo juro; yo soy Uthar, me han hechizado. Sí, por eso me veis diferente, pero soy Uthar, os lo juro. Matad a Lasgol.

Thoran miró a Lasgol, luego a Uthar.

—Prefiero matarte a ti.

De una estocada le atravesó el corazón.

El cambiante se derrumbó y murió casi al instante.

Thoran, Orten y el resto de la guardia lo miraban sin poder creer lo que había sucedido.

A Lasgol le llegó un mensaje mental: «Cansado, dormir».

Lasgol supo que Camu no podía más; el esfuerzo de generar la esfera antimagia lo había agotado. El problema era cómo sacarlo de allí sin que lo vieran. Él no podría y sus compañeros tampoco.

De pronto, alguien se acercó hasta él.

—Dámelo —le susurró al oído.

Lasgol se giró y vio a Astrid.

—Disimula y dame a la criatura; la esconderé, tú no podrás. Ahora que nadie nos mira o será demasiado tarde.

Lasgol lo pensó un instante. «Camu, vete con Astrid. Sé bueno».

El muchacho le mostró la espalda a Astrid y ella cogió a la criatura y la metió bajo su capa. Volvió con los Búhos, que estaban a un paso de Lasgol.

Thoran se dio la vuelta.

—No sé qué ha pasado aquí, pero apresad a todos esos —dijo señalando a Lasgol y los Panteras.

Lasgol miró a Egil y este le sonrió. Lasgol le devolvió la sonrisa. De alguna forma, habían sobrevivido y el cambiante estaba muerto.

Habían vencido.

Capítulo 48

—Cada vez me gustan más los líos en los que nos metemos, y sobre todo vuestros planes para salir de ellos —dijo Viggo empujando los barrotes de la celda.

—No podrás moverlos, ya lo he intentado yo con todas mis fuerzas —lo informó Gerd.

—Bueno, al menos no estamos muertos —se consoló Nilsa con una sonrisa nerviosa mientras estudiaba la celda en la cual los tenían prisioneros.

—El plan salió bien, mejor incluso de lo esperado —dijo Ingrid.

—¿A que terminemos prisioneros en las mazmorras reales lo llamas tú salir bien el plan? —espetó Viggo con una mueca de espanto.

—Podría haber salido mucho peor —expuso la capitana—. Ninguno de los seis estamos muertos ni heridos, yo a eso lo llamo una victoria siendo nosotros.

Viggo puso los ojos en blanco.

—Y desenmascaramos al cambiante —siguió Lasgol.

—Ya lo creo que lo desenmascaramos —dijo Nilsa—. Maldito mago con artes oscuras.

—Yo diría que era un hechicero noceano, muy poderoso —expuso Egil—. Y una rareza, los cambiantes no son muy comunes. Muy pocos pueden usar el don para conseguir cambiar de forma, y cambiar a una forma exacta de otro ser humano, todavía menos.

—¿Y un mago muy poderoso no podría? —preguntó Gerd.

—No necesariamente; tiene que haber una afinidad con el tipo de habilidad que se requiere para cambiar de forma, de la misma forma que Lasgol no podría hacerlo, aunque sea poseedor del don. No tiene esa afinidad a cambiar de forma o a crear conjuros elementales como los magos del hielo o los de fuego.

—Oh, ya veo…

—La verdad es que fue espectacular cuando toda la sala del trono lo miraba y él no se daba cuenta de que se había transformado a su forma natural —dijo Ingrid.

—Llevaba tanto tiempo con la forma de Uthar que su mente daba por hecho que estaba en esa forma en todo momento. No se dio cuenta de nuestra estratagema —explicó Egil.

—Lo mejor fue cuando intentó cambiar de vuelta a Uthar y su magia no funcionó —dijo Viggo sonriendo—, eso estuvo genial.

—¿Cómo sabías que la magia de Camu funcionaría? —le preguntó Gerd a Lasgol.

—No lo sabía, pero tenía una sospecha bien fundada, como la llamó Egil. —Lasgol miró a su amigo.

—Por mis estudios sobre Camu, deduje que podía crear un campo antimagia a su alrededor. Ya había realizado algo similar para defender a Lasgol con anterioridad, por lo que estimé que debería poder hacerlo.

—Lo difícil fue ensayarlo y convencerlo —dijo Lasgol.

—Muy difícil —asintió Egil.

—No me diréis que fuimos de cabeza a la trampa de Uthar y

no sabíais si la parte crucial del plan funcionaría… —lanzó Viggo con ojos como platos.

Lasgol se encogió de hombros.

—Es que Camu es complicado…

—Pero lo ensayasteis, ¿no? —dijo Gerd.

Egil y Lasgol se miraron.

—Sí, unas cuantas veces.

—Ah, pues ya está —le restó importancia Nilsa.

—Esperad, ¿cuántas veces os salió bien? —preguntó Viggo enarcando una ceja.

Hubo un momento de silencio.

Ingrid, Nilsa, Gerd y Viggo miraban a Lasgol y Egil.

—Bien lo que se dice bien, casi una —confesó Lasgol.

—¡Por todas las tormentas de invierno del norte! ¡Y nos jugamos el pellejo con el plan! —exclamó Viggo gesticulando.

Lasgol se encogió de hombros.

—No se me ocurrió ningún otro viable —dijo Egil.

Viggo soltó todo tipo de improperios.

—Lo importante es que funcionó. —Ingrid le quitó hierro al asunto.

—Eso —dijo Nilsa.

—Me pregunto dónde estará Camu —planteó Lasgol.

—Estará bien si se lo llevó Astrid —dijo Egil.

—Parece que tu novia sabía más de lo que decía —le picó Viggo a Lasgol.

—No es mi novia, y sí, no me esperaba su ayuda.

—Nos vino genial —reconoció Egil.

—Sí, solo espero que haya podido esconder a Camu. Si cae en manos de los nobles, estará perdido…

—Estará bien, tranquilo —le dijo Egil a Lasgol, que estaba muy preocupado.

—La pena es que Thoran mató al cambiante cuando lo descubrimos ante todos. Tendrían que haberlo interrogado para descubrir todas las maldades que habrá hecho —dijo Gerd.

—Bueno, Thoran y Orten no son conocidos precisamente por su paciencia y talante hablador —expuso Ingrid.

—Thoran no quería interrogarlo —dijo Egil con ojos entrecerrados.

—¿Por? Habría esclarecido muchos interrogantes que ahora quedan —indicó Lasgol interesado.

—Thoran vio la oportunidad y la tomó —dijo Egil.

—¿De matarlo? Podía haberlo ejecutado después de interrogarlo.

—Como probablemente haga con nosotros… —apuntó Viggo.

—Calla, gafe, y deja que Egil hable —le dijo Ingrid.

—La oportunidad de coronarse rey de Norghana —expuso Egil.

—Un tipo bruto pero listo —admitió Viggo asintiendo, pues ya entendía el motivo—. Mató dos pájaros con la misma piedra; al impostor y al rey, con lo que ahora él es el siguiente en el orden de sucesión. Buena jugada, sí señor.

Egil asintió.

—No le interesaba apresarlo con vida. Podría complicar las cosas para Thoran. Optó por la vía rápida.

—Pero Uthar todavía puede estar vivo —dijo Ingrid.

Egil negó con la cabeza.

—Dudo que el cambiante lo mantuviera con vida, y, si lo hizo, Thoran ya lo habrá encontrado y adivinad qué sucederá.

—Thoran lo matará para quedarse con la Corona y culpará al cambiante —propuso Lasgol, que entendió lo que su amigo razonaba.

—¡Jugada maestra! —exclamó Viggo.

—Y se la pusimos en bandeja nosotros —dijo Nilsa.

—Nosotros hicimos lo que debíamos para sobrevivir —indicó Egil—. Recordad que Uthar iba a ejecutarnos.

—Bueno, a vosotros dos en concreto, no a nosotros —expuso Viggo con una sonrisa sarcástica.

—¿De verdad crees que el cambiante os habría dejado con vida y correría el riesgo de que supierais su secreto? —Egil negó con la cabeza.

—Supongo que no…

—Hicimos bien —dijo Nilsa—. El cambiante se llevó su merecido.

—¿Y el verdadero rey Uthar? —preguntó Ingrid.

—Es el juego de la política; si entras, puede que no salgas con vida. Uthar lo sabía. Sus primos lo saben. Mi hermano lo sabe.

—¿No reclamará Arnold la Corona para él? —preguntó Lasgol.

—Lo hará, pero mucho me temo que no tiene suficiente apoyo para ir contra Thoran y Orten y los nobles del Este.

—Das por hecho que los nobles del Este apoyarán a Thoran —dijo Ingrid.

—Lo harán. No pueden dejar que la Corona pase al linaje del Oeste.

—Toda esta política me da dolor de cabeza —se quejó Gerd.

—Será un dolor inmenso con lo grande que es —dijo Viggo con una sonrisa inocente.

—Tan grande como el castillo que tenemos encima —respondió Gerd.

Todos rieron y la tensión se relajó un poco. Habían pasado toda la noche encerrados en la mazmorra y nadie se había interesado por ellos, lo que no era buena señal. Lasgol temía que fueran a colgarlos a todos por traidores y tenía un nudo enorme en el estómago. Intentaba mantenerse fuerte, como lo hacía Ingrid, aunque los miedos corrían libres por su corazón. Miedo por sus amigos, miedo por Camu.

De pronto se oyó un chirrido y el sonido de pasos.

—¡Alguien viene, atentos! —avisó Viggo.

Para su sorpresa, a través de las rejas vieron llegar a Dolbarar. Con él iban el comandante Sven, Gatik y varios guardias.

Todos se pusieron en pie y aguardaron. Aquello no tenía buena pinta.

—Guardabosques —saludó Dolbarar con la cabeza. Su rostro era muy serio.

Los seis clavaron rodilla y miraron al frente con respeto. Con toda la emoción de la situación, a Lasgol se le había olvidado que ahora eran guardabosques, aunque la ceremonia hubiera terminado en tumulto y muerte. Lasgol se preparó mentalmente para recibir la sentencia que los condenaría a colgar.

—Levantaos, por favor. El rey Uthar, el verdadero, me refiero, ha sido hallado muerto en una mazmorra aislada en la que el cambiante lo tenía encerrado. Parece ser que utilizaba la sangre del rey para prolongar el cambio de forma y que no consumiera todo su poder. Era un hechicero muy poderoso y con conocimientos avanzados de magia de transformación y de sangre. Creemos que de procedencia noceana, por su raza y por el tipo de magia que practicaba. Esas magias están prohibidas en el norte y el oeste de Tremia.

—El rey Uthar ha muerto, los dioses del hielo protejan al rey Thoran —dijo Sven anunciando que Thoran sería coronado.

Egil y Lasgol se miraron. Ya lo esperaban. Ahora llegaría la sentencia.

Sven se adelantó y los miró uno por uno a todos. Los seis estaban firmes, aguantando los nervios; eran bien conscientes de lo que venía ahora. A Lasgol le sorprendió ver a Gerd y Nilsa tan compuestos, apenas si se les notaba nerviosismo alguno. Ingrid permanecía estoica, lo cual no extrañó a Lasgol. Viggo los miraba como si le diera todo igual, cosa que no era cierta. Egil tenía la mirada clavada en Gatik, una mirada siniestra que asustó a Lasgol.

—El rey Thoran —comenzó a decir Sven— será coronado en una semana. Su majestad no desea remover más el asunto del cambiante y la muerte de su primo Uthar. Son dos eventos que lo llenan de tristeza y quiere que sean enterrados. Norghana está de luto y en una situación complicada. Ahora necesita de un monarca fuerte y con mano de hierro. El rey ansía mirar al futuro y llevar al reino a la gloria dejando atrás estos últimos años de penurias. Habiendo deliberado con sus consejeros, ha llegado a la conclusión de que vosotros seis no estabais involucrados con el cambiante y que de alguna forma durante el tumulto que creasteis conseguisteis desenmascarar al hechicero noceano. El rey no sabe si fue de forma deliberada o accidental, pero tampoco desea profundizar en ello. En cualquier caso, su majestad se propone agradeceros la participación en desenmascarar al cambiante, y por ello os concede el perdón y la libertad.

Lasgol se quedó de piedra. Miró a sus compañeros, cuyas expresiones eran de estar en *shock*. Todos habían asumido lo peor. Lasgol miró a Dolbarar para asegurarse de que había entendido bien. El líder de campamento asentía con una sonrisa.

—Recordad que, como guardabosques que sois, debéis lealtad a la Corona, al rey Thoran —dijo Gatik, y sonó a advertencia.

—Guardias, abrid la celda —ordenó Sven.

Los guardias así lo hicieron. Iban a salir cuando Sven se dirigió a ellos:

—En cuanto a vosotros dos. —Sven señaló a Lasgol y Egil con el dedo índice de forma amenazadora—. El rey tiene bien presente quiénes sois, de quiénes sois hijos, y no lo va a olvidar. Dolbarar ha intercedido por vosotros ante el rey asegurándole que al ser ahora guardabosques vuestras vidas pasadas quedan atrás y solo os guía servir al reino y la Corona. El rey Thoran os advierte que espera que así sea. Si descubre lo contrario, colgaréis, y con vosotros Dolbarar por haberos respaldado con su honor. ¿Ha quedado claro? —dijo Sven, al que parecía que la medida no terminaba de convencerlo.

Lasgol sintió gran respeto y admiración por Dolbarar en aquel momento. No tenía por qué haber hecho aquello. Se jugaba la vida por ellos. A Lasgol se le humedecieron los ojos. En cuanto pudiera se lo iba a agradecer de corazón.

—Entendemos el mensaje del rey, es cristalino —respondió Egil.

—Su majestad no tiene nada por lo que preocuparse —dijo Lasgol.

—Muy bien, quedáis en libertad —anunció Sven.

Capítulo 49

Unas horas más tarde, Lasgol contemplaba las vistas desde la muralla norte de la capital. La nieve cubría campos, bosques y montañas creando un paisaje bello y lleno de paz. Resopló, no podía creer que siguiese con vida. Se resguardó en la capa con capucha de guardabosques que vestía. La observó un instante, con su color verde amarronado; cuánto había deseado poder vestirla y, por fin, lo había conseguido. Le llenaba el alma de gozo.

Dolbarar les había entregado las capas como regalo de graduación del cuarto año. También les había dado los medallones de guardabosques. Lasgol se llevó la mano al suyo, de la maestría de Fauna con la efigie de un oso rugiendo. De nuevo se sintió muy dichoso por haberlo logrado, por haberse convertido en guardabosques pese a todo lo vivido y sufrido. Y también por sus amigos y por Dolbarar, que les había salvado la vida. Lasgol y Egil se lo habían agradecido cuando al final se habían quedado a solas.

—No ha tenido importancia —les había dicho el líder del campamento.

—Sí la ha tenido, y mucha —reconoció Lasgol.

—Sven nos habría colgado y Thoran se lo habría permitido —dijo Egil.

—No se fían de vosotros dos debido a vuestras familias —explicó Dolbarar.

—Es normal, hasta cierto punto —admitió Lasgol—, somos los hijos del enemigo, ambos.

Dolbarar asintió.

—Sin embargo, ahora sois guardabosques y todo eso queda atrás. Vuestra familia es ahora la mía, y vuestro deber, servir al reino.

—Lo entendemos —dijo Lasgol.

—Y lo aceptamos —apuntó Egil.

—Confío en vosotros —les indicó Dolbarar con una sonrisa amable.

—No le defraudaremos, señor —le dijo Lasgol, y le hizo una reverencia de respeto.

Egil lo imitó.

—Lo sé, conozco vuestros corazones y son nobles, puros.

—Gracias por salvarnos la vida —dijo Lasgol.

—Y por arriesgar la suya.

—No podremos pagárselo nunca —añadió Lasgol.

—Convertíos en guardabosques legendarios y lo haréis —propuso con una sonrisa.

—Lo intentaremos —le aseguró Lasgol.

Dolbarar se despidió con un fuerte abrazo a ambos.

—¿Es verdad lo que se rumorea? —le preguntó una voz a su espalda.

Lasgol volvió a la realidad. Reconoció la voz y se volvió despacio. Se encontró con el salvaje y bello rostro de Astrid.

—¿Qué se rumorea?

—Isgord va vociferando por todas partes que sí eres el hijo de Darthor.

Lasgol bajó la cabeza.

—Sí, es cierto. Darthor, Mayra, era mi madre. No me avergüenzo. Todo lo que te conté en la bahía de la Orca es cierto. Es una larga historia, no es el momento, pero quizá un día quieras que te la cuente.

—Ahora entiendo qué sucedió cuando nos capturaron. No estabais preocupados, no teníais miedo, pero, claro, conocíais a Asrael y al propio Darthor.

—Así es.

—Y sabíais que Uthar era un cambiante, de ahí que entrarais en acción en la ceremonia.

—Te lo contaré todo, si quieres, un día con tranquilidad; ahora necesito saber qué ha sido de Camu. ¿Está bien? No le ha pasado nada, ¿verdad?

Astrid se quitó el macuto que llevaba a la espalda y se lo entregó.

Lasgol lo abrió y la cabeza de Camu apareció con sus grandes ojos y su sonrisa eterna.

—¡Camu! ¿Estás bien, pequeñín?

La criatura emitió varios chilliditos de alegría y le lamió el moflete con su lengua azul.

«Feliz», le transmitió.

—Yo también estoy muy feliz de verte —le dijo Lasgol, y le acarició la cabeza.

Camu emitió más chilliditos y quiso salir del macuto.

—No, no salgas; hay soldados de guardia, no es seguro.

«¿Luego? ¿Jugar?».

—Claro que sí, luego jugamos.

—¿Puedes comunicarte con él? —le preguntó Astrid.

—Con tiempo y paciencia se consigue.

—A mí me ha sido imposible. Es una criatura encantadora, le gusta mucho jugar y es muy alegre con sus chilliditos.

—Y muy travieso —dijo Lasgol, y se puso el macuto a la espalda.

Camu le lamió el cuello.

—¿Cómo supiste lo de Camu? —le preguntó el muchacho.

—Te he visto con él.

—¿Me has espiado?

—Sí —reconoció ella—. Como no me dabas respuestas, las busqué yo misma.

—¿Y qué has descubierto?

—El borrego de Isgord iba diciendo algo de que teníais un bicho raro, mágico o algo, así que pensando que sería otro de tus secretos, te espié. Te descubrí una noche jugando con él detrás de la cabaña. Al principio no sabía qué hacías, porque no podía ver a Camu, hasta que, como por arte de magia, apareció y lo vi.

—No podía contártelo…, te habría puesto en peligro…

—¿Cuántos de tus secretos me habrían puesto en peligro?

—Casi todos…

—En la ceremonia lo entendí. Vi a Uthar cambiar, vi a la criatura y me di cuenta de que era mágica y de que necesitarías sacarla de allí.

—Siempre has sido muy lista.

—No creas.

—Gracias por cuidar de Camu, significa mucho para mí.

—Descuida. Ha sido un placer. Es un encanto. No como tú.

—Astrid, yo… Te lo habría contado todo… —intentó disculparse Lasgol.

—Ya, pero el peligro de muerte, las traiciones, la magia, los cambiantes, las guerras y demás…

—Sí, eso. ¿Podrás perdonarme?

—¿Por qué debería hacerlo? No confiaste en mí. Me dolió mucho. —Los ojos de ella refulgieron.

—He aprendido la lección. Confiaré en ti.

—¿Aunque me pongas en peligro de muerte? —dijo Astrid, y lo miró como si no lo creyera.

—Si es lo que deseas, lo haré. Tienes mi palabra.

Astrid se quedó pensativa mirando los campos nevados desde la altura.

—Demuéstramelo.

—¿Qué quieres decir?

—Hasta que no me lo demuestres no te creeré. Las palabras y los buenos deseos se los lleva el viento —dijo Astrid, y se giró dispuesta a marcharse.

—Espera —dijo Lasgol, y la sujetó de la mano.

—No te voy a perdonar con ruegos, me hiciste mucho daño.

—Si quieres una prueba, te la daré.

—Adelante —dijo ella con ojos fieros, retándolo.

Lasgol suspiró.

—Hay una cosa más de mí que no sabes.

—¿Un secreto?

—Sí.

—¿Peligroso?

—Puede serlo, sí.

—Entonces, confíamelo. Quiero saberlo.

—No sé si lo entenderás, si me aceptarás…

—No creo que sea peor que lo que ya me has hecho —le recriminó Astrid.

Lasgol resopló.

—Está bien. Te lo contaré… —Hizo una pausa y se decidió; no quería perderla por nada del mundo—. Tengo el don, el talento —le confesó.

Astrid abrió los ojos como platos.

—¿Tienes magia?

—Sí, no mucha; un poco, en realidad. No soy un mago ni un hechicero, pero puedo hacer ciertas cosas…

—Siempre supe que eras especial. Lo que no sabía era que lo fueras tanto.

—¿Especial bueno o especial malo?

—Eso está todavía por ver.

—Oh…

Astrid se acercó. Y, de súbito, como llevada por un arrebato, lo besó con pasión. Lasgol, cogido por sorpresa, se quedó sin aire y estuvo a punto de ahogarse. Pero en aquel momento no le habría importado morir un poco.

—¿Quiere esto decir que me perdonas? —preguntó él esperanzado.

—Por supuesto que no. Eso es por contarme lo del don.

—Oh, ¿y entonces?

—Entonces te queda mucho trabajo por hacer para que te perdone.

—Pero ¿qué tengo que hacer?

—Ya te lo diré —dijo ella, le sonrió y comenzó a marcharse.

—¿Adónde vas?

—A preparar el viaje de regreso al campamento. Hay que estar allí en tres semanas para las pruebas de especialización, y quiero ir primero a visitar a mi familia, aunque solo sea unos pocos días, ver que están bien.

—¿Vas a intentarlo?

—Por supuesto. ¿Acaso tú no?

—Yo, bueno… No me había decidido.

—Pues si quieres verme…

—Me estás diciendo lo que tengo que hacer, ¿verdad?

—¿Quizá? —sonrió ella con gran picaresca, y se marchó.

La vio marchar todo confundido. No había decidido si participar o no en las pruebas para entrar en la escuela de élite, de especialización, o comenzar ya su andadura como guardabosques.

Ahora lo veía más claro; si quería estar con Astrid, tendría que presentarse.

Astrid se cruzó con el resto de los Panteras, que subían a buscar a Lasgol y disfrutar de las vistas y la tranquilidad. Los saludó. Los Panteras devolvieron el saludo y llegaron hasta donde estaba Lasgol.

—¿Te ha perdonado la morena? —le preguntó Viggo.

—Casi...

—¿Y qué pasa con la rubia? —le dijo con sorna.

—¿Qué rubia? —preguntó Gerd.

—La bella Valeria —explicó Viggo.

—Lasgol solo quiere estar con Astrid —respondió Nilsa—, ¿verdad?

El chico asintió y se puso colorado.

—Dejadlo estar —pidió Ingrid.

—Claro, como tú ya tienes a tu capitán fantástico... —le dijo Viggo.

—Te he dicho mil veces que no llames a Molak así —le espetó ella armando el brazo.

—¡Sienta bien la libertad! —gritó Nilsa abriendo los brazos para recibir la caricia del frío viento invernal y poner paz.

—Si solo has estado prisionera un día —le dijo Viggo.

—Aun así, sienta tan bien...

—Yo también estoy disfrutando de estar libre —dijo Gerd, e imitó a Nilsa.

—Sois como niños.

—Sí, habló el adulto —le dijo Ingrid.

—Mira, voy a darte la razón; adulto adulto no soy.

—¡Milagro! —exclamó Ingrid levantando los brazos—. La primera vez en cuatro años que me das la razón en algo.

—Pues va a ser que sí.

Todos rieron contentos y felices de estar vivos y libres.

—¿Podéis creerlo? Hemos conseguido graduarnos como guardabosques —dijo Lasgol negando con la cabeza, incapaz de asimilarlo del todo.

—Vestimos capas de guardabosques —dijo Gerd observando la capa que Dolbarar les había entregado como regalo de graduación—. Debemos serlo.

—Yo, si lo pienso, no me lo creo —reconoció Nilsa.

—El primer día que os vi, cuando nos pusieron juntos, supe que lo conseguiríamos —les confesó Viggo intentando sonar serio.

Todos lo miraron con muecas de incredulidad.

—Pero si éramos el equipo de los descastados —dijo Gerd.

—Comenzamos los últimos, pero al final terminamos —expuso Egil—; lo importante es el camino, no la salida ni la llegada.

—Tengo que confesaros que hubo muchas veces que pensé que no lo lograríamos —reconoció Ingrid.

—¿Tú? Pero si siempre estabas segura de que lo lograríamos todo… —le dijo Nilsa.

—Era para daros ánimos. Alguien tenía que mantenerse fuerte.

—Pues lo has hecho genial —le dijo Gerd.

—Han sido cuatro años fabulosos, no los cambiaría por nada —admitió Viggo con un gesto cómico.

—Sí, los mejores de mi vida —secundó Gerd.

—Para mí han sido cuatro años fantásticos en el campamento, fuera no… —reconoció Egil.

—En cierto modo, para mí también —dijo Lasgol.

—¿Pese a todo lo que nos han hecho pasar? —les preguntó Ingrid.

Lasgol y Egil se miraron y asintieron.

—Pese a todo.

—Esto merece un abrazo de grupo —propuso Gerd, que ya abría los brazos.

—Ya estamos con las sensiblerías —protestó Viggo.

—Calla y dame un abrazo, merluzo —le dijo Ingrid.

Viggo sonrió y la abrazó. Luego se unieron a Gerd y Nilsa. Al final, Lasgol y Egil se unieron al gran abrazo.

—¡Por los Panteras! —gritó Ingrid.

—¡Por los Panteras! —respondieron todos.

—¡Por las especializaciones de élite! —bramó la capitana.

—No vamos a presentarnos, ¿verdad? —dijo Gerd.

—¡Por supuesto que sí! —contestó Nilsa.

Gerd miró a Egil como pidiendo ayuda. Este sonrió y se encogió de hombros.

—¡Por las especializaciones y el ridículo que haremos! —dijo Viggo.

—¡Lo lograremos! —animó Ingrid.

—Sois los mejores compañeros que una pueda pedir —les dijo Nilsa mirándolos a los ojos.

—Los mejores amigos —siguió Gerd.

—Panteras y amigos para siempre —dijo Lasgol.

—¡Siempre! —gritaron todos.

Y durante un momento los seis permanecieron en el abrazo en grupo sellando lo que sería una amistad que les duraría toda la vida.

—¿Podemos dejar el abrazo ya? Tengo que vomitar, ha sido toda esta sensiblería —protestó Viggo.

—¡Calla, merluzo! —le gritaron todos al unísono.

Agradecimientos

TENGO LA GRAN FORTUNA DE TENER MUY BUENOS AMIGOS Y una fantástica familia y gracias a ellos este libro es hoy una realidad. La increíble ayuda que me han proporcionado durante este viaje de épicas proporciones no la puedo expresar en palabras.

Quiero agradecer a mi gran amigo Guiller C. todo su apoyo, incansable aliento y consejos inmejorables. Una vez más ahí ha estado cada día. Miles de gracias.

A Mon, estratega magistral y *plot twister* excepcional. Aparte de ejercer como editor y tener siempre el látigo listo para que los *deadlines* se cumplan. ¡Un millón de gracias!

A Luis R., por las incontables horas que me ha aguantado, por sus ideas, consejos, paciencia, y sobre todo apoyo. ¡Eres un fenómeno, muchas gracias!

A Keneth, por esta siempre listo a echar una mano y por apoyarme desde el principio.

A Roser M., por las lecturas, los comentarios, las críticas, lo que me ha enseñado y toda su ayuda en mil y una cosas. Y además por ser un encanto.

A The Bro, que como siempre hace, me ha apoyado y ayudado a su manera.

A mis padres, que son lo mejor del mundo y me han apoyado y ayudado de forma increíble en este y en todos mis proyectos.

A Rocío de Isasa y a todo el increíble equipo de HarperCollins Ibérica por su magnífica labor, profesionalidad y apoyo a mi obra.

A Sarima, por haber sido una artistaza con un gusto exquisito y dibujar como los ángeles.

Y, por último, muchísimas gracias a ti, lector, por leer mi libro. Espero que te haya gustado y lo hayas disfrutado.

Muchas gracias y un fuerte abrazo,
Pedro

EL SENDERO DEL GUARDABOSQUES

¡ÚNETE
A LOS
GUARDABOSQUES!